Enquanto Paris dormia

RUTH DRUART

Enquanto Paris dormia

Tradução
Mário Dias Correia

Copyright © Ruth Druart, 2021
Copyright © Editora Planeta do Brasil, 2023
Copyright da tradução © Mário Dias Correia
Todos os direitos reservados.
Título original: *While Paris Slept*
Este livro é uma obra de ficção. Nomes, personagens, lugares e incidentes são produto da imaginação da autora ou são usados de forma fictícia. Qualquer semelhança com eventos atuais, localidades, ou com pessoas, vivas ou mortas, é mera coincidência.

Preparação: Barbara Parente
Revisão: Diego Franco Gonçales e Renata Lopes Del Nero
Projeto gráfico e diagramação: Márcia Matos
Capa: Renata Zucchini
Imagens de capa: Ildiko Neer / Trevillion Images e Sueddeutsche Zeitung Photo / Alamy Stock Photo
Imagens de miolo: Freepik

Dados Internacionais de Catalogação na Publicação (CIP)
Angélica Ilacqua CRB-8/7057

Druart, Ruth
  Enquanto Paris dormia/Ruth Druart; tradução de Mário Dias Correia. – São Paulo: Planeta do Brasil, 2023.
  384 p.

  ISBN 978-85-422-2073-5
  Título original: While Paris Slept

  1. Ficção inglesa I. Título II. Correia, Mário Dias

  23-0397   CDD 823

Índice para catálogo sistemático:
1. Ficção inglesa

 Ao escolher este livro, você está apoiando o manejo responsável das florestas do mundo

2023
Todos os direitos desta edição reservados à
EDITORA PLANETA DO BRASIL LTDA.
Rua Bela Cintra, 986 – 4º andar
01415-002 – Consolação
São Paulo-SP
www.planetadelivros.com.br
faleconosco@editoraplaneta.com.br

Para Jeremy, Joachin e Dimitri,
a minha inspiração para esta história

E em memória da minha avó Diana White

"Sacrifiquemos um dia para ganhar talvez uma vida inteira."

Victor Hugo, *Os miseráveis*

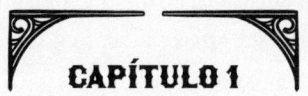

CAPÍTULO 1

Santa Cruz, 24 de junho de 1953

JEAN-LUC

Jean-Luc leva a navalha ao rosto, observando o próprio reflexo no espelho do banheiro. Por uma fração de segundo, não se reconhece. Faz uma pausa, com a navalha a meio caminho, e encara-se, perguntando-se o que está havendo. Há agora nele algo de americano. Está ali, em seu saudável bronzeado, nos dentes brancos, e em mais alguma coisa que não consegue identificar com precisão. Será a maneira confiante com que ergue o queixo? Ou o sorriso? Seja o que for, isso o agrada. Ser americano é bom.

Volta ao quarto com uma toalha ao redor da cintura. Uma forma escura lá fora prende sua atenção. Pela janela, vê um Chrysler preto subir a rua a passo de tartaruga e parar junto ao carvalho em frente da casa. Estranho. Quem poderá ser, às sete da manhã? Olha para o carro, distraído, e então o cheiro amanteigado dos crepes quentes vindo lá de baixo o chama para o café da manhã.

Entra na cozinha, beija Charlotte na face e despenteia os cabelos do filho numa forma de saudação matinal. Olha pela janela e vê que o carro ainda está lá. Um homem alto e esguio sai do lugar do motorista, estica o pescoço e olha ao redor – *como um pelicano*, pensa Jean-Luc. Do outro lado aparece um homem grande e corpulento. Ambos se dirigem à casa.

A campainha da porta corta a manhã como uma faca. Charlotte ergue os olhos.

— Eu vou — diz Jean-Luc, já a caminho. Tira a corrente do encaixe e abre a porta.

— Senhor Bow-Champ? — diz o homem-pelicano, sem sorrir.

Jean-Luc olha para ele, observa o terno azul-escuro, a camisa branca e a gravata lisa, a expressão arrogante dos olhos. Geralmente deixa passar o fato de as pessoas pronunciarem de forma errada o seu nome, mas esta manhã alguma coisa fere seu orgulho. Talvez seja o homem que está de pé diante dele, em sua porta.

— Beauchamp — corrige. — É francês.

— Eu sei que é francês, mas estamos nos Estados Unidos. — O homem-pelicano semicerra, quase imperceptivelmente, os olhos enquanto avança um sapato preto lustroso pela entrada da porta. Espreita por cima do ombro de Jean-Luc, e então o seu pescoço estala quando vira a cabeça para um lado, olhando para a garagem onde o novo Nash 600 da família está estacionado. Seu lábio superior se curva em um sorrisinho de lado.

— Sou o senhor Jackson e este é o senhor Bradley. Senhor Bow-Champ, gostaríamos de lhe fazer umas perguntas.

— A respeito de quê? — Jean-Luc acrescenta inflexão para mostrar a sua surpresa, mas a voz soa falsa aos seus ouvidos: uma oitava acima.

Os sons abafados do café da manhã chegam até ali vindos da cozinha: pratos sendo empilhados, o riso curto do filho. Esses ruídos familiares ecoam à sua volta como um sonho distante. Fecha os olhos, tentando agarrar as extremidades que vão desaparecendo. O grasnar de uma gaivota chama-o de volta ao presente. Seu coração bate depressa contra as costelas, como uma ave aprisionada.

O homem grande e corpulento, Bradley, inclina-se para a frente e baixa a voz.

— Há seis semanas, o senhor foi levado para o County Hospital em consequência de um acidente de carro?

Ele estica o pescoço, como se esperasse conseguir informações sobre a vida dentro daquela casa.

— Sim. — Os batimentos de Jean-Luc são cada vez mais rápidos. — Fui atropelado por um carro que dobrou a esquina muito depressa. — Faz uma pausa, inspira. — Perdi os sentidos.

O nome do médico, Wiesmann, surge em sua mente. Fez-lhe uma série de perguntas enquanto ele ainda recuperava a consciência, meio zonzo: "Há quanto tempo está nos Estados Unidos? Onde arranjou essa cicatriz no rosto? Você nasceu só com o polegar e mais um dedo na mão esquerda?".

Bradley tosse.

— Senhor Bow-Champ, gostaria que nos acompanhasse até a prefeitura.

— Mas por quê?

A voz saiu como um grasnido.

Os dois homens estavam à sua frente como uma barreira, as mãos atrás das costas, os peitos projetados para a frente.

— Pensamos que seria melhor discutir esse assunto na prefeitura em vez de aqui na sua porta, diante dos seus vizinhos.

A ameaça velada aperta o nó formado em seu estômago.

— Mas o que eu fiz?

Bradley aperta os lábios.

— Trata-se apenas de um inquérito preliminar. Podíamos pedir a ajuda da polícia, mas nesta fase inicial preferimos... preferimos esclarecer bem os fatos. Tenho certeza de que compreende.

Não, não compreendo, ele quer gritar. *Não sei do que estão falando*.

Em vez disso, murmura:

— Preciso de dez minutos.

Fecha a porta na cara deles e volta à cozinha.

Charlotte está colocando um crepe no prato.

— Era o correio? — ela pergunta, sem erguer os olhos.

— Não.

Ela se volta, uma pequena ruga surge em sua testa, os olhos castanhos o questionam.

— Dois investigadores... Querem que eu vá com eles para responder a umas perguntas.

— A respeito do acidente?

Ele balança a cabeça.

— Não sei. Não sei o que querem. Não quiseram dizer.

— Não quiseram dizer? Mas eles têm de dizer. Não podem exigir que vá com eles se não explicarem o motivo.

A cor se esvaiu de seu rosto.

— Não se preocupe, Charlotte. Acho que é melhor fazer o que eles dizem. Esclarecer o que for. São só umas perguntas.

O filho parou de mastigar e está olhando para eles, de testa franzida.

— Tenho certeza de que não vou demorar. — A voz soou falsa, como se outra pessoa tivesse dito aquelas palavras de conforto. — Você se importa de ligar para o escritório? Diga que vou chegar atrasado. — Volta-se para o filho. — Tenha um bom dia na escola.

Tudo ficou em silêncio, como a calmaria antes da tempestade. Jean-Luc gira sobre os calcanhares e sai da cozinha. Precisa agir como se tudo aquilo fosse normal. É uma mera formalidade. O que eles podem querer?

Dez minutos. Não quer que voltem a tocar a campainha, de modo que se apressa em direção ao quarto, abre a gaveta do guarda-roupa, olha para as gravatas enroladas como serpentes. Escolhe uma azul com bolinhas cinzentas. A aparência é importante numa situação como esta. Tira o casaco do cabide e torna a descer a escada.

Charlotte o espera na porta da cozinha, com a mão sobre a boca. Ele a toca, beija seus lábios frios e a encara. Então se vira.

— Tchau, filho — grita para a cozinha.

— Tchau, papai. Até logo.

— *See you later, alligator*.

Sua voz falha, erra a nota mais uma vez.

Ele sente os olhos de Charlotte em suas costas enquanto abre a porta da rua e segue os dois homens até o Chrysler preto. Inspira fundo, forçando o ar até o fundo do abdômen. Lembra-se da tempestade que caiu durante a noite; sente a terra espessa de água que começa a evaporar. Em breve o ar estará úmido e quente.

Ninguém fala enquanto passam em frente às residências, com grandes gramados que se estendem até a calçada, e pela papelaria, a padaria, a sorveteria. Em frente àquela vida que ele aprendeu a amar.

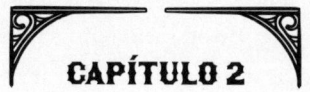

CAPÍTULO 2

Santa Cruz, 24 de junho de 1953

CHARLOTTE

Estou olhando pela janela da cozinha, apesar de o carro preto ter desaparecido há vários minutos. O tempo parece ter congelado. Não quero que volte a avançar.

— Mamãe, estou sentindo cheiro de queimado.

— *Merde!* — Pego a frigideira que está no fogão e atiro o crepe esturricado na pia. A fumaça faz meus olhos lacrimejarem. — Vou fazer outro pra você.

— Não, obrigado, mamãe, estou satisfeito.

Sam pula do banco e sai da cozinha correndo.

Enquanto olho ao redor, os restos do café da manhã interrompido me enchem de pânico. Mas tenho de me recompor. Subo a escada devagar, entro no banheiro. Jogo água fria no rosto, visto o mesmo vestido que usei ontem e torno a descer.

A caminho da escola, Sam saltita a meu lado.

— Mamãe, o que acha que aqueles homens vão perguntar ao papai?

— Não sei, Sam.

— O que pode ser, mamãe?

— Não sei.

— Talvez seja sobre um assalto.

— O quê?

— Ou um assassinato!

— Sam, fica quietinho.

No mesmo instante, ele para de pular e começa a arrastar os pés. Sinto uma pontada de culpa, mas tenho coisas mais importantes com que me preocupar.

Quando chegamos ao portão da escola, as outras mães já estão voltando para casa.

— Olá, Charlie! Está atrasada hoje. Vai aparecer para o café mais tarde? — pergunta Marge, do meio do grupo.

— Claro — minto.

Depois de deixar Sam, fico perto do portão para dar tempo às outras de seguirem em frente. Quando vejo que já se afastaram o suficiente, volto para casa devagar, a solidão ameaçando me engolir. Estou meio tentada a me juntar a elas para o café, mas sei que não vou conseguir me impedir de deixar escapar alguma coisa. É possível que ninguém tenha visto o carro que veio buscar Jean-Luc esta manhã, mas se alguém viu, teria de ter uma história preparada. Elas iam querer saber todos os detalhes. Sim, é melhor evitar qualquer contato.

Em casa, vou de cômodo em cômodo, começo a sacudir as almofadas do sofá, lavo a louça do café da manhã, rearrumo as revistas na mesa de centro. Digo a mim mesma que não vale a pena me preocupar, que não vai ajudar ninguém; afinal, só o levaram para lhe fazer umas perguntas. Devia me dedicar a alguma coisa prática, para manter a mente ocupada. Podia aparar a grama, poupar esse trabalho a Jean-Luc.

Calço os sapatos de jardinagem e arrasto o cortador de grama para fora da garagem. Vi Jean-Luc puxar a corda na lateral para fazê-lo funcionar, então faço o mesmo. Não acontece nada. Volto a puxar; lá dentro alguma coisa engasga, mas morre em seguida. Agora puxo com mais força e mais rápido. De repente, começa a zumbir e a se afastar, me puxando com ele. Fede a gasolina, mas eu até gosto do cheiro.

O ritmo é tranquilo, e fico desapontada pelo trabalho acabar muito depressa. Guardo o cortador de grama na garagem e volto para casa.

Talvez a sala esteja precisando de uma limpeza. Tiro o aspirador de pó debaixo da escada e lembro-me de que o usei ontem. Derrotada, deixo-me cair no chão, ainda segurando o grosso tubo do aspirador.

O passado retorna. Jean-Luc nunca me deixa falar a respeito. De maneira pragmática, disse que o deixasse para trás, onde é o seu lugar. Como se fosse assim tão simples. Tentei, tentei de verdade, mas não posso controlar os meus sonhos quando estou dormindo, e é então que vejo a minha mãe, o meu pai. A minha casa. Esses sonhos me deixam com uma saudade da minha família que lança uma longa sombra sobre mim. Tenho estado em contato com eles; escrevi-lhes quando nos instalamos aqui e encontramos um lugar para viver. Mamãe respondeu; uma carta curta, seca, dizendo que o papai não estava pronto para me ver. Tinha ainda umas coisas a perdoar.

Volto à cozinha e olho pela janela, desejando que Jean-Luc volte logo. Livre do interrogatório, de suspeitas infundadas. Mas há só a rua deserta.

O som distante do motor de um carro deixa minha pulsação acelerada. Inclinando-me para a frente, quase tocando o nariz na janela, espreito para fora. *Por favor, Deus, que seja ele.* O coração se afunda em meu peito quando vejo um familiar capô azul virar a esquina: é Marge, do outro lado da rua. Vejo-a se debater com as sacolas de compras enquanto os dois gêmeos correm atrás um do outro em volta do carro. Ela olha na minha direção. Recuo apressada para a proteção das cortinas de renda. Segredos e mentiras. O que é que alguém sabe de verdade a respeito da vida dos vizinhos?

Hoje não tenho vontade de me encontrar com quem quer que seja. Se alguém viu o carro preto, a essa hora todas as mães já sabem. Posso imaginá-las tecendo hipóteses, excitadas. Não, preciso sair daqui, ficar longe. Podia fazer compras em outra cidade, onde não esbarre com ninguém; um lugar espaçoso e anônimo, como um desses grandes supermercados.

Pego minha bolsa, tiro as chaves do gancho junto à porta da frente e entro no carro antes que alguém possa me ver. Dirijo ao longo da estrada costeira, com o vento balançando meus cabelos. Adoro dirigir em alta velocidade; me dá uma sensação de liberdade e independência. Posso fingir ser quem eu quiser.

Depois de meia hora, vejo a placa indicando uma Lucky Store. Viro à esquerda na estrada e sigo as indicações até ver um estacionamento lotado de vans. Há uma lanchonete e um carrossel. Sam adoraria isso; talvez possamos trazê-lo para cá num sábado, passar um dia. Em geral, evito esses grandes supermercados. Prefiro o comércio local, onde posso pedir ao dono da mercearia as maçãs mais frescas, ou ao açougueiro a carne menos gorda. Arranjam sempre tempo para escolher os melhores produtos para mim, por verem que sei apreciá-los.

Não me sinto à vontade nesse enorme supermercado, com as suas intermináveis filas de produtos habilmente expostos. Donas de casa de saias longas, saltos altos e cabelos ondulados empurram grandes carrinhos abarrotados de embalagens plásticas e latas. Isso me enche de nostalgia, de saudades de casa, de Paris.

Frango, digo a mim mesma o que vou cozinhar essa noite: frango com limão. O prato preferido do Jean-Luc.

Duas embalagens de peito de frango, uma caixa de leite e quatro limões estão perdidos no fundo do carrinho quando chego ao caixa. Sinto-me envergonhada, mas não consegui me concentrar no que mais íamos precisar para a semana.

A caixa do supermercado me lança um olhar estranho.

— Precisa de ajuda para empacotar os produtos?

Ela está sendo sarcástica? Balanço a cabeça.

— Não, obrigada. Acho que consigo sozinha.

Meu estômago ronca enquanto ponho o solitário saco de papel pardo no porta-malas. Não tomei o café da manhã. Talvez devesse comer um hambúrguer, mas só de pensar fico com o estômago embrulhado. Dirijo até em casa, rezando para que Jean-Luc já tenha voltado.

Estaciono o carro e corro para a porta da frente. Está trancada. Ele não pode estar em casa. Por que pensei que estaria? Teria ido direto para o escritório, de qualquer modo. Sei que estaria preocupado por estar atrasado.

São três da tarde. Tenho de ir buscar Sam na escola daqui a meia hora. Talvez hoje seja melhor chegar mais tarde do que mais cedo. Mais cedo significa que vou ter de conversar com as outras mães. Ele poderia vir para casa sozinho – há várias crianças que fazem isso –, mas eu adoro ir buscá-lo; é o meu momento preferido do dia. Quando eu era menina, em Paris, todas as mães iam buscar os filhos, preparadas com uma baguete recheada de tabletes de chocolate amargo. É como se fosse uma tradição familiar estar ali à espera dele no fim do dia. Mas hoje, pela primeira vez, vou chegar cinco minutos atrasada. O que me deixa com vinte e cinco minutos para matar.

Coloco o frango na geladeira e lavo as mãos, esfrego as unhas com a velha escova de dentes que está no parapeito da janela. A voz do meu pai ecoa em minha cabeça. "Unhas limpas são sinal de alguém que sabe cuidar de si", dizia sempre que me apanhava com as unhas sujas. "Como os sapatos", acrescentava com frequência. "Pode-se saber muito a respeito de uma pessoa olhando para suas unhas e seus sapatos."

"Não nos Estados Unidos", eu lhe diria agora, se o visse. "Nos Estados Unidos olham para os cabelos e os dentes."

Quando coloco a escova de dentes no lugar, espio pela janela, tentando não alimentar grandes esperanças. A rua continua deserta. O meu estômago volta a protestar. Sinto-me um pouco zonza. Devia comer alguma coisa doce. Tiro a lata da prateleira de cima do armário, embrulho um biscoito em papel-alumínio para Sam e quebro ao meio outro para mim. Dou uma pequena mordida, com receio de que me provoque dor de estômago, mas eu me sinto melhor, então como também a outra metade.

Faltam vinte minutos. Vou até o quarto, no andar superior, e sento-me diante da penteadeira. Tiro a escova de cabelos de cerdas naturais da gaveta de cima e escovo o cabelo até ficar brilhante. O espelho me diz que ainda sou atraente: nem uma ruga, nem um cabelo grisalho, nem pele flácida debaixo do queixo. No exterior, tudo está em ordem. É meu coração que se sente como se tivesse cem anos.

Levanto-me e aliso a colcha, feita pelos amish da Pensilvânia; centenas de pequenos hexágonos perfeitos costurados uns aos outros à mão. Nossas primeiras férias juntos. Sam tinha acabado de aprender a andar, mas os seus passos eram ainda muito trôpegos e ele caía com frequência. Lembro-me de andar à sua frente, pronta para pegá-lo.

Faltam agora dez minutos. Desço mais uma vez até o térreo e perambulo pelos cômodos. Por fim, abro a porta da rua. A luz ofuscante do sol bate em meu rosto e volto para buscar o chapéu. Enquanto desço o caminho do jardim, eu me pergunto, não pela primeira vez, por que os americanos gostam de deixar os seus jardins abertos, sem sebes ou muros de tijolos. Qualquer pessoa pode entrar, chegar até a casa e espreitar pelas janelas. É tão diferente dos jardins franceses, sempre cercados por altos muros ou densas sebes para desencorajar os visitantes que não foram convidados.

Jean-Luc adora a receptividade daqui. Diz que o que aconteceu na França nunca poderia ter acontecido nos Estados Unidos, porque as pessoas são todas francas umas com as outras; ninguém denunciaria um vizinho para depois ir se esconder atrás da porta enquanto ele era levado. Não gosto quando ele diz essas coisas, idealizando seu novo país. Não consigo parar de pensar que é uma deslealdade para com a França. Anos de fome, medo, privação — essas coisas podem transformar uma pessoa boa numa pessoa má.

— Charlie! — Marge me chama do jardim em frente, interrompendo os meus pensamentos. — Onde você estava? Fomos tomar café na casa de Jenny. Pensamos que ia aparecer.

— Desculpa. — O coração tem um descompasso, e eu tapo a boca com as costas da mão para esconder a mentira. — Precisava comprar uma coisa, então fui à Lucky Store.

— O quê? Foi tão longe? Pensei que detestasse aqueles grandes centros comerciais. Podia ter falado. Eu iria com você.

— Desculpa não ter ido ao café.

— Não se preocupe. Vamos nos reunir na casa da Jo na sexta-feira. Escuta, preciso pedir um favor. Você se importa de pegar o Jimmy na escola? Tenho de levar Noah ao médico. Está com febre e não consigo baixá-la.

— Claro que não.

Tento sorrir, mas sinto-me uma traidora com essas vizinhas, que conheço há anos.

— Obrigada, Charlie — diz ela, e dá um grande sorriso.

A caminho da escola, recordo como os vizinhos nos fizeram sentir bem-vindos logo no dia em que chegamos a Santa Cruz, há nove anos. Passada uma semana, tínhamos sido convidados não para um aperitivo, mas para um churrasco. A maneira como todos se reuniram para a ocasião me deixou emocionada, com suas vozes altas e alegres proclamando como estavam felizes por conhecerem a nova família. Mal passamos pelo portão, alguém colocou uma grande caneca de cerveja na mão de Jean-Luc e um copo de vinho branco na minha. Sam foi mimado por todo mundo, e arranjaram um lugar à sombra debaixo de uma árvore para ele se sentar em sua manta de bebê, rodeado por brinquedos coloridos. Parecia não haver uma estrutura formal em tudo aquilo, pelo menos que eu visse. Era desorganizado, solto, e logo que um pedaço de carne ficava pronto, os convidados se aglomeravam ao redor da grelha. Fiquei grata quando um homem me ofereceu um prato já com comida. Cada um se sentava onde queria, puxando cadeiras de madeira para se juntar aos grupos.

Era tudo tão diferente de Paris. Nas raras ocasiões em que recebiam convidados, meus pais planejavam os lugares para o jantar. Os convidados esperavam pacientes e silenciosos que meu pai lhes indicasse onde se sentariam. E ninguém tinha direito a uma bebida enquanto todos não tivessem chegado. Mamãe se queixava muitas vezes de fulano ou sicrano estar atrasado e obrigar todos a esperarem uma hora pela primeira bebida. Bem, a guerra tinha acabado com aqueles jantares, de qualquer forma.

Aqui, parecia não haver regras. As mulheres conversavam livremente comigo, espalhando o som de suas risadas; os homens brincavam, diziam que o meu sotaque era muito sexy. Eu estava encantada, e Jean-Luc ainda mais. Apaixonou-se pelos Estados Unidos logo no primeiro dia. Se alguma vez teve saudades de casa, nunca falava disso. Para ele, era tudo maravilhoso e formidável: a abundância de comida, a simpatia das pessoas, a facilidade com que era possível comprar fosse o que fosse. "Este é o sonho americano", estava sempre me dizendo. "Temos de aprender a falar inglês com perfeição. Vai ser mais fácil para Samuel, será a sua primeira língua; ele poderá nos ajudar."

Não tardou para que Samuel passasse a ser Sam; Jean-Luc, John; e eu, Charlie. Tínhamos sido americanizados. Jean-Luc dizia que isso significava que tínhamos sido aceitos e que, como agradecimento pelas calorosas boas-vindas que nos foram dispensadas, devíamos evitar falar francês. Dizia que falarmos francês daria a impressão de que não queríamos nos misturar. Por isso só falávamos inglês, mesmo entre nós. Eu compreendia o ponto de vista dele, claro, embora me partisse o coração não poder cantar para Sam as canções de ninar que a minha mãe costumava cantar para mim. Isso me distanciava ainda mais da minha família, da minha cultura, e alterava a nossa maneira de se comunicar, a nossa maneira de ser. Continuava a amar Jean-Luc com todo o meu coração, mas era diferente. Ele já não me sussurrava ao ouvido *mon coeur, mon ange, mon trésor*. Agora era *darling, honey* ou, pior ainda, *baby*.

O sinal soa do outro lado do parquinho deserto e interrompe os meus pensamentos. As crianças passam agitadas pela porta, como um enxame de abelhas zumbindo de um lado para o outro à procura das mães. Sam é fácil de reconhecer, com os seus cabelos escuros e brilhantes no meio do mar de cabeças louras. A pele cor de azeitona e as feições delicadas traem sua origem diferente. Uma vizinha me disse certa vez que aqueles longos cílios eram um desperdício num rapaz. Como se a beleza pudesse ser um desperdício em quem quer que fosse. Que ideia estranha.

Sam olha para mim e me dá um sorriso meio torto, igual ao de Jean-Luc. Está bem crescido agora, aos nove anos, para sair da escola correndo como costumava fazer, e termina a conversa com os amigos antes de se aproximar de mim, com um ar descontraído.

Beijo-o nas duas bochechas, bem consciente de quanto isso o deixa envergonhado, mas não consigo evitar. Seja como for, um pouco de embaraço de vez em quando ajuda a formar o caráter.

— Vá dizer a Jimmy que venha com a gente — digo a ele.

— Legal! — Afasta-se correndo, mas de repente para, se vira e dá um passo em minha direção. — O papai já voltou?

— Ainda não.

Sem mais uma palavra, vai procurar Jimmy.

Quando reaparecem, tiro da bolsa o biscoito de chocolate e o quebro ao meio. Jimmy devora a sua metade.

— Há mais em casa — digo eu.

— Que bom! — Jimmy corre à frente. — Anda, Sam!

Mas Sam caminha ao meu lado.

Jimmy continua correndo e desaparece do outro lado da esquina seguinte. Coloco a mão no ombro de Sam.

— Não se preocupe, o papai não vai demorar a voltar para casa.

— Mas o que aqueles homens queriam?

— Falaremos mais tarde sobre isso, Sam.

— Buu!

É Jimmy, que aparece de repente.

Meu coração pula, e eu grito...

Jimmy ri descontrolado.

— Desculpe — consegue dizer em meio às gargalhadas.

Quando meu batimento cardíaco volta ao normal, finjo rir também, libertando a tensão do momento.

Jimmy agarra o braço de Sam, e correm à frente.

Quando chegamos em casa, coloco a lata de biscoitos na mesa da cozinha, diante dos meninos.

— Podem comer à vontade.

Jimmy olha para mim com olhos arregalados e sorri de orelha a orelha.

— Uau, obrigado.

Vê-los comer os biscoitos, saboreando uma coisa que fiz, me traz algum conforto.

— São os melhores que eu comi até hoje, mamãe.

Os cantos da boca de Sam estão cheios de migalhas. Jimmy balança a cabeça concordando, a boca cheia demais para dizer uma palavra.

— Quer que eu faça alguns para a sua turma? — ofereço.

— Não, obrigado. Só para nós — diz Sam, olhando para mim com olhos escuros e ciumentos.

Quero estender os braços e apertá-lo contra o peito, dizer a ele que não precisa se preocupar. Que o meu amor por ele é mais profundo do que o oceano, e que vai durar para sempre. Em vez disso, começo a preparar o jantar. Ralo a casca dos limões, espremo-os e acrescento o suco à casca ralada. Corto os peitos de frango antes de mergulhá-los no molho. Não estou seguindo uma receita; é como a mamãe costumava fazer frango com limão para o almoço de domingo, antes da guerra.

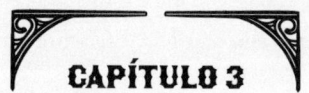

CAPÍTULO 3

Santa Cruz, 24 de junho de 1953

JEAN-LUC

Eles param em frente da prefeitura. Jackson desliga o motor e continua sentado por um minuto, observando Jean-Luc pelo retrovisor. Então os dois homens descem do veículo e esperam que Jean-Luc faça o mesmo. Mas ele não tem pressa, está tentado a aguardar que um dos dois lhe abra a porta. Colocaria toda a situação sob uma nova perspectiva. Os detalhes contam. De repente, Bradley bate na janela com os dedos. O som é ríspido, gelando a boca do estômago. Mas por que está com tanto medo? É completamente irracional; não fez nada de errado. Inclina-se para a frente, puxa a maçaneta da porta e sai para o sol da manhã.

Sobem os degraus em silêncio, entram pelas grandes portas duplas. Ainda é cedo, talvez seja por isso que não há ninguém por perto. Descem um lance de escada, percorrem um corredor mal iluminado e entram numa sala sem janelas. Bradley aciona um interruptor e uma lâmpada fluorescente zumbe e pisca no teto antes de encher a sala com uma luz branca intensa. Uma mesa com tampo de fórmica e três cadeiras de plástico com pernas metálicas constituem os únicos móveis ali.

— É capaz de isso demorar algum tempo. — Jackson tira um maço de cigarros amassado do bolso do paletó e bate com ele no tampo da mesa. — Sente-se.

Oferece o maço aberto a Bradley. Ambos acendem os cigarros, observando Jean-Luc.

Jean-Luc senta-se, cruza os braços, volta a descruzá-los, tenta sorrir. Quer que aqueles homens compreendam que vai colaborar de boa vontade, que está disposto a dizer-lhes o que querem saber.

Os dois homens continuam de pé, os rostos rígidos. A pele gordurosa de Bradley brilha sob a luz fluorescente do teto, que destaca as marcas deixadas pela varíola. Ele traga com força, enche os pulmões, e então exala devagar, deixando uma nuvem de fumaça a pairar por instantes no meio da sala.

— Senhor Bow-Champ, onde arranjou essa cicatriz que tem no rosto? É muito característica.

Jean-Luc lembra a si mesmo que, em situações como aquela, o aconselhável é não provocar, seja o que for. A passividade é a melhor resposta; não deve parecer tão defensivo. *Não contrarie. Mantenha-se calmo.* Ele sente uma gota de suor deslizar por suas costelas.

— Foi durante a guerra — murmura.

Bradley olha para Jackson, franzindo as sobrancelhas.

— Onde? — pergunta Jackson.

Jean-Luc hesita, perguntando-se se pode contar a história que tem usado até agora, aquela em que foi atingido por um estilhaço quando uma bomba caiu sobre Paris. O instinto lhe diz que não vai ajudá-lo dessa vez.

Bradley inclina-se para a frente, olhando-o fixamente nos olhos.

— O que fez durante a guerra?

Jean-Luc o encara.

— Trabalhava em Bobigny... a estação ferroviária.

Bradley ergue uma espessa sobrancelha.

— Drancy?

Jean-Luc confirma com um aceno de cabeça.

— O campo de concentração de Drancy?

Volta a assentir. Tem a sensação de ter sido encurralado, forçado a concordar com os fatos. Mas os fatos não contam a história completa.

— De onde milhares de judeus foram enviados para a morte em Auschwitz?

— Eu só trabalhava nos trilhos.

Ele mantém o contato visual, não quer ser o primeiro a desviar o olhar.

— Para manter os trens funcionando com eficiência.

— Estava fazendo apenas o meu trabalho.

O rosto de Bradley torna-se mais brilhante e mais vermelho.

— Apenas fazendo o seu trabalho? A velha desculpa. Estava lá, não estava? Ajudou e apoiou.

— Não!

— Drancy era um campo de transição, não era? E você ajudava-os a transferir os judeus para Auschwitz.

— Não! Queria impedi-los! Até tentei sabotar a linha. Acabei no hospital por causa disso.

— Mesmo? — O tom de Bradley foi irônico.

— É verdade. Eu juro.

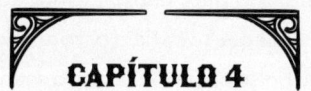

CAPÍTULO 4

Paris, 6 de março de 1944

JEAN-LUC

Depois de quatro anos, a ocupação tinha-se tornado um modo de vida. Alguns tinham se adaptado melhor do que outros, mas Jean-Luc continuava a acordar todas as manhãs com o coração apertado. Naquela manhã, levantou-se da cama sem vontade para se apresentar ao serviço na estação de Saint-Lazare, mas o chefe não lhe entregou o saco de ferramentas como costumava fazer. Em vez disso, olhou para ele com uma expressão dura.

— Hoje você tem de ir trabalhar em Bobigny.

— Bobigny? — repetiu Jean-Luc.

— Sim. — O chefe continuou a encará-lo. Ambos sabiam o que Bobigny representava.

— Mas pensei que estivesse fechada.

— Está fechada para trens de passageiros, mas aberta para outros usos.

O chefe fez uma pausa, deixando as palavras se dispersarem.

— Perto do campo de transição de Drancy?

A voz saiu-lhe num grasnido, enquanto seu coração batia mais rápido e ele procurava uma maneira de se livrar daquilo.

— Sim. Os trilhos precisam de trabalho de manutenção. Temos ordens para enviar seis homens. — Fez uma nova pausa. — Não arrume confusão quando estiver lá. Agora são os boches[1] que mandam. Evite que eles vejam a sua mão.

Jean-Luc trabalhava para a companhia ferroviária nacional, a SNCF,[2] desde que saíra da escola seis anos antes, aos quinze. Mas, como todo o resto, as ferrovias pertenciam agora aos alemães. Ele desviou o olhar e enfiou a mão deformada no bolso. Quase nunca pensava nela; ter nascido com apenas o polegar na mão esquerda e mais um dedo nunca o detivera nem o impediria de fazer qualquer coisa.

---

[1] Termo depreciativo usado pelos franceses para se referirem aos alemães, principalmente na Primeira Guerra Mundial. Vem do francês "caboche", que significa "protuberância", uma referência à cabeça dos alemães. (N.T.)

[2] Société Nationale des Chemins de fer Français. (N.T.)

— Eles não gostam desse tipo de coisas. — Os olhos do chefe se suavizaram. — Você trabalha tão bem quanto qualquer outro, melhor até, mas os boches gostam de tudo... Bem, você sabe. Não quer que te enviem para um dos campos de trabalho deles.

Jean-Luc tirou a mão do bolso e agarrou-a com a saudável, sentindo-se de repente constrangido.

Seu pai tinha sido um bom amigo do supervisor, e esse contato o ajudara a conseguir o seu primeiro emprego, apesar da deficiência. Tivera de trabalhar mais do que todos os outros para provar o seu valor, mas os colegas e superiores não demoraram muito a perceber que aquela deformidade em nada prejudicava a sua destreza manual, que era capaz de segurar qualquer coisa entre o polegar e o outro dedo da mão esquerda, como uma pinça, e usar a mão boa para fazer o trabalho.

— Tenho... tenho mesmo de ir? — perguntou, e voltou a colocar as mãos nos bolsos.

O chefe limitou-se a franzir uma sobrancelha, e então deu meia-volta e se afastou. Jean-Luc não teve outro remédio senão segui-lo até o caminhão militar que o esperava. Apertaram as mãos um do outro com força antes de ele subir na traseira. Cinco outros homens já estavam lá; acenou-lhes com a cabeça, mas não falou nada.

Enquanto percorriam as ruas desertas, os homens olharam ao redor, avaliando uns aos outros com expressões sombrias. Jean-Luc calculou que nenhum estava muito entusiasmado com a perspectiva de trabalhar tão perto do infame campo. Milhares de judeus, alguns comunistas e membros da Resistência tinham sido enviados para lá. Ninguém sabia o que lhes acontecera depois disso, apesar de haver rumores. Sempre havia rumores.

Durante o trajeto por Paris e depois, no caminho em direção a Drancy, cruzaram de vez em quando com outros veículos militares. Jean-Luc viu o motorista francês saudá-los de passagem. *Un collabo!*[3] Conseguia distingui-los à distância. Era um jogo que gostava de jogar consigo mesmo – adivinhar quem estava colaborando e quem não estava. Ainda que por vezes a linha fosse pouco nítida. Tinha amigos que conseguiam coisas no mercado ilegal. Mas quem geria o mercado ilegal? Normalmente, só os boches e os *collabos* tinham acesso a certos bens. Era uma área cinzenta, e ele preferia só aceitar algo quando sabia ao certo sua procedência – um coelho ou um pombo abatidos por um amigo, ou legumes de alguém que tinha contato com uma fazenda.

Uma lombada na estrada o fez voltar ao presente. Quando olhou para os outros homens, só encontrou expressões vazias. Os dias da camaradagem fácil e aberta estavam longe. Os tempos da conversa descontraída de um grupo de rapazes a caminho de um novo trabalho estavam bem distantes. Um silêncio sombrio era tudo o que restava.

---

[3] "Um colaboracionista!", em francês. (N.T.)

Silêncio. Era de certa maneira uma arma, e era a única que Jean-Luc tinha à sua disposição. Recusava-se a falar com os boches, mesmo quando eles pareciam amigáveis e lhe pediam delicadamente instruções. Limitava-se a ignorá-los. Outra coisa que fazia era pegar seu bilhete do metrô e dobrá-lo em forma de V antes de deixá-lo cair no chão de um dos túneis. V de vitória. Pequenos gestos de desafio que eram tudo o que lhe restava, mas que não mudavam nada. Sentia-se desesperado para fazer mais.

Quando os boches passaram a controlar a SNCF, ele fora muito claro com os pais.

— Não vou trabalhar para esses filhos da mãe. Vou me demitir — dissera-lhes poucas semanas depois do início da ocupação.

— Não pode fazer isso. — O pai pousara a mão firme em seu ombro; um sinal de que aquilo que ia dizer não era passível de discussão. — Eles arranjarão uma maneira qualquer de castigá-lo. Podem enviar você para lutar em algum lugar. Pelo menos agora está em Paris, e estamos juntos. Vamos esperar para ver como as coisas vão ficar.

Papa. Sempre que pensava nele, Jean-Luc sentia uma mistura de vergonha e saudade. Tinha feito o que o pai lhe pedira, trabalhara para os boches, mas nunca se conformara, o que o levara a ressentir-se contra o pai por tê-lo obrigado a ceder. E, de fato, fora como ele imaginara que seria: a delicada simpatia e o profissionalismo inicial dos boches transformaram-se pouco a pouco em desdém e superioridade. O que se poderia esperar? Tinha ficado chocado com a ignorância e ingenuidade daqueles que diziam que talvez os boches não fossem assim tão maus.

Então, no verão de 1942, os alemães fizeram uma coisa que não deixou mais dúvidas na mente de ninguém. Começaram a mobilizar os franceses para o *Service du Travail Obligatoire* – trabalhos forçados na Alemanha. O *papa* tinha sido um dos primeiros. Recebera os papéis numa semana, e na seguinte tinha partido. Não houvera tempo nem palavras para Jean-Luc lhe dizer que se arrependia do seu mau humor, e que o amava e respeitava. Ele não fora criado com o tipo de linguagem que fala dessas coisas.

Ao olhar pela janela, avistou dois edifícios enormes, com pelo menos quinze andares de altura. Para além deles ficava um vasto complexo em forma de U.

— *Voilà le camp!*[4] — O motorista olhou para eles pelo retrovisor. — É bem feio, não é? Foi construído para alojar os pobres, mas ainda não estava terminado quando os alemães chegaram, e eles decidiram transformá-lo nisso aí. — Fez uma pausa. — Pobre gente.

Jean-Luc não teve certeza se o homem estava ou não sendo irônico. O tom era descontraído, até brincalhão.

— Há milhares de judeus esperando para serem reassentados — continuou o motorista enquanto dobrava uma esquina, reduzindo a marcha. — Está tudo superlotado.

---

[4] "Aqui é o campo!", em francês. (N.T.)

Jean-Luc voltou a olhar para o complexo em U. Tinha quatro andares de altura e estava cercado por arame farpado. Guardas armados com espingardas observavam do alto de duas torres de vigia.

— Para onde eles estão sendo levados? — arriscou.

— Para a Alemanha.

— Para a Alemanha? — disse, tentando tornar seu tom casual.

— Sim. Há fartura de trabalho por lá. Você sabe, restauração.

— Restauração?

Sentiu-se um papagaio, mas o motorista pareceu não notar.

— Sim. Danos da guerra. Os ingleses não param de bombardear.

— E as mulheres e as crianças? Também serão levadas?

— *Bien sûr*.[5] Precisam de alguém que se encarregue de cozinhar e cuidar da casa. É uma maneira de manter os homens mais felizes, não acha?

— E os velhos?

O motorista observou-o através do retrovisor.

— Você faz perguntas demais.

Jean-Luc olhou para os seus colegas de trabalho, perguntando-se o que estariam pensando, mas estavam todos estudando com muita atenção os próprios sapatos. Durante alguns minutos viajaram mergulhados num desconfortável silêncio, mas então o motorista recomeçou:

— Os boches não são tão maus assim. Eles te tratam bem desde que você trabalhe duro e não mostre simpatia pelos judeus. Até são capazes de beber contigo. Há um cafezinho bem agradável na estrada; vamos lá muitas vezes beber uma cerveja. Eles adoram cerveja! — Fez uma pausa. — Quando comecei a trabalhar aqui, há dois anos, não havia alemães, mas imagino que acharam que não éramos eficientes o bastante, de modo que mandaram o Brunner e seus homens para cá. — Fez uma nova pausa. — Bem, aqui estamos. Vão ficar hospedados aqui.

Ele se virou no banco e estacionou em frente a um dos prédios altos.

Os homens na caçamba do caminhão entreolharam-se, com a ansiedade estampada nos rostos. Quanto tempo iriam ficar ali? Jean-Luc sabia que a mãe ia pensar que fora preso ou mandado para um campo de trabalho. Tinha de arrumar uma maneira de avisá-la, pois devia estar muito preocupada. Eram apenas eles dois desde que o pai fora deportado para a Alemanha. Tinham-se tornado muito próximos, e ela dependia dele para tudo, incluindo ajuda financeira e apoio emocional. Isso fizera nascer nele um poderoso instinto protetor em relação a ela, o que o ajudara a tornar-se um homem.

---

[5] "Com certeza", em francês. (N.T.)

O guarda que os esperava pôs uma pequena mochila nas mãos de cada um à medida que saltavam do caminhão, e em seguida conduziu o grupo na direção de um dos blocos. Um elevador levou-os até os alojamentos no décimo quinto andar, o último. Quando olharam pelas janelas, descobriram que estavam de costas para o campo. Jean-Luc ergueu os olhos para o céu e depois baixou-os para as pequenas ruas lá embaixo, para os trilhos que se entrecruzavam à entrada e à saída da cidade. Mas não havia trens à vista.

Estava jogando em cima da cama o conteúdo da mochila – um pijama e uma escova de dentes – quando um boche entrou.

— *Willkommen*. Bem-vindos a Drancy.

Jean-Luc colocou a mochila na cama e virou-se para ele. O rosto do soldado tinha um brilho doentio, e os lábios finos eram desprovidos de cor. Era muito novo, talvez não mais de vinte anos. Jean-Luc perguntou-se por que teriam mandado aquela criança para Drancy. Mas não sorriu para o soldado, nem lhe dirigiu a palavra. Limitou-se a segui-lo até o elevador.

Lá fora, o mesmo motorista os esperava no mesmo caminhão militar.

— *Salut, les gars!*[6]

Falava como se fossem velhos amigos, e Jean-Luc o detestou por isso.

Dessa vez, quando passaram em frente do campo, Jean-Luc esticou o pescoço, perguntando-se como seria lá dentro e se lembrando das histórias que tinha ouvido falar sobre os interrogatórios, as deportações. O motorista parou o caminhão diante de uma pequena estação, e então virou-se para trás e jogou macacões azuis nos braços deles.

— Peguem isso... vão ter de usá-los. Não vão querer ser confundidos com os prisioneiros!

Enquanto atravessavam a estação, Jean-Luc estranhou o silêncio e perguntou-se onde estariam os trens. Olhou para um lado e para o outro da plataforma. Um objeto marrom lhe chamou a atenção. Deu dois passos para se aproximar. Era um ursinho de pelúcia, achatado e quase liso, como se uma criança o tivesse usado como travesseiro. Mais adiante na plataforma, viu um livro aberto, as páginas agitadas pela brisa matinal.

— *Schnell! Schnell!*[7]

Uma mão o empurrou pelas costas. Ele cambaleou para a frente, na direção dos homens que entravam na casa do chefe da estação. Estava tudo silencioso lá dentro, o único som que se ouvia era o matraquear das máquinas de escrever em que mulheres de uniforme e costas muito retas datilografavam.

— Nome? — vociferou o boche sentado do outro lado da secretária.

— Jean-Luc Beauchamp.

---

[6] "Olá, rapazes!", em francês. (N.T.)
[7] "Depressa! Depressa!", em alemão. (N.T.)

O alemão anotou-o em seu registro e então olhou para Jean-Luc por um instante que se prolongou por tempo demais. Jean-Luc desviou o olhar, envergonhado por estar ali diante de um boche, apresentando-se para o trabalho.

— Trabalhe duro. E nada de conversas.

O boche continuava a olhar para ele.

Jean-Luc assentiu.

— Agora vá verificar as linhas. Estão ruins... é um péssimo trabalho. As ferramentas estão no depósito da plataforma.

Jean-Luc encolheu os ombros e se afastou sem mais qualquer palavra.

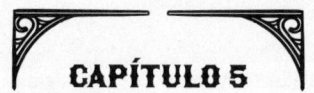

CAPÍTULO 5

Paris, 24 de março de 1944

JEAN-LUC

Os dias se transformaram em semanas, e estabeleceu-se uma rotina.

O dia deles começava às oito, depois havia meia hora de pausa para o almoço e terminavam às seis, quando a noite chegava. A função de Jean-Luc era verificar os trilhos, certificar-se de que as travessas não estavam muito desgastadas, que as talas de junção se encontravam nos devidos lugares e que todos os parafusos estavam bem apertados. Depois, outro homem fazia o controle de qualidade. Se deixasse escapar alguma coisa, seu parco salário sofreria um desconto e teria de trabalhar uma hora a mais, à luz de lanternas. Mas tinha os domingos de folga, e todos os sábados à tarde pegava o trem para Paris em Bourget, a estação de passageiros de Drancy, para ir ver a mãe.

No fim da tarde, estava exausto, cansado demais para beber uma cerveja no pequeno café em frente do campo, mesmo que quisesse. Mas não queria. Quem iria querer confraternizar com os boches? Por isso se isolava, ficava lendo no quarto à luz de um pequeno abajur. Quase sempre, os outros homens faziam como ele. Mas por vezes a necessidade de contato humano os aproximava, e então se reuniam num dos quartos. Inevitavelmente, a conversa seria sobre a estação.

— Como é que nunca vimos trens? — perguntou Marcel, tragando um cigarro.

— Partem antes do amanhecer. — Jean-Luc olhou ao redor daquele quarto austero. As paredes cinzentas e vazias lhe devolveram o olhar; os homens tinham os olhos fixos no chão de cimento. Compreendia o desejo deles de não participar da conversa. Qualquer um podia ser um *collabo*, colocado ali para espionar os outros.

— Sim, mas por quê?

Marcel acabou desistindo do cigarro e deixou a minúscula bituca escorregar de seus dedos para o chão.

— Porque não querem que os vejamos. — Jean-Luc tirou um Gitanes de um maço amassado e ofereceu-o a Marcel. Quase tinha pena dele, tentando compreender o que se passava bem debaixo do seu nariz. — Estão deportando os prisioneiros — continuou. — Centenas, talvez milhares deles.

— *Merci.*

Marcel pegou o cigarro, com um aceno de agradecimento.

Jean-Luc sentia os olhos dos outros homens cravados nele. Ninguém distribuía preciosos cigarros daquela maneira, a troco de nada. Jean-Luc não fumava, mas gostava de ter um maço consigo para ocasiões como aquela. Aliviava a tensão. Ofereceu o maço aberto aos outros.

— Mas por que tanto segredo? — insistiu Marcel, olhando para o cigarro como se não pudesse acreditar em sua sorte. — Todos sabemos o que eles andam fazendo.

Jean-Luc olhou para os rostos dos homens à sua volta. Tão plácidos. Tão crédulos. Tão silenciosos. Inspirou fundo e decidiu ignorar a cautela.

— Por que você acha que eles não querem que vejamos? Hein?

O silêncio no quarto tornou-se ainda mais pesado, esmagando-o, fazendo-o sentir-se impotente. Deu um passo na direção de Marcel, colocou a mão sobre seu ombro, inclinou-se para a frente deixando a boca a poucos centímetros do ouvido do outro.

— Porque podíamos começar a fazer perguntas. Se soubéssemos *mesmo* o que se passa, ficaríamos furiosos.

— Furiosos? — gritou Frédéric. — *Putain!* Já estamos furiosos. Eles ocuparam a porra do nosso país! Furiosos nem é a palavra certa. — Seus olhos percorreram o quarto, saltando de um homem para outro. Mas ninguém quis encará-lo. Mexeram os pés. Alguém tossiu. Alguém soprou fumaça de cigarro no meio do quarto. O silêncio tornou-se opressivo.

— Estamos mesmo? — A voz de Jean-Luc soou lenta e baixa. — Estamos de verdade assim tão furiosos? Nesse caso, o que fizemos para demonstrar isso? — Calou-se, consciente de que a conversa estava ficando perigosa, mas não conseguia mais se conter. — Pelo amor de Deus, aqui estamos nós, trabalhando para eles!

Voltou a ficar calado, ao perceber que Philippe estava encostado à parede, com um olhar vazio.

— A culpa não é nossa, não tínhamos um exército capaz de enfrentá-los — murmurou Jacques, de um canto do quarto. — Não tínhamos um exército como deve ser, e agora não temos nenhum.

— Bem, temos o De Gaulle em Londres.

O tom de Frédéric foi irônico.

— Isso de muito nos serve — disse Jacques, e deu um passo a frente.

— Mas para onde estão levando eles? — perguntou Marcel, olhando em redor.

Os homens voltaram a baixar os olhos para o chão.

— Para um lugar muito distante. — A voz de Jean-Luc adquiriu um tom surreal, como se estivesse falando de algo imaginário. — Para um lugar muito longe da civilização.

— Exato! — A boca de Frédéric espirrou saliva. — E então, na fronteira, substituem o maquinista francês por um alemão. Não querem que saibamos para onde os levam. Não querem que saibamos porque...

Calou-se, hesitante. Marcel olhou para ele.

— Por que o quê?

— Não sei — disse Frédéric, e desviou o olhar.

Os olhos de Marcel voltaram-se para Jean-Luc.

— O que você acha?

— Estou cansado, é o que acho. Vou para a cama.

Jean-Luc queria pôr fim à conversa antes que um deles colocasse em palavras o que todos estavam pensando. Uma pessoa podia ser presa por causa de palavras.

— Mas os trens são vagões de gado, pelo amor de Deus! — continuou Frédéric. — E ainda há todos os objetos pessoais que encontramos nas plataformas depois de os trens partirem. Aposto que os boches dizem a eles que podem levar algumas coisas para ajudá-los a ficarem mais calmos. Mas então...

Um silêncio pesado os oprimiu enquanto cada um deles tentava imaginar os destino dos prisioneiros.

— *Putain!* Estão matando eles. — Frédéric bateu com a mão na parede. — Eu sei.

Jean-Luc olhou para Philippe, mas a expressão dele continuava vazia. Virou-se de novo para Frédéric, sabendo que chegara o momento de pôr fim à conversa. Falar daquela maneira os colocava em perigo.

— Não sabemos disso. Não sabemos de nada. Não com certeza.

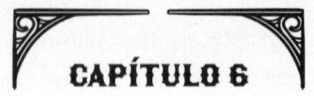

CAPÍTULO 6

Paris, 25 de março de 1944

JEAN-LUC

Aos sábados, ele podia sair do campo. Mal o dia de trabalho terminava, pegava o trem de Bourget para Paris. Gostava de descer do metrô em Blanche e olhar para o Moulin Rouge antes de vagar até a Rua Lepic, onde morava com a mãe.

Naquela noite, porém, não estava preparado para enfrentar a ausência do pai no apartamento. Ainda não. Parou para um *pastis* no café da esquina.

— *Salut*, Jean-Luc. — Thierry serviu-lhe um copo da forte bebida de anis, deixando uma pequena garrafa de água ao lado. Jean-Luc acrescentou um pouco no copo e viu seu *pastis* adquirir uma cor amarelada turva. Thierry apoiou os cotovelos no balcão, entrelaçou os dedos atrás do pescoço e girou-o de um lado para o outro, como se estivesse dolorido. — *Quoi de neuf?*

— O que há de novo? — Jean-Luc juntou as sobrancelhas. — Nada que eu saiba.

Thierry inclinou-se chegando mais perto.

— Teve alguma notícia do seu pai?

— Há dois meses. — Jean-Luc fez uma pausa. — Recebemos uma carta pedindo que lhe enviássemos meias quentes e comida. Diz que está bem, só mais magro e mais velho.

— Que coisa horrível... levar homens dessa maneira. Para minha sorte, eu era velho demais para eles, e você... bem, você é um sortudo por eles precisarem de trabalhadores nas ferrovias. Mas como vamos manter as coisas funcionando por aqui? Não resta ninguém para trabalhar na terra.

— Eu sei. Eu sei.

Já tinham tido aquela conversa centenas de vezes.

— *Service du Travail Obligatoire*, uma vírgula. É trabalho forçado para os boches.

— Claro que é. Mas pelo menos sabemos que ele está na Alemanha.

Jean-Luc virou quase toda a bebida de uma vez.

Tinha feito o melhor que podia e sabia para ocupar o lugar do pai, mas o pequeno apartamento que dividia com a mãe parecia agora mais do que meio vazio, como se o pai tivesse sido substituído por um enorme buraco que fazia um vento frio e cortante correr pelos cômodos. Todos os domingos ia à missa com a mãe, à Sacré-Cœur, e acendiam uma pequena vela pelo *papa*. Jean-Luc gostava de imaginar a pequena chama dando coragem ao pai, onde quer que ele estivesse. Pensava muitas vezes no pai, mas esses pensamentos o deixavam triste e melancólico. O *papa* era um homem tão forte, tão independente. A ideia de ser obrigado a submeter-se aos boches e à sua brutalidade enchia seu coração de compaixão. Ele não merecia aquilo.

Thierry baixou a voz.

— Não se preocupe. Ele vai voltar. Já ouviu falar dos americanos?

— O quê?

Thierry inclinou-se ainda mais e reduziu a voz a um murmúrio, apesar de não haver mais ninguém no café.

— Vão desembarcar na França. Sim. Estão preparando as tropas, e vão desembarcar aqui e expulsar os nazistas.

Jean-Luc olhou para ele, perguntando-se onde teria ouvido coisa semelhante.

— Bem, esperemos que seja verdade — disse, e bebeu o que restava do *pastis*.

— Mais um? — Thierry já tinha tirado a rolha da garrafa. — E todas aquelas pobres famílias que eles levaram poderão voltar... e o seu pai também.

— Espero que sim.

Jean-Luc agitou a bebida no fundo do copo.

— Talvez os Cohen voltem em breve. O filho deles, o Alexandre, era um monstrinho descarado. Queria voltar a vê-lo.

Nesse instante entraram dois boches no café e Jean-Luc saiu, deixando para trás o copo meio cheio. Ao sair, foi invadido por uma onda de solidão. De repente, sentiu saudades da ex-namorada. O namoro durara quase um ano e ele tinha as intenções mais sérias em relação a ela; planejou até pedi-la em casamento. Gostava da maneira como ela insistia em aproveitar a vida plenamente, apesar da guerra; adorava dançar e sabia sempre onde se realizaria o próximo *bal clandestin*.[8] Ele também gostava daqueles bailes secretos; sentia-os como uma pequena vitória sobre os boches. Quando o pai dele partira, ela lhe dissera que não se preocupasse, que era só a Alemanha e que lá precisavam de mão de obra, então iam tratá-lo bem. Ele se embriagou naquelas palavras, permitindo-se acreditar nelas, mas, à medida que o tempo passava, começou a duvidar. Começou a duvidar que voltaria a ver o *papa* algum dia. E ficou triste e taciturno. Como podia se divertir sabendo que o pai estava provavelmente passando frio e fome num país estrangeiro? Não dava.

Quando ele começou a recusar convites para dançar, ela continuou a ir com outros amigos. Devia saber que era apenas uma questão de tempo até que encontrasse

---

[8] "Baile clandestino", em francês. (N.T.)

outra pessoa, mas se consolara com o fato de quase não haver homens aceitáveis por perto. Esperava que não tivesse arrumado um imundo *collabo*, ou, ainda pior, um boche. Ela não queria dizer quem era o homem, mas ele não acreditava que pudesse ser estúpida a esse ponto. Com desdém, as pessoas chamavam isso de colaboração horizontal, como se fossem moralmente superiores. *Somos todos culpados em maior ou menor grau*, pensava Jean-Luc. Se tivesse de dar um nome ao seu tipo de colaboração, ele a chamaria de sobrevivência. Todos tinham o dever de sobreviver, por todos os outros que não podiam.

O *pastis* lhe aguçara o apetite e começou a pensar com satisfação no jantar. A *maman* guardava sempre uma parte das provisões semanais para lhe preparar um jantar com legumes e, se tivessem sorte, um pedaço de pombo. Aos domingos, depois da missa, organizavam uma espécie de almoço na casa de um dos vizinhos, ou na própria casa. Cada um contribuía com o que podia. Legumes da horta, picles que tinham feito no ano anterior, e por vezes alguém chegava animadamente carregando carne num saco de papel; talvez algo que um amigo pegou, ou a própria pessoa. A revelação da carne era sagrada, e um silêncio carregado de expectativa caía sobre eles. A comida compartilhada parecia sempre dar para mais.

Agora, porém, aqueles almoços tinham se tornado uma espécie de tormento para ele. Descobrira que não tinha nada para dizer, e as fofocas dos vizinhos o afastavam com a sua mesquinhez. Pareciam mais preocupados com quem tinha conseguido arranjar manteiga no mercado ilegal ou com quem tinha caçado um coelho do que com quem estava para ser assassinado. A conversa deles não tinha qualquer importância, e quando abordavam o tema das batidas policiais, nunca chegavam a parte alguma. Sentia-se como se estivesse desaparecendo dentro de si mesmo, como se não conseguisse lembrar-se de quem era, ou de quem devia ser.

Naquele domingo, o almoço foi na casa dos Franklin. O irmão de Monsieur Franklin tinha ido caçar no campo e voltara com dois coelhos. O guisado de coelho caiu bem, e com tanta carne no estômago, para variar, a conversa ficou animada.

Foi a mãe dele que começou.

— Acham que, quando esta maldita guerra acabar, ainda restará algum vinho?

Monsieur Franklin foi rápido na resposta:

— Marie-Claire, você sabe bem que temos algum escondido.

— Não sei de nada disso.

— Ah! Muito bem. Nesse caso, eu também não. Mas quando essa maldita guerra acabar, iremos os dois buscá-lo, não é?

— Vou beber a isso — disse a mãe, e ergueu o copo de água.

Monsieur Franklin voltou a sua atenção da mãe para o filho.

— Então, Jean-Luc, como está o novo trabalho?

Jean-Luc sentiu o pulso acelerar, como acontecia sempre que alguém falava do seu trabalho.

— Um pouco perto demais dos boches para o meu gosto.

— *Mais oui*, você está mesmo no coração da coisa, não está?

— O que se passa lá, de verdade? — interrompeu Madame Franklin.

Jean-Luc olhou para ela por um instante, estudando os lábios finos e os olhos de ave. Nada lhe escapava, e ele sabia que tudo o que dissesse seria repetido na manhã seguinte nas filas do racionamento.

— Não sei.

Olhou pela janela, evitando o olhar perscrutador da mãe.

Monsieur Franklin estreitou os olhos para Jean-Luc.

— Ora, vamos, rapaz. Deve saber alguma coisa. O que estão fazendo com todos aqueles prisioneiros? Para onde vão levá-los?

— Não vi nada. Nunca vejo nem os trens nem os prisioneiros.

— Ouvi dizer que são vagões de gado, não trens de passageiros — voltou a interromper Madame Franklin. — E que os prisioneiros têm de deitar na palha, como animais.

Parecia sempre saber mais do que todos os outros.

— Ouvi dizer o mesmo — interveio Madame Cavalier. — E que não há banheiros. Precisam fazer as necessidades num balde.

— Isso é nojento! Como sabe de uma coisa dessas? — perguntou a mãe de Jean-Luc, falando pela primeira vez. — Deve ser um exagero.

Madame Cavalier encolheu os ombros.

— Já viram do que eles são capazes. A mim não me admiraria nada. Prenderam milhares de pessoas, não foi?

— Portanto, devem mandá-las para fora aos milhares. — Monsieur Franklin franziu a testa e virou-se para Jean-Luc. — Talvez você possa descobrir o que estão fazendo com eles.

Jean-Luc devolveu-lhe o olhar.

— O quê?

— Bem, você está no centro de tudo. Não consegue descobrir o que está acontecendo?

— Já lhe disse. Nunca vejo os trens. Começo a trabalhar depois de eles partirem.

— Não pode chegar lá mais cedo?

— Não! — Jean-Luc fez uma pausa, acalmando-se, para tentar manter um tom neutro. — Somos levados até a estação num caminhão militar às sete e meia, todas as manhãs.

— Mas você está perto da estação, não está? Não pode ir a pé até lá? Dar uma olhadinha?

Jean-Luc franziu a testa.

— Não sei... Seria perigoso. Estão sempre nos vigiando. — Ergueu os olhos e viu o desapontamento em seus rostos. Isso o fez se sentir um covarde. — Talvez... talvez se me levantasse muito cedo e conseguisse sair sem ser visto, pudesse ver os trens partirem.

A mãe arquejou e colocou a mão sobre a boca.

— Grande rapaz! — Monsieur Franklin sorriu. — Podia tirar uma foto. Tenho uma câmera.

Uma foto? De que serviria uma foto? Seria arriscar a vida por uma droga de foto. Devia haver outra maneira.

Quando chegaram em casa, a mãe fez uma bebida repugnante de chicória assada e noz de carvalho. Ele aceitou uma xícara, e fingiu beber.

— *Maman*, estive pensando.

— Ah, Deus — zombou ela. — Outra vez?

— Não, é sério. Preciso fazer mais do que tirar apenas uma foto.

— O que quer dizer, filho?

— Preciso fazer alguma coisa. — Jean-Luc semicerrou os olhos. — Alguma coisa que faça a diferença.

Ela inclinou-se para a frente e disse num murmúrio:

— E a Resistência?

— Mas não conheço ninguém.

— Não, eu também não. — A mãe levou a mão à testa. — Devemos estar andando com as pessoas erradas.

Ele ergueu uma sobrancelha.

— Não é uma coisa que se possa perguntar a alguém, não é? "Pertence à Resistência? É que eu gostaria de me alistar também." Acho que temos de esperar que eles nos abordem.

— Nunca ninguém abordou você?

— Não, *maman*. E você?

Ela balançou a cabeça.

— Não. Mas sabe de uma coisa, se tivessem feito isso, eu não teria hesitado. Por outro lado, de que serviria uma velha para eles?

Tinha razão. Não cabia aos velhos lutar; cabia aos jovens, como ele. Jean--Luc queria lutar, queria parar os trens que estavam deportando os prisioneiros sabia--se lá para onde. Mas havia aquela promessa, a que tinha feito ao pai antes de ele partir.

O *papa* o chamara enquanto a mãe esperava na fila para o pão.

— Filho, me prometa uma coisa.

— Claro.

— Prometa que tomará conta da sua mãe depois da minha partida.

O olhar de Jean-Luc não vacilou enquanto encarava o pai.

— Prometo.

— Agora posso partir sabendo que vocês dois ficarão a salvo aqui. Isso me ajudará a encontrar o caminho de volta para casa.

O *papa* o agarrou pela nuca e o puxou para si. Jean-Luc envolveu os braços ao redor do pai e os dois se abraçaram com força por um instante. Então o *papa* se afastou, limpando os olhos com as costas da mão.

Papa. Ele entrou no quarto e olhou para as paredes e para as estantes que o pai tinha cortado, lixado e montado com as próprias mãos. Os livros estavam organizados primeiro por temas – histórias de aventuras numa seção, fantasia em outra – e depois, dos maiores para os menores, todos com as lombadas na posição correta. Conseguia ordenar os seus livros de uma maneira que não conseguia ordenar a sua vida.

CAPÍTULO 7

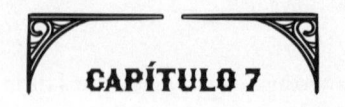

Paris, 30 de março de 1944

JEAN-LUC

— *Eh, les gars.* O que temos esta manhã?

O motorista olhou para os homens pelo retrovisor.

Jacques encolheu os ombros, Frédéric grunhiu. Os outros permaneceram silenciosos, observando os próprios pés enquanto o caminhão avançava pelas ruas escuras e desertas em direção à estação de Bobigny.

— Lembrem-se, nós somos os sortudos — continuou o motorista. — Melhor aqui do que num campo de trabalho qualquer na Alemanha.

Jean-Luc olhou para ele através do espelho. Por que não se limitava a deixá-los em paz? *Putain de collabo!*[9]

— Estamos cansados — resmungou Philippe, esfregando os olhos.

— Cansados? Mas o dia ainda nem começou!

O motorista mudou a marcha, provocando um horrível ranger de metal contra metal. Jean-Luc estremeceu, com pena da caixa de câmbio.

O motorista suspirou.

— Vocês são capazes de achar o dia de hoje ainda mais cansativo.

Deixou o comentário no ar, como se esperasse que alguém perguntasse por quê. Mas ninguém parecia disposto a lhe dar esse prazer.

— Esta manhã o trem saiu atrasado. — Captou o olhar de Jean-Luc. — É verdade. Problemas com o embarque dos passageiros. Alguns decidiram que preferiam não embarcar. — Desviou os olhos do espelho e mudou a marcha para virar uma esquina. Dessa vez a operação decorreu com suavidade e um silêncio de expectativa invadiu o caminhão. Queriam saber o que tinha acontecido, mas nenhum deles pretendia participar da conversa.

— Por isso — continuou o motorista —, a plataforma ainda está um caos. — Estacionou no lugar habitual. — *Enfin, les gars.* Fim da linha.

---

[9] "Colaboracionista filho da puta!", em francês. (N.T.)

Os seis homens desceram da traseira do caminhão, de ombros encurvados como soldados derrotados conduzidos pelos vencedores. Assim que colocaram os pés na plataforma, uma rajada de vento soprou alguma coisa pálida ao longo do cais, e depois para cima, contra o rosto de Jean-Luc. Jean-Luc ouviu a gargalhada jovial de Marcel. Como ele podia rir num momento daqueles?

Então o riso cessou. Jean-Luc tirou aquela coisa do rosto e segurou-a com o braço esticado. Era uma camisola de dormir. Frágil. Feminina. Como teria ido parar ali, flutuando ao longo da plataforma como um fantasma? Desviou os olhos para a plataforma de cimento. Viu um elegante chapéu roxo. Dois chapéus-coco pretos. Uma bengala. Uns óculos partidos. Uma boneca de porcelana, com uma perna quebrada. Um macaco de pelúcia, com o enchimento cor-de-rosa saindo pelo pescoço.

Sentiu o estômago contrair-se numa bola apertada, a bile lhe subindo à garganta. Olhou para os outros cinco homens, tentando avaliar a reação deles. Philippe suspirou antes de entrar na casa do chefe da estação para se apresentar ao serviço. Frédéric ficou lívido e fechou os olhos. Os outros olhavam para o chão, mexendo os pés. Queria ouvi-los dizer alguma coisa – qualquer coisa que o ajudasse a entender a cena que tinha à sua frente. Mas nada daquilo fazia sentido. O mundo tinha enlouquecido.

Olhou para a plataforma, examinando o chão. Um objeto maior, mais para o fim da plataforma, chamou sua atenção. Soube instintivamente o que era – muito grande para ser um brinquedo macio ou uma boneca, mas com uma forma mais ou menos humana. Disse a si mesmo que não podia ser. Tinha de ser um urso de pelúcia grande. Sim, um urso de pelúcia muito grande. Sua mente ficou vazia e ele olhou para a cena como se fosse um filme que tivesse parado de repente. Então a ação recomeçou, e já não restava a menor dúvida.

— Entra na casa! — gritou o guarda.

Jean-Luc entrou aos tropeções na sala que servia de escritório. Alguém lhe enfiou um pedaço de pão duro em uma das mãos e uma caneca de café na outra. Ele deixou cair ambos. Quando a caneca se estilhaçou no chão, espalhando o líquido quente, olhou ao redor para os rostos chocados, aguardando – temendo – a próxima cena.

Sentiu o cassetete lhe bater no ombro, mas não fez qualquer gesto para se proteger.

— *Achtung!*[10] Lá para fora! — gritou-lhe uma voz ao ouvido. — Já! Limpar a plataforma.

Saiu para a plataforma de cimento cambaleando e começou a pegar os objetos: dois pares de óculos quebrados, o chapéu. Estava se aproximando do fim da plataforma, sentindo-se atraído pelo que tinha visto antes. Ergueu os olhos, esquadrinhando a área. Não conseguia mais ver. Teria imaginado? Só podia ser. Então viu um grupo de

---

[10] "Atenção!", em alemão. (N.T.)

homens arrastando uma coisa pelo chão em direção a um carrinho de mina que aguardava. Avançou alguns passos, perguntando-se se estariam arrastando um saco cheio de roupa ou lixo. Mas no fundo do coração sabia que não era isso. Ficou observando os homens levantarem o objeto e o atirarem para dentro do carrinho.

◈

Naquele sábado, voltou para casa num estado de aturdido desespero. Mal falou com a mãe e foi direto para o quarto que tinha sido seu desde que nascera. Sentado na cama, olhou para as estantes. *Os três mosqueteiros* o olhavam do alto com expressões de zombaria. Quando era um menino, sonhara crescer e tornar-se um homem alto e forte, como os mosqueteiros, esplêndido e destemido – alguém de quem o pai pudesse se orgulhar. Não o homem de coração fraco que naquele momento se sentia.

A porta abriu-se com um rangido e a mãe entrou no quarto sem fazer ruído.

— O que aconteceu, filho?

Jean-Luc olhou para ela, para as rugas ao redor de sua boca, para as sombras escuras sob seus olhos. E soube que não seria capaz de lhe dizer.

— Não posso continuar. — Fez uma pausa. — Não quero fazer parte disso.

— Eu sei que é difícil. A maldita guerra é difícil para todos nós.

— Você não sabe tudo, *maman*. Não sabe.

Ela sentou-se na cama a seu lado e pousou-lhe a mão no ombro.

— O que eu não sei?

Ele sacudiu a cabeça, como se com aquele gesto pudesse expulsar o conhecimento.

— Quero saber o que tanto te perturba, filho.

Ele mirou seus olhos, que estavam brilhantes de preocupação.

— Não, não quer. Não de verdade.

— Deixe que eu julgue isso. Sou uma mulher durona, sabia?

— Ninguém é assim tão durão, *maman*.

— Então vamos ver. — A mãe apertou-lhe a mão esquerda. — Você sempre falou comigo. Não pare agora. Precisamos um do outro mais do que nunca, e eu vejo que está sofrendo.

— Estão matando todos eles. — As palavras saíram de uma vez só. — Eu vi. Vi na plataforma. Corpos. Um bebê. Havia um bebê morto, caído na plataforma.

Sentiu a mãe ficar rígida ao seu lado. Largou a mão dele e entrelaçou as suas, os nós dos dedos ficando brancos.

— Um bebê? Tem certeza? Sabemos que fuzilam adultos, membros da Resistência, imigrantes judeus, mas...

— Eu vi, *maman*, caído na plataforma, depois de o trem ter partido. Então o levaram.

— Talvez tenha imaginado. Está sob uma grande pressão, trabalhando para os boches. Não é de espantar. Precisa de descanso.

Ela levantou a mão para lhe tocar o ombro, mas ele inclinou-se para a frente e escondeu o rosto nas mãos.

— Eu sabia que ninguém ia acreditar em mim.

— Não é isso. Acredito que você pensa ter visto um bebê morto, mas tem certeza mesmo de que estava lá? Pelo amor de Deus, por que eles matariam um bebê?

Jean-Luc ergueu o rosto das mãos e olhou para a mãe.

— O que você acha? O que pensa que está acontecendo? Prender todos os judeus, enviá-los para "reassentamento". O que pensa que estão na verdade fazendo com eles?

— Estão sendo enviados para campos de trabalho.

— O quê? Velhas? Velhos? Bebês? — Fez uma pausa. — Só levaram o *papa* para o campo de trabalho, não foi? Não levaram você. Nem me levaram. Eles me queriam aqui para trabalhar nos trilhos, e não a quiseram porque não é forte o suficiente. Por que então levar todos os judeus? Até os velhos e os fracos. Não servem para nada.

A mãe balançou a cabeça.

— Pense nisso, *maman*.

— Não, filho. Está indo longe demais. Tem de parar de pensar assim. Não está ajudando.

— Não está ajudando? — Levantou-se de um salto, a frustração apertando-lhe a garganta, sufocando-o. — Por que não vê o que está acontecendo?

Começou a tirar os livros da estante e a atirá-los no chão, um a um.

Já não queria saber do que pudesse lhe acontecer. Só sabia que tinha de fazer alguma coisa.

CAPÍTULO 8

Paris, 3 de abril de 1944

JEAN-LUC

— Salut, les gars.

O motorista cumprimentou-os com um aceno de cabeça enquanto subiam para a traseira do caminhão.

Como sempre, os homens o ignoraram. Em circunstâncias normais, vendo a mesma pessoa todos os dias, Jean-Luc teria lhe perguntado como se chamava. Mas não queria saber nada a respeito daquele homem. Olhou pela janela. Era um daqueles dias de início da primavera. O sol nascia, brilhando num céu sem nuvens – claro, mas ainda fraco para aquecer o ar. Sentia os joelhos agitados, cheios de inquieta energia. Agarrou a nuca com as duas mãos e girou a cabeça de um lado para o outro, numa patética tentativa para se acalmar. Tinha de fazer alguma coisa. Prometera a si mesmo que faria. E agora uma ideia crescia em sua mente. Era apenas uma ideia, e não sabia se seria capaz de colocá-la em prática, mas começou a imaginar que sim.

E se conseguisse fazer um trem descarrilar? Só precisaria soltar os parafusos das talas de junção e depois usar um pé de cabra para desalinhar os trilhos. Talvez nem fosse assim tão difícil. Mas não podia fazê-lo sozinho; precisava que Frédéric fosse seu cúmplice, que aprovasse o seu trabalho quando o verificasse ao fim do dia. Sabia que se confrontasse Frédéric com um fato consumado, ele não teria alternativa senão concordar. Não era o tipo de homem que denunciaria um amigo. Ou seria?

Olhou para o colega, questionando-se. Era evidente que, tanto quanto ele, Frédéric não gostava de trabalhar para os boches, mas cometer um ato de sabotagem? Isso exigia coragem. Se fossem apanhados, enfrentariam o pelotão de fuzilamento, mas não sem antes terem sido interrogados e torturados. *Torturados!* Fechou os olhos, bloqueando o pensamento antes que ele se enraizasse.

De repente, Frédéric olhou para ele, e os olhos de ambos encontraram-se num instante de mútuo entendimento. O que diabos estavam fazendo ali?

Os planos de Jean-Luc retomaram sua atenção. Valeria a pena? Provavelmente, não faria mais do que atrasar o trem, mas isso já era alguma coisa. E ia enfurecer os boches, isso era certo. Seu coração começou a bater mais depressa quando imaginou a composição saindo dos trilhos – o caos que ia causar. A ideia o excitava. Seria a sua oportunidade de fazer alguma coisa? Enquanto se imaginava colocando o plano em ação, o ressentimento impotente que antes sentira transformou-se em raiva. Raiva por terem levado seu pai, raiva por ter visto um bebê morto caído na plataforma, como se não passasse de uma mala abandonada. E também raiva contra si e contra todos os que ficaram olhando em silêncio, paralisados pelo terror de perderem a própria vida.

— Aqui estamos. Bobigny outra vez — anunciou o motorista.

Como sempre, dirigiram-se à casa do chefe da estação para se apresentarem ao serviço e receberem o magro café da manhã – uma caneca de café e um pedaço de pão duro. Jean-Luc bebeu o líquido marrom de um só gole, mas atirou o pão nos trilhos. Seu estômago dava voltas. Seria mesmo capaz de fazer isso?

Dirigiu-se ao depósito de ferramentas, onde pegou uma chave inglesa para as talas de junção e um grande pé de cabra. Olhou para os outros homens que ainda mastigavam os seus pedaços de pão, afastou-se ao longo da linha, à procura da pequena fresta onde uma série de trilhos se juntavam. Não demorou a encontrar uma. Abaixou-se e examinou com cuidado a primeira tala de junção. Os parafusos pareciam enferrujados. Se ia realmente fazer aquilo, tinha de experimentar primeiro – cronometrar para ver quanto tempo demorava a soltar um parafuso, e então multiplicá-lo por quatro. Calculou que era trabalho para uns bons quinze minutos. Os guardas pareciam passar de meia em meia hora, em média.

Sentiu as pernas fraquejarem quando as dobrou debaixo do corpo ao sentar-se no chão olhando para os parafusos enferrujados e tentando respirar com normalidade. O suor escorria de suas axilas e, de repente, sua boca ficou seca. Sabia que se não o fizesse naquele momento, nunca mais o faria. E teria de conviver com a sua covardia pelo resto da vida.

Inspirou fundo, tentando abrandar as batidas do coração, pegou a chave e encaixou-a no primeiro parafuso. Puxou a manga para cima e olhou para o relógio – exatamente 7h41. Girou o parafuso. Estava preso. Empurrou para baixo com força, colocando todo o seu peso no cabo da chave. Com a respiração acelerada, conseguiu dar uma volta, e depois outra. Depois disso, foi fácil. Quando o parafuso se soltou, voltou a olhar para o relógio – 7h43 e quarenta segundos. Quase três minutos. O que significava nove minutos no total para os outros três parafusos. Tinha tempo. Podia fazê-lo.

— Jean-Luc! — A voz de Frédéric percorreu-o como uma descarga elétrica. — O que está fazendo? Hoje devemos trabalhar na outra extremidade da linha.

A chave inglesa caiu da sua mão e bateu no trilho com um clangor metálico. Ainda de joelhos, olhou ao redor, para ver quem poderia ouvi-los. Mas ainda era cedo e só dois guardas estavam ali por perto, fumando e conversando. Olharam para ele, captando-lhe o olhar. Ele reteve a respiração. Mas os soldados pareceram mal percebê-lo e inclinaram-se um para o outro, obviamente absortos na conversa. Jean-Luc exalou devagar e virou-se para Frédéric. Concentrou-se em manter o tom baixo e firme enquanto dizia:

— Essa tala está solta.

— Bom, então resolva logo isso! — disse Frédéric, e afastou-se.

Voltou a pegar na chave e colocou-a sobre o segundo parafuso, a mão esquerda agarrando a direita para exercer mais pressão. O parafuso girou sem grande dificuldade. Em apenas três minutos, estava solto. Passou ao terceiro parafuso. A mão escorregava no cabo da chave inglesa e o macacão colava-se ao seu corpo. Passaram-se três minutos e quarenta segundos.

Colocou a boca da chave sobre o quarto e último parafuso. Sentiu um aperto na garganta. Estava completamente enferrujado, não se mexia. Pressionou cada vez mais forte, o pulso dolorido pelo esforço. Olhou para o relógio. Tinha passado um minuto e não conseguira avançar um milímetro. Tinha de soltar os quatro parafusos, ou não funcionaria. Fez uma pausa, inspirou fundo. Ia fazer mais uma tentativa. Dessa vez bateu com a chave no metal enferrujado antes de fixá-la na cabeça do parafuso, e então empurrou o cabo de aço com toda a força. Começou a se soltar. Passaram-se mais três minutos e meio.

Restavam-lhe apenas dois minutos para usar o pé de cabra. Pegou-o e o enfiou com força na terra por baixo do trilho, o coração martelando o seu peito. Não conseguia respirar; abriu muito a boca, para encher os pulmões de ar. Ouviu ordens gritadas: "*Achtung! Vorwärts marsch!*".[11] Mas não ergueu os olhos. Empurrou o pé de cabra com toda a força. O trilho começou a se mover. Forçou-o a sair do alinhamento.

Então um barulho as suas costas o fez dar um salto. Passos pesados. Voltou-se para olhar.

Era o comandante do campo, que avançava na direção dele. *Merde!* Voltou a olhar para o trilho. *Por favor, Deus*, rezou. *Por favor, faça-o ir embora.*

Os passos soavam mais alto. Mais próximos. As mãos de Jean-Luc tremiam quando puxou o pé de cabra e o colocou do outro lado, como se a sua intenção fosse endireitar o trilho.

Virou o pescoço à procura de Brunner. Estava falando com um dos guardas. Ouviu gargalhadas guturais. Então os dois homens se afastaram. Jean-Luc voltou-se de novo

---

[11] "Atenção! Marchar em frente!", em alemão. (N.T.)

para o trilho, as mãos ainda trêmulas. Tinha de fazer aquilo. Tornou a enfiar o pé de cabra do outro lado e preparou-se para usar toda a sua força e empurrar o trilho para fora.

Aconteceu tão depressa que ele nem percebeu. O pé de cabra escorregou e ricocheteou. Uma dor lhe atravessou o rosto, como uma faca cortando-o. Largou tudo e levou as mãos à pele ferida. O sangue lhe correu pelas mãos. Não conseguia enxergar. Então uma pancada na perna o fez cair. Ele gritou.

Mãos rudes o arrastaram para longe dos trilhos. Então dois homens o pegaram e o jogaram em um caminhão.

CAPÍTULO 9

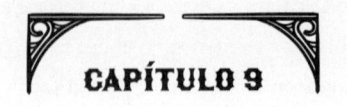

Paris, 3 de abril de 1944

CHARLOTTE

— Outra vez atrasada. — A *maman* colocou um pedaço de pão duro na minha mão enquanto eu corria para a porta. — Você precisa se levantar mais cedo.

Dizia sempre a mesma coisa, todas as manhãs, mas, para ser sincera, eu achava que às seis e meia era cedo o suficiente. Era uma longa viagem do nosso apartamento na Rue Montorgueil até o Hospital Beaujon em Clichy, mas eu não me importava – a viagem de ida e volta de metrô me fazia sentir muito adulta, aos dezoito anos.

Fora a *maman* que me arranjara o emprego. Ela me queria fora do apartamento, onde eu "passava a vida enfiada nos livros", como ela dizia. Além disso, também queria as provisões a mais que o meu trabalho nos proporcionava. A princípio, o *papa* não queria que eu fosse – afinal, era um hospital alemão – mas a *maman* o convenceu. Disse que não era como se eu estivesse revelando segredos de Estado ou denunciando um vizinho. Acrescentara algo a respeito de "cuidar dos feridos" ser uma boa ocupação para moças em tempo de guerra. Em meus pensamentos, eu me perguntava se não seria uma ocupação melhor para os rapazes; talvez os fizesse pensar antes de se meterem em guerras. Seja como for, nem todos os pacientes eram alemães. Havia também muitos soldados franceses, que deviam ter se alistado. Havia inúmeros centros de recrutamento por toda a cidade de Paris.

Passava os meus dias esfregando chão, dando de comer aos que tinham perdido a visão ou o uso das mãos, ou apenas ficava sentada ouvindo os pacientes franceses. Os casos mais difíceis eram aqueles a quem fora amputado um membro, mas continuavam sentindo-o como uma dor insuportável; era a "síndrome do membro fantasma", explicou um dos médicos. Não havia nada capaz de consolá-los.

Descobri que todos os homens pareciam iguais numa cama de hospital. Vulneráveis. Inofensivos. A língua que falavam era a única maneira de perceber de onde vinham. Apesar de o hospital ser regido por normas estritas, confortar os feridos era encorajado, e era uma coisa que eu gostava de fazer, apesar de continuar a preferir que não fosse um hospital alemão. A ironia da situação não me passava despercebida, pois ali estava eu, ajudando o inimigo a se recuperar enquanto outros franceses mais patrióticos arriscavam a vida para fazer o oposto.

Quando por fim cheguei ao hospital naquela manhã, fui direto ao vestiário, tirei o uniforme do armário e vesti-o, certificando-me em frente do espelho de corpo inteiro que estava limpo e arrumado. Estava quase atrasada, mas só quase, e fiz uma pausa para me virar de lado e estudar o meu corpo. Reto era a palavra. Nada de relevos ou curvas que indicassem que eu estava me tornando uma mulher. Quatro anos de Ocupação tinham-me deixado com uma profunda sensação de vazio. Não era só a constante fome física; havia também uma fome emocional. Estava ansiosa para experimentar a vida. Sabia que havia um mundo lá fora, um mundo onde as pessoas riam, dançavam, bebiam, se beijavam, faziam amor, e eu estava perdendo tudo isso.

Passei as mãos pelo peito. As palavras da *maman* ecoaram em meus ouvidos. "Não vale a pena arrumar um *soutien* para você." Lembro-me da animação que senti com minha primeira menstruação, e da decepção quando parou depois de apenas três meses, como se não visse razão para ter começado. "Não sabe a sorte que tem", disse a *maman*. "Não passa de uma maldição." Mas eu queria que o meu corpo mudasse, ansiava ser tocada em lugares que não me atrevia a mencionar.

Virei-me para ver o meu rosto. Tentei sorrir. Sim, sem dúvida melhor. Mas não tinha vontade de sorrir, nem quando os pacientes tentavam me paquerar. De qualquer maneira, a maior parte deles não tinha nenhuma graça. Causavam-me arrepios com os seus estúpidos comentários sobre "mãos frias, coração quente", ou "adoro esse uniforme". Preferia os calados, e tinha pena dos que estavam com muita dor, mas faziam cara de fortes e engoliam as lágrimas quando eu os ajudava a se sentarem.

Alisei os cabelos, desejando poder lavá-los. Estavam gordurosos, mas havia muito pouco sabão e *maman* limitou as minhas lavagens de cabelo a uma por semana. Também não tinha autorização para me maquiar, mas isso não me preocupava tanto; meus cílios eram compridos e escuros, e se eu beliscasse minhas bochechas parecia que estava usando *blush*.

— *Allez, allez!* — A enfermeira-chefe entrou de repente no vestiário. Olhou para o meu reflexo no espelho e eu olhei para o dela. Isso colocou uma boa distância entre nós. — Não é o momento de ficar se admirando — disse, num tom frio. — Há trabalho para fazer.

— Desculpe — disse eu, e tirei de suas mãos o balde e o esfregão.

CAPÍTULO 10

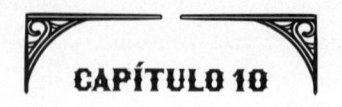

Paris, 3 de abril de 1944

JEAN-LUC

— Ruhig zu halten!¹²

Jean-Luc sentiu que lhe enfiavam um pedaço de couro na boca. Ele mordeu com força engolindo o grito. Ah, Deus, o que estavam fazendo com ele? Era como se estivessem rasgando o seu rosto com uma faca.

Seu coração acelerou desenfreado ao se lembrar da cena. Brunner aproximando-se. O pé de cabra. O brilho metálico em frente dos seus olhos antes de lhe atingir o rosto, a pancada na perna. Alguém tinha batido nele? Tinham percebido o que estava fazendo? Como? Não lhes passou pela cabeça que estava tentando sabotar a linha. Ou passou? Ah, Deus, e se perceberam?

Um brilho de metal prateado chamou sua atenção quando olhou para a lâmpada fluorescente. Aproximava-se do seu rosto. Ele cuspiu o pedaço de couro e gritou.

— Ruhig zu halten! — alguém gritou de novo. — Halte ihn fest!¹³

Girou a cabeça. Rostos distorcidos entraram em sua linha de visão e então desapareceram, substituídos por uma luz branca ofuscante. O cheiro de alvejante e desinfetante arranhou o fundo da sua garganta e o fez querer vomitar. Palavras em alemão ricocheteavam em sua cabeça latejante.

— Por favor — suplicou. — Parem. Parem. Eu vou dizer...

— Es ist aus. Está pronto.

Está pronto? Tinham acabado? Perguntou-se o que teria dito a eles. Sabia que havia balbuciado, chorado e suplicado. Tinha os olhos úmidos e a boca seca. A dor na lateral do rosto o trespassava como uma faca afiada, a dor latejante na perna vibrava ao longo de todo o seu corpo. De repente, sentiu frio. Um violento tremor apoderou-se dele. Se ao menos alguém lhe desse um cobertor.

---

¹² "Tenha calma!", em alemão. (N.T.)
¹³ "Segure-o!", em alemão. (N.T.)

Mãos agarraram os seus ombros, puxando-o para cima como se quisessem obrigá-lo a se sentar. Tentou levantar a cabeça, mas era sacudido por convulsões e não conseguia controlar os movimentos. Então sentiu uma mão na nuca. Um copo de água pressionado contra os seus lábios. Bebeu um gole, e percebeu que alguém tinha colocado três comprimidos em sua mão. Olhou para eles. Pareciam focar-se e desfocar-se em sua palma trêmula. Eram brancos, mas não fazia ideia do que seriam.

— Analgésicos — disse uma voz com sotaque alemão.

Engoliu-os de uma vez, bebeu mais água e então fechou os olhos, com a respiração pesada de dor, pedindo a Deus que fizessem efeito rápido.

A perna! O que acontecera com sua perna? Tentou se sentar de novo, para ver.

Uma mão empurrou-o para baixo.

— *Nein! Non!*

Estava deitado numa coisa qualquer que tinha rodas. Sentiu que o levavam para outro lugar. Pousou a cabeça, olhando o teto branco, tentando bloquear a dor. Ouvia uma mistura de gemidos, conversas e gritos, e até uma ou outra gargalhada. Por vezes ele pegava uma frase inteira em francês, logo interrompida por alemão, e ficava de novo perdido. Onde diabos estava?

Enquanto o empurravam, virou a cabeça para um lado, olhando através dos olhos embaçados. Distinguiu filas de camas brancas. Graças a Deus! Devia ser um hospital!

Não o estavam interrogando. Estavam cuidando dele.

A dor começou a diminuir. Sentia a cabeça leve. A única coisa que desejava era o esquecimento, de modo que se deixou levar.

⁂

Quando acordou, sentiu-se zonzo, e o rosto e a perna continuavam a latejar dolorosamente. Levou a mão ao rosto e encontrou-o envolto em curativos. Deus, o que fizera a si mesmo? Ouviu os protestos do estômago e perguntou-se, de maneira vaga, quando tinha sido a última vez em que comeu alguma coisa. Ficou numa posição meio sentada e olhou ao redor. Enfermeiras vestidas de branco se moviam de um lado para o outro pelo corredor central, desviando-se de vez em quando para um dos lados para ver um paciente, quase sempre de termômetro na mão.

— *Willkommen* — disse uma voz em alemão da cama à sua esquerda.

Virou-se para ver o dono da voz.

— *Bonjour.*

— Você é francês. Como se chama?

— Beauchamp.

— O que aconteceu com você?

— Um acidente ferroviário.

— Bem, agora tem uma bela cicatriz para mostrar aos seus filhos.

— Não tenho filhos.

O boche riu.

— Eu quis dizer futuros filhos. A propósito, sou o soldado Kleinhart. Prazer em conhecê-lo. Levei um tiro na perna... dois terroristas malucos atirando à toa.

— Sinto muito.

Que outra coisa ele podia dizer?

— Não se preocupe. Eles os pegaram e agora estão cuidando deles.

Jean-Luc fechou os olhos, tentando bloquear a imagem dos homens torturados que inundou a sua mente. Não conseguia aguentar mais dor.

Abriu os olhos. Kleinhart estava olhando para ele. Tinha de dizer alguma coisa. Não era o momento para ser herói.

— Sim, precisam aprender uma lição.

— Exato. — Kleinhart recostou a cabeça no travesseiro. — O medo sempre dá resultado. É incrível como as pessoas aprendem depressa quando são ensinadas com medo.

A simples palavra fez as entranhas de Jean-Luc se contraírem. Tentou não imaginar o que poderiam fazer com ele, e não conseguiu deixar de olhar para as unhas das mãos, verificando se continuavam todas lá.

Uma enfermeira se aproximou, sacudindo um termômetro.

— *Guten Morgen, Krankenschwester*[14] — o alemão cumprimentou-a, com um sorriso.

— Bom dia, *monsieur* — respondeu ela. Então voltou-se para Jean-Luc, fixando os olhos cor de chocolate nos dele. — Abra a boca, por favor, *monsieur*.

Obediente, ele fez o que lhe mandavam, olhando-a enquanto ela colocava o termômetro debaixo da sua língua. Sentiu o corte no rosto se esticar, como se pudesse se abrir de novo. Fechou os lábios em torno do tubo de vidro, acalmando a respiração enquanto estudava a enfermeira. Parecia ser muito nova; a pele suave e pálida não apresentava nenhuma imperfeição. Isso o fez pensar numa tela em branco.

Ela notou o olhar dele enquanto lhe tirava o termômetro da boca, e desviou rapidamente os olhos.

— Onde estou? — Jean-Luc tentou restabelecer o contato visual, mas ela tinha os olhos fixos no termômetro.

De súbito, virou-se e olhou de frente para ele, os olhos escuros brilhando.

— No Hospital Beaujon.

---

[14] "Bom dia, enfermeira", em alemão. (N.T.)

A voz soou íntima, quase um sussurro, como se só ele devesse ouvi-la. Jean-Luc a encarou.

— Hospital Beaujon?

— É um hospital alemão.

O coração dele bateu mais depressa, latejando em seus ouvidos. Claro! Era por isso que todo mundo ali falava alemão. Mas por que o teriam mandado para um hospital alemão? Olhou ao redor, notando a frenética eficiência dos boches, a brancura engomada do lugar. Era provável que estivesse em boas mãos. Mas por que não lhe deram nenhum anestésico antes de suturarem a ferida? Por ser francês? Ou por suspeitarem dele?

Se suspeitassem que tentara sabotar a linha férrea, o teriam levado com certeza para um hospital público francês, ou até para interrogatório, sem mais formalidades. Não suspeitavam. Não podiam. Mas o que aconteceu com sua perna?

A enfermeira estava ocupada arrumando os cantos inferiores dos lençóis. Esperou que terminasse, e quando ela se virou para ele, perguntou.

— Sabe... o que aconteceu com a minha perna?

Sem dizer uma palavra, ela pegou a prancheta que devia estar pendurada nos pés da cama. Olhou para ela, de testa franzida.

— Peço desculpas, não sei. Está tudo em alemão...

— Deixe-me dar uma olhada — pediu o boche da cama ao lado.

Sem dizer nada, ela lhe entregou a prancheta.

— Fratura do fêmur. — O boche fez uma pausa. — Você foi atropelado por um trem?

— Não. — Jean-Luc sentiu-se de novo zonzo. — Um pedaço de trilho se soltou e me atingiu o rosto.

— Você trabalha na ferrovia?

— Sim.

— Bem, é melhor ter mais cuidado da próxima vez.

Jean-Luc assentiu e voltou-se de novo para a enfermeira. Percebeu que ela estava se preparando para ir embora, mas a sua presença o confortava. Pelo menos era francesa.

— Quanto tempo vou ficar aqui, enfermeira?

Tentou sorrir, mas doía muito.

— Não sei. Vai ter de perguntar ao médico.

E afastou-se, deixando-o sozinho com o boche.

CAPÍTULO 11

Paris, 4 de abril de 1944

CHARLOTTE

Como se o toque de recolher obrigatório imposto pelos boches não fosse ruim o suficiente, meus pais tinham implementado o deles. Tinha de estar em casa às oito, apesar de, com dezoito anos, estar ansiosa para sair à noite – ir a um café, ou a um dos *bals clandestins* de que as pessoas falavam animadamente em voz baixa. O meu único entretenimento era nas noites de sexta-feira, quando tinha permissão para ficar com algumas amigas. *Maman* nos deixava usar a biblioteca, que era muito mais acolhedora do que o salão, com os seus austeros estofados estilo Luís XVI. Os da biblioteca tinham vindo da nossa casa de campo, e o couro que os forrava era gasto e macio. Gostávamos de nos esparramar neles, fingindo que fumávamos e que éramos decadentes, quando na realidade nos limitávamos a roer palitos de alcaçuz e a beber o chá que *maman* tinha mandado vir da Inglaterra antes da guerra.

— Sabia que o Marc foi embora?

Agnès chupou o seu alcaçuz olhando para mim pelo canto do olho.

— Mas ele é católico.

Meu coração acelerou. Não podiam tê-lo levado.

— Não, bobona. Ele foi se juntar ao Maquis.[15]

— Não!

— Ele não veio se despedir de você?

Eu gostava do Marc, e Agnès sabia. Balancei a cabeça. Olharam para mim, os olhos cheios de pena.

— Não se preocupe — disse Mathilde. — Ele não se despediu de ninguém. Só sabemos porque a mãe dele disse à minha quando estavam na fila do racionamento. Está muito preocupada, claro. Os boches os matam quando os encontram.

Perguntei-me como ela podia dizer aquelas coisas num tom tão casual.

---

[15] Termo que designa os grupos da Resistência Francesa. (N.T.)

— Bem, pelo menos ele está fazendo alguma coisa. — Fiz uma pausa, organizando as ideias. — Vocês não querem fazer alguma coisa?

Olhei de uma para outra, mas só encontrei expressões vazias.

— É muito perigoso — disse Agnès, por fim. — Não vou para as montanhas me juntar ao Maquis. Eles vivem como selvagens, dormem ao relento. Consegue imaginar uma coisa dessas?

— Mas pelo menos estão tentando, não estão? Estão fazendo o que podem.

Queria defendê-los.

— Acho que eles são muito corajosos — Mathilde acrescentou. — Mas eu não seria capaz de fazer isso. Eu não serviria de nada, de qualquer modo; confessaria tudo o que soubesse no instante em que fosse presa. — Estremeceu. — Os boches fazem coisas horríveis com eles quando os pegam.

— Imagina ter de levar uma mensagem escondida. Estaria tão nervosa que todos perceberiam — disse Agnès em voz baixa.

Suspirei.

— Eu também. Mas se alguém me pedisse, acho que gostaria de tentar.

— Tem notícias de Jacques? — perguntou Agnès de repente, mudando de assunto.

Jacques tinha desaparecido uma noite no mês anterior. Já tinha sido expulso da Sorbonne devido à sua ascendência judaica, e Mathilde estava passando as anotações de outros estudantes para ele, mas da última vez que tinham ficado de se encontrar, ele não aparecera. Soubemos mais tarde que fora preso e levado para Drancy.

— Quem me dera tê-lo convidado a ficar com a gente — disse Mathilde, numa voz apagada.

— Seria muito perigoso. — Agnès estendeu a mão e tocou no cotovelo de Mathilde. — Se o tivessem encontrado em sua casa, teriam levado você também, e a sua família.

— Espero que possamos continuar amigos quando ele voltar. — A voz de Mathilde quebrou-se, e eu compreendi a sua perturbação. Quantas vezes ficamos sem reação enquanto nossos vizinhos e amigos eram deportados sabe Deus para onde? Todos nos sentíamos de certo modo cúmplices, embora nunca o disséssemos em voz alta. Afinal, o que poderíamos fazer?

— Ouviram falar do homem que matou um nazista na Printemps? — Agnès voltou a mudar o tom da conversa. Parecia sempre saber das coisas antes de todo mundo. O fato de trabalhar na padaria talvez ajudasse; as pessoas falavam enquanto aguardavam duas horas na fila do pão. Olhamos para ela, à espera de mais informações. — Sim. Em plena luz do dia, no andar de baixo, onde vendem as bolsas. — Esperou um minuto para nos deixar assimilar. — Ele sabia que ia ser preso e executado, mas agiu mesmo assim. Foi muito corajoso, não? — perguntou, depois de uma pausa.

— Mas vários prisioneiros franceses foram mortos em represália — disse Mathilde. — Acha que valeu a pena? — Levantou-se da poltrona. — Eu não tenho tanta certeza.

Pensei por um instante.

— Acho que só enfurece os boches e os faz nos tratarem ainda pior.

— Concordo. — Mathilde olhou para mim. — Não será matando boches ao acaso que vamos ganhar a guerra.

Ela voltou a se sentar na poltrona.

— Ouvi dizer que o De Gaulle está tentando reunir um exército em Londres. — Agnès inclinou-se para a frente, sussurrando. — Um dia eles virão nos ajudar a combater os boches.

— Temos de estar prontas para quando eles chegarem.

Queria muito que houvesse algo que eu pudesse fazer.

— Prontas? — Agnès riu. — Ah, sim, eu vou estar pronta. Mais do que pronta! Assim que eles chegarem, vou beijá-los.

— Eu também! — concordou Mathilde. — Não me importaria de beijar um inglês bonito.

Todas riram.

— Gostaria de ter uma dessas novas bolsas em forma de máscara antigás.

Agnès tinha mais uma vez mudado de assunto. Mathilde sorriu.

— Sim, estão na moda. Mas são muito caras.

— E gostaria de usar um turbante — continuou Agnès, tocando nos cabelos compridos e encaracolados. — São elegantes, mas a minha mãe não deixa. Diz que faz as pessoas parecerem camponesas.

— Bem, é preciso saber usá-los, e depois completá-los com um bonito par de brincos. — Mathilde parecia estar gostando do rumo da conversa, mas eu me perguntava se deveríamos falar de moda e de cabelos àquela altura. Parecia tão trivial, tão sem sentido. Éramos garotas assim tão mesquinhas? Esse pensamento me deprimiu.

— Sabiam que Madame Clermont, da farmácia, está saindo com um nazista?

Outra vez Agnès mudou de assunto. Assenti. Tinha ouvido rumores.

— Ele é um SS — acrescentou ela, num tom de conspiração.

— Isso é nojento. — Mathilde cuspiu as palavras, os olhos incendiados de fúria. — Essa mulher merece morrer.

Agnès pôs-se de pé e dirigiu-se ao piano. Levantou a tampa e bateu numa tecla com força. Começou a tocar "Mon Légionnaire". Mathilde levantou-se também e acompanhou-a, debruçada sobre o piano, mas naquela noite eu não estava com disposição para música.

De repente, Agnès parou de tocar.

— Charlotte. — Virou-se para mim. — Espero que não se importe que eu pergunte, mas por que está trabalhando num hospital dos boches?

Senti as faces arderem.

— Para sua informação, nem todos são boches; até há muitos franceses.

— Sim, *collabos*. É a mesma coisa.

— Eu acho que é pior — interveio Mathilde. — Eles não precisavam se alistar, não é? Escolheram fazer isso.

— Foi *maman* que me conseguiu o emprego. Queria que eu trabalhasse — disse eu, ignorando o último comentário. Mathilde via sempre tudo preto no branco.

— A sua mãe? Pensei que ela odiasse os boches.

— Claro que odeia. Mas disse que tratar dos doentes era uma boa ocupação para uma jovem em tempo de guerra.

Imitei a voz imperiosa de *maman*, e elas riram.

— Mas não devia. — Mathilde olhou para mim com frieza. — Você é adulta. Não tem que fazer tudo o que ela diz.

Eu a encarei, pensando que talvez tivesse razão; tinha de começar a fazer as minhas escolhas.

— Pensei que você fosse para a Sorbonne depois dos exames. Achei que quisesse estudar literatura. Tirou notas tão boas no *baccalauréat*.[16]

Agnès fechou o piano com uma pancada. Estremeci; *maman* tinha-me ensinado a fechá-lo com gentileza, sem ruído.

— Sim, tenho muitas saudades de estudar.

— Bem, pode estudar sozinha. Não precisa ir para a universidade para isso, não é?

— Não é a mesma coisa. Há mais num livro do que palavras numa página.

Agnès encolheu os ombros.

— Seja como for, parece não valer muito a pena, neste momento.

— Sei o que quer dizer — concordou Mathilde. — Parece uma coisa fútil estudar quando há pessoas sendo presas e mortas. — Fez uma pausa. — Talvez a sua mãe tenha razão.

— Sim, *maman* disse que não vê motivo para insistir na educação quando o futuro é tão incerto e que, de qualquer forma, as fichas de racionamento extra são mais úteis. — Fiz uma pausa. — A educação é um luxo que não podemos mais nos permitir.

— É o que a sua mãe diz? — perguntou Mathilde, franzindo a testa.

— Não, é o que eu digo.

---

[16] Diploma para ingressar na faculdade. (N.T.)

— Engraçado, não é? Sendo vocês tão ricos.

— Estou falando em termos morais.

A ruga na testa de Mathilde aprofundou-se.

— Morais?

— Bem, neste momento temos outras prioridades, não temos? Esperava não a ter ofendido.

— Sim, mas o que podemos fazer?

Agnès levantou-se e suspirou, como se a conversa a aborrecesse.

— Não sei como é com você, mas eu estou sempre com fome. — Deu uma palmadinha na barriga lisa. — Mas ao menos continuamos magras, não é?

Meu estômago roncou, como se concordasse.

— Magras demais.

— No sábado passado, comemos cordeiro! — Agnès inclinou-se para a frente, sussurrando. — *Maman* penhorou o colar de pérolas para comprar a carne no mercado ilegal... era o aniversário de *papa*.

Senti uma ruga surgir em minha testa.

— *Maman* não gosta de recorrer ao mercado ilegal.

— Mas não se importa que você trabalhe num hospital dos boches? Meus pais nunca me deixariam fazer uma coisa dessas. — Agnès semicerrou os olhos. — Tente ficar longe de problemas.

Fiquei olhando para ela, perguntando-me o que queria dizer com aquilo.

— Você sabe como são os soldados. São capazes de tudo por...

— Pelo quê? — perguntou Mathilde.

Agnès tocou o nariz com a ponta do dedo e cravou em mim os olhos vivos.

— Você sabe.

Nesse instante, *maman* entrou com um chá quentinho.

— *Bonsoir, les filles*.[17]

Sentamos endireitando as costas, como que em posição de sentido.

— *Bonsoir*, Madame de la Ville — disseram Agnès e Mathilde em coro.

Maman despejou o chá nas xícaras de porcelana, através de um coador.

— *Earl Grey*.

— *Merci*, Madame de la Ville.

Suspirei, esperando que ela saísse para podermos retomar a nossa conversa. Mas ela não parecia disposta a sair, ficou ali empacada com o seu *tailleur* acinturado. Quem me dera ter um terno elegante como aquele em vez dos vestidos largos que ela fazia para mim. Acho que pensava que eu ainda era uma criança.

---

[17] "Boa noite, meninas", em francês. (N.T.)

Ela se virou para Agnès, com uma ruga de preocupação na testa geralmente lisa.

— Como está a sua mãe?

— Bem, obrigada. — Senti Agnès ficar tensa. A mãe dela e a minha tinham sido amigas, mas alguma coisa aconteceu. Algo a ver com a guerra e o mercado ilegal. — Continuo ajudando na *boulangerie*.[18] Quer dizer, quando há pão.

— Sim, as filas parecem estar se tornando cada vez maiores, não é? — Desviou os olhos de Agnès. — E como vão os seus estudos, Mathilde?

— Bem, obrigada. Quer dizer, nem sempre é fácil neste momento. Alguns cursos foram cancelados.

Maman assentiu.

— Você tem os seus livros, mas não é a mesma coisa, não é?

— Não, sobretudo para quem estuda ciências.

— Sim, claro.

Fiquei com a impressão de que *maman* tinha esquecido o que Mathilde estava estudando.

— *Bien*, vou deixá-las agora. Voltarei uma hora antes do toque de recolher, para terem tempo suficiente para chegar em casa.

— Mas, *maman*, isso é só mais uma hora. Elas não moram assim tão longe.

— Não vale a pena correr riscos desnecessários.

Deu meia-volta e saiu da biblioteca, fechando a porta atrás de si.

— Não se preocupe, Charlotte — disse Mathilde, compreensiva. — Minha mãe gosta que eu chegue em casa bem antes do toque de recolher.

— Charlotte. — Agnès estava olhando para mim com uma expressão preocupada. — De verdade, você deve ter muito cuidado com isso de trabalhar num hospital dos boches. Fico espantada que seus pais deixem. Há pessoas que podem ter uma ideia errada.

Senti o coração bater mais depressa.

— O que você quer dizer com isso?

— Bem, você sabe. Podem pensar que está ajudando.

— Não!

— Você sabe como as pessoas são.

— Para com isso, Agnès. Todo mundo sabe que Charlotte não é assim — interveio Mathilde, os olhos fulminando Agnès.

— Claro que não! Nós vamos defendê-la. — Agnès pôs-se de pé e alisou o vestido, olhando para um quadro pendurado na parede. — Aquilo é um Picasso?

— Sim. *Maman* comprou-o na semana passada.

Ela deu um passo para se aproximar da pintura.

---

[18] "Padaria", em francês. (N.T.)

— É muito *avant-garde*. Sabia que ele está proibido de expor as suas obras? Os nazistas dizem que são degeneradas.

— Degeneradas? — Mathilde riu. — Quem é degenerado no meio disso tudo?

— Deve ter custado uma fortuna — disse Agnès, ainda olhando o quadro.

— Foi um presente.

— Um presente? — Franziu uma sobrancelha. — Sua mãe deve conhecer pessoas muito interessantes.

Fiquei olhando para ela, perguntando-me o que estaria de fato pensando.

CAPÍTULO 12

Paris, 5 de abril de 1944

JEAN-LUC

Dois dias mais tarde, Jean-Luc estava tomando seu café da manhã com torradas e manteiga — tinham manteiga! — quando viu o chefe da estação se aproximar.

— *Bien, bien.* Então, o que você fez a si mesmo?

Jean-Luc levou a mão aos curativos em seu rosto, num gesto automático.

O chefe da estação permanecia de pé com um ar sem graça, olhando para a cama vazia de onde Kleinhart acabava de sair. Devia ter ido ao banheiro.

Jean-Luc pôs a torrada de lado. De repente, tinha perdido o apetite.

— Não, não. Termine de comer. Só vim ver como está e lhe fazer umas perguntas. Você se importa?

O chefe da estação apontou para a cama, perguntando se podia se sentar.

— Com certeza. Sente-se, por favor. Há espaço.

Merde! Devia ter se preparado para aquilo. Como ia conseguir se explicar?

Primeiro passo: não parecer tenso.

Voltou a pôr a torrada à sua frente e forçou-se a dar uma mordida, mas estava fria e seca quando a esmagou entre os dentes.

— Parece que estão cuidando bem de você.

— Sim.

— Como vai a perna?

— Uma fratura no fêmur. Deve sarar em breve.

— É bom saber. Foi... uma infelicidade.

Jean-Luc franziu a testa. Aquilo lhe pareceu um eufemismo deliberado.

— Não... não sei muito bem como aconteceu.

— Pois é. Foi depois que você foi atingido no rosto. Um dos bo... quero dizer, um dos soldados alemães... um deles, bem, achou que devia castigar você.

— Me castigar?

Seu coração martelava as suas costelas.

— Achou que tinha cometido um erro. — O chefe da estação fez uma pausa. — Bem, de certo modo tinha razão, não tinha? Aquele pedaço de trilho estava perfeitamente em ordem. Eu mesmo o verifiquei no dia anterior. O que você estava fazendo com o pé de cabra?

Jean-Luc procurava palavras na cabeça, desesperado. Segundo passo: ter as respostas preparadas.

— Estava... Os trilhos não estavam bem lineares. Tive que empurrar um para dentro.

— Para dentro? Mas o pé de cabra estava enterrado no lado oposto.

Nesse instante, a jovem enfermeira apareceu.

— Uma visita? Que bom. — Sorriu aos dois. — Só preciso medir a sua temperatura, e já vou embora.

Mas Jean-Luc não queria que ela fosse e o deixasse sozinho com o chefe da estação. Abriu a boca e levantou um pouco a língua, preparado para receber o termômetro. Ficou aliviado ao descobrir que não podia continuar a conversa com o tubo de vidro debaixo da língua.

Recostado no travesseiro, viu a enfermeira conversar com o chefe da estação. Percebeu que estavam falando sobre o racionamento, e perguntou-se como teriam chegado ao assunto.

Tentou se concentrar de novo na resposta à pergunta a respeito do pé de cabra.

Terceiro passo: manter-se concentrado e consistente nas respostas.

Ela tirou o termômetro da sua boca.

— Trinta e sete e meio — anunciou com orgulho, como se a temperatura dele se devesse apenas aos seus esforços. — Venho buscar a bandeja do café da manhã daqui a pouco.

— É bonita. — O chefe da estação piscou um olho para ele assim que ela se afastou. — Está melhor aqui do que em Drancy. — Fez uma pausa. — Então, valeu a pena?

— O quê? — Um pedaço de torrada tinha ficado preso na garganta de Jean-Luc. Tossiu, até que o chefe da estação teve de lhe bater nas costas. — O que quer dizer com isso? — perguntou, quando voltou a conseguir respirar.

— O que quero dizer com isso? — repetiu o chefe da estação. — Bem — inclinou-se mais, para que só Jean-Luc pudesse ouvi-lo —, em que estava pensando?

Jean-Luc olhou para ele, o medo lhe dilatando as pupilas.

O chefe da estação aproximou-se ainda mais, tão perto que Jean-Luc sentiu em seu hálito o cheiro do café que devia ter bebido pouco antes.

— Escuta, um inspetor alemão virá ver você em breve. Vai lhe fazer a mesma pergunta: o que você estava fazendo com o maldito pé de cabra? O que vai responder a ele?

Estava lhe dando uma oportunidade! Estava do seu lado e o estava ajudando a encontrar uma saída. Uma onda de alívio o inundou. O chefe da estação era um camarada.

— Diga a ele o que acabou de me dizer: que o trilho precisava ser acertado para alinhá-lo com o outro. Mas não fique nervoso nem hesitante. Por sorte, choveu naquele dia e o buraco que você fez virou um lamaçal. Quando ele o examinou no dia seguinte, era impossível perceber de que lado você tinha começado. Isso pode funcionar. Você tem um cadastro limpo. — O chefe da estação fez uma pausa. — Diga ele o que disser, fique firme na sua história e não se desvie dela.

Nesse instante, Kleinhart voltou à sua cama. Olhou para eles.

— O que é isso? Os últimos ritos?

— Não, vim só ver como estava um operário nosso. Mas parece que vai viver para contar a história.

— Esperemos que sim. Ele precisa continuar vendo aquela enfermeira — disse Kleinhart, com uma gargalhada.

Como Jean-Luc invejava o seu simples privilégio. Não ia aparecer ninguém para fazer perguntas difíceis *a ele*.

Depois da visita do chefe da estação, Jean-Luc ficou com uma sensação de constante ansiedade, um nó de medo lhe apertando o estômago. Mas os dias passaram sem que o inspetor aparecesse. Kleinhart tentava por vezes puxar conversa, sendo a regra tácita que ele escolhesse o tema, e só quando estivesse com disposição.

— Gosto da França — declarou numa manhã, enquanto colocavam a sua frente um pão com presunto.

Jean-Luc tinha aprendido a esperar até que lhe fizessem uma pergunta, de modo que se limitou a acenar com a cabeça.

— Sabe por quê?

Calculou que se tratava de uma pergunta retórica e continuou à espera.

— É a maneira como tudo é tão bom. Vinhos excelentes, mulheres bonitas, arte maravilhosa. Não temos nenhuma dessas coisas na Alemanha. É só trabalho, trabalho, trabalho. Tudo tão difícil. Nunca temos tempo para nos sentarmos para apreciar a vida, como vocês. Para criar, para sonhar. Sempre adorei a França.

Seus olhos azuis se cravaram em Jean-Luc, como se esperasse descobrir alguma coisa. Jean-Luc concentrou-se em manter uma expressão vazia.

— Você tem namorada?

— Não.

— Por que não? Há um monte de moças bonitas por aí sem namorado. Um rapaz bem-apessoado como você não devia ter problemas para encontrar uma.

— Bem, passo a semana toda em Drancy.

— Hmm, não é o melhor lugar para conhecer mulheres, não é? Mas e aqui? Algumas enfermeiras são bem bonitas.

Jean-Luc sentiu as faces ficarem vermelhas.

— Eu sabia! Gosta dela, não gosta? Eu até tentei, mas ela nem sequer me dá atenção, apesar de eu falar francês.

— Não. — Jean-Luc sentiu que tinha de defendê-la. — Comigo ela também não fala.

— Conversa fiada! Eu vi como ela olha para você.

⁓⁂⁓

Quatro dias depois, ele foi transferido para outra enfermaria. Dessa vez tinha uma cadeira ao lado da cama. Sentou-se nela, agradecido.

Arrastar-se de uma enfermaria para a outra tinha sido exaustivo, mesmo com a enfermeira segurando o seu braço... ou talvez por isso mesmo. A proximidade, o ligeiro roçar do corpo dela contra o seu, tinha feito seu coração bater com mais força, como se tivesse corrido uma maratona.

Ela olhou para ele.

— Agora vou tirar os curativos do seu rosto.

Ele olhou para as suas mãos esguias, imaginando-as tocando sua pele.

— Como é o seu nome?

— Charlotte.

— Charlotte. — Não conseguiu não repetir o nome. — Eu me chamo Jean-Luc.

— Eu sei.

Sorriu, e pequenas covinhas surgiram em suas bochechas.

Ele devolveu o sorriso, apesar de isso repuxar a ferida. Ficaram olhando um para o outro, com largos sorrisos espalhados no rosto.

— Vou tentar ser gentil.

— *Merci*, Charlotte.

Queria acrescentar que não conseguia imaginá-la de outra maneira, mas sabia que isso seria forçar a barra.

Agachada diante dele, ela estendeu a mão. As unhas eram limpas e curtas, e não usava joias. Os cabelos sobressaíam da minúscula touca equilibrada no alto da cabeça. Eram escuros e macios, levantados no alto e cortados, com as pontas curvas em direção ao queixo. Fechou os olhos, sentindo as unhas dela nas extremidades do curativo, retirando-o do seu rosto. Respirou fundo; um leve aroma de limão lhe chegou às narinas. Voltou a inspirar, saboreando o cheiro dela.

— Agora vou desinfetar a ferida. Pode arder um pouco.

Ele nem percebeu que ela já havia tirado o curativo. Viu-a pegar um frasco e despejar um líquido numa compressa de algodão. Não conseguiu evitar um movimento de recuo quando a compressa se aproximou de seu rosto.

Um pequeno sorriso escapou dos lábios dela.

— Não vai doer por muito tempo.

A dor trespassou-o como se fosse um novo corte e, num gesto instintivo, levou a mão ao rosto. Mas ela foi mais rápida e agarrou-lhe o pulso antes que ele pudesse tocar a pele.

— Não toque! Pode infectar a ferida.

Ela não largou logo o pulso dele e, sem pensar, ele virou a mão e agarrou a dela.

CAPÍTULO 13

Paris, 12 de abril de 1944

JEAN-LUC

Havia alguma coisa em Charlotte que o atraía. Deitado na cama do hospital vendo-a limpar o chão do corredor central, Jean-Luc se perguntava o que seria. Talvez fosse o seu jeito caloroso, gentil; tão natural, tão despretensiosa, sem a menor ideia de como era atraente. Nela não havia presunção, piscadelas ou sorrisos falsos.

De repente, Charlotte ergueu os olhos do chão. Captou o olhar dele e sorriu – um sorriso largo, sem esforço. Jean-Luc retribuiu-o e inclinou de leve a cabeça, convidando-a a se aproximar.

Viu-a olhar ao redor, verificando se a enfermeira-chefe não estava por perto. Estava tudo livre, e o vizinho de Jean-Luc, coberto pelas mantas, estava de costas, o corpo subindo e descendo ao ritmo da respiração pesada, mas regular. Ele dormia profundamente.

— Está tudo bem? — perguntou Charlotte, um sorriso lhe enfeitando os lábios.

— Sim, obrigado. Só preciso de um pouco de companhia.

— Posso perguntar se alguém quer jogar cartas com você.

— Não. Quero a sua companhia. — Viu as faces dela ficarem ruborizadas e adivinhou o tipo de educação que recebera. — Sempre foi enfermeira? — perguntou, tentando levar a conversa para um terreno onde ela se sentia à vontade.

— Não sou enfermeira.

— Ah? Mas parece.

— É só por causa da guerra. Eu deveria estar na universidade estudando literatura.

— Por que não foi?

Ela encolheu os ombros.

— Meus pais queriam que eu trabalhasse.

Ele ergueu uma sobrancelha.

— É a guerra. — Ela fez uma pausa. — O futuro é incerto e agora passamos por dificuldades. Recebemos cupons extra por eu trabalhar aqui.

— Sim. É compreensível. Gosta de ler, então?

— Adoro ler.
— Qual é o seu livro preferido?
— *O conde de Monte Cristo*.
Ele sorriu.
— Alexandre Dumas?
Ela assentiu.
— Sim. Já o leu?
— Quando era criança. Meu pai costumava ler para mim. Ele adorava... adora histórias. Fez estantes de livros para mim. Quando eu fazia aniversário e no Natal, ele sempre me dava um livro. — Ficou calado por um momento, recordando-se do pai, seu amor pela leitura. Então continuou. — É uma ótima história, não é? O conde nunca desiste.

Sentiu o abismo entre ele e os heróis da sua infância cavando-se ainda mais.
— Verdade. — Ela fez uma pausa. — Mas será que é realista? A maneira como ele volta à luta depois de cada coisa ruim que lhe acontece?
— Não sei. Mas isso nos faz sonhar, não é?
— Sonhar em sermos melhores do que somos?

Ao mirar seus olhos, ele compreendeu o seu desejo de ser melhor, mais corajosa, como se estivesse escrito o preto no branco.
— Sim. Ele permaneceu forte apesar de todas as crueldades jogadas sobre ele. Quando era criança adorava *Os três mosqueteiros*. Queria ser D'Artagnan quando crescesse. — Soltou uma gargalhada irônica. — E agora aqui estou, num hospital alemão.
— Sempre trabalhou nas ferrovias?
— Sim, aos quinze anos estava farto da escola. Fiquei feliz por poder aprender um ofício.
— E seus pais? Não se importaram?
Ele sorriu.
— Não. Meu pai sempre trabalhou nas linhas férreas e a minha mãe... bem, cuidava de nós. Ficaram contentes quando consegui emprego na SNCF.
— Mas agora são os alemães que mandam na SNCF.
— Sim. — Viu-a desviar o olhar e soube que receava o regresso da enfermeira-chefe, mas não queria que ela fosse embora. — Sim, agora são os boches que mandam — sussurrou. — E eu não devia ter ficado lá.
— Eu também não devia estar aqui.
Não fora intenção dele fazê-la sentir-se mal.
— Penso que é muito corajoso da sua parte.
— O quê?

— É preciso coragem para vir aqui todos os dias, ver toda essa dor e sofrimento. Olhe à sua volta. — Fez uma pausa. — São quase todos rapazes jovens, como eu. Não são eles o verdadeiro inimigo. O verdadeiro inimigo são os homens lá em cima... os que dão as ordens. E pode apostar que não vão acabar numa cama de hospital.

Charlotte voltou-se para ele.

— Mas os outros obedecem, não é verdade?

— Tem ideia da coragem necessária para enfrentar todo um sistema? — respondeu à sua pergunta. — Mais do que a maioria tem, e eu me incluo no grupo.

— Eu também. Devia parar de trabalhar aqui.

— Não, não faça isso... Bem, pelo menos enquanto eles não me mandarem embora. Você é a única coisa iluminada que existe aqui. Brilha como...

— Shhh! — interrompeu-o ela. Nesse instante, o vizinho da cama ao lado virou-se em seu sono, tossindo.

Charlotte recuou um passo e, com um último olhar a Jean-Luc, afastou-se apressada.

CAPÍTULO 14

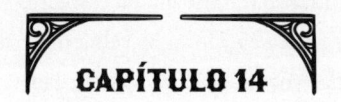

Paris, 14 de abril de 1944

CHARLOTTE

— Charlotte!

Olhei para Mathilde do outro lado da mesa, tentando me concentrar no que ela acabava de dizer, mas as palavras tinham entrado por um ouvido e saído pelo outro. Em vez de ouvi-la, estava pensando em Jean-Luc.

— Então, o que acha? Devo falar com ele?

Fiz um esforço para redirecionar para ela a minha atenção. *Quem?*, quis dizer, mas não me atrevi.

— Não ouviu uma palavra, não é?

Olhei ao redor da cafeteria decrépita, com velhos cartazes de Edith Piaf e Yves Montand colados nas paredes cuja tinta estava descascada.

— Desculpa, eu estava a quilômetros daqui.

— Dá para notar! O que está acontecendo? Com quem estava sonhando acordada?

Senti meu rosto corar.

— Ninguém.

Ela sorriu.

— Ninguém quem?

Não consegui deixar de retribuir o sorriso.

— É só alguém que conheci no hospital.

— O quê? No Hospital Beaujon? Um médico?

— Não.

— Por favor, me diga que não se apaixonou por um boche — disse ela, baixando a voz.

— Claro que não! Ele é francês.

— Um *collabo*, então?

— Não!

Bebi um gole da água do meu copo. Tinha certeza de que ele não era um colaboracionista; não tinha culpa de trabalhar nas ferrovias que os boches agora controlavam.

— Nesse caso, o que ele está fazendo num hospital alemão?

— Você poderia perguntar o mesmo a meu respeito.

Olhei para as manchas de café e vinho na velha mesa de madeira.

— Sim, eu poderia, mas você eu conheço. A ele não.

Olhei para ela. Havia preocupação em seus olhos.

— Trabalha nas ferrovias. Teve um acidente; foi atingido no rosto por um trilho.

— É um trabalhador das ferrovias?

O tom dela mostrou sua decepção.

— Sim. — Fiz uma pausa. — Mas não tenho bem certeza de que ele goste de mim.

— Charlotte, no seu lugar eu não me preocuparia com isso. Não consigo ver uma relação a longo prazo entre você e um ferroviário.

— Não seja tão esnobe — disse, e dei-lhe um pontapé por baixo da mesa.

— Tudo bem, tudo bem. Como ele é?

— Você é tão superficial! — Sorri. — Ele tem cabelos escuros, repartido do lado esquerdo.

— Do lado esquerdo? Você tem um olho para detalhes, não é?

— E tem olhos castanhos... bem, não castanhos comuns como os meus. Há pequenos pontos amarelos e partes verdes, mas à distância parecem castanhos.

— Você deve ter chegado bem perto!

— Bem, tenho que medir a temperatura dele todos os dias.

— E ela sabe quando você se aproxima? — perguntou Mathilde, e riu.

— Não seja boba. Só queria saber se ele gosta de mim. Provavelmente está aborrecido por passar o dia todo na cama. É por isso que ele fala comigo.

— Mas, Charlotte, por que ele não iria gostar de você? É bonita, inteligente...

— Não, não sou. Sou muito magra e sem graça.

— Pelo amor de Deus, Charlotte. A única coisa de que você precisa é um pouco de maquiagem, e talvez pudesse lavar o cabelo.

— Eu sei. Está escorrido e nojento. A *maman* só me deixa lavá-lo aos domingos à noite. Não há sabão suficiente.

— Não entendo a sua mãe. Tem um Picasso pendurado no apartamento, mas não tem sabão!

— Os Picasso não estão racionados. O sabão está.

— A sua mãe se recusa a usar o mercado ilegal, mas tem um quadro de um artista proibido pendurado na parede. — Inclinou-se para a frente. — Qual é a lógica nisso?

— Eu sei, eu sei. Mas ela tem os seus princípios. — Fiz uma pausa. — Solidariedade. Acha que devemos nos manter unidos, e que se foi imposto um racionamento, deve ser igual para os ricos e para os pobres.

Por um instante, nenhuma de nós falou. Minha mãe podia ser dura, mas não era mais dura comigo do que consigo mesma.

— Posso arrumar sabão para você — disse Mathilde, e fez uma pausa. — Se você quiser.

— Não, não se preocupe.

— De qualquer forma — estendeu as pernas debaixo da mesa —, não tenho certeza de que valha a pena. Ele não parece ser a pessoa certa para você.

— Ele é bem interessante e faz muitas perguntas sobre mim.

— Está só tentando agradar você. Ele também fala com as outras enfermeiras?

— Sim.

Minha excitação esmoreceu. Era verdade, ele também falava com as outras enfermeiras. Eu vi.

Mathilde ergueu uma sobrancelha.

— Está vendo?

— Sim, é provável que você tenha razão. Não devia dar muita importância a isso.

— É porque há tão poucos homens disponíveis, Charlotte. Não é normal, e aí quando um nos dá atenção, a gente acaba acreditando.

— Sim, tem razão. Vou esquecê-lo.

— Ótimo. — Ela debruçou por cima da mesa e sussurrou: — A guerra vai acabar em breve. Estou sentindo. Você vai conhecer alguém melhor.

A garçonete apareceu junto da nossa mesa.

— Mais um pouco de licor de café, meninas?

— *Non, merci*. Só um copo de água, por favor.

Mathilde ergueu os olhos para o cartaz na parede ao meu lado.

— Edith Piaf canta este fim de semana. Dissemos que iríamos.

— Eu sei, mas ainda não pedi aos meus pais. *Maman* tem estado de péssimo humor a semana inteira.

— Podemos ir à *matinée*. Não peça, diga apenas que vai.

— Está bem, está bem. É o que vou fazer.

— E esqueça o ferroviário, está bem?

Ela não compreendia que eu não queria esquecê-lo, nem conhecer outra pessoa. Não disse a ela como era fácil conversar com ele, que ele era aquilo que era, e que eu sentia que a seu lado podia me tornar mais eu mesma. Não que ele o dissesse expressamente, mas deixava espaços para eu preencher. E me olhava com tanta intensidade quando eu falava, como se quisesse absorver cada detalhe a meu respeito. Adorava as suas perguntas; elas me faziam sentir que estava me descobrindo tanto quanto a ele. Nunca antes ninguém tinha se dado de verdade ao incômodo de perguntar o que eu pensava a respeito do que quer que fosse, e os meus pensamentos saíam toscos, desconexos, mas ele me guiava com paciência, sorvia cada palavra que eu dizia. Eu não queria saber se era um trabalhador ferroviário e não tinha feito uma droga de exame. Eu apostaria que ele passaria se quisesse, mas que preferia fazer qualquer coisa mais prática, mais útil.

Sentia que ele pensava o mesmo que eu a respeito de uma profissão. Também não queria estar trabalhando para os boches. Estávamos ambos presos num sistema, e tínhamos de encontrar uma saída. Eu estava ansiosa por fazer mais pelo meu país, e sabia que ele também. Tentava pensar em coisas que pudesse fazer, coisas que fossem pequenos sinais de resistência. Podia ir pouco a pouco, passo a passo, até conseguir coragem para fazer alguma coisa mais ousada, mais perigosa. Podia começar dobrando o meu bilhete de metrô na forma de um V e deixá-lo cair no chão, como algumas pessoas faziam. Até o momento, nem sequer isso eu arriscara, não depois de ter visto uma mulher levar uma pancada na cabeça por o ter feito. Ela foi obrigada a se ajoelhar, pegar o bilhete do chão e desamassá-lo. Encolhi-me de vergonha por ela, mas naquele momento queria ter falado, ter-lhe dito como a achava corajosa.

CAPÍTULO 15

Paris, 17 de abril de 1944

CHARLOTTE

Pensei em Jean-Luc durante todo o concerto de Edith Piaf, sobretudo quando ela cantou "On danse sur ma chanson". Fez o meu coração dançar, e mal podia esperar que o fim de semana terminasse para poder revê-lo.

Quando cheguei ao hospital na segunda de manhã, peguei o balde e o esfregão e fui limpar o corredor central da enfermaria onde ele estava, como fazia todas as manhãs. À medida que me aproximava da sua cama, olhava ao redor, na esperança de que a enfermeira-chefe não estivesse me vigiando. Sabia que os outros pacientes seriam levados para a fisioterapia em algum momento da manhã, e me perguntava se conseguiria ter alguns minutos com ele. Enquanto movia o esfregão de um lado para o outro, vi a equipe de fisioterapia avançar na minha direção. Prendi a respiração quando passaram por mim. *Sim!* Iam buscar os seus pacientes, e Jean-Luc não era um deles. Concentrei-me no esfregão, me obrigando a não olhar. Quando o caminho ficou livre, peguei os itens de limpeza e os levei para o espaço próximo ao leito dele.

Ele estava sentado na cadeira, lendo um panfleto. Quando levantou a cabeça e me viu, os seus olhos se iluminaram.

— Pode se sentar um minuto? Por favor?

— Não! Não posso. Tenho de fazer a sua cama.

Larguei o esfregão e me coloquei aos pés da cama, onde me concentrei em ajeitar todos os vincos do lençol, a minha mão alisando o tecido, deslizando de um lado para o outro.

— Charlo-tte.

A maneira como ele disse o meu nome, devagar, deliberadamente, detendo-se no "tte" como se o estivesse saboreando, fez o meu coração saltar no peito.

— Sim?

Fiz o melhor que pude para parecer descontraída.

— Há uma coisa que quero lhe dizer.

Minha mão parou e olhei para ele. A intensidade em seus olhos me queimou.

— Por favor, sente-se, Charlotte. Só por um minuto. Não tem ninguém por perto.

Deslizei para a lateral do leito, sentei-me na beira do colchão, pronta para me levantar num salto no instante em que alguém olhasse para nós.

— Não era minha intenção fazê-la se sentir mal. — O tom foi gentil. — Há alguns dias, quando você disse que não deveria estar aqui. — Baixou ainda mais a voz, e eu tive de me inclinar para ouvi-lo. — Num hospital alemão. Você não fez nada de errado. Fez o que tinha de fazer.

— Mas é verdade. Eu não deveria estar aqui.

Os olhos dele escureceram, os pontos de luz desaparecendo.

— Eu não queria trabalhar para *eles*. É comigo que estou desapontado.

Assenti, com um rápido olhar ao redor para me certificar de que não havia ninguém por perto. Tudo bem, a enfermeira-chefe e as outras estavam ajudando na fisioterapia.

— Fiz uma promessa ao meu pai — continuou ele, olhando para além de mim como se estivesse focado num ponto distante. — Quando o levaram para o STO...

— Na Alemanha?

Seus olhos se fixaram nos meus e ele disse num tom monótono:

— Sim. Ele foi levado há quase dois anos. Antes de partir, me obrigou a prometer que eu cuidaria da minha mãe.

Assenti.

— Poderia não ter dado ouvidos a ele, mas me sentia tão mal.

— Por quê?

— Tivemos uma discussão pouco antes de ele ir embora. — Fez uma pausa. — Foi horrível.

Esperei que continuasse.

— Disse a ele que não devíamos baixar a cabeça e nos submeter aos boches. — Calou-se, enxugando a testa. — Desculpe. Não devia estar dizendo isso.

— Não, não, continue.

Voltei a olhar para a enfermaria, mas continuava tudo tranquilo.

— Ele estava protegendo a família. Era a sua prioridade.

— É importante cumprirmos as nossas promessas. Seu pai se orgulharia de você. — Toquei seu ombro. — Você só fez o que pensava ser certo.

Ele balançou a cabeça.

— Mas o que era certo mudou, não foi? Meu pai não percebeu como as coisas iam ficar ruins. Acredito que neste momento ele preferiria me ver fazendo qualquer coisa mais ativa. Quero que se orgulhe de mim quando voltar.

Assenti.

— Compreendo. Também estou desapontada comigo.

— Nenhum de nós deveria estar aqui.

Levantou-se da cadeira, apoiando o peso do corpo na perna boa.

Levantei-me também, e o meu rosto ficou tão perto do dele que senti seu hálito. Minha pele formigou.

— Charlotte — murmurou ele. — Nós somos melhores do que isso. Sei que somos.

Meu coração teve um descompasso. Sua presença era como uma força física me puxando, e senti que oscilava na direção dele. Fechei os olhos por um segundo. Durante um longo momento, os lábios dele tocaram minha testa. Quem nos visse pensaria que era um beijo paternal. Só eu sabia que era muito mais do que isso. Era o beijo de um amante.

CAPÍTULO 16

Paris, 18 de abril de 1944

CHARLOTTE

— Pode me dizer por que está tão animada? — vociferou maman.

Percebi que estava cantarolando. Parei no mesmo instante.

— É melhor se apressar, Charlotte. Vai chegar atrasada ao trabalho. Já são seis e meia.

Agora eu tinha uma razão para sair da cama de manhã. Levantei-me de um salto, ansiosa para chegar ao hospital. E já não tinha fome; na realidade, tinha perdido por completo o apetite, como se o meu coração explodindo e alimentasse o estômago vazio. Disse a mim mesma, claro, que me acalmasse, que não deixasse a minha excitação transparecer, avisei a mim mesma que ele provavelmente dizia aquilo a todas as garotas que conhecia. Mas os meus avisos de nada serviram. Com ele, sentia-me saindo da minha pele e entrando na de uma mulher mais madura, mais bonita. A mulher que eu queria ser. E não só isso, ele fazia eu me sentir mais corajosa do que nunca. Meu coração estava mais firme, batia com mais força. Sentia-me viva. Acreditava que com ele seria capaz de defender o que era certo, de enfrentar perigos que nunca sonharia enfrentar sozinha. Queria ser corajosa para ele. Queria ser uma pessoa melhor para ele.

Enquanto o metrô corria pelos túneis a caminho do hospital, senti a expectativa crescer. Olhei ao redor, para os passageiros cansados, de rostos inexpressivos, e pensei comigo mesma: *tenho um segredo que estas pessoas nunca saberão*. Apesar de ele provavelmente ter brilhado em meus olhos. Estava incendiada de amor.

Jean-Luc teria alta naquele dia. A excitação percorria meus ossos. Mal podia esperar para vê-lo fora dali, na vida real. Poderíamos passear juntos por Paris, talvez pelas Tulherias, de mãos dadas. A ideia me emocionou.

Quando me fui despedir, ele estava sentado na cama, ainda de pijama. Ele ainda não tinha percebido minha presença, e eu soube no mesmo instante que alguma coisa estava errada. Seu rosto tinha uma palidez de morte. E havia um boche sentado na cadeira ao lado de seu leito. Do que eles estavam falando? Jean-Luc escutava enquanto o boche falava. Apurei o ouvido para alcançar as palavras.

— ... sabotagem... interrogatório...

Merde! O que estava acontecendo? O boche estava com um ar muito sério.

De repente, ele se virou e olhou para mim.

— Precisa de alguma coisa, enfermeira?

— Preciso medir a temperatura do paciente.

Tirei o termômetro do bolso da camisa com a mão trêmula e mostrei-o, como se fosse uma prova.

Jean-Luc levantou a cabeça, os olhos arregalados de surpresa. Sem dizer bom dia como sempre fazia, abriu a boca, pronto para o termômetro. Gostaria de surpreendê-lo e beijá-lo, mas em vez disso me aproximei e coloquei o termômetro debaixo da sua língua. O boche continuou olhando e suspirou, como que entediado com toda aquela rotina hospitalar.

— Pensei que o seu paciente saía hoje — disse, voltando-se para mim.

— Sim, vai ter alta.

— Nesse caso, por que está medindo a temperatura dele?

Eu odiava ainda mais os boches que falavam francês do que aqueles que não falavam.

— É o protocolo — menti, concentrando-me em manter o tom estável e neutro. — Estou só verificando se não desenvolveu uma infeção antes de o deixarmos ir. — Dirigi-me em voz baixa a Jean-Luc. — Parece cansado. Tem certeza de que está pronto para sair hoje?

O boche olhou para mim.

— Vai ficar ótimo. Só precisa voltar à sua função.

Sua função? Às vezes, me dava vontade de rir da maneira como eles falavam. Virei-me para Jean-Luc, mas os olhos dele saltavam pela enfermaria, sem parar em lugar nenhum. Falei numa voz calma, desafiando-me a ser mais corajosa do que me sentia diante do boche:

— Sua perna só agora está começando a sarar. Precisa ter cuidado.

Dessa vez ele olhou para mim e assentiu, mas percebi que só queria sair dali, estivesse melhor ou não.

O boche inclinou-se para ele.

— Sem dúvida que precisa. Ter cuidado. Não podemos permitir mais acidentes como este. Pedimos bons operários, não homens que mal conseguem segurar um pé de cabra. Talvez seja a sua deficiência. Sua mão deformada não tem força suficiente para manusear ferramentas tão pesadas. Talvez fosse melhor mandá-lo para um campo de trabalho na Alemanha, onde a exigência é menor.

Jean-Luc tossiu, quase cuspindo o termômetro. Eu o tirei, sacudi-o e voltei a colocar debaixo da sua língua. Quando retirei a mão, deixei os meus dedos roçarem a pele áspera e marcada que se tornaria a sua cicatriz.

O boche voltou de novo a sua atenção para mim, de olhos semicerrados.

— Cuida assim tão bem de todos os seus pacientes, enfermeira?

Não pude evitar — senti minhas faces queimando.

Ele riu.

— Ah, constrangi a pobre garota.

Tirei o termômetro pendente dos lábios de Jean-Luc sem mirar seus olhos. Minhas mãos tremiam quando fiz a leitura.

— E então? — O boche recostou-se na cadeira. — Está pronto para sair?

— Trinta e sete graus. — Tentei parecer assertiva. — Um pouco frio, mas está ótimo.

— Um pouco frio? — O boche riu alto. — Tenho certeza de que pode cuidar disso, enfermeira.

O maldito boche estava se divertindo. Tinha de assumir o controle da situação. Voltei-me para Jean-Luc, dessa vez encarando-o, e falei numa voz clara e calma:

— Quando estiver vestido, trarei os papéis da alta para assinar. — Olhei então para o boche. — Adeus, *monsieur*.

— Não se apresse por minha causa. Já estou de saída. — Olhou para Jean-Luc. — Se ocorrerem mais acidentes, é possível que comecemos a questionar as suas capacidades. — Fez uma pausa. — Não ia querer que isso acontecesse.

Levantou-se e ergueu a mão fazendo a saudação nazista.

Tivemos de retribuir; estávamos num hospital alemão. Ficamos observando enquanto ele se afastava, as botas ecoando pelo corredor.

Assim que ele desapareceu do nosso campo de visão, Jean-Luc deixou a cabeça cair sobre o travesseiro.

— Graças a Deus. Ele queria saber sobre o meu acidente. — Fez uma pausa, olhando para mim como se quisesse dizer mais alguma coisa. — Acho que você acabou de salvar a minha vida, Charlotte.

CAPÍTULO 17

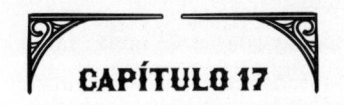

Paris, 22 de abril de 1944

CHARLOTTE

Combinamos de nos encontrar às seis da tarde, no sábado seguinte. Na noite anterior, não consegui dormir, a excitação e a ansiedade corriam por minhas veias e me revirei durante horas na cama. E no sábado, meu estômago estava tão agitado que não consegui comer. *Papa* atribuiu a minha falta de apetite a problemas femininos e, apesar de eu não ter nenhum, comeu avidamente a minha parte.

Não sabia o que vestir. Precisava de roupas que não me fizessem parecer uma colegial crescida, então, quando *maman* saiu de manhã rumo à fila do racionamento, fui à caça no guarda-roupa dela, onde encontrei uma saia de *tweed* e um velho par de sapatos de couro preto com solas tão finas quanto folhas de papel e saltos gastos de um dos lados. Enfiei dentro pedaços de papelão velho, na esperança de não sentir todas as pedrinhas do chão através das solas. Então, com pequenos pregos, martelei mais papelão nos saltos tortos e pintei-os de preto. O resultado não era confortável, mas, vistos de cima, não pareciam tão ruins.

À tarde, concentrei-me em mim. Lavei os cabelos com um pedacinho de sabão que tinha economizado e acrescentei um pouco de vinagre ao balde de água fria que usaria para enxaguá-los, para lhes dar mais brilho. Em seguida, usei a tinta vermelha do meu antigo estojo de guaches da escola para colorir os lábios, fixando-a com o resto de gordura de pato que encontrei no fundo da geladeira.

Às dez para as seis, estava pronta para sair. Graças a Deus, *papa* não estava em casa. Estava só *maman*, ralando alguma coisa sobre um jornal na mesa da cozinha.

— *Maman*, estou indo para a casa da Mathilde.

Ela voltou-se para olhar para mim. Eu me senti corar sob o seu exame. Sabia que ela ia notar o cuidado que tive com minha aparência.

— Você sabe que não gosto que fique andando na rua depois de escurecer. Acho que é melhor eu acompanhar você até lá.

— Não! — Respirei fundo. — Tenho dezoito anos, *maman*, e ela mora a duas ruas daqui. Posso perfeitamente ir sozinha.

— Essa saia não é minha?

Senti as faces queimando.

— Mas, *maman*, as minhas saias estão muito curtas para mim, ficam acima do joelho. É constrangedor, com todos esses soldados andando por aí.

— Hmm, estava pensando em ajustá-la. Tem tecido demais. É extravagante, além de estar fora de moda. — Fez uns ruídos de reprovação, o que me levou a questionar o que seria pior: estar fora de moda ou ser extravagante. — O que você colocou nos lábios? Você os pintou! Sei bem o que esses soldados vão pensar disso. Vá lavar o rosto.

Minhas faces ficaram ainda mais vermelhas, mas não pude deixar de me defender.

— Só queria parecer bonita, para variar.

— Tem certeza de que só vai ver a Mathilde? Quem mais vai estar lá?

— Ninguém, só a Mathilde e a Agnès.

Saí da cozinha correndo para pegar o casaco antes que ela pudesse fazer mais perguntas.

Aquilo era ridículo, eu disse a mim mesma enquanto saía do apartamento. Não devia ter gastado tanto tempo e trabalho me preparando. Só conseguira atrair uma atenção que não queria.

Mas eu me sentia caindo em parafuso, como *Alice no país das maravilhas*, muito curiosa e encantada para estender as mãos e travar a queda. Todos os meus pensamentos estavam ocupados por ele. Tudo empalidecia em comparação; a privação, os soldados por todo lado, nada disso tinha significado para mim. Desde que tivesse Jean-Luc, nada mais importava. Com ele venceria os meus medos e ansiedades. Era capaz de enfrentar os meus pais e dizer a eles que não podia continuar a trabalhar no hospital para os boches. Juntos encontraríamos força um no outro. Mal conseguia esperar para voltar a vê-lo. Cada palavra que ele dissera no hospital ficara gravada na minha memória, como se tivesse assentado trilhos em minha mente. Trilhos que eu nunca conseguiria apagar.

Enquanto descia a Rue Montorgueil, lembrei com saudade como ela costumava ser antes da chegada dos boches: ladeada por coloridas barracas de comida, cheiro de pão quente e frango assado espalhando-se pelo ar, homens de boina do lado de fora dos cafés, fumando charuto e discutindo política, enquanto mulheres disputavam os melhores cortes de carne e as frutas e legumes mais frescos.

Agora, em vez do cheiro de pão quente, era o fedor azedo de suor rançoso que tomava as pedras – o fedor do medo. Os sons também mudaram. Botas marcavam a passagem do tempo, e entre os passos ecoantes um silêncio abafado respirava ao longo da rua.

Eu gostava de ficar parada em frente da *pâtisserie*[19] Stohrer, fingindo que voltava ao tempo em que as vitrines estavam cheias de filas e mais filas de *pains au chocolat*

---

[19] "Confeitaria", em francês. (N.T.)

frescos, pães caramelizados com passas e *croissants* leves como o ar. Eu aspirava o cheiro imaginário do chocolate quente e dos bolos recém-assados. *Lèche-vitrines*, minha mãe chamava. Ver as vitrines. Mas se ver as vitrines era fingir comprar, o que significava fingir ver as vitrines?

Fingindo fingir. Era o que estávamos todos fazendo. Ninguém sabia em quem podia de verdade confiar. Olhei para a vitrine da *pâtisserie*, tentando respirar com mais calma. Meu estômago roncava alto, mas eu não sentia fome, só a excitação de voltar a vê-lo.

E então ele estava ali, dizendo o meu nome.

— Charlotte.

Estava muito bonito, com um longo casaco de lã e sapatos engraxados.

— *Bonjour*.

Minha voz saiu seca e rígida, e descobri que não era capaz de dizer o nome dele.

Beijou-me numa bochecha, e depois na outra. Não um desses típicos beijos no ar que as pessoas trocam como formalidade. Senti os lábios dele na minha pele, e uma faísca elétrica me percorreu.

Ele deu o seu sorriso um pouco de esguelha.

— Vamos passear?

Senti os meus lábios se curvarem com vontade própria, até que surgiu um enorme sorriso estampado em meu rosto. Assenti com a cabeça, as palavras presas na garganta.

Caminhamos lado a lado, ele apoiado à bengala. Estava indo muito bem para alguém que quebrara uma perna apenas três semanas antes. Estendeu a mão esquerda e pegou na minha. Sua pequena mão deformada fazia a minha parecer enorme e desengonçada, e eu fechei os dedos ao redor dela, admirando a maneira como ele agia como se fosse perfeitamente normal. Sua ausência de constrangimento dava-lhe força.

— Vamos até à Pont Neuf?

Voltei a assentir.

— *Oui*.

— Como você está?

— Com saudades suas.

As palavras me escaparam dos lábios.

— Também estava com saudades. Não parei de pensar em você.

Meu coração bateu mais depressa e apertei a mão dele com a minha.

De repente, dois soldados que estavam do outro lado da rua atravessaram para o nosso lado. Senti que ficava tensa.

— Documentos! — ladrou o mais alto.

Jean-Luc apoiou-se à bengala com uma mão enquanto abria o longo casaco de lã com a outra para tirar os papéis do bolso interno. O soldado os arrancou de sua mão.

— Jean-Luc Beauchamp, SNCF.

Seu tom era irônico. Então estendeu a mão para pegar os meus.

Eu os tinha prontos e os entreguei sem olhar para ele.

— Charlotte de la Ville. Dezoito anos. Seus pais sabem que está na rua?

— Sim — menti.

— Com Monsieur Beauchamp?

Assenti, de olhos no chão.

— Que romântico se encontrarem em segredo.

Olhou para o outro soldado, e os dois riram. Então devolveu-me os documentos.

— Tenham uma boa noite.

Continuamos pela Rue Montorgueil. Nenhum dos dois falou enquanto não chegamos à igreja de Saint-Eustache, ao fim da rua. Foi ele que quebrou o silêncio.

— Sabe, uma vez um boche me fez parar aqui e me perguntou se era Notre-Dame.

— Não! E o que você disse?

— Disse que sim, claro — respondeu ele, com uma gargalhada.

Eu ri também e voltei a sentir o coração acelerado.

— Vamos entrar — disse ele, de novo sério.

— Está bem.

Eu não tinha vontade de entrar numa igreja, mas não podia recusar.

No interior, caminhamos ao longo das extremidades, espreitando os recantos das capelas onde ardiam pequenas velas. Jean-Luc pôs uma moeda numa caixa, tirou uma vela e me entregou.

— Rezemos para que esta guerra acabe logo.

Fiz o sinal da cruz e murmurei uma oração em minha mente.

Quando saímos da igreja, atravessamos a praça em direção à Rue de Rivoli, e depois a rua em frente dos grandes armazéns La Samaritaine. A Pont Neuf estava quase deserta, e nos sentamos num dos bancos de pedra circulares com vista para o rio Sena. Olhei para as águas escuras, lembrando-me do tempo em que havia tráfego no rio. Agora não havia nada, apenas sombrias ondulações se agitando e se desfazendo umas contra as outras.

— Quer beber alguma coisa?

Eu o vi colocar a mão no bolso traseiro da calça e tirar de lá uma pequena garrafa metálica curva.

— O que é?

— Prove.

Provei um pouquinho. O líquido era rico e me lembrou os jantares de família de tempos passados.

— Vinho! É delicioso. Onde conseguiu?

— Não se preocupe com isso. Aproveite.

Bebi mais um pequeno gole e comecei a me sentir menos nervosa. Ia correr tudo bem. Ele me observava pelo canto do olho. O seguinte foi maior – estava mais para um golão. Devolvi-lhe a garrafa.

— Também trouxe algo para comer.

Tirou do bolso um embrulho de papel e me estendeu. Levei-o ao nariz, senti o cheiro.

— Queijo.

— Sim, *comté*.

Cheirava tão bem, e de repente senti o estômago tão vazio. Desembrulhei o pacote com gestos apressados e passei os dedos pela superfície lisa.

Ele sorriu e passou o braço por meus ombros.

— Vá, coma.

Dei uma mordida, e foi como se fosse a primeira vez que provava queijo. Tão complexo, tão cremoso. Dei mais uma mordida, e então o devolvi.

Ele balançou a cabeça.

— O que foi?

— Nada. Gosto de vê-la comer. — Acariciou o meu rosto. — O que vamos fazer, hein?

— O quê, agora? Está tão bom aqui, sentada com você.

Inclinei-me para ele, pousei a cabeça em seu ombro.

— Vamos dançar. — E ele ficou de pé num pulo, levando-me com ele.

Deixei o queijo em cima do banco.

— O quê? — Eu ri. — Aqui?

— Sim. Aqui. — Colocou uma das mãos em volta da minha cintura, pegou na minha mão com a outra e beijou-a. — *Mademoiselle*, dá-me o prazer desta dança?

Sorri.

— O prazer é meu, *monsieur*.

E ele me fez rodopiar, apoiado na perna saudável, enquanto cantarolava uma melodia que não reconheci. Diminuímos pouco a pouco o ritmo e eu encostei a cabeça no peito dele.

— Charlo-tte — sussurrou em meu ouvido, e uma vibração elétrica me desceu pela coluna.

— Mmm — murmurei.

— Estes momentos são preciosos para mim.

Acariciei as suas costas e cheguei mais perto dele.

— Quando estou triste e me pergunto quando esta maldita guerra vai acabar, penso em você e me sinto... Me dá esperança. Me dá ânimo.

Ele beijou o alto da minha cabeça. Então pousou a mão na minha nuca e me puxou para ele. Seus lábios encontraram os meus, a língua oscilando sobre eles, separando-os. Senti a sua respiração tornar-se mais rápida à medida que os nossos corpos se enroscavam um no outro.

Uma pancadinha em meu ombro me sobressaltou. Virei-me. Um *gendarme* cravava em mim um olhar duro.

— Documentos!

Enquanto eu procurava na bolsa, um segundo *gendarme* levava Jean-Luc um pouco mais para longe.

— Rápido! — disse o meu, batendo com o cassetete na palma da mão.

Entreguei os papéis a ele com os dedos trêmulos.

Ele os arrancou das minhas mãos, examinou-os de relance. Então ergueu para mim os olhos, que brilhavam no escuro.

— Não devia estar aqui na rua, comportando-se como uma prostituta.

Senti a cabeça dar voltas, não consegui encontrar palavras.

— Poderia levá-la para interrogatório. O que me impede?

Não sabia como me defender. Olhei impotente para Jean-Luc. Ele estava concentrado numa animada conversa com o outro *gendarme*.

— Ei, o que me impede? — repetiu o primeiro, dessa vez numa voz mais alta.

— Ainda... ainda não começou o toque de recolher obrigatório.

— Ah. — Riu. — Ainda não. Vá para casa, *Cinderela*. Vá para casa — disse, e me devolveu os documentos.

Olhei para Jean-Luc, mas não consegui vê-lo com nitidez no escuro, e ele continuava ocupado falando com o outro *gendarme*. Hesitei.

— Vá para casa, *Cinderela*. Não espere pelo seu príncipe.

O sorriso maldoso do homem me assustou.

— Vá! Vá para casa. Agora!

Eu me afastei, o sangue latejando em minhas veias. Não me atrevi a olhar para trás. O que iriam fazer com Jean-Luc? Disse a mim mesma que eram apenas *gendarmes*. Não era como se fossem da Gestapo. O que poderiam fazer se ele não tinha feito nada de errado? Com certeza não poderiam prendê-lo por causa de um beijo. Tentei me convencer de que ia ficar bem, de que ele ia voltar para mim. Mas não havia garantias nos dias de hoje.

A caminho de casa, entrei na igreja, acendi outra vela e rezei para que o deixassem ir, que eu pudesse voltar a vê-lo.

CAPÍTULO 18

Paris, 22 de abril de 1944

JEAN-LUC

Dê um pouco de poder a um homem fraco e pode ter certeza de que haverá abuso. Aqueles dois *gendarmes* eram um exemplo típico. Jean-Luc ficou aliviado ao ver Charlotte se afastar, mas agora tinha de lidar com eles. Apesar de não terem motivos para detê-lo, sabia que a pouca autoridade que tinham seria usada contra ele.

— Exposição indecente! — Riu aquele que o tinha detido. — Se tivéssemos dado a vocês mais cinco minutos, poderiam ser presos por isso!

Jean-Luc tirou um maço de *Gitanes* do bolso da calça e o ofereceu àquele com quem tinha acabado de falar.

— Bem, se eu tivesse tido sorte, talvez você pudesse ter me prendido por isso. Ora, vamos, estamos na França! Temos o dever de honrar as nossas mulheres.

A atmosfera mudou no mesmo instante. O *gendarme* riu e aceitou o cigarro, e Jean-Luc ofereceu o maço ao outro acendendo para ambos com o isqueiro de prata que herdara do pai. Então, para completar o tácito pacto de camaradagem, tirou um cigarro para si.

— Não podem prender um homem por um pouco de diversão, não é? — Fez uma pausa. — Acabo de sair do hospital. Uma perna quebrada e um ferimento no rosto. — Tocou na cicatriz. — Ela foi a minha enfermeira.

— Lindo. — O *gendarme* lançou uma baforada de fumaça na direção de Jean-Luc. — Aposto que cuidava muito bem de você.

— Cuidava — disse Jean-Luc, e riu.

Eles também riram e então, depois de mais um pouco de conversa a respeito de mulheres, o mandaram embora. Jean-Luc olhou para o relógio: apenas trinta minutos para o toque de recolher obrigatório. Era tempo suficiente para ir a pé até em casa. Naquela noite não queria pegar o metrô; precisava pensar. Bem, na realidade queria pensar em Charlotte. *Charlo-tte, Charlo-tte.* Acariciava o nome em sua mente, perguntando-se o que havia nela. Talvez fossem as suas contradições: confiança misturada com insegurança, ingenuidade com um toque de ousadia. Sentia uma coragem que ainda não viera à tona. Imaginou que tinha sido abafada por uma rígida educação familiar em que tivera poucas oportunidades de expressar os seus pensamentos. Era como uma borboleta ainda não libertada do casulo, as belas asas ainda encolhidas. Estava cheia de alguma coisa que ele sentia ter perdido. Esperança. A emoção de viver. Ouvia isso em sua voz quando ela falava. E ela queria lhe dar essas coisas, depositá-las em sua mão indigna, de certa forma esperando que ele as aceitasse e as cumprisse.

E havia alguma coisa na sua maneira de se comportar, algo de tocante em como erguia o queixo quando lhe falava, tentando parecer mais assertiva do que ele sabia que se sentia. Adorava olhar para ela de perfil. Tinha uma silhueta perfeita: uma testa inteligente, nem baixa nem alta demais, cílios longos e sedosos que piscavam sobre olhos do mais puro castanho, apenas um tom mais claro do que as grandes pupilas que circundavam. O nariz era fino, talvez um pouco comprido para ser impecável, o que só a tornava ainda mais perfeita aos olhos dele.

Ele virou à direita ao longo do *quai*, observando os cafés e bares fechados. A rua estava deserta, vinte minutos antes do toque de recolher obrigatório. Estava ficando sem tempo. Estaria tentando a sorte? Queria ser preso? Tudo para poder deixar de trabalhar em Bobigny. Agora tinha ainda menos probabilidade de encontrar uma saída. Levantara suspeitas, não poderia fazer nada num futuro previsível. Ia ter de aguentar e continuar. Mas seria possível? Deveria ser possível? Talvez devesse apenas desaparecer; até isso seria melhor do que trabalhar para os boches. Podia fugir para o campo, tentar encontrar Maquis, esconder-se nas montanhas. Com o seu conhecimento sobre ferrovias, poderia ajudá-los a descarrilar trens. Mas então quem cuidaria da sua mãe? Quem lhe daria um pouco de dinheiro?

Logo chegou a Notre-Dame, na Île de la Cité; ela resplandecia no escuro, a sua intemporalidade alheia à guerra. Pensou em entrar e acender uma vela, mas estava muito próximo do toque de recolher obrigatório; e além disso não gostava daquelas gárgulas torturadas empoleiradas nas paredes, olhando para as pessoas que entravam. Julgando-as. Por isso continuou a andar. Naquela noite, tinha vontade de estar sozinho na escuridão, nesta cidade que costumava ser sua.

CAPÍTULO 19

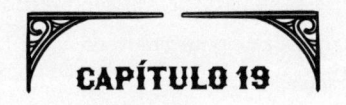

Paris, 28 de abril de 1944

CHARLOTTE

Suspirei enquanto via a nossa empregada, a Clothilde, cortar um grande pedaço de nabo na mesa da cozinha.

— Não suspire dessa maneira, Charlotte. — *Maman* inclinou-se, procurou algo sob a pia da cozinha e tirou de lá um pacote embrulhado em jornal. — Hoje temos pombo para o jantar. O Pierre matou dois essa tarde e eu troquei um deles por um pouco de açúcar. — Fez uma pausa, olhando para mim. — Pombo é exatamente do que você precisa. Olha para você. Está ainda mais pálida do que o normal.

Peguei o embrulho de suas mãos e dei uma olhada no que havia dentro. E lá estava, um pombo morto, completo, com cabeça e pés. Voltei a embrulhá-lo e coloquei-o sobre a mesa da cozinha, em frente de Clothilde. Ver o pombo morto tinha me causado náuseas. Devo ter suspirado outra vez.

— O que está havendo, Charlotte? — perguntou *maman*, de testa franzida.

— Nada.

— Está acontecendo alguma coisa, sim. Você andou distraída a semana inteira.

— É esta guerra. Estou cansada dela.

— Não acha que todos nós estamos? Mas você sabe que não vai continuar para sempre.

— Mas e as pessoas que desapareceram? Será que vão voltar algum dia? E os judeus que eles encurralaram?

Clothilde ergueu os olhos do trabalho e me lançou um olhar duro. *Maman* franziu ainda mais a testa.

— Espero que sim.

— Espera que sim? Isso parece que você acha que não.

— Não há muito que possamos fazer a esse respeito, Charlotte.

— Que quer dizer com isso?

— Não está em nossas mãos. É melhor não pensar muito nisso.

— Mas é difícil não pensar!

— Quando for mais velha, Charlotte, vai compreender que há coisas que você não pode mudar. Assim, o melhor é seguir em frente e aceitá-las.

— Mas e se forem erradas?

— Não faz diferença, se não puder mudá-las.

— Então você sabe? Sabe o que estão fazendo com os judeus?

— Não, não sei! Agradeça a Deus por não ser judia.

— E a família Levi? Não quer saber o que aconteceu com eles? Será que voltaremos a vê-los algum dia? Você era amiga da Madame Levi.

— Sim, éramos amigas, e fico muito triste em saber que foram embora, talvez para muito longe daqui.

— Mas para onde, *maman*? Para onde eles foram?

— Charlotte, para com isso! Não sei para onde eles foram!

Clothilde continuava a olhar para mim. Tive a sensação de que queria dizer alguma coisa, mas achava que não devia.

Nessa noite, tomamos a nossa sopa de pombo em silêncio; só o som dos dentes mastigando e gargantas engolindo enchia a pequena sala. Meus pais limparam as respectivas tigelas com os dedos, uma vez que não tínhamos pão. Olhei para a minha tigela de caldo acinzentado, com minúsculos ossos flutuando na superfície, e a afastei.

Papa revirou os olhos, puxou a tigela para si, levou-a à boca e sorveu-a.

Antes de ir para a cama naquela noite, procurei a palavra "colaboração", no meu velho dicionário da escola. Dizia: "colaborar com um inimigo invasor, ou trabalhar em conjunto num projeto comum". O que significava que a polícia francesa estava colaborando, mas isso eu já sabia. Onde isso iria parar? Tanto quanto conseguia ver, estávamos todos colaborando com o inimigo – talvez não de uma forma voluntária, mas de qualquer forma colaborando: servindo carne aos boches nos restaurantes enquanto passávamos fome, dando-lhes indicações nas ruas, saindo do caminho para os deixar passar.

Às vezes, as pessoas tinham até muito prazer em colaborar, como aqueles que nos cumprimentavam durante o trajeto para nos denunciar, apesar de a maioria das denúncias ser feita por carta. As cartas eram muito mais seguras. Proliferavam os rumores a respeito de quem tinha denunciado quem, e que favores tinha recebido em troca.

Uma tarde, estava com uma amiga quando vimos um vizinho ser atingido nas costas quando fugia de um posto de controle de documentação. Todo mundo baixou a cabeça e correu para casa. Isso não era colaboração? Fingir que nada tinha acontecido?

E depois havia as mulheres – mas aposto que essas não revelavam segredos de Estado nem denunciavam ninguém. O mais certo era estarem apenas tentando conseguir alguns bilhetes de racionamento extra para as famílias; talvez algumas até se apaixonassem de verdade. Não me atreveria a dizer em voz alta para ninguém, nem às minhas amigas, mas achava que alguns soldados pareciam bastante simpáticos e normais. Uma vez um deles sorriu para mim e o meu coração acelerou enquanto eu corria para casa. Não tive bem a certeza se foi o medo ou a emoção por ver um homem atraente sorrindo para mim.

De qualquer forma, o nosso governo nos tinha ordenado que colaborássemos. Eles nos disseram para cooperarmos com os alemães para que juntos pudéssemos construir uma Europa mais forte e unida.

Quando os soldados alemães desfilaram pela Champs-Élysées, *papa* me levou para assistir. "É um momento histórico", dissera, "e precisamos ver com nossos olhos." Algumas pessoas agitavam bandeiras, dando as boas-vindas aos soldados vestidos com os seus bonitos uniformes escuros; outras estavam em silêncio, de lábios apertados. *Papa* não tinha uma bandeira e a sua expressão era sombria. "Teremos de ser muito cuidadosos", murmurara ao meu ouvido.

Eu tinha olhado para os tanques, os caminhões e os homens, perguntando-me como devia me sentir, e a respeito de que tinha de ser cuidadosa. Mas isso fora quatro anos atrás, quando eu só tinha catorze anos. Desde então, muita coisa tinha acontecido.

CAPÍTULO 20

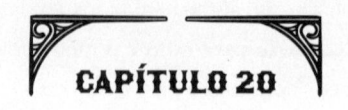

Paris, 29 de abril de 1944

JEAN-LUC

Desesperado para voltar a ver Charlotte na próxima noite de sábado, Jean-Luc tinha ganhado algum tempo trabalhando mais uma semana em Bobigny. Sabia que ela estaria preocupada com ele, e que estaria à sua espera, às seis da tarde de sábado, em frente da Stohrer. Dessa vez ia falar com ela sobre o seu plano de se juntar ao Maquis. Talvez ela o acompanhasse. Sabia que queria deixar o hospital alemão, que queria fazer algo mais. Sabia que tinha força e coragem. Ela só não tinha percebido isso ainda. Era possível. Tudo era possível... bastava acreditar. E Charlotte o fez voltar a acreditar. Ela o fez se lembrar de um tempo em que estivera vivo com a excitação de viver, quando ousara ter esperança.

Sentado no trem para Paris naquela tarde, ele encostou a cabeça à fria e dura janela, olhando para fora. Campos improdutivos, entregues às aves, brilhavam, pálidos, no escuro. O gado tinha desaparecido, comido pelos boches, que gostavam dos seus bifes mal passados. *Por que não defendemos melhor o nosso país?*, perguntou-se. *Agora estamos divididos, irmão contra irmão.* Sabia que, quando aquela guerra acabasse, haveria contas a pagar, famílias destroçadas.

Charlotte estava esperando onde ele a imaginara, olhando para as vitrines vazias da *pâtisserie*. Ele parou, puxou o chapéu até a testa e passou a observá-la. Ela enfiou as mãos nos bolsos do casaco comprido e enrolou-o ao seu redor, acentuando a silhueta esbelta, a fina cintura. Estava com as pernas nuas. Jean-Luc lamentou pelas garotas, que já não tinham meias para usar. Os homens, ao menos, podiam usar calças. Charlotte prendeu uma madeixa solta de cabelos atrás da orelha. Como ansiou ter sido ele a fazer aquilo. Então ela tirou a outra mão do bolso e colocou-a no estômago. Ele sabia como ela tinha sempre fome, e uma onda de compaixão o invadiu. Se ao menos pudesse levá-la a um restaurante, vê-la saborear uma refeição decente. Ele também tinha fome, mas dessa vez não conseguira arranjar nada. Recuou um passo e tirou a carteira do bolso, contou as notas finas e muito gastas. Se não desse dinheiro à mãe naquele domingo, poderia pagar um jantar para dois numa *brasserie*. A ideia o excitou. *Só uma vez*, pensou. Os *gendarmes* não os incomodariam numa *brasserie*, e ele poderia falar com ela com tranquilidade.

Guardou a carteira e avançou ao encontro dela. Charlotte virou-se e mirou seus olhos. Ele a enlaçou nos braços, puxou-a para si e beijou-a nos lábios. Ela pareceu surpresa, e ele sentiu-a ficar tensa.

Afastou-se um pouco.

— Charlotte, esta noite vou levá-la para jantar.

— O quê?

Ele acariciou-lhe os cabelos e sussurrou em seu ouvido:

— Sim. Estou convidando você.

Deu-lhe o braço e levou-a consigo.

— O que aconteceu com os *gendarmes*?

— Nada, dei um cigarro a cada um e me deixaram ir embora.

— Graças a Deus. Estava tão preocupada — disse ela, e voltou-se para beijar o seu rosto.

Continuaram caminhando pelos paralelepípedos da Rue Montorgueil, olhando ao redor em busca de uma *brasserie*. Não demoraram a encontrar uma em uma esquina, e ele reduziu o passo.

— Que tal aquela? Acha agradável, *mademoiselle*?

— Não... não tenho certeza. — Inclinou-se até o ouvido dele. — Acho que *papa* disse que é frequentada por *collabos*.

— Colaboracionistas? Mas isso pode ser ainda melhor.

— O que quer dizer com isso?

— Às vezes, é melhor estar mesmo no meio do vespeiro.

— Mas e se formos vistos por alguém?

Ele olhou ao redor.

— Não há ninguém aqui. Vamos logo.

Empurrou a porta, mantendo-a aberta.

Quando entraram, dois velhos com bonés que bebiam os seus *ballons de rouge*[20] no balcão se viraram para olhar. O menor ergueu o copo e piscou um olho para eles.

— *Bonsoir, messieurs*.

Jean-Luc mostrou um sorriso falso, sentindo Charlotte ficar rígida ao seu lado.

Passou-se um minuto, mas não apareceu ninguém para lhes indicar uma mesa, e ele começou a pensar se não teria sido um pouco precipitado ao escolher aquela *brasserie*. Seus olhos foram atraídos por um enorme espelho de moldura dourada pendurado atrás

---

[20] "Copos de vinho tinto", em francês. (N.T.)

do balcão, refletindo ambos em seu vidro manchado. Charlotte parecia pequena e assustada ali de pé ao seu lado. Ele passou um braço pela cintura dela e, quando os olhares de ambos se encontraram no espelho, piscou. Sentiu a ansiedade abandoná-la e ela sorriu.

A garçonete passou por eles com um *pichet* de vinho e alguns copos.

— *Asseyez-vous. J'arrive tout de suite.*[21]

Jean-Luc olhou ao redor do estreito restaurante. O grande balcão de tampo de zinco ocupava a maior parte da sala, com algumas mesas em frente. Várias outras mesas pequenas e redondas prolongavam o espaço até o fundo, formando uma área menos iluminada e mais privada. Ele pegou na mão de Charlotte e levou-a para uma dessas mesas, o mais longe possível do único outro casal. Puxou uma cadeira para ela, ajudou-a a tirar o casaco, tirou o dele e se sentaram.

— O que você quer comer, Charlotte?

— Não sei. Há séculos que não entro num restaurante. O que eles têm?

Ele sorriu.

— É só uma *brasserie*. Quer carne?

— Sim, pode ser.

— *Mademoiselle, s'il vous plaît?*[22] — Jean-Luc chamou a garçonete. Parecia mais confiante do que se sentia.

— *Monsieur?*

— Dois bifes e um pequeno *pichet* do tinto da casa.

— Hoje não há bife.

— O que têm?

— *Croque monsieur, quiche, salade d'endives.*

— Charlotte, o que vai querer?

— *Croque monsieur*, por favor.

— Dois *croque monsieur, mademoiselle*, e um *demi-pichet*[23] de tinto da casa.

A garçonete afastou-se, sem dar a mínima indicação de tê-lo ouvido. Jean-Luc esperou que não cuspisse na comida. Ele mesmo poderia fazer isso se pensasse que estava servindo *collabos*.

A jovem voltou minutos depois e colocou em cima da mesa uma pequena garrafa e dois copos. Não serviu o vinho, mas deixou um pires com azeitonas. Jean-Luc ofereceu-as a Charlotte e a viu colocar delicadamente uma entre os dentes, morder a película brilhante e então tirar o caroço e colocá-lo na beira do pires, ao lado do que ele tirara da boca. Isso lhe pareceu uma coisa íntima; o que estivera

---

[21] "Sentem-se. Eu já venho", em francês. (N.T.)
[22] "Senhorita, por favor?", em francês. (N.T.)
[23] "Meia garrafa", em francês. (N.T.)

na boca de Charlotte ao lado do que tinha estado na dele. Observou-a com atenção, perguntando-se se estaria pensando a mesma coisa.

— Não comia azeitonas desde... Devia ter catorze ou quinze anos, quando ainda passávamos o mês de agosto em Provence.

— Devia ser bom. Eu praticamente nunca saí de Paris. Como é lá?

Serviu um copo de vinho a cada um.

— É... cheio de sol, e se for em junho, dá para ver campos e mais campos de lavanda. Cultivam tudo: girassóis que se voltam para o sol nascente, e oliveiras com folhas prateadas por baixo.

— Me leva lá um dia? — Jean-Luc ergueu o copo contra a luz antes de sentir o aroma, e então brindaram, olhos nos olhos. — A nós, em Provence — murmurou ele.

Charlotte girou o vinho no copo, como se não estivesse muito segura de que fosse uma boa ideia.

— Experimenta. — Jean-Luc provou um pequeno gole. — Não é ruim... para um vinho da casa.

Ele a viu levar o copo aos lábios, beber um pequeno e hesitante gole. Ela lambeu os lábios.

— É ótimo.

A garçonete voltou e, sem uma palavra, colocou os pratos diante deles. O estômago de Jean-Luc se manifestou diante da visão do queijo escorrendo pelas laterais do pão torrado.

Charlotte arregalou os olhos.

— Parece delicioso.

— *Bon appétit*.

Ele a observou pegar no garfo e na faca e cortar um pequeno quadrado. Então, antes mesmo de o levar à boca, ela fez uma pausa e olhou para ele.

— Obrigada, Jean-Luc.

— O prazer é meu. Quem me dera poder fazer mais por você. Quando a guerra acabar, vou levá-la a um lugar especial.

— Isto é especial. — Charlotte enfiou na boca mais um pedaço do sanduíche. — É maravilhoso comer comida de verdade.

Jean-Luc a observava comer. Então ela bebeu mais um pequeno gole de vinho, olhando para ele pelo canto do olho.

— Não está com fome?

Ele sorriu, olhando para o prato intacto.

— Neste momento, minha cabeça está ocupada com outras coisas. — Inclinou-se para ela. — Estava com saudades de você, Charlotte.

Os cantos dos lábios dela se curvaram para cima e os olhos brilharam.

— Quanto?

— Muito. — Estendeu as mãos por cima da mesa e depois levou uma até o rosto dela. — Como você está?

— Bem, estava com saudades do seu sorriso todos os dias.

— E eu estava com saudades de você. Mais do que pode imaginar. — Fez uma pausa. — Vamos comer.

Comeram num silêncio confortável, saboreando a comida.

— Como estão as coisas no hospital agora?

Não tinha a intenção de encaminhar a conversa naquela direção; as palavras saíram de sua boca antes que pudesse pensar.

Viu o sorriso desaparecer do rosto dela.

— Não posso continuar lá. É errado. — Fez uma pausa. — Só preciso de coragem para dizer aos meus pais.

Olhou ao redor com uma expressão ansiosa, como se alguém pudesse ouvi-la.

— Não se preocupe, ninguém está ouvindo. Mas não deixe que isso te faça mal. Todos somos cúmplices, de uma maneira ou de outra.

As sobrancelhas dela se ergueram franzindo a testa.

— O que quer dizer com isso?

— Bem, permitimos que ficassem com a nossa comida, o nosso vinho, a nossa terra, as nossas casas. É difícil... é impossível... para civis como nós fazer frente a uma presença militar como a deles; não há muita coisa que possamos fazer sozinhos.

Encheu o copo dela, apesar de ela só ter bebido dois pequenos goles.

— Sim, mas devíamos tentar fazer alguma coisa, não devíamos?

Ele assentiu.

— Sabe onde eu trabalho, não sabe?

— Nas ferrovias.

— Sim, mas você sabe onde?

— Não exatamente. Acho... acho que você nunca me disse.

Ele esfregou os olhos e olhou ao redor. Não entrara mais ninguém, e os dois velhos tinham desaparecido, deixando apenas o outro casal a várias mesas de distância. Mas eles pareciam mais interessados um no outro do que em qualquer outra coisa. Inclinou-se para a frente e baixou a voz.

— Trabalho em Bobigny, a estação de Drancy... o campo de onde deportam todos os judeus. — Bebeu mais um gole de vinho. Limpou a boca com as costas da mão e continuou: — Charlotte, estão deportando aos milhares, e não sabemos para onde estão levando essas pessoas.

— Não vão para os campos de trabalho na Alemanha?

Ele balançou a cabeça.

— Acho que estão indo para lugares bem distantes e... estão se livrando deles.

— O quê? O que quer dizer?

— Desculpa, Charlotte. Não queria falar sobre isso — disse ele, e colocou a cabeça nas mãos.

Ela estendeu a mão, tocando-o.

— Me conte — pediu.

Ele se perguntou se deveria continuar. Talvez devesse manter o assunto mais leve; falar dela, elogiá-la, como fizera no hospital. Fora divertido, mas naquele momento tinha a mente cheia de coisas mais prementes. O tempo para tais frivolidades estava se esgotando. Mirou seus olhos castanho-escuros, desejando que pudessem ter uma conversa diferente.

— Eles estão amontoando essas pessoas em vagões de gado... o máximo que conseguem enfiar. E depois as levam. Sem água. Sem comida. Alguém me disse que ouviu de um dos boches que conseguiram embarcar mais de mil no último trem.

Viu a cor se esvair do rosto dela.

— Não consigo continuar fazendo isso, Charlotte.

Ela balançou a cabeça, como se tentasse expulsar aquele conhecimento.

— Mas não é possível. Por que eles fazem uma coisa dessas?

— Shhh.

A garçonete passou por eles.

— *Tout va bien?*[24]

— Sim, obrigado. Pode só nos trazer uma garrafa de água, por favor?

— Claro — disse ela, dando meia-volta e afastando-se.

— Não se preocupe, ela não ouviu nada. — Fez uma pausa, baixou a voz e inclinou-se mais para Charlotte. — Por quê? — Deixou escapar uma pequena gargalhada quase cínica. — Porque é a guerra, e porque os imigrantes judeus são os inimigos deles.

— Mas também estão levando judeus franceses, não estão? — Charlotte debruçou-se para a frente, o queixo apoiado nas mãos, os olhos obscuros. — Quem me dera que houvesse alguma coisa que eu pudesse fazer.

A garçonete voltou com a água. Olhou com reprovação para os pratos não terminados.

— *Merci, madame.* Pode nos trazer mais um pouco de vinho, por favor? — disse Jean-Luc, mostrando a garrafa vazia.

Ela a pegou de sua mão.

---

[24] "Está tudo bem?", em francês. (N.T.)

— *Bien sûr.*

Jean-Luc observou-a desaparecer atrás do balcão e então voltou-se para Charlotte.

— Devíamos terminar de comer.

— Perdi o apetite.

— Não queremos chamar a atenção.

Dessa vez, a garçonete chegou em silêncio e pousou a garrafa em cima da mesa. Jean-Luc serviu-se de um pouco de vinho. O copo de Charlotte continuava cheio. De súbito, ela o pegou e o bebeu de uma vez, como se fosse água, voltou a colocá-lo em cima da mesa e começou a mexer no *croque monsieur* já frio, cortando-o em pequenos quadrados, segurando a faca e o garfo com força. Jean-Luc viu os nós dos dedos dela ficarem brancos.

— Charlotte — sussurrou.

Ela não respondeu, continuou cortando o sanduíche em quadrados cada vez menores. Jean-Luc estendeu a mão para tocar na dela, muito pálida. Charlotte encolheu-a, como se ele fosse queimá-la. Então ele ouviu um pequeno som sufocado e viu os ombros dela curvados para a frente. Charlotte pegou o guardanapo e enterrou o rosto nele.

Jean-Luc levantou-se da cadeira, contornou a mesa para ficar ao lado dela e abraçou-a.

— Vamos embora.

CAPÍTULO 21

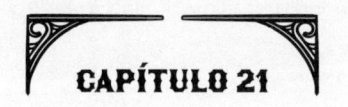

Paris, 29 de abril de 1944

CHARLOTTE

Depois de sair da *brasserie* dos *collabos*, comecei a me sentir melhor. Deve ter sido o vinho que me deixou emotiva daquela maneira. Precisava me acalmar, mas minha cabeça girava, os pensamentos confusos. Jean-Luc continuava com o braço em meus ombros, apertando-me com força, enquanto se apoiava na bengala com a outra mão. Fazia-me sentir mais segura. Mas ninguém estava seguro. Ninguém. Caminhamos em silêncio durante algum tempo, minhas fungadas se acalmando pouco a pouco. Logo em seguida já estávamos na Rue Saint-Denis.

— Vamos entrar aqui.

Pegou-me pela mão e me puxou para um bar. Eu não queria beber mais — meus sentidos estavam fora de controle. Uma mistura de sentimentos de perda, culpa e ansiedade rondava minha mente. Não sabia o que fazer a seguir.

Mas ele pediu vinho para os dois.

E eu bebi.

Sentamos em bancos em frente ao balcão — era mais barato beber ali, e de qualquer forma havia boches acompanhados de mulheres ocupando as únicas três mesas. Olhei para eles um instante, observando os uniformes escuros dos homens e as pernas nuas das mulheres; tinham desenhado linhas ao longo da parte de trás, numa triste tentativa de fazer parecer que usavam meias. Sinceramente, quem elas achavam que estavam enganando? E para que se darem ao trabalho. Acho que pensavam que isso lhes dava alguma elegância. Elegância! Aposto que os boches também se julgavam assim com os seus uniformes. Era tudo tão falso. Tive pena das mulheres, fingindo para os boches. Eu esperava que elas conseguissem alguns favores em troca de não mais do que um sorriso superficial e uma gargalhada falsa.

Voltei-me de novo para Jean-Luc, com a cabeça girando. Olhei para os seus olhos castanhos, que não eram exatamente castanhos, e senti uma agitação dentro de mim, como uma força magnética me empurrando para ele. Não havia nada de falso nele.

Ele era bom. Eu me senti caindo em sua direção, as minhas mãos pousando em seus joelhos. Endireitei as costas e retirei as mãos, voltei a encará-lo. Mas isso só serviu para me deixar ainda mais zonza.

— Charlotte.

Fechei os olhos, ouvindo o som do meu nome em seus lábios.

— Acho que bebeu demais. A culpa é minha. Desculpa. É melhor eu te levar para casa.

— Não! — Ri, surpreendida pela determinação na minha voz. — Gosto de estar aqui. Vamos beber mais vinho.

Dessa vez caí do banco nos braços dele. Virei o rosto para cima e vi seu sorriso um pouco torto. Foi o empurrão final. O sorriso. Endireitei-me, passei os braços pelos seus ombros. E beijei-o. Não foi um beijo suave como o dele. Foi um beijo furioso. Um beijo desesperado. Queria que aquele beijo me transportasse. Para muito longe.

Fomos interrompidos por risos e assobios. Eu o senti se afastar. Os boches estavam batendo palmas. Ouvi um deles dizer:

— Isso, sim, foi um beijo à francesa.

Jean-Luc jogou algumas moedas sobre o balcão e pegou minha mão.

— Vamos embora.

Percebi que estava zangado. Eu o deixei constrangido.

Uma vez do lado de fora, ele me levou até a esquina. Então largou a minha mão e ouvi a bengala cair no chão. Envolveu-me nos braços, apertando-me com força. Os lábios dele encontraram os meus e senti a sua respiração arquejante. O sabor era salgado, como o mar. Como a liberdade. Não sei quanto tempo ficamos ali respirando o hálito um do outro como se tivéssemos medo de nos afogarmos, os nossos corações batendo. Quando, por fim, seus lábios deixaram os meus, eu só queria mergulhar nele e esquecer o resto.

— Charlotte — sussurrou em meu ouvido. — Vamos fugir juntos.

Ali, naquele instante, era tudo o que eu queria.

CAPÍTULO 22

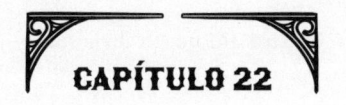

Paris, 30 de abril de 1944

CHARLOTTE

— Gostaria que vocês o conhecessem.

Sabia que era uma loucura, mas se ia fugir com ele, queria que ao menos soubessem que eu fugia com um homem bom. *Maman* olhou para mim.

— Não é o momento certo, Charlotte.

— Não posso mudar o momento! Não fui eu que comecei esta guerra!

— Chega, Charlotte. Não podemos convidá-lo para almoçar. Mal temos comida para três, quanto mais para quatro.

— Tudo bem, *maman*. Ele pode vir para um falso café, à tarde; podemos fingir que é um *goûter*.[25]

— Talvez ele traga alguma coisa. — *Papa* virou-se na cadeira. — Aposto que tem bons contatos, um rapaz como ele, trabalhando em Drancy. Deve saber onde conseguir as coisas.

A palavra *collabo* não foi mencionada, mas ficou pairando no ar, silenciada.

Eu já sabia que eles não iam querer convidá-lo para almoçar, de modo que havia dito a Jean-Luc que aparecesse às quatro. Nunca ninguém tinha nada para fazer às quatro horas de uma tarde de domingo, e Clothilde não trabalhava aos domingos. Meu convite o surpreendera, e depois de ele ter aceitado, me surpreendera também. Fora uma ideia impulsiva, e tenho de admitir que comecei a questionar os meus motivos. Estaria tentando provar alguma coisa aos meus pais? Mostrar a eles que não era mais uma menina? Ou talvez eu só quisesse aborrecê-los levando para casa um ferroviário, sabendo muito bem a importância que eles davam à educação e à classe.

— Seria delicado trazer alguma coisa — continuou *papa*, interrompendo meus pensamentos. — Suponho que vai querer nos impressionar.

A única coisa em que eles pensavam era comida. Comida. Comida. Comida. Não

---

[25] "Lanche", em francês. (N.T.)

haveria coisas mais importantes? Virei as costas aos dois e dirigi-me à pia da cozinha. Olhei para o pátio, pela janela.

— Por que o mandaram para um hospital alemão? — perguntou *maman*, atrás de mim.

— Não sei. — Eu me virei. — Talvez porque ele trabalhe em Drancy.

Papa franziu os lábios.

— E eu trabalho num hospital alemão, não trabalho? Qual é a diferença?

— Cuidado com o tom, Charlotte — avisou *maman*, cravando em mim os olhos semicerrados.

Jean-Luc apareceu à porta às quatro em ponto, e o toque da campainha fez o meu coração dar um salto e o meu estômago se agitar. *Papa* foi abrir, estendeu-lhe a mão. Lentamente ele descruzou os braços. Então virou-se para mim, e eu lhe ofereci a mão antes que ele pudesse me beijar no rosto. Eu me senti ridiculamente formal, mas não queria que me beijasse na frente dos meus pais. Notei o sorriso dele e senti minhas faces arderem enquanto sorria para ele.

Durante alguns segundos, ficamos ali parados como se não soubéssemos muito bem o que fazer. Então Jean-Luc abriu a sacola, procurou dentro dela e tirou um pacote embrulhado em jornal.

— Trouxe uma lembrança — disse. — Um *saucisson*.[26]

A tensão aliviou-se no mesmo instante. O *saucisson* não me pareceu nada de especial — rosa-acinzentado e enrugado —, mas os olhos de *maman* brilharam. Pegou das mãos dele e guardou para mais tarde.

— Quer um café? — perguntou.

Papa riu alto.

— Café! Só tem bolota moída, como para todos. — Virou-se para Jean-Luc. — Vamos nos sentar na sala. Pode levar para lá o *café*, Beatrice.

Segui-os até a sala, deixando *maman* na cozinha. *Papa* instalou-se em sua poltrona, enquanto eu e Jean-Luc nos sentamos no sofá. Reprimi o impulso de lhe pegar na mão, e em vez disso olhei para *papa*, esperando para ver como ele começaria a conversa. Mas ele se recostou na poltrona, como se estivesse se distanciando. Jean-Luc inclinou-se para a frente.

— Charlotte cuidou muito bem de mim no hospital — disse.

Papa demorou um pouco antes de responder.

— Sim, ela me disse que você sofreu um acidente. — Nova pausa. — Em Drancy.

— Café — anunciou *maman*, entrando com uma bandeja onde havia três xícaras de café e um tipo de biscoito que eu nem sabia que tínhamos. Não pude deixar

---

[26] "Um tipo de embutido, como salame", em francês. (N.T.)

de me perguntar por que ela queria impressioná-lo, mas decidi encarar isso como um bom sinal.

— Merci, madame. — Jean-Luc pegou o pires com a xícara e um biscoito. — Sim — continuou —, estou trabalhando em Drancy há dois meses. — Olhou para os pés, com a xícara equilibrada no joelho. Bebeu um lento gole, olhando para mim por cima da xícara.

— Você é um trabalhador ferroviário.

As palavras de *papa* soaram mais como uma acusação do que como uma pergunta.

— Sim, e eu sou auxiliar de enfermagem.

As palavras saíram da minha boca antes que tivesse tempo de pensá-las, mas detestei a ideia de os dois tentarem fazê-lo se sentir inferior.

— Nós sabemos disso, Charlotte. — A voz de *maman* foi suave e calma, como se estivesse falando com uma criança. — Todos temos de fazer o que podemos em tempos de guerra. — Voltou-se para Jean-Luc. — Como aconteceu o acidente?

— Estava trabalhando num dos trilhos quando o pé de cabra saltou e me atingiu no rosto. E quando caí, quebrei a perna. — Fez uma pausa. — Foi um acidente estúpido.

Papa levantou uma sobrancelha, como se concordasse com isso.

— Sim. — *Maman* olhou para ele. — Tem aí uma cicatriz e tanto.

Jean-Luc levou a mão ao rosto e tocou as extremidades da cicatriz. Imaginei a aspereza da carne debaixo dos meus dedos.

— Há quanto tempo trabalha na SNCF? — *Papa* inclinou-se para a frente e levou a xícara aos lábios. Tive esperança de que fosse ser simpático.

— Desde os quinze anos.

— Quer dizer, então, que deixou a escola aos quinze?

— *Oui, monsieur.*

— Antes do *baccalauréat*?

— Sim — respondeu Jean-Luc, e desviou o olhar.

Fiquei envergonhada pela insinuação de *papa* — deixar a escola antes do *baccalauréat* significava ficar condenado a uma vida de trabalho braçal ou empregos menores. Um silêncio constrangedor encheu a sala.

Papa colocou a xícara na mesa.

— Então, o que você faz em Drancy?

Encolhi-me e olhei para Jean-Luc. O rosto dele estava vermelho.

— Trabalho na manutenção das linhas.

Papa tossiu e *maman* baixou os olhos para a xícara. Mais silêncio. Procurei em minha cabeça uma forma de dissipá-lo.

— Jean-Luc diz que há muitos trens partindo de Drancy. — Olhei para *papa*, que arqueou uma sobrancelha. — Estão deportando os prisioneiros que estão lá — continuei.

Papa cravou em mim um olhar de pedra. *Maman* ficou imóvel, com a xícara a meio caminho dos lábios, e Jean-Luc deslizou no sofá para se aproximar de mim. O ambiente ficou pesado.

— Charlotte tem razão. — Foi Jean-Luc que rompeu o silêncio. — Muitos trens estão partindo. Às vezes com mil prisioneiros a bordo.

— Mil? — *Papa* fez uma pausa. — Num trem?

— *Oui, monsieur*.

— Como conseguem enfiar mil pessoas num trem?

Jean-Luc encolheu os ombros.

— Devem apertá-las.

Maman continuava olhando para a sua xícara de café. Eu sabia muito bem como ela detestava aquele tipo de conversa.

— Para onde os levam?

— Em algum lugar no leste, suponho.

Papa piscou.

— Bem, milhares são presos, e devem estar deportando todos para um lugar qualquer. O leste faria sentido. Polônia, imagino.

— Sim, é bem provável. — Jean-Luc olhou para mim. — Mas o que acontece com eles?

— O que acontece com eles? — *Papa* franziu a testa.

— É. Sei que são amontoados em vagões de gado, todos de pé. — A voz de Jean-Luc adquiriu um tom mais assertivo, e a maneira como a conversa estava seguindo tão depressa deixou-me ansiosa. — E eu vi... Vi as plataformas depois de os trens partirem. É... uma balbúrdia.

— O que quer dizer com isso?

— Bem, há coisas... coisas que pertenciam aos presos... livros, chapéus, malas, brinquedos de criança. Acho que os forçam a entrar nos trens...

— Brinquedos de criança? — *papa* interrompeu-o.

Maman voltou-se para ele de testa franzida.

— Você sabe que eles levam também as crianças. — Fez uma pausa, olhando para mim. — Lembra aquela batida policial enorme em que levaram famílias inteiras para o Velódromo d'Hiver, há quase dois anos?

Papa colocou a xícara na bandeja e voltou a se recostar na poltrona. Olhei para Jean-Luc, na esperança de fazer contato visual, mas ele tinha os olhos fixos no chão.

— *Bien* — começou *maman*. — Espero que este inverno termine em breve.

Jean-Luc ergueu os olhos, com a xícara a meio caminho da boca.

— É um trabalho horrível. — Colocou a xícara no pires. — Não sei se consigo continuar fazendo isso.

Meu coração bateu com força contra as minhas costelas. Eu não queria que ele fosse tão sincero — tão direto com eles.

Papa inclinou-se para a frente.

— O que quer dizer com isso?

— Bom, estou ajudando os boches em seu trabalho, não estou? Estou ajudando eles a deportarem pessoas sabe Deus para onde, só porque são judias.

— E por quê? Por que fazem disso um crime? — exclamei, numa tentativa de aliviar a tensão.

Papa olhou para mim como se estivesse me vendo pela primeira vez.

— Estão roubando empregos de cidadãos franceses. E tentaram controlar a nossa economia, como fizerem na Alemanha.

— Isso não é verdade! — disse Jean-Luc, e pôs a xícara em cima da mesa com uma pancada, derramando um pouco do líquido marrom. — É tudo propaganda.

— Quem é você para saber? É um político? Entende alguma coisa de economia? — *Papa* fez uma pausa, olhando para Jean-Luc com uma expressão gelada. — É apenas um trabalhador.

— Eu sei quando alguma coisa está errada. — Jean-Luc fulminou-o com o olhar.

— Ah, sim? Nesse caso, o que vai fazer a respeito, jovem?

— Tenho algumas ideias.

Papa sentou-se melhor.

— Ouça, rapaz. — O seu tom era firme. — O que tem de fazer é aguentar e seguir em frente. Não tem alternativa. Nenhum de nós tem.

Maman estendeu a mão e tocou no cotovelo de *papa*, um sinal para que se acalmasse.

— Não temos? — Jean-Luc olhou para mim. — Pois eu penso que temos sempre uma escolha. Mas às vezes a escolha é difícil.

— Não me venha com essa. No momento, não temos escolha. Estamos encurralados. Mas esta guerra não vai durar para sempre. Está indo mal para a Alemanha. Continue fazendo apenas o que lhe dizem.

— É isso que devo fazer? — Jean-Luc pôs-se de pé. — Acha que devo aguentar enquanto eles deportam e provavelmente assassinam milhares de compatriotas nossos? — A voz dele subiu de tom. — Acha que é isso que devo fazer?

Papa levantou-se também, o rosto ficando vermelho.

— Chega! Não gosto do seu tom.

Meu coração falhou um batimento. Jean-Luc os afastou por completo.

— Bem, eu não gosto do que está acontecendo. Não gosto de ficar sentado sem fazer nada, sou apenas grato por não ser judeu. — Fez uma pausa, baixou a voz. — Lamento que não concorde com o que estou dizendo.

Papa enfrentou-o, puxando os ombros para trás.

— Acho que é melhor você ir embora.

Meu coração batia com força como se fosse o único órgão vivo do meu corpo. Aterrorizada pela ideia de que aquele fosse o fim, de nunca mais voltar a vê-lo, levantei-me, com os joelhos trêmulos. Joguei meus braços ao redor do pescoço dele, com medo de cair se eu o soltasse.

— Charlotte! — gritou *maman*.

— Não vá a lugar nenhum sem mim — sussurrei em seu ouvido.

Senti a mão de *papa* em meu ombro, puxando-me para trás.

Vi em silêncio Jean-Luc sair. Ele não me respondeu.

CAPÍTULO 23

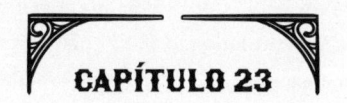

Paris, 30 de abril de 1944

CHARLOTTE

— Você nunca mais o verá. Nunca mais! Ouviu o que eu disse?

Olhei para o chão e deixei as palavras de *papa* passarem por mim com indiferença, mas sentia os olhos de *maman* fixos em mim, exigindo que eu pedisse desculpa, que fosse uma boa filha. Mas a minha língua continuou congelada.

— Olhe para mim quando falo com você. — Deu um passo em minha direção. O cheiro de amêndoa estragada em seu hálito me causou repulsa. Devo ter recuado, porque ele avançou mais um passo. — Você é uma mocinha ignorante. — Lançou-me um olhar furioso. — Ele não pode andar por aí dizendo aquelas coisas! Quem ele pensa que é? — Fez uma pausa e ergueu as duas mãos. — E bem aqui em nossa casa, ainda por cima! — Voltou-se para *maman*. — Eu bem te disse que você era tolerante demais com ela. — Olhou de novo para mim. — Ela não compreende as consequências de falar assim.

— Mas é verdade. — O coração me martelava o peito. — Ele não está inventando nada. Tudo o que ele disse é verdade.

— Não quero saber se é verdade ou não. — A voz de *papa* trovejou na sala de estar. Resisti ao impulso de tapar os ouvidos com as mãos. — Não é essa a questão. Não se pode andar por aí dizendo aquelas coisas. — Ele colocou a mão no meu ombro. — Você entende isso?

Afastei a mão dele e corri para o meu quarto, bati a porta. Ia voltar a ver Jean-Luc. Claro que ia. E ninguém ia me impedir.

Ouvi a porta da frente se fechar. Graças a Deus, *papa* tinha saído. Mas era muito tarde para eu correr atrás de Jean-Luc. O pânico cresceu em meu peito quando o imaginei fugindo para ir se juntar ao Maquis sem mim. Como ia encontrá-lo agora?

Deus, como odiava *papa*. Por que não foi capaz de ouvir Jean-Luc e falar com ele de igual para igual? Por que sempre tinha de assumir a sua superioridade sobre todo mundo? Chamá-lo de "apenas um trabalhador". Jean-Luc sabia muito mais do que ele sobre a guerra; afinal, estava em Drancy, no meio do vespeiro, como gostava de dizer. Estava mais bem colocado para saber o que de verdade acontecia, mas ninguém queria ouvi-lo. *Maman* ficava sempre do lado do *papa*, não importava o que dissesse. Na realidade, eu não sabia o que ela pensava a respeito de qualquer assunto.

Deixei-me cair na cama e peguei meu velho e achatado ursinho de pelúcia. Minha avó o tinha feito para mim quando eu era bebê, e sempre que me sentia sozinha ou incompreendida, encontrava conforto em sua forma familiar. Encharquei-o de lágrimas ao longo dos anos, mas agora o enchimento começava a sair por seu pescoço; eu gostava de puxá-lo, perguntando-me onde vovó teria encontrado todos os pedaços de pano coloridos que eu tirava. Tinha acontecido tanta coisa naqueles últimos meses. As coisas estavam mudando – eu estava mudando. Chegara o momento de tomar as minhas decisões, de deixar a infância para trás. Com gestos decididos, enrolei o ursinho de pelúcia numa bola e o enfiei embaixo da cama.

A porta se abriu e *maman* apareceu no umbral, pálida e tensa. Quase tive pena dela.

— Charlotte, você já se acalmou?

Virei-me para ela.

— Como? — Fiz uma pausa, notando as linhas de preocupação que se formavam ao redor de sua boca. — Não sou eu quem precisa se acalmar.

— Charlotte! Como se atreve a falar assim?

— Mas é verdade, não é? Foi o *papa* que perdeu as estribeiras, não eu.

Virei as costas para ela. No que iria dar aquela conversa?

Ela se aproximou de mim, e eu soube que estava à procura de palavras para justificar *papa*, apesar de me parecer que sabia que eu não queria ouvi-las. Sentou-se na cama ao meu lado.

— Por que será que é impossível ser sincero nessa família? — disse eu.

— O que está dizendo?

— Ninguém quer discutir o que está acontecendo. — Eu me virei e baixei a voz. — Você não quer saber, quer, *maman*?

— Charlotte, isso não é verdade!

— É, sim! Prefere enfiar a cabeça na areia. — Eu a vi empalidecer, morder o lábio, mas mesmo assim continuei. — Devíamos ser mais ativos, mais resistentes ao que está acontecendo debaixo do nosso nariz.

Ela olhou para mim, as pupilas eram grandes poças negras. Era a primeira vez que eu a confrontava.

— Charlotte, você não compreende. — Ergueu a mão, como se fosse me tocar, mas eu me encolhi e ela a retirou no mesmo instante. — Você é muito jovem. É impossível que você perceba a realidade da situação.

Suspirei com força. Lá íamos nós outra vez, com evasivas e rodeios.

— Por favor, Charlotte, tente compreender o seu pai, e a mim também. Ele passou por mais do que imagina. Talvez devêssemos ter falado mais com você, mas... ele não quis. — Fez uma pausa. — Ele tinha só dezoito anos quando o mandaram para Verdun, na última guerra. Viu coisas que ninguém devia ver. E eu só sei por causa dos pesadelos dele. — Estendeu a mão tocando a minha. — Você sabe por que ele não consegue entrar num açougue? Alguma vez você já se perguntou isso?

Balancei a cabeça, tentando adivinhar a resposta.

— O cheiro do sangue. — Retirou a mão e usou-a para esfregar a testa. — Como muitos de nós, ele acreditava que Pétain era um herói da guerra, que tinha sido sensato ao negociar a paz com Hitler. — Fez uma pausa. — Pétain sabia o que era a guerra. E fez o que tinha de fazer para nos poupar de outra.

— Mas, *maman*, ele não fez, não é? Não nos poupou de outra. Estamos aqui no meio de uma.

Vi as rugas na sua testa se aprofundarem e compreendi que, para ela, não estávamos no meio de uma guerra, estávamos esperando que aquela passasse.

— Foi muito duro para o seu pai — continuou. — Não imaginávamos que as coisas chegariam a este ponto. Pensávamos que era melhor juntar forças com a Alemanha do que combatê-la.

— Juntar forças?

— Não tínhamos um exército para enfrentá-los.

— Mas... isso não faz de nós colaboracionistas?

— Não, Charlotte. Não! — Voltou a pegar na minha mão, dessa vez apertando-a com força. — Somos civis. E estamos fazendo o que podemos para sobreviver, criar as nossas famílias, seguir em frente, porque... porque é o que temos de fazer. É o que fazemos. Não somos soldados.

Eu me perguntei se aquele seria o momento em que eu deveria passar os braços ao redor dela, mas a violência da explosão do *papa* ainda ecoava em minha cabeça. Não sabia muito bem como ser agora, o que pensar dos meus pais. Senti como se estivesse me afastando deles, apanhada por outra corrente.

Eu só queria Jean-Luc.

SEGUNDA PARTE

CAPÍTULO 24

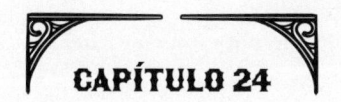

Santa Cruz, 24 de junho de 1953

JEAN-LUC

— Drancy. Diga-nos então o que fazia lá.

Jackson puxa uma cadeira e deixa-se cair nela, as compridas pernas esticadas à sua frente. Jean-Luc o estuda. A testa protuberante e o nariz afilado lhe dão um ar de ave de rapina. E naquele instante parece preparado para mergulhar sobre sua presa.

— Era ferroviário. Trabalhava na SNCF desde os quinze anos.

— A ferrovia francesa?

— Sim.

— Que foi ocupada pelos nazistas.

— Sim.

— Portanto, você trabalhava para os nazistas, em Drancy.

— Não exatamente. — Jean-Luc faz uma pausa, coça a cabeça. É isso que querem dele? Uma confissão de que era mais uma prostituta dos nazistas? — Não tinha alternativa. Mandaram-me para lá. Nenhum de nós queria estar lá.

— Aposto que sim! — Jackson inclina-se para a frente, mirando seus olhos. — Aposto que sobretudo os judeus não queriam estar lá. Sabia que estavam sendo enviados para um campo de extermínio?

— Não.

Bradley suspira.

— Já tinha ouvido as palavras "campo de extermínio"?

— Não! Nunca! — Jean-Luc respira fundo, dando a si mesmo um minuto para preparar a resposta. — Embora fosse evidente para mim que muitos prisioneiros morreriam no trem antes de chegarem ao destino.

— Mas está dizendo que não *sabia* que os prisioneiros estavam sendo levados para um campo de extermínio?

Jean-Luc não pisca nem move um músculo. Está tentando perceber a diferença entre saber e compreender. Ele coloca os dedos no espaço entre as sobrancelhas, para tentar aliviar o latejar em sua cabeça.

— Sabia que Auschwitz era um campo de extermínio? — insiste Jackson, a voz subindo de tom.

— Não! Não sabia.

Olham para ele com frieza. Jean-Luc vê que não acreditam nele. Eles o odeiam sem ao menos o conhecerem.

Jackson levanta-se da cadeira num gesto brusco.

— Senhor Bow-Champ, há mais alguma coisa que queira nos dizer?

O ritmo cardíaco de Jean-Luc acelera. O que eles sabem? Jackson tem os olhos de ave de rapina fixos nele, mas Jean-Luc se concentra em manter uma expressão vazia.

— Portanto, nada a dizer? — Jackson volta-se para fazer um aceno de cabeça a Bradley. — A nossa investigação continua em aberto. Temos de lhe pedir que não saia do estado da Califórnia, para o caso de precisarmos chamá-lo para responder a novas perguntas. Pode ir, por enquanto.

O coração de Jean-Luc bate forte e rápido enquanto eles o acompanham ao longo do corredor, escada acima, até à parte externa das duplas portas principais. Quando o deixam lá fora, ele respira fundo, absorvendo o sabor da liberdade. Vai correr tudo bem.

Lamenta não ter pedido para ligar para Charlotte, para que fosse buscá-lo, mas não estava com cabeça para pensar nesses aspectos práticos. Talvez não demore a aparecer um ônibus. A impaciência corre em suas veias, lhe dizendo que já esperou mais do que o suficiente. Decide esquecer o dinheiro e pega um táxi, vai diretamente para o trabalho. Ele já perdeu mais de meio dia.

⚜

Telefona para Charlotte, do trabalho, no início da tarde. Ela atende ao primeiro toque, a ansiedade vibrando no atropelo das palavras.

— Graças a Deus é você. O que aconteceu? O que eles queriam?

— Não se preocupe, agora estou no trabalho, mas vou ter de ficar até mais tarde para compensar as horas. Falamos quando chegar em casa.

— E que horas vai chegar?

— Não antes das oito.

— Tudo bem. Vou deixar a sua janta aquecida.

Quando o táxi o deixa em frente de casa, às oito e meia, Jean-Luc tem de reprimir o impulso de subir correndo o caminho de acesso. Alguém pode estar observando. Quando a porta se fecha atrás dele, deixa escapar um suspiro de alívio. Fica parado por um minuto saboreando os cheiros de limão e alecrim. Está em casa.

Charlotte sai da sala.

— O que aconteceu? O que eles queriam?

As palavras lhe saltam da boca. Ela nem sequer diz olá.

— Não sei.

— Não sabe?!

Ele olha para ela, os olhos doloridos de cansaço.

— Mas o que disseram? — insiste ela.

— Na verdade, nada. Só me fizeram perguntas sobre o que eu fazia em Bobigny.

— Nada a respeito...

— Não. Nada.

— Mas o que vai acontecer se descobrirem?

— Não vão descobrir. É praticamente impossível.

— Praticamente! — Ela leva as mãos aos cabelos, aperta-os entre os dedos, de olhos fechados. Então, de repente, os abre outra vez, as pupilas dilatadas como grandes poças. — Praticamente quer dizer que é possível. Possível!

Seu grito abafado torna-se mais alto.

E Jean-Luc dá um passo em sua direção, estende as mãos abertas, para acalmá-la.

— Shhhh, Charlotte. Sam está dormindo?

Ela assente com a cabeça, olhando para a escada.

— Vamos para a sala — diz ele, e passa um braço pela cintura dela.

Ela se afasta do seu braço, mas o segue até à sala.

Ele vê o copo em cima do aparador.

— Estava bebendo? — Aquilo sai como uma acusação. Gostaria de não ter dito nada, e tenta aliviar a tensão. — Acho que também preciso. Quer mais uma?

— Não!

Ele abre o aparador e tira de lá uma garrafa de licor Southern Comfort. Charlotte está atrás dele enquanto desenrosca a tampa.

— Devíamos ter contado a eles. Devíamos ter contado quando chegamos aqui. A culpa foi minha.

— Charlotte, por favor.

— Mas é verdade, não é? Tivemos de viver uma mentira. E agora alguém vai descobrir. Eu sei.

— Claro que ninguém vai descobrir. Quem vai se interessar agora? Depois de nove anos?

A última coisa de que ele precisa neste instante é uma discussão; ainda está com os nervos em frangalhos. Suspira, toma um longo gole da bebida. Quando volta a olhar, vê Sam no vão da porta. Parece tão pequeno, tão vulnerável, ali parado, de pijama.

— Sam.

Estende a mão. Sam esfrega os olhos.

— O que aconteceu? Onde você esteve, papai?

— Está tudo bem. Só precisavam da minha ajuda numa investigação. Venha aqui.

Jean-Luc abre os braços.

Mas Sam continua onde está.

Jean-Luc vai até ele, abaixa-se para ficar na sua altura, falando numa voz calma e suave.

— Está tudo bem, Sam. Os homens que vieram esta manhã queriam me fazer umas perguntas, só isso.

— Mas sobre o quê?

— Sobre coisas que aconteceram há muito tempo.

— Que coisas?

Sam não parece disposto a largar o assunto.

— Coisas que aconteceram antes de você nascer, durante a guerra.

Sam franze a testa.

— E o que aconteceu?

Ali estava a pergunta, nos lábios do filho.

— Você não precisa saber, Sam. — Jean-Luc faz uma pausa. — *On ne voit bien qu'avec le coeur.*

— O quê, papai?

— "Só vemos bem com o coração." É de *O pequeno príncipe*. Lembra, aquele livro que te dei no ano passado, quando você fez nove anos?

— Você pode ler para mim? Você não leu para mim esta noite.

Jean-Luc concorda, piscando os olhos para disfarçar as lágrimas.

CAPÍTULO 25

Santa Cruz, 3 de julho de 1953

JEAN-LUC

Jean-Luc observa Sam rolar na areia, a sua pele morena escurecendo pouco a pouco sob o sol da Califórnia.

— Que tal treinar os cem metros?

— São jardas, papai!

Sam levanta-se de um salto e fica pulando, excitado, enquanto o pai traça uma linha na areia.

Jean-Luc levanta um braço.

— Preparado, pronto... Vai! — grita Jean-Luc, e baixa o braço num movimento rápido.

Sam voa para a frente, balançando os membros compridos e finos, a testa franzida numa expressão determinada. O novo calção de banho amarelo bate em seus joelhos ossudos, e então ele estica as pernas uma última vez para atravessar a linha de chegada. Ele se inclina para a frente, ofegante, a cabeça entre os joelhos, arquejando — uma versão miniatura de um atleta de verdade.

— Vinte e cinco segundos. Um bom tempo, filho.

— Uau! Foi rápido, não foi, papai?

— Foi mesmo. Acho que bateu um recorde!

Incapaz de resistir, ele abraça o filho, imergindo em seu calor. Mas então Sam se liberta de um salto, corre para a água, para no meio do caminho e se vira, a cabeça inclinada, as mãos nos quadris, esperando o pai alcançá-lo.

Jean-Luc corre na direção dele o mais rápido que a sua perna saudável permite. De pé na pequena rebentação, ele inspira fundo, sentindo o cheiro de sal, e também do algodão-doce que vem do calçadão. Olha para a imensidão turquesa que se estende até o horizonte. Milhões de minúsculos diamantes cintilam de volta para ele. É tudo tão brilhante e tão bonito, as linhas, tão puras. É a América, as suas cores puras e límpidas, o céu azul e dourado. Em contraste, quando pensa em Paris, ele enxerga cores opacas misturadas, faixas de cinzento e preto que se unem, nunca se misturam, linhas vagas e falsas. Está apaixonado pelo país que adotou.

E pelo filho. Cada minuto com Sam apaga outro minuto da sua vida anterior. Ele abre a boca e respira o sabor da felicidade. Então retém a respiração e mergulha nas ondas.

Sam tenta chegar até ele, mas a corrente o empurra para trás. Jean-Luc para de nadar e estende a mão para o filho. Os dedos dos dois se encontram e ele o puxa para a água mais funda. Com a mão por baixo da barriga do filho, ele o mantém flutuando para que possa praticar o nado crawl.

— Vamos brincar de tubarão, papai.

— Como é isso?

— Você fecha os olhos e conta até cinquenta, e eu tenho de ir para longe, e então você vem atrás de mim e tenta me pegar.

Seguindo as instruções do filho, Jean-Luc fecha os olhos e começa a contar, enquanto Sam se afasta. Aos cinquenta, abre os olhos. *Merde!* Sam está longe demais, muito fora do alcance dele. Está agitando os braços. No mesmo instante, Jean-Luc corta as ondas em direção a ele. Quando o alcança, puxa-o para si, movendo as pernas e o outro braço para se manter na superfície enquanto o segura.

— Papai, tive medo. É muito fundo!

— Você se afastou demais. Vamos voltar.

— Mas agora você me pegou e tem que me comer.

— Não como crianças. Vamos voltar e comer de verdade.

— Não estou com fome. Não podemos ficar mais tempo… por favor?

— Não. É hora do almoço.

— Por favor.

— Não insista, Sam.

Quando voltam à praia, Charlotte tem uma toalha pronta para Sam. Ela a coloca sobre os ombros dele e o puxa para o colo, beijando-lhe o alto da cabeça.

— A água estava fria?

— Não. Está quente. Não vai entrar na água, mamãe? — pergunta Sam, e olha para ela.

— Depois do almoço.

Charlotte tira um frasco da sacola e enche três copos de limonada feita em casa, as ondas do suco revolteando até a superfície. Entrega a Jean-Luc o seu sanduíche preferido – de presunto e tomate – e a Sam o dele: manteiga de amendoim e geleia.

— Podemos ir acampar no próximo fim de semana?

O rosto de Sam brilha de animação.

— É uma ideia. Aonde está pensando em ir?

— França.

Jean-Luc quase se engasga com a limonada.

— França? Mas isso é do outro lado do mundo.

— O que levou você a pensar nisso assim de repente?

— A senhora Armstrong nos disse para falarmos com os nossos avós e perguntar a eles como era a vida quando eram pequenos, e depois temos de fazer uma redação. Os meus estão na França, não é?

Jean-Luc dá uma mordida no sanduíche, olhando para o mar.

— Sim — responde Charlotte. — Mas é muito, muito longe. Posso contar a você como era a infância dos seus avós na França.

Ela toca o joelho de Sam. Jean-Luc sabe que ela está tentando acalmá-lo.

— Não posso escrever para eles e perguntar?

— Não, Sam. Eles são muito velhos.

Charlotte retira a mão para coçar o ombro esquerdo.

Jean-Luc reconhece o gesto; é o que ela faz quando se sente pouco à vontade ou está tentando ganhar tempo.

— Estão velhos demais para escrever?

— Sim.

Ela se vira e põe-se a remexer na bolsa térmica.

— Mas por que eles nunca vêm nos ver? Todos os meus amigos têm avós, e é como se eu não tivesse nenhum.

— Sam — diz Jean-Luc —, lembra-se do que eu disse a respeito de a guerra na França ter sido muito dura para todo mundo. Nós conseguimos fugir com você, mas as pessoas que ficaram, como os seus avós, não gostam de olhar para trás. Querem esquecer.

— O quê? Querem esquecer a gente?

Jean-Luc troca um olhar com Charlotte.

— Não, não se esquecer de nós, mas ficaram tristes quando viemos embora. — Faz uma pausa. — Talvez voltemos a vê-los um dia. As passagens de avião são muito caras, sabia?

— Tudo bem.

Sam morde a crosta do seu sanduíche.

Jean-Luc se vira para olhar para Charlotte. Ela está debruçada sobre a bolsa térmica, os cabelos negros e sedosos presos na nuca por um lenço de seda roxo. Ele teme que a conversa a esteja perturbando.

— O que mais tem aí, querida? — pergunta.

Ela tira da bolsa um saco de papel marrom e entrega a ele, sem encará-lo. A atmosfera está densa e pesada. Tanta coisa para dizer.

— São biscoitos? — pergunta Sam.

Jean-Luc espia dentro do saco.

— Sim, os seus preferidos. De chocolate.

— Eu quero!

Sam estende a mão para pegar um.

Graças a Deus pelos biscoitos de chocolate, pensa Jean-Luc, com ironia.

Mais tarde, quando Sam se afasta para ir cavar buracos na areia, Charlotte e Jean-Luc se estendem na toalha de piquenique. Jean-Luc se vira de lado, a cabeça apoiada na mão, olhando para ela de cima.

O silêncio desaba sobre eles, e ele se pergunta se ela será a primeira a abordar o assunto. Olha para os cabelos mal presos, que caem para o lado. Gosta do fato de ela trazer sempre lenços de seda consigo, colocando-os ao redor do pescoço, cobrindo os cabelos com eles, às vezes passando-os em torno da cintura. Tem estilo. Originalidade. Foi a primeira coisa que o atraiu nela. Nunca seria capaz de se misturar com a multidão, por mais que tentasse.

— Jean-Luc.

Ele tenta adivinhar o que vem por aí.

— Sim.

— Sam anda outra vez fazendo perguntas. Todos os amigos dele têm família… avós, tios, tias, tudo isso. Mas ele não.

— Ele tem a nós. — Jean-Luc passa o dedo pelo rosto dela, seguindo o contorno. — Só precisamos ter certeza de que somos o suficiente.

Deseja mais uma vez terem podido dar irmãos a Sam. Uma família grande e feliz teria ajudado Charlotte a vencer as saudades de casa, a teria ajudado a se sentir mais instalada, mas não acontecera. Até foram a um médico, que lhes disse que tinham sido sem dúvida as privações que Charlotte sofrera durante a Ocupação a causa da interrupção das menstruações, mas não sabia dizer se alguma vez voltariam. Queria fazer alguns exames, mas Charlotte recusou, dizendo que deviam aproveitar ao máximo aquilo que tinham. Jean-Luc não quis insistir; o tema era difícil e frágil, e por isso deixara para lá.

Quando os seus corpos já não aguentam mais o calor e estão cansados demais para nadar, pegam as coisas e vão embora da praia. Passam por um varredor de rua de macacão azul apoiado em uma grande vassoura cujas cerdas juntam uma imensa quantidade de restos da diversão do dia – embalagens de sorvete, bitucas de cigarro e caixas de papelão rasgadas. Não parece ter muita pressa em fazer o seu trabalho.

— O tempo vai mudar. — Ele aponta para as nuvens que se juntam no horizonte. — É capaz de vir por aí uma tempestade.

Com os olhos, seguem a direção que o dedo do homem aponta e veem as nuvens, que ganham impulso. Apressam-se para chegar ao carro. O capô proeminente e as linhas suaves do Nash 600 azul-escuro enchem sempre Jean-Luc de uma sensação de orgulho. Nunca imaginou ser dono de um carro tão bonito, mas ali nos Estados Unidos tudo é possível. Enfia a chave na ignição e a música faz-se ouvir no mesmo instante.

"How much is that doggie in the window?"[27]

Juntam as suas vozes à de Patti Page enquanto arrancam.

A tarde está quente, o ar se agarra à pele deles. Uma quietude pesada pende das folhas, que pararam de se agitar, e o gato está deitado de barriga para cima sob o salgueiro. Jean-Luc e Sam estão na varanda da frente, embalando-se languidamente na cadeira de balanço, tentando pegar uma brisa. Charlotte leva para eles limonada em copos altos, nos quais cubos de gelo tilintam. Jean-Luc pega um e o encosta na nuca. Logo, a água se transforma e desliza por suas costas, proporcionando um momentâneo alívio para o calor do verão californiano.

Os sons do Ed Sullivan Show saem pelas janelas abertas da casa do vizinho.

Jean-Luc olha para o céu.

— Quem me dera que esse temporal caísse de uma vez e fosse embora.

---

[27] "Quanto custa o cachorrinho da vitrine?", em inglês. (N.T.)

CAPÍTULO 26

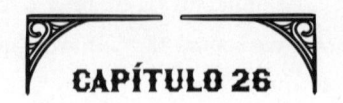

Santa Cruz, 4 de julho de 1953

CHARLOTTE

Acordo muito cedo, a ansiedade instigando o meu subconsciente. As obrigações do dia dançam em minha cabeça. Os Caley fazem um churrasco para comemorar o dia em que os Estados Unidos conquistaram a sua independência. Nunca gostei do 4 de Julho. Isso me faz lembrar que esta não é de verdade a minha pátria, que a história norte-americana não é a minha história. Acho que estou cheia de saudades de casa. Há dias em que isso me acontece. Às vezes, penso que fui arrancada de lá sem ter idade suficiente para saber o que isso na realidade significava. O que não quer dizer que não seja feliz aqui. Como poderia não ser? As pessoas são amistosas, pode-se comprar tudo o que quiser, e a qualidade de vida é boa. É só que muitas vezes há no meu coração uma ânsia por minha casa, por minha família, por meu país.

Há também alguma coisa na necessidade institucionalizada de celebrar que me perturba. Talvez seja a pressão para ser feliz. Grandes sorrisos rasgados por todo o lado, hambúrgueres e sorvete, refrigerante e cerveja em abundância, desde o meio-dia até depois de escurecer. É exaustivo, mas ninguém pode ir para casa antes do *gran finale*: os fogos de artifício. Não seria patriótico.

Acho que isso me lembra do Dia da Bastilha, em 14 de julho. Faz com que eu me recorde como estou longe de casa. Não consigo parar de me perguntar como *maman* e *papa* irão festejar. É possível que vão até o Champ de Mars ver os fogos de artifício iluminarem a Torre Eiffel, ou passeiem pelas margens do Sena. Adoraria voltar lá para visitá-los, mas Jean-Luc não se mostra muito entusiasmado. "Agora aqui é a nossa casa, Charlotte", diz. "Temos tudo. Esqueça o passado."

Às vezes, penso em lhe dizer que o meu "tudo" pode não ser o mesmo que o dele, mas sei que só iria descambar numa discussão sem sentido, e eu detesto confrontos. O passado não é assim tão fácil de esquecer; não podemos largá-lo num canto e fingir que não está lá. Está sempre lá, uma sombra aonde quer que eu vá, me lembrando do que fizemos.

Olho para o espaço vazio na cama a meu lado. Hoje ele acordou ainda mais cedo do que eu. Quando entro na cozinha, ele está sentado à mesa, lendo o jornal, com uma grande caneca de café na mão. Sei que deve estar misturado com leite, como uma versão infantil do artigo genuíno – maior e mais fraco. Por alguma razão isso me irrita. Por que não bebe café de verdade, como um adulto?

— Jean-Luc, não quero ir à casa dos Caley.

Ele ergue a cabeça, os olhos arregalados de surpresa.

— O que houve?

— Nada. Só não estou com vontade.

— Mas nós sempre vamos. Sam adora ir.

— Então você o leva. Eu não vou. Nem sei muito bem se gosto deles.

— O que quer dizer com isso? — A voz dele adquiriu um tom duro. — Eles têm sido muito simpáticos conosco.

— Josh me causa arrepios.

— O quê?

— Nada.

— Vamos, Charlotte. Devíamos ir.

Olho pela janela.

— Estou muito cansada.

Ele suspira.

— Está bem, nesse caso vou levar Sam. O que digo a eles?

— Que eu detesto o 4 de Julho. Toda aquela comida e bebida. Por que nunca festejamos o Dia da Bastilha?

— Por que deveríamos? Não estamos na França.

— Exatamente!

— Exatamente o quê, Charlotte?

Talvez eu precise de um café. Pego a cafeteira, mas a coloco na mesa de novo. O café só serviria para me deixar ainda mais agitada. A verdade é que não sei o que quero. Talvez um copo de água me refresque. Abro a torneira, mas não paro quando o copo fica cheio, deixo a água escorrer pela minha mão. Fico olhando para ela, hipnotizada, enquanto absorvo o seu frescor.

Sinto Jean-Luc ao meu lado. Ele estende o braço para fechar a torneira, e então tira o copo da minha mão.

— Charlotte, por favor, o que está acontecendo?

— Acho que estou com saudades de casa.

Ouço o ar saindo dos pulmões dele, e penso que era melhor não ter dito nada. Ele nunca compreenderá. Viro as costas e saio para a varanda, deixando-me cair na cadeira de balanço. Claro que devia ser mais construtiva. Há os programas de vários cursos de tradução que tenho pensado em fazer. Se estudasse e conseguisse um emprego, talvez me sentisse mais estável, como Jean-Luc com o seu trabalho na estação. Foi tão fácil para ele adaptar-se aos costumes americanos; beber cerveja com os rapazes, jogar beisebol com as crianças, comer hambúrgueres com *ketchup*, e tudo com o mesmo prazer detestável. Gostaria de ter continuado os meus estudos numa das universidades. Sei que há cursos de literatura francesa, mas as universidades aqui são caras, e continua sendo verdade que posso estudar sozinha.

Ele me seguiu até a varanda. Preferia que me deixasse em paz.

— Charlotte — começa. Meu coração afunda-se um pouco mais. Não preciso que seja tão razoável, e não quero a opinião dele. Eu já a conheço. — Você sabe que eu também gostaria de voltar — continua. — Um dia, quando tivermos economizado o suficiente e a guerra estiver mais para trás, poderíamos ir. Para ver os seus pais. E os meus também.

Meus dedos brincam com a extremidade de uma almofada. Não quero ter esta conversa. Ela anda sempre em círculos, sem chegar a parte alguma. De repente, sou invadida por uma onda de piedade. Ele não tem culpa. Está só sendo prático – sensato e prático, como sempre foi.

— Isso não te incomoda? — Faço uma pausa, perguntando-me por que não consigo deixar de hostilizá-lo esta manhã. Devo ter dormido mal. — Não te incomoda que Sam não tenha a mesma cultura que nós?

— O que quer dizer com isso?

— Bem, nós somos franceses, e ele nunca visitou a França. Não fala nosso idioma. Você não se preocupa às vezes que ele pense que seu lar é aqui?

— Não, não me preocupo. O lar dele é aqui conosco, e essa é a única coisa que importa.

Tento acreditar nele, mas não consigo deixar de sentir que falta alguma coisa; que perdemos algo de vital.

— Quem me dera que tivéssemos falado francês com ele quando viemos para cá. Pelo menos assim poderíamos levá-lo um dia e ele se sentiria mais em casa. Queria ter lido os clássicos franceses em *francês* para ele!

— Charlotte, já falamos a esse respeito. Precisávamos nos integrar e também tivemos de aprender a língua. Se tivéssemos continuado a falar francês, teríamos nos colocado à parte, seríamos a pequena família francesa que fugiu da guerra. Tínhamos de deixar isso para trás, começar de novo. Você sabe como são as pessoas. Teriam pensado que éramos orgulhosos e arrogantes.

— Eu sei, eu sei, mas me parece um preço muito alto a pagar. Perder a nossa cultura. Às vezes me sinto tão... não sei... com tanta saudade de casa.

Jean-Luc puxa o lóbulo da orelha.

— Talvez tenha sido mais fácil para mim. Acho que não estava tão ligado à França. Na realidade, fiquei feliz por me livrar da minha cultura, da minha nacionalidade. Foi libertador.

— Mas e a sua família? Os seus pais?

— Estão felizes por mim. — Faz uma pausa. — Agora você é a minha família. — Avança um pouco e passa o braço em volta do meu pescoço. — Você é tudo o que preciso. Você e Sam.

CAPÍTULO 27

Santa Cruz, 10 de julho de 1953

JEAN-LUC

As gaivotas gritam, e o forte sol californiano atravessa as cortinas. Jean-Luc sente o mundo real chamar por ele enquanto se esforça para se livrar de um sono persistente. Preso entre o sonho e a vigília, ele gostaria de poder voltar para o sonho. Um que vem o assombrando nos últimos tempos, que o deixa sempre se sentindo vazio por dentro, como se estivesse no lugar errado, vivendo a vida de outra pessoa, e quer saber como vai acabar. Há um bebê chorando e uma mulher de braços estendidos, à espera. Então ele percebe que a mulher é a sua mãe, os cabelos escuros lhe caindo sobre os ombros, o sorriso caloroso. Está muito bonita. Ele a vê se virar para falar com ele, e é então que acorda. Gostaria de poder ficar no sonho, para saber o que ela vai dizer.

Os raios do sol matinal projetam reflexos de luz através do quarto. Jean-Luc preferiria ter persianas nas janelas; tem certeza de que o sol forte não o ajuda a dormir. Acorda sempre muito cedo, mas nunca consegue se recuperar do cansaço. Seja como for, não vale a pena ficar ali deitado se preocupando. O melhor é se levantar.

São só seis da manhã, mas ele liga a cafeteira elétrica e começa a lavar os pratos da noite anterior. Acaba de abrir a torneira quando ouve um carro subir a rua.

Inclina-se para a frente, tocando com a testa o vidro da janela enquanto segue o carro com os olhos. Está se aproximando, diminuindo a velocidade. Ele o vê melhor agora. É azul e branco. Respira fundo e recua, afastando-se da janela, tentando acalmar a respiração. Um carro da polícia? Às seis da manhã? Um arrepio nasce em sua nuca e sobe até à cabeça. Ouve o carro parar e, sem que saiba explicar por quê, sabe que estacionou em frente do grande carvalho. Põe-se no canto da janela, espreitando, esperando para ver quem está no carro.

Dois agentes surgem dos bancos da frente. Então ele reconhece a figura corpulenta de Bradley arrastando-se pelo banco traseiro e saindo.

Charlotte e Sam ainda estão dormindo. Detestaria que fossem acordados por uma coisa daquelas, então sai da cozinha, vai ao hall de entrada, destranca a porta da frente e a deixa entreaberta. Espera.

Os agentes estão olhando para os respectivos relógios. Um deles encolhe os ombros e os dois se separam, para deixar Bradley ocupar o seu lugar no meio deles enquanto sobem o caminho de acesso em direção à porta.

Com o coração martelando seus ouvidos, Jean-Luc abre um pouco mais a porta, para lhes mostrar que está ali antes que tenham oportunidade de tocar a campainha.

Os três homens ficam surpresos ao vê-lo à sua frente tão de repente.

— Bom dia, senhor Bow-Champ — diz Bradley, olhando para ele por baixo das grossas sobrancelhas.

Jean-Luc prende a respiração.

— Olá.

— Gostaríamos que nos acompanhasse ao posto policial para responder a mais algumas perguntas.

Jean-Luc estende a mão para a porta, agarrando-a para se apoiar. A respiração que esteve suspensa se solta, ecoando em seus ouvidos.

— Por quê?

De súbito, eles estão no interior da casa. O agente mais baixo fecha a porta atrás deles. Jean-Luc recua. Estão dentro da sua casa. Como permitiu que aquilo acontecesse?

— Senhor Bow-Champ, este não é o lugar mais adequado para falarmos. Tem de vir conosco ao posto policial.

Jean-Luc desvia os olhos deles para a escada, pensando em Charlotte e em Sam ainda dormindo. Virou-se de novo para os homens.

— Vocês se importam de esperar lá fora? Não quero que a minha família seja perturbada.

O agente mais alto abre a porta e os três saem.

— Dez minutos.

De volta à escada, Jean-Luc se agarra ao corrimão, sobe os degraus um a um. O que eles sabem? Seu coração bate mais depressa ao imaginar o que podem ter descoberto.

Quando entra no quarto, vê que Charlotte continua mergulhada num sono profundo – um suave silvo sai de seus lábios. Não quer acordá-la. Ainda há uma possibilidade de conseguir resolver aquilo. Pensa em lhe deixar um bilhete, mas não sabe o que dizer. Vira-se e veste as calças e a camisa que usou no dia anterior, mas não se dá ao trabalho de pôr uma gravata.

Sem uma palavra, segue os policiais até o carro. Vê a cortina na janela da cozinha de Marge se mexer. Ela estaria vigiando?

Quinze minutos mais tarde, param em frente ao posto policial. Sobem os degraus da entrada, percorrem um longo corredor, passando por várias celas vazias, até uma pequena divisão onde só há uma mesa cinza e quatro cadeiras de plástico.

— Sente-se.

O agente mais baixo tira um maço de cigarros do bolso da camisa, puxa um e joga o maço ao parceiro. Eles acendem os cigarros. O mais alto senta-se, joga a cinza em um cinzeiro de alumínio. O outro joga no chão.

— Vamos, Jack. Pense na faxineira.

— Estou garantindo o emprego dela.

Jean-Luc os observa exalar nuvens de fumaça. Eles não têm pressa, como se se divertissem.

— Por que estou aqui?

Ele fez o melhor que podia para colaborar, para se manter calmo, mas agora precisa saber.

Bradley se senta, finalmente, as mãos apoiadas nos joelhos quando se inclina para a frente.

— Sabia que alguém tem procurado você durante os últimos nove anos?

Jean-Luc balança a cabeça. Sua garganta está apertada. Não consegue falar. Não consegue sequer respirar.

— Chama-se Sarah Laffitte. A mãe do Sam.

TERCEIRA PARTE

CAPÍTULO 28

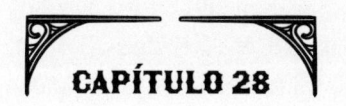

Paris, 2 de maio de 1944

SARAH

Agachada, com as costas apoiadas contra a cama, Sarah murmura para si mesma: "respire". Mas, em vez de uma respiração calma, um gemido frenético lhe sobe da barriga. Quer vomitar, mas lhe faltam forças. Fios de suor escorrem para os seus olhos e os fazem arder. Limpa-os com a mão, que volta no mesmo instante a pousar no ventre endurecido, imaginando sem esperança que isso alivie a dor.

David põe a mão em seus cabelos úmidos.

— Precisa se deitar, Sarah. Por favor!

— Não... não consigo me mexer.

— Você tem de se deitar na cama. — David a agarra pelas axilas e a puxa para si. Ela morde o lábio inferior com força, bloqueando o grito que lhe sobe à garganta. Quando cai na cama, rola para um lado, com os joelhos encolhidos, gemendo.

— A parteira está vindo? — arqueja no fôlego seguinte.

— Não vem ninguém.

— Não, David! Por favor, traga alguém!

— Sarah. Vai correr tudo bem. Nós vamos conseguir fazer isso sozinhos. Eu sei o que fazer. Tenho tudo preparado.

Três pancadas rápidas na porta, seguidas por uma pausa e então uma quarta a fazem engolir o protesto seguinte. Vê um lampejo de medo nos olhos de David. Só uma pessoa bate à porta daquela maneira – Jacques, o amigo de confiança. Sem uma palavra, David sai do quarto.

Ela faz um esforço para se deitar de costas, olhando para o teto, tentando respirar ao ritmo da dor. Não agora, suplica em silêncio. Por favor, não agora.

Ouve a porta se abrir e depois a voz abafada, urgente, de Jacques:

— Você têm de sair daqui. Esta noite.

— Esta noite? Não podemos! Sarah está em trabalho de parto!

O pânico que ouve na voz de David desencadeia a próxima contração. Tão forte que a levanta da cama, como uma energia terrível tentando se libertar.

— Seus nomes estão na lista. Eles vêm buscá-los. Esta noite.

Ouve o gemido desesperado de David. A dor continua com ela, mas é quase secundária em comparação com o que vai acontecer a seguir.

David regressa ao quarto, fecha a porta atrás de si e encosta-se nela.

— Ouviu?

Ela faz que sim com a cabeça, incapaz de falar enquanto a contração seguinte lhe rasga o ventre, silenciando-a com a sua força. As lágrimas misturam-se com o suor que lhe escorre pela face. Então David está a seu lado na cama e ela sente o frescor da toalha úmida que ele põe em sua testa. Estende as mãos para a dele, preparada para agarrá-la com força enquanto espera o próximo espasmo.

— Sarah, vai correr tudo bem. Prometo. Vou cuidar de você.

Seu rosto se contorce quando ela lhe aperta a mão com toda a força.

As contrações estão agora muito próximas, e Sarah olha para o teto e reza: "Por favor, Deus, faça com que não demore muito". Ela solta a mão de David para que ele possa verificar o que está acontecendo. Começou a respirar em rápidos arquejos; ela ouve a si mesma ofegar.

— Estou vendo a cabeça! Empurre agora!

Ela cerra os dentes e faz força. De novo e de novo. Está exausta, mas sente o bebê sair. Num esforço supremo, empurra uma última vez.

— O bebê está bem? David?

Receia que seus pesadelos a respeito de dar à luz um bebê deformado tenham se tornado realidade.

— Ele é perfeito.

Ouve a voz dele se quebrar, e é inundada por uma onda de alívio.

— Obrigada, meu Deus — murmura.

Ela ouve o corte de uma tesoura e compreende que ele cortou o cordão umbilical. Vira a cabeça para David e o vê segurar a minúscula nova vida em suas grandes mãos. A dor desapareceu.

— Pegue-o. Preciso verificar a placenta.

David inclina-se para a frente e pousa o bebê, ainda úmido, no peito dela. Sarah toca a cabeça dele, acaricia seus cabelos ralos, e então olha para o rostinho enrugado. Olhos escuros examinam o quarto, desfocados, mas aprendendo. Encontram os dela por um breve segundo, e Sarah sente um aperto no útero, um laço invisível que se forma. Acaricia o pequeno corpo com as pontas dos dedos, maravilhada pela pele suave e sem máculas. Mais do que tudo, ela quer que este bebê viva. Segura-o contra o seio e faz uma oração.

CAPÍTULO 29

Paris, 2 de maio de 1944

SARAH

David entrega a Sarah um copo de água e senta-se na cama a seu lado. Olham para o bebê, que choraminga e faz ruídos de sucção com a boca, à procura do bico do peito. Ela o sente agarrar por um segundo, mas depois desiste. Sarah sabe que só dentro de um ou dois dias o seu leite descerá e tenta não se preocupar com isso.

David se aproxima dela.

— Este momento é precioso. Nós, os três juntos, aqui em nossa casa. Aconteça o que acontecer, devemos nos lembrar disso.

Ele fecha os olhos, encosta a cabeça à parede e suspira. E ela percebe que o parto deve ter sido exaustivo para ele também. Toda aquela responsabilidade sobre os seus ombros, ter aprendido a fazer um parto num livro. Apoia-se nele, inspira o seu cheiro almiscarado e um pouco suarento.

Ele beija a sua cabeça.

— Temos de ir quando escurecer, por volta das seis.

— Que horas são agora?

Perdeu toda a noção do tempo, não sabe se ainda é manhã ou já é de tarde.

— Quase meio-dia. Jacques disse que voltava às quatro.

— Às quatro. Preciso dormir antes de irmos. Estou tão cansada.

— Claro. Vou arranjar alguma coisa para comer e fazer a mala.

Os olhos do bebê estão agora fechados, a boca entreaberta. David tira-o do peito de Sarah, aperta-o contra o seu, uma grande mão apoiando aquelas minúsculas costas. Ela compreende aquela necessidade de tê-lo próximo. Antes de se deixar cair no sono, olha ao redor para o quarto dos dois, sabendo que pode ser a última vez que o vê. Apesar do perigo em que se encontram, experimenta uma sensação de paz ao olhar para a grande cômoda de carvalho que foi dos pais e, por cima dela, a pintura da falésia de Étretat e da praia, a rocha pontiaguda projetando-se do mar. Foi lá que passaram a lua de mel, e David comprou a pintura de um artista local. Foi um dia perfeito; nadaram no mar, e depois subiram a falésia até à igreja, onde se sentaram no gramado do lado de fora, aninhados. "Quero comprar alguma coisa para você para se lembrar deste dia", ele sussurrou em seu ouvido. E então, quando voltaram à pequena aldeia, passaram pelo estúdio de um artista local. O quadro custava mais do que podiam pagar, mas conseguiram negociar uma redução de preço. Afinal, estavam em lua de mel.

Sarah deixa os olhos se fecharem, feliz com suas recordações. Tudo correrá bem. Deus velará por eles.

Quando volta a dar por si, David está acariciando o seu rosto.

— Toma, fiz uma coisa para você comer.

Segurando com uma mão o bebê adormecido, agora vestido com uma bata branca e limpa, com a outra entrega a ela um prato com pequenas batatas assadas, purê de cenoura e uma coxa inteira de *confit de canard*.

Ela arregala os olhos.

— Onde você conseguiu isto?

Ele sorri, leva um dedo ao nariz.

— Não se preocupe com isso. Estava guardando para hoje. Você precisa recuperar as forças.

Ela lhe dá um beijo rápido na face e levanta o prato. Enquanto aspira o aroma da comida quente, percebe que está faminta, e ataca o pato com o garfo e a faca.

De repente, ela pousa os talheres no prato. Como foi possível não ter notado que ele não estava comendo?

— Onde está o seu?

— Comi há pouco, na cozinha.

Ela sabe que ele está mentindo, e depois de mais umas garfadas volta a colocar os talheres no prato.

— Estou satisfeita — mente. — Não estou acostumada a comer tanto. Me ajuda?

Ergue o garfo com um pedaço de pato e o leva à boca dele, e juntos compartilham a refeição, o bebê adormecido no braço de David. Quando acabam, ele tira o prato do colo dela e se inclina para colocá-lo no chão. Ela o beija novamente.

— Obrigada. Estava delicioso.

— Sim, e agora o seu leite vai ter gosto de pato.

— É bem melhor do que nabo, poeira e castanhas.

O bebê se agita no sono, as mãos se abrindo como estrelas-do-mar. Sarah pega uma delas, abre-a sobre a palma da sua mão, e olha para os dedos minúsculos, as unhas perfeitas.

— Vamos dar a ele o nome do meu pai?

— Samuel. Claro. — David inclina-se para a frente, beija a cabeça do bebê. — Tem dedos compridos. Talvez se torne violinista, como a mãe. — Coça a barba, como se estivesse pensando em alguma coisa. — Lembro-me da primeira vez que vi você. Estava tocando violino naquela orquestra. Foi a maneira como parecia tão absorta, tão atenta. — Faz uma pausa. — Queria que olhasse daquele jeito para mim. — Sorri. — E então um dia você olhou. Embora tenha demorado bastante tempo.

— Sim. — Ela sorri também. — Todos aqueles concertos de domingo a que você teve de assistir!

— Eu adorava.

— E eu adorava ver você no meio da plateia, sabendo por que estava ali.

— Lembra quando finalmente você me convidou para ir à sua casa e o seu pai me interrogou sobre concertos de violino?

— Sim. E você não tinha a menor ideia.

— Lembra o que ele disse? "Parece mais interessado na violinista do que no violino."

— Esse era o senso de humor do meu pai.

Lágrimas surgiram em seus olhos.

— Sei que tem saudades dele.

Olhando para o filho recém-nascido, ela pisca para secar as lágrimas.

— Acha que Samuel é parecido com ele?

— Com o seu pai? — David acaricia a cabeça do bebê. — Sim, tem a mesma testa alta, mas parece que o formato dos olhos é igual ao seu e da sua mãe. — Faz uma pausa. — Mas o queixo é do meu pai. Vê como se projeta para a frente. Ele vai ser teimoso.

— Como eles adorariam vê-lo agora! Ficariam tão orgulhosos. — Faz uma pausa. — Acha que vão vê-lo um dia? Será que reencontraremos todas as pessoas que perdemos? — Passa um dedo pela testa de Samuel. — Para onde foram?

— Não sei, Sarah. Mas temos de continuar a manter a esperança. Temos de continuar rezando.

— E se nos pegarem agora? Vão nos tirar Samuel. Tenho certeza. Vão nos mandar para um campo de trabalho e o levarão para um orfanato.

A ideia deixa seus olhos cheios de água.

— Sarah, não vamos ser pegos. Somos sobreviventes.

Sarah olha para ele, perguntando-se o que o leva a pensar que é mais sobrevivente do que qualquer outro judeu.

Passos pesados nas escadas lá fora a deixam sobressaltada. Ela agarra a mão de David.

— E se eles vierem nos buscar agora?

David lhe aperta a mão.

— Jacques está vigiando. Não vai aparecer ninguém agora. Sabe que eles chegam sempre ou de noite ou de manhã muito cedo.

— Nem sempre.

Eles nunca estão seguros. É uma coisa a que ela nunca conseguirá se acostumar — o medo constante. O nó de ansiedade em seu estômago tornou-se permanente, mas pelo menos ajudou a matar seu apetite.

— Você se lembra da nossa primeira refeição juntos? — David volta a apertar a sua mão.

Ela sabe que ele está tentando distraí-la, e faz bem. A preocupação dela não ajuda ninguém.

Ela fecha os olhos, projeta a mente no passado, fazendo o possível para afastar os pensamentos do presente.

— Passei aquele dia inteiro me arrumando.

— Sério?

— Sim. — Ela abre os olhos, fixa-os nos dele. — Mas então, mesmo antes de sair para ver você, tirei os sapatos de salto alto que *maman* tinha me emprestado, limpei a maquiagem do rosto e o batom dos lábios.

— Por quê?

David parecia genuinamente confuso.

— Não me sentia eu mesma.

Ele pega a mão dela e a leva aos lábios.

— Adoro a maneira como você se veste. Parece sempre confortável. Quer dizer...

O riso borbulha na garganta dela.

— Confortável? Isso não parece muito...

— *Sexy?* — conclui ele.

Ela cora. Ele não costuma usar aquele tipo de palavra.

— Não há nada mais atraente do que alguém que está *bien dans leur peau*... feliz com o que se é. Sempre senti isso em você.

Ela pega a mão dele e lhe beija os dedos.

— Nunca senti que precisasse provar algo para você. Nunca me julgou nem me perguntou por que tinha feito isso ou aquilo, ou de qualquer outra maneira. Sempre senti que você me aceitava como eu sou.

— É o mínimo que eu poderia fazer.

O bebê mexe-se nos braços de David, franze o nariz. Sarah estende a mão, acaricia a bochecha dele, e seu rosto volta a ficar liso e calmo.

— Está apenas se certificando de que você ainda está aqui — diz David, e sorri.

— Estarei sempre aqui para ele. Nunca o deixarei.

Novas lágrimas brotam em seus olhos quando percebe que talvez não possa cumprir aquela promessa. Não agora.

Como se lesse os seus pensamentos, David acaricia a sua nuca e se inclina para lhe sussurrar ao ouvido:

— Vamos mantê-lo a salvo.

Ela assente com a cabeça, com lágrimas silenciosas correndo por seu rosto.

༺✦༻

Jacques chega às quatro em ponto. Sarah o ouve falar assim que a porta da frente se fecha.

— Arranjamos um lugar para vocês ficarem, só por uma ou duas noites, e depois irão para um lugar melhor. Fica no Marais, na Rue du Temple.

— Obrigado, Jacques. Não sei como poderemos pagá-lo por isso. Está com tempo para ver nosso filho?

Sarah percebe o orgulho na voz de David e sorri. Vai ser um pai maravilhoso.

— Claro! Como está a mãe?

David leva Jacques até o quarto. Jacques se inclina para beijar Sarah na face e então levanta o pequeno cobertor de lã.

Sarah vê os olhos do amigo ficarem úmidos. Ele olha para ela, e recua um passo.

— Não se preocupe. Não vou deixar os filhos da mãe o pegarem.

Sarah esboça um sorriso triste.

— Eu sei que não, Jacques.

— Lamento não poder ficar mais tempo.

— Sem problemas. Sei que você precisa ir.

David o acompanha até a porta do apartamento.

༺✦༻

A caminhada até o Marais é longa demais para Sarah, então eles pegam o metrô em Passy, com a ideia de descer na L'Étoile. David insistiu em levar o violino Amati dela. "Há coisas muito preciosas para deixarmos para trás. Foi do seu pai antes de ser seu, e do pai dele antes disso. Não é apenas um violino. É a sua história." Por isso ela carrega Samuel, e ele, uma pequena mala e o instrumento, como se estivessem indo tocar na casa de amigos. Não fugindo para salvar a vida.

Quase não saem de casa atualmente, e parece estranho estar fora. As ruas estão desertas; só uns poucos soldados se exibem de um lado para o outro, os canos das espingardas apontados para o céu. David e Sarah colam-se aos prédios, mantendo-se nas sombras, e mudam de caminho caso avistem um soldado. Mas Sarah está exausta. Seus pulmões doem a cada respiração; parece não conseguir respirar o suficiente. E seu ventre se contrai dolorosamente a cada passo.

Quando por fim chegam ao metrô, ficam aliviados ao ver que não há soldados junto aos portões. Embarcam no último carro, reservado aos judeus. Está vazio com exceção de um velho, um rabino. O pescoço dele range quando eles se sentam, como uma tartaruga espreitando para fora da carapaça.

— *Bonsoir, madame, bonsoir, monsieur* — diz, com um sorriso desdentado.

— *Bonsoir, monsieur.*

Ele se inclina para a frente.

— Tenham cuidado. Hoje eles estão na L'Étoile, como uma praga de gafanhotos.

David assente com a cabeça.

— Obrigado.

O velho estica o pescoço ainda mais para a frente, em direção a Sarah.

— É um bebê?

David sorri.

— Sim. É nosso.

O velho faz um aceno de cabeça, com um ar solene.

— É muito pequeno. Que idade tem?

— Cerca de seis horas.

O velho tosse, os olhos se enchem de água.

— Seis horas! Tiveram de se mudar.

De pé sobre as pernas trêmulas, pousa a mão muito enrugada na cabeça do bebê e ergue a outra para tapar os olhos. Murmura uma oração em hebraico. Então volta a se sentar e fecha os olhos. Quando volta a abri-los, brilham com um fulgor intenso entre as rugas de pele.

— Deus velará pelo vosso filho. Não se preocupem. Mas não desçam na L'Étoile. Está infestada.

Eles seguem o conselho dele e descem na estação seguinte, Trocadéro, e trocam de linha em direção a Marbeuf. Saem do metrô no Hôtel de Ville. Sarah olha de um lado para o outro, aterrorizada pela ideia de alguém mandá-los parar. Respira muito depressa e sente uma umidade entre as pernas. Teme ainda estar sangrando, mas não diz nada.

Chegam por fim ao endereço que Jacques lhes deu – um prédio alto ao lado do que há tempos foi uma padaria. David empurra com os ombros a pesada porta, abre-a e a mantém aberta para Sarah. Mal entram no pátio, torna-se óbvio que os boches estiveram ali. As persianas das janelas pendem abertas e há plantas tombadas e espalhadas por todo lado, as raízes expostas. Peças de roupa agitam-se na suave brisa noturna – uma solitária meia bege, um vestidinho de bebê e uma camisa rasgada. Uma pequena rajada de vento atinge a meia, soprando-a para uma planta caída de lado. Sarah inclina-se, retira a meia e volta a colocar a planta em seu vaso. É como se aquele lugar tivesse sido violado.

— David, não podemos ficar aqui!

— Não temos alternativa. Eles já estiveram aqui e o lugar foi saqueado. Não resta nada de interesse. Aqui estaremos seguros.

Olha ao redor e ela segue o seu olhar, perguntando-se se alguém os está vigiando. O silêncio é fantasmagórico.

— Vamos. — David dirige-se à porta no lado esquerdo do pátio. — É no terceiro andar.

Ela só quer se deitar. Enquanto sobe a escada, sente um líquido escorrer pela parte interna de sua coxa. Sua cabeça rodopia a cada passo. Agarrando o sólido corrimão de madeira, ela vai se puxando para cima, mas uma dor violenta lhe trespassa o ventre, obrigando-a a se dobrar.

David pousa o violino e usa a mão livre para puxá-la, mas ela não tem forças para se mover.

— Sarah, vou levar Samuel para o apartamento e depois venho buscar você.

— Não! Não podemos deixá-lo sozinho.

Olhando ao redor, ela tem a sensação de que está sendo vigiada. Por que teriam evacuado todo o bloco de apartamentos? Não podia haver só judeus morando ali. As paredes nuas lhe devolvem o olhar em silêncio. É então que ela percebe os buracos de balas. Devem ter oferecido resistência. Talvez tenha sido por isso que evacuaram todo o prédio; talvez houvesse alguns membros da *Résistance* envolvidos. Estremece ao se perguntar onde estarão agora.

David tira Samuel dos seus braços e a ajuda a se levantar. Deixa a mala e o violino na escada e a leva devagar até o apartamento, dois pisos acima.

— Pode me dar um pouco de água? — Olha à sua volta procurando a cozinha, mas os armários foram todos destruídos e a porta do forno pende suspensa de uma só dobradiça; as gavetas foram viradas, o seu conteúdo espalhado pelo chão, e as paredes estão salpicadas de sangue. Ela desvia o olhar, engolindo a bile que lhe subiu à garganta. — Não precisa, na verdade — diz.

David a leva para um pequeno quarto. Então tira uma chave do bolso e a introduz numa minúscula fechadura na parede que ela nem sequer viu. Abre a porta camuflada e aponta para o interior o feixe de luz da lanterna. Ela prende a respiração, meio que à espera de ver fugitivos agachados no escuro, mas está vazio. Entram devagar, à luz da lanterna. É apenas um armário, onde quase não há espaço para se deitarem. Mas pelo menos está vazio e não tem cheiro nenhum, exceto de poeira.

— Vou buscar um colchão. — David lhe devolve o bebê. — Espere aqui.

Ela se deixa cair no chão com o bebê nos braços, exausta demais para responder.

CAPÍTULO 30

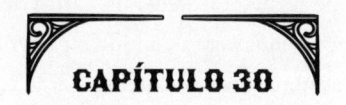

Paris, 3 de maio de 1944

SARAH

Samuel chora baixinho enquanto dorme. Sarah adoraria poder se virar para o outro lado e mergulhar num sono profundo. O poder curativo do sono parece ter aliviado as cólicas. Mas ela sabe que o bebê deve estar com fome e precisa amamentá-lo antes que o seu choramingo fique mais alto. É importante fazerem o mínimo ruído possível, mas não se trata só disso. Ela não suporta a ideia de vê-lo chorar. Sofrer. É o que mais a assusta. Tenta não pensar nisso, mas já viu acontecer. Bebês, crianças arrancadas das mães.

Na escuridão do minúsculo quarto, ela o pega no colo e se coloca numa posição sentada. Faz tanto calor que dormiu nua. Afasta os lábios dele com as pontas dos dedos e o ajuda a encontrar o mamilo. Ele não agarra de imediato, começa e para de novo, agita-se, como se estivesse frustrado. Ela continua com receio de não ter leite suficiente.

Foi uma sorte enorme ter tido um parto sem complicações; só a dor foi um choque. Mas até quando durará a sorte? Deviam estar seguros em seu apartamento no elegante Seizième Arrondissement. Pelo amor de Deus, ninguém sabia que eram judeus até terem de começar a usar a maldita estrela amarela, como uma ferida aberta, ou um alvo. Em retrospectiva, gostaria de não ter obedecido, de não a ter usado, mas, de uma maneira perversa, parecia uma covardia *não* a usar. Afinal, não se envergonha de ser judia; é a sua herança, é de onde veio. Nunca ninguém conseguirá fazer com que tenha vergonha disso. Então a costurou como tinha sido ordenado e saiu à rua, de cabeça bem erguida. Como era ingênua. Fazer isso mudou instantaneamente quem era. As pessoas olhavam primeiro para a estrela, e só depois para ela.

A primeira vez que pegou o metrô depois que a estrela se tornou obrigatória, o fiscal lhe dirigiu um tom duro: "Último carro, *mademoiselle*". Desceu na estação seguinte e passou para o último carro, engolindo o nó de autocomiseração que lhe apertava a garganta.

Uma semana mais tarde, o pai foi preso por ter grampeado a sua estrela em vez de costurá-la. Pensara que isso tornaria mais fácil mudá-la para outra roupa.

Foi localizado por um soldado e enviado para Drancy – sem julgamento, sem investigação, sem possibilidade de recurso. Receberam cartas dele ao longo dos seis meses seguintes, enviaram-lhe encomendas com comida e palavras de apoio. E então nada, não havia pista dele, como se nunca tivesse existido. Sarah tenta conter as lágrimas que brotam de seus olhos cada vez que pensa nele.

A seu lado, David não se mexe. Deve estar exausto. Mas ela tem muita sede, e fome também. Talvez seja isso que está impedindo o leite de descer.

— David — murmura. — David, está acordado?

— Não. Por quê?

— Pode pegar um copo de água para mim, por favor?

— Como está Samuel? — pergunta ele, a voz confusa pelo sono.

— Está com fome, mas acho que não tenho leite suficiente.

— Não se preocupe. Vai ter. — Sarah sente David se sentar. — Vou buscar água para você.

— Obrigada. Tenho tanta sede...

Ele pega a lanterna e sai do pequeno quarto.

Sarah tem vontade de chorar enquanto o bebê se agita e choraminga, abocanha o bico do peito num instante e o larga no seguinte. E se não puder alimentá-lo como ele precisa?

David volta minutos depois e, à luz da lanterna, lhe entrega um grande copo de água.

— São três da manhã, sabia? O nosso pequenino dormiu cinco horas. É muito bom para um recém-nascido. A outra boa notícia é que não quebraram todos os copos. Beba a água enquanto eu vou procurar comida.

Ela bebe a água, agradecida. Tinha muita sede. Devia ser esse o problema. Agora o leite vai com certeza começar a descer.

Durante a ausência de David, ela se esforça ao máximo para se acalmar, diz a si mesma que ali estão a salvo, que aquela loucura vai acabar em breve, que um dia a vida voltará ao normal. Só precisam aguentar um pouco mais.

David reaparece e ela ouve sua voz agitada.

— Adivinha o que encontrei?

— O que foi?

— Tinham comida guardada na caixa de descarga do banheiro.

— Dá para comer isso?

— Sim. São conservas. Geleia de groselha preta, atum, azeitonas, picles.

Faz uma pausa e, como um mágico, apresenta um prato cheio de comida.

Juntos, compartilham aquela variedade de itens.

— Adoro atum com geleia de groselha preta. — Sarah aperta a mão dele. — Obrigada. Não sei por que nunca tínhamos experimentado.

Enquanto devora a comida, ela segura o bebê contra o seio com uma mão, mas já não está preocupada em amamentá-lo. Depois de algum tempo, percebe que ele deixou de se agitar e está engolindo. Está sugando. Encostada à parede, saboreia esta nova sensação de sentir o leite descer. Vai ficar tudo bem.

Mais tarde, adormece, saciada e com o estômago cheio, para variar.

Deve ter caído num sono profundo, pois sonha que alguém está batendo na janela implorando para entrar. Ela está prestes a abrir a janela quando acorda.

Alguém de fato está batendo, mas não é na janela. A pulsação dela acelera. O som vem da parede do armário.

— David! — sussurra, assustada, e o sacode para acordá-lo.

— O que é?

— Shhhh. Escuta. Alguém está lá fora.

Ele faz silêncio. Sarah quase consegue vê-lo levantar as orelhas.

Aperta o braço dele com força. Lá está outra vez. Pancadas suaves. Três curtas, seguidas por uma mais longa.

— É o Jacques.

David estende a mão para abrir a porta, enquanto Sarah deixa escapar o ar preso nos pulmões.

— Tudo bem — murmura Jacques. — O caminho está livre. Podem sair.

Jacques traz mantimentos para eles; sobretudo comida, algumas roupas de bebê e fraldas.

— A minha mulher queria que eu trouxesse mais, mas era perigoso carregar muita coisa, caso me parassem. — Faz uma pausa. — Amanhã vão ter de se mudar outra vez.

— Por quê? — David franze a testa. — Seria bom para Sarah descansar uns dias.

— Eu sei, mas é muito arriscado. Receio que tenhamos um traidor em nosso grupo. Os boches estão descobrindo os nossos refúgios depressa, com muita facilidade. Não consigo parar de pensar que alguém está passando informações para eles. Só eu e duas outras pessoas em quem confio sabem que vocês estão aqui, de modo que não deve haver problema. Mas é mais seguro vocês se mudarem. — Ele sorri. — E desta vez tenho uma casa no campo para vocês. Em Saint-Germain-en-Laye. Não é muito longe, mas vão ter de ir de carro. Estou organizando tudo. Só precisam estar prontos para partir amanhã à tarde.

David pousa a mão no ombro de Jacques.

— Obrigado, Jacques. Nunca esqueceremos o que está fazendo por nós.

Jacques não diz nada; limita-se a cobrir a mão de David com a sua.

CAPÍTULO 31

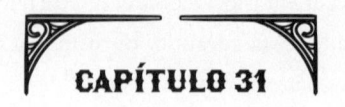

Paris, 4 de maio de 1944

SARAH

Alguma coisa desperta Sarah. Apesar da escuridão dentro do armário, sabe que já é de manhã cedo. Seu primeiro pensamento é no bebê. É como se tivessem lhe dado um presente – o melhor, o mais excitante presente de todos –, e logo que acorda quer vê-lo, tocá-lo, certificar-se de que é real, de que não sonhou tudo aquilo.

Não consegue vê-lo no escuro, mas sente-o deitado a seu lado, ouve sua respiração leve e regular. Sabe por instinto que ele dorme profundamente. Um rangido a faz pular. Parece que há alguém lá fora, nas escadas.

— David — murmura. — Ouviu alguma coisa?

— Não.

Ele se vira, sonolento, estende a mão para ela. Sarah entrelaça seus dedos nos dele, diz a si mesma que deve ter sido a sua imaginação, que devia voltar a dormir, aproveitar enquanto o bebê dorme também. Precisa conservar as forças para aquilo que os espera. É possível que tenham de mudar de casa todos os dias. Mas não se sente segura sabendo que *eles* andam lá fora, procurando-os.

Uma pancada faz estremecer a parede. Ela solta a mão de David e se senta, o suor brotando em sua testa. Pega o bebê e o aperta com força contra o peito.

David também está sentado.

Sarah não o vê, mas sente a rigidez do seu corpo, como uma estátua a seu lado, ambos desejando se transformarem em pedra.

Ela escuta portas abrindo e fechando com estrondo, botas pesadas nas escadas, ordens gritadas em alemão. *"Schnell! Bewege dich schneller!"*[28]

Ela quer sussurrar alguma coisa a David, algo sobre a porta oculta, a chave que ele usou para abri-la. Fechou-a por dentro? Estão trancados? Vão encontrá-los? Mas mal se atreve a respirar, quanto mais sussurrar. Quem lhe dera poder vê-lo. Se pudesse vê-lo, se sentiria mais segura.

---

[28] "Depressa! Mexam-se rápido!", em alemão. (N.T.)

Uma porta bate com estrondo – mais perto do que as outras. Parece ser a porta do apartamento. Ouve a súbita respiração de David. Reza em silêncio: *Por favor, Deus, proteja o nosso filho. Nunca mais voltarei a pedir seja o que for.*

Ela ouve vozes que falam alto em alemão do outro lado da porta do armário. David a procura no escuro, passa-lhe o braço pelos ombros. Aperta-a com força, e ela aperta o bebê com mais força, e ficam ali sentados, trêmulos.

— *Hier drin!*[29] — grita uma voz alemã.

Sarah não sabe o que aquelas palavras significam, mas sabe que a voz está mesmo do outro lado da parede do armário. Agarra-se a Samuel, volta a rezar: *Por favor, Deus, salve-o.*

Samuel continua dormindo, e ela se pergunta como é possível não ter acordado com toda essa agitação. Então ele geme baixinho. Ela fica imóvel, todos os tendões e músculos tensos como cordas de um arco esticado. Coloca um dedo sobre os lábios dele e tenta, desesperada, transmitir-lhe a necessidade de silêncio. Ela o ajeita em seu peito, com gestos frenéticos, mas ele vira a cabeça, e volta a adormecer.

Sarah escuta a conversa em alemão do outro lado da fina parede. Como gostaria de saber a língua. Os dedos de David se cravam dolorosamente em seu ombro, mas ela não se mexe. Quase agradece a dor como uma distração do terror que lhe cresce no peito.

Samuel agita-se em seus braços, volta a choramingar. Talvez o esteja apertando com muita força, assim como David a aperta. Alivia a pressão, deixa escapar com cuidado o ar que prendia. É preciso que o bebê não sinta a sua tensão. Poderia começar a chorar.

O choramingo aumenta um pouco. Sente um descompasso no coração. Aperta-o contra o peito, tenta conseguir que ele mame, que se cale. Mas ele atira a cabeça para trás e lança um grito. Alto e curto.

Uma violenta pancada faz estremecer a porta. E depois outra, e outra. Grandes botas negras invadem o pequeno armário.

---

[29] "Aqui", em alemão. (N.T.)

CAPÍTULO 32

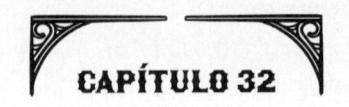

Paris, 29 de maio de 1944

SARAH

Os ratos correm de um lado para o outro, de noite e de dia, embora só Deus saiba o que encontram para comer. Talvez seja o fedor da imundície humana que os atrai, que os mantém ali. Sarah notou logo que entrou no bloco das mulheres. Isso a lembrou dos estábulos em sua infância, quando ia montar um cavalo – o cheiro estagnado de suor e putrefação.

Ela não larga Samuel nem por um instante, aterrorizada pela ideia de ele ser uma vítima fácil para aqueles predadores. A proximidade que sente dele a conforta, e traz à memória as palavras do rabino no metrô: "Deus velará pelo vosso filho". Agarra-se a esse tênue fio de esperança, diz a si mesma que foi uma profecia. Isso ajuda a protegê-la do seu medo.

Há quarenta mulheres amontoadas no pequeno espaço retangular, deitadas em beliches com apenas um pouco de palha para lhes atenuar a dureza, mas mostram-se bondosas com ela quando veem que tem um filho pequeno. Certificam-se de que tem sempre água suficiente para beber, e algumas até dividem com ela sua comida. Sarah não tem nada para lhes dar em troca, exceto um pequeno sorriso. Descobre que não consegue falar. Falar a deixa cansada, e precisa poupar todas as suas energias para amamentar Samuel. É a única coisa que importa agora. Mantê-lo vivo.

Há apenas dois banheiros em Drancy para os milhares de prisioneiros – um para as mulheres, e outro para os homens – e só podem ir em horas predeterminadas. Sempre que vai, ela perscruta os rostos na longa fila, na esperança de ver David, mas nunca o vê. E todos os dias, ela olha as listas para o próximo transporte, com medo de um dia encontrar os nomes deles. *Se ao menos conseguissem aguentar*, pensa. *Esta guerra não pode durar para sempre.*

Mas em 29 de maio os seus nomes aparecem na lista de deportações da manhã seguinte: David Laffitte, Sarah Laffitte, Bebê Laffitte. Nem sequer perguntaram como ele se chama. Como se achassem que nunca ia precisar de um nome.

CAPÍTULO 33

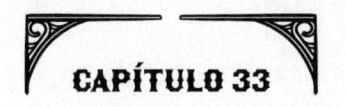

Paris, 30 de maio de 1944

JEAN-LUC

Jean-Luc dorme um sono profundo quando ouve os gritos.

— *Raus!*[30] *Raus!* Hora de levantar!

A princípio, pensa que é um sonho; depois, à medida que emerge das camadas de sono, percebe que as vozes soam no exterior do seu quarto.

— Philippe! — chama. — Philippe, acorda!

Tateia a parede, à procura do interruptor de luz.

De súbito, a porta é aberta com um chute e a luz do corredor inunda o quarto.

— *Achtung!* Levantem-se.

Jean-Luc tira o pijama e coloca o macacão. Tem consciência de que Philippe está fazendo o mesmo. O guarda espera junto à porta, e então os empurra para o elevador. Os outros quatro homens da equipe já estão lá.

— Problema com o trem — informa o guarda enquanto os empurra para poder entrar também. — Está atolado.

Quando saem para o exterior, a noite é negra como breu, e fria. Não há ainda qualquer sinal do sol nascente. Os seis trabalhadores sentam-se em silêncio enquanto o caminhão corre pelas ruas escuras e desertas. Vão, enfim, ver um trem. Agora ele vai descobrir se são mesmo vagões de gado. Calcula que devem ter carregado o trem antes de perceberem que estava atolado, então dessa vez vai poder ver os prisioneiros com os próprios olhos.

Seu estômago ronca alto e Frédéric olha para ele.

— Acha que vão nos dar o café da manhã?

— Duvido. — Xavier balança a cabeça. — Vão querer despachar o trem o mais depressa possível.

— Sim, antes do amanhecer. — Frédéric olha para o relógio. — São só cinco da manhã.

---

[30] "Para fora", em alemão. (N.T.)

— *Merde!* — Marcel ergue a cabeça. — Não me admira que eu esteja esgotado.

O caminhão para de forma brusca.

— *Achtung!*

O guarda salta para o chão e eles correm atrás dele.

Quando chegam à plataforma, param tão de repente que Frédéric se choca contra as costas de Jean-Luc.

— Ah, meu Deus!

Marcel pousa a mão no ombro de Jean-Luc, como que para se apoiar.

— Mas o que…?

Ouvem gritos, apelos, choros vindos dos vagões de gado parados na linha, de portas fechadas.

— Vamos! Vamos!

O guarda atrás deles os empurra para a frente com o seu cassetete. Jean-Luc sente as cutucadas nas costas. Resiste ao impulso de se virar, arrancar o cassetete das mãos do boche e enfiá-lo em sua goela. Em vez disso, avança, passa por cima das peças de roupa espalhadas pela plataforma: casacos, chapéus, malas de mão. Quando olha para o trem, vê uma mão comprida e fina aparecer numa estreita fresta entre as tábuas no alto de um dos vagões, e depois outra, e outra, todas segurando pedaços de papel. As mãos se abrem, libertam os papéis que são levados pela brisa. Ele para para recolher um do chão, mas não consegue ler o que está escrito na semiescuridão. A única luz é a de um enorme holofote apontado para o trem. Enfia o pedaço de papel no bolso, pensando que deve ser uma carta para alguém – um ente querido. Agora já não lhe restam dúvidas. Estas pessoas estão a caminho da morte.

Uma mão o empurra para a frente.

— *Aussehen!* Olha!

A seu lado, um soldado aponta a luz de uma lanterna para o trilho. Jean-Luc segue a direção do feixe de luz e percebe no mesmo instante o problema: uma roda entrou no espaço entre os extremos de dois trilhos. A tala de junção, que deveria mantê-los unidos, está aberta. Ele não sabe como vão conseguir levantar aquela roda e repô-la no lugar. Vira-se e olha para trás. O rosto de Frédéric brilha na meia-luz, e Jean-Luc vê um sorriso lhe dançar nos lábios. Foi ele que fez aquilo? Espera que sim. Mas o que podem fazer agora? Olha para os soldados e guardas que estão na plataforma; são muitos, talvez mais de quarenta. E todos têm armas. Há também cães, rosnando e puxando as correntes que os prendem. É impossível.

A mão volta a empurrá-lo pelas costas.

— Consegue ver o problema? — Mas Jean-Luc está petrificado. A mão o empurra mais uma vez. — Olha!

Jean-Luc vira-se para o guarda enfurecido.

— O que quer que eu faça?

— Conserte. Coloque o trem nos trilhos.

— Não posso. A tala de junção está partida. Temos de descarregar o trem e levantá-lo para voltar a juntar os trilhos.

As sobrancelhas do guarda se franzem ainda mais.

— O quê?

Outro guarda se aproxima e fala em alemão; parece ser uma tradução das palavras de Jean-Luc. O primeiro balança a cabeça.

— Não descer do trem. Não descarregar.

— Impossível! É pesado demais!

Jean-Luc ergue as duas mãos para mostrar a inexequibilidade da ideia.

— Tudo bem, tudo bem. — O primeiro guarda desaparece e regressa pouco depois com um grupo de homens de aspecto doente, todos com ossos e reentrâncias lívidas.

— Não!

Jean-Luc olha para o pequeno grupo de homens enfraquecidos. Não vai funcionar; qualquer idiota pode ver isso. Um grupo maior de soldados aproxima-se e os trabalhadores recuam, deixando-os discutindo veementemente em alemão.

— *Ja*, descarreguem o trem.

Alguém grita a ordem, e no mesmo instante ferrolhos são abertos, as portas deslizam para o lado e os prisioneiros descem para a plataforma. Choram e gritam nomes enquanto estendem os braços uns para os outros.

Um tiro soa.

— Calados!

O barulho diminui, choros e gritos se reduzem a lamentos e gemidos. Mas as crianças entre os prisioneiros não dão ouvidos às ordens dos alemães, nem as mães tentam acalmá-las, e permanece um ruído de fundo de lamúria e pranto.

Outro tiro. O latido furioso dos cães rasga a noite.

— Calados, já disse!

Um corpo tomba no chão. Mais gritos. Outro tiro. Então faz-se um silêncio quase absoluto, só se ouve o ladrar dos cães. Os soldados andam de um lado para outro na plataforma, brandindo as armas, gritando ordens em alemão, enquanto mais pessoas descem do vagão.

— Meu Deus, quantos são eles? — diz Frédéric tocando no cotovelo de Jean-Luc.

— Deve haver cerca de cem só neste vagão!

Com canos de espingardas e cassetetes, os soldados encaminham os prisioneiros para os fundos da plataforma.

Jean-Luc continua incapaz de se mover. A multidão de prisioneiros passa por ele, tentando evitar as pancadas dos cassetetes dos guardas. Alguém enfia em sua mão um pedaço de papel. Muitos outros são jogados sobre ele. E ele permanece imóvel. Nunca se sentiu tão impotente em toda a sua vida. Quer gritar: "Parem!". Quer virar as armas dos soldados para aqueles que as empunham. Ele os vê abrir outro vagão. Mais uma centena de pessoas quase cai na plataforma. O nível de ruído volta a subir quando os prisioneiros se agarram uns aos outros, chorando e gritando.

Então ele sente uma mão puxando a gola do seu macacão. Olha para baixo e vê uma mulher jovem com olhos verdes brilhantes. Com um gesto frenético, ela puxa a cabeça dele para mais perto da boca.

— Quem é você? Não é um prisioneiro.

Ele a agarra pela cintura para que não seja levada pela torrente de pessoas. Sussurra em seu ouvido:

— Sou ferroviário. Quer que entregue uma mensagem a alguém?

— Não.

Ela chora, as lágrimas escorrendo por seu rosto. Ele quer segurá-la e não a deixar ir. Vira-se de lado, para protegê-la da força da multidão. O barulho torna a crescer enquanto mais pessoas saltam do vagão. Jean-Luc está à espera do próximo tiro.

A mulher passa o braço ao redor do pescoço dele, encara-o, os lábios perto do seu ouvido. Jean-Luc quer enxugar suas lágrimas, mas sabe que ela está tentando lhe dizer alguma coisa.

— Por favor — diz ela. Ele sente algo ser pressionado contra o seu peito. Algo quente e macio. Olha para baixo.

Um pequeno nariz espreita do meio de um monte de cobertores, olhos escuros se abrem, olhando diretamente para ele. O barulho de fundo parece desaparecer enquanto a criança fixa nele um olhar solene.

— Por favor, fique com o meu bebê.

CAPÍTULO 34

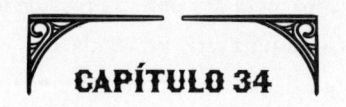

Paris, 30 de maio de 1944

JEAN-LUC

— O nome dele é Samuel. — As lágrimas continuam correndo pelo rosto da mulher. — Fique com ele!

Jean-Luc tenta recuar. Mas atrás dele a multidão é densa.

— Não! — Balança a cabeça. — Não posso!

Mas ela empurra mais a pequena trouxa em direção ao peito dele, o queixo projetado para fora e determinado. Um homem grande se choca contra eles, empurrando-a. Jean-Luc sente aumentar a distância entre os dois. Ela abre as mãos. Se ele não o agarrar, o bebê cairá no chão, será pisoteado. Ergue uma mão para segurá-lo e estende a outra para ela, mas a multidão já a engoliu. Procura os seus olhos verdes no mar de gente. Mas não a vê mais.

Permanece ali, enraizado, enquanto as pessoas se movem à sua volta. A multidão é agora menos densa, os soldados que a empurram estão mais perto. Tem de esconder o bebê. Segurando a trouxa com a mão esquerda, faz deslizar a direita por baixo dela e abre os botões do macacão. Empurra o bebê para dentro e depois fecha os botões novamente. Percebe que o bebê não emitiu nenhum som, mas ouve as batidas do seu coração e sente o calor que emana dele, aquecendo-lhe o peito. A indecisão inunda a sua mente, o pânico aumenta na base da sua coluna. O que deve fazer agora?

Olha ao redor. A onda de prisioneiros está se afastando do trem. Em breve ele ficará exposto. Avança na direção deles, mergulha na onda humana, tenta se perder no meio dela.

A casa do chefe da estação! É para lá que tem de ir. Empurra um velho para o lado enquanto abre caminho. Duas mulheres agarradas uma à outra impedem a sua passagem. Ele as contorna e volta para trás com passos apressados, ao longo da plataforma.

Soa outro tiro, e por um instante a multidão parece parar. Então volta a avançar. De cabeça baixa, Jean-Luc continua a andar. Empurra a porta da casa do chefe da estação. Está deserta. *E agora? Pensa!* O tempo é tudo. Avança para a escada tão depressa quanto a perna machucada lhe permite. Não sabe o que fazer, para onde ir.

Os banheiros ficam no primeiro piso. Entra em um e fecha a porta sem ruído. Podia se esconder ali enquanto tenta descobrir a droga de uma saída. Sabe que a casa tem uma porta nos fundos. Costuma estar protegida, mas com todo este caos é possível... Espreita pela janela, que dá para os fundos, e a única coisa que vê é a escuridão.

Prepara-se para sair quando ouve passos na escada. Olha para os cubículos, perguntando-se se seria possível esconder-se num deles, mas é tarde demais. A porta se abre e um soldado entra.

— *Verdammt noch mal was machst du da?* — O soldado franze as sobrancelhas. — O que você pensa que está fazendo aqui? Este banheiro é só para alemães. *Raus!*

O bebê chora. As sobrancelhas do soldado ficam ainda mais carregadas.

— O que é isso?

Jean-Luc é rápido. Tira sua mão direita do bebê, salta para a frente e saca a pistola do coldre aberto do soldado. É mais leve do que pensava que seria. Sacode-a para ajeitá-la melhor na mão. É a primeira vez que empunha um pistola e tem de olhar para baixo por uma fração de segundo para ver onde está o gatilho. Quando o descobre, pousa o dedo nele, mas tem o cuidado de não o apertar. Ainda não. Aponta a arma para o alemão, enquanto segura o bebê contra o peito com a mão esquerda.

O boche fica lívido.

— *Dafür konntest du erschossen werden!* Vai ser fuzilado por isto!

Jean-Luc não se mexe.

— Tire a roupa.

— O quê?

Aperta o cano da arma contra a testa do homem.

— Tire a roupa! *Schnell!*

Enquanto o soldado tira desajeitado o uniforme, o choro do bebê torna-se mais alto. Jean-Luc não pode permitir que o distraia. Os próximos minutos são vitais. Com a pistola apontada para o alemão, avança para a área dos lavatórios. Tira o bebê de dentro do macacão e o coloca num deles. Os gritos da criança tornam-se frenéticos, agora que perdeu o contato humano.

Jean-Luc precisa bloquear o choro enquanto empunha a arma com as duas mãos. Chegou o momento de tomar uma decisão. Mais tiros soam lá fora. Devem andar à procura dele. Tem de ser rápido. O dedo pousado no gatilho treme e seu coração bate muito depressa de ansiedade. É melhor não deixar testemunhas. Mas primeiro precisa do uniforme, e não o quer sujo de sangue.

Logo o uniforme está caído no chão, aos pés do boche, que treme de frio apenas de cuecas.

— Não me mate. Eu te dou tempo para fugir.

Jean-Luc olha para ele, nota o peito frágil e pálido, os braços magros. Não é mais velho do que ele, talvez até mais novo. Pouco mais do que um rapaz, na realidade. Mais tiros. O choro do bebê perfura seus tímpanos. Está com os nervos em frangalhos. Não consegue tomar uma decisão com todo aquele barulho.

— O bebê está com fome — sussurra o soldado. — Posso arranjar leite.

Jean-Luc volta a encostar o cano na testa dele.

— Cala a boca! Como saio daqui?

— Pela porta de trás. Não há guardas agora. Mostre meus documentos.

Sem desviar a arma, Jean-Luc tira o macacão. Vai ser difícil vestir o uniforme e manter a pistola apontada. Ou pode disparar já, libertando ambas as mãos. Seria mais fácil. Mas, por outro lado, alguém podia ouvir o tiro.

Ignorando os berros do bebê, ele veste as calças do uniforme com a mão esquerda, depois seguidas pelo dólmã e pelo boné. Em seguida, enfia os pés nas botas. Está quase lá; vai ter de abotoar o dólmã mais tarde. Primeiro tem de lidar com o boche. Aponta a arma para a sua cabeça.

De repente, o homem está de joelhos, suplicando:

— Não dispare! Por favor! Tenho família.

— Não me interessa! Acha que aquelas pessoas também não têm famílias?

— Peço desculpa! Por favor. Não...

— *Ferme ta gueule!* Cala a boca! Ou mato você já.

O soldado se cala. Mas o bebê continua gritando. Alguma coisa naquele choro o impede de disparar.

Tira o bebê do lavatório com a mão esquerda, usando a outra para apontar a arma.

— Não! Por favor! — O alemão soluça. — Eu fico aqui! Não saio!

Jean-Luc conta até três, e então aperta o gatilho.

CAPÍTULO 35

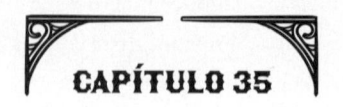

Paris, 30 de maio de 1944

CHARLOTTE

— Quem será a esta hora?

Maman olha para mim.

— Eu vou.

Viro as costas para a pia e limpo as mãos em uma toalha. A campainha toca outra vez. Apresso-me em direção à porta. O choro de um bebê chega aos meus ouvidos. Hesito um segundo antes de abrir.

É Jean-Luc. Ali parado, com um uniforme de boche. Está com um bebê nos braços. A minha mão escorrega da maçaneta. Sinto o sangue me esvair do rosto e o estômago se contorcer de frustração. Um bebê! Deve ser dele.

Ele passa por mim e fecha a porta.

— Charlotte, você tem que me ajudar!

Fico olhando para ele boquiaberta. Não sei como fazer a ele todas as perguntas que invadem a minha mente. De quem é aquele bebê?

— Ele precisa comer! — continua Jean-Luc, procurando sei lá o que com os olhos.

Minha língua pesa, como se estivesse adormecida. Quero que ela se mexa, mas as palavras não se formam. Então sinto *maman* aparecer atrás de mim.

— O que está acontecendo? — Ela olha para Jean-Luc. — O que faz aqui?

Ele avança mais um passo no interior do apartamento. O bebê chora cada vez mais alto.

— Uma mulher em Drancy obrigou-me a ficar com o filho. Não sei o que fazer com ele.

Maman ergue a voz.

— Não devia ter vindo à nossa casa.

— Por favor! Ele precisa ser alimentado. Não tinha mais nenhum lugar para onde ir.

Maman vira-se para mim, a voz brusca e cheia de eficiência.

— Charlotte, corre lá para cima e fala com a senhora Deschamps, do quinto andar. Ela teve mais um filho há pouco tempo. Pergunte se pode amamentar essa pobre alma. — Agarra-me o braço antes que eu possa me mover. — Não fale a ela sobre Drancy. Diga só que o encontramos nos degraus da antiga padaria.

Enquanto me afasto, vejo-a tirar o bebê dos braços de Jean-Luc.

— Esconda-se no quarto. Ela não pode ver você.

Saio correndo, a cabeça zunindo. Ele ficou com um bebê!

Ofegante, aperto o botão da campainha da senhora Deschamps. O filho mais novo abre a porta.

— Sua mãe está em casa?

Ele se vira e grita:

— *Maman!*

— *Oui.* — A voz vem da sala de estar. — Quem é?

Ele olha para mim, uma ruga profunda se forma em sua testa infantil.

— Diga que é a Charlotte, do terceiro andar. — Não espero por ele; em vez disso, avanço direto à sala de estar. — *Madame...*

— Olá, Charlotte. — Ela sorri para mim da grande poltrona onde está sentada, com um bebê adormecido ao peito. — Há muito tempo que não te via, desde que começou a trabalhar no hospital. Como está?

— Eu... eu... eu... Nós precisamos da sua ajuda. É um bebê... está morrendo de fome. Pode amamentá-lo? Por favor?

— O quê? Que bebê?

— Foi abandonado. Em frente da antiga padaria.

— Não sei. Já me custa muito amamentar o que tenho.

— Damos a você a nossa comida — prometo, impulsiva.

Eu a vejo retirar do peito, com gestos delicados, o bebê adormecido e deitá-lo no sofá.

— Laurent — diz ao filho mais novo. — Fica tomando conta da sua irmã, está bem?

Com um ar solene, o rapazinho concorda e se senta ao lado da bebê.

Espero enquanto Madame Deschamps abotoa a blusa. Assim que descemos as escadas, apressadas, ouvimos o choro do bebê.

— Parece que está mesmo com muita fome. Espero que eu tenha leite suficiente.

Levanta os seios com as palmas das mãos, como se estivesse avaliando o conteúdo. Não me parecem muito cheios e pergunto-me se ela vai conseguir.

Maman sai da sala, com o bebê aos berros no colo.

— Micheline. *Merci.* Pode ajudar?

— Não tenho certeza. Não sei se tenho leite suficiente. Acabo de amamentar o meu e hoje ainda não comi nada.

— Charlotte, vá buscar um pouco de pão e o *saucisson*. E traga água, também.

Quando retorno com os suprimentos, Madame Deschamps está sentada na poltrona de *papa*, desabotoando a blusa. *Maman* lhe entrega o bebê. Vejo como Madame Deschamps coloca a cabeça do bebê dentro da blusa semiaberta. Mas os berros continuam, acompanhados por muitos espasmos e luta. Ela afasta o bebê do peito e estuda o rosto minúsculo e vermelho contorcido de fúria. Então levanta o seio e coloca o bico na boca do bebê. Mas ele afasta a cabeça, grita mais alto. Madame Deschamps suspira, olha para *maman* com uma sobrancelha arqueada.

— Parece que é um daqueles, bem teimosos.

— Por favor, tente outra vez.

A voz de *maman* treme de ansiedade.

Também estou assustada. E se não for possível alimentá-lo? Vai morrer?

Madame Deschamps embala o bebê de um lado para o outro e eu penso que vai desistir. Cantarolando baixinho, ela volta a tentar. Pouco a pouco, o choro desaparece, substituído por pequenos ruídos de sucção. O alívio me invade; viro-me para *maman* sorrindo, mas ela tem os olhos fixos no bebê, de lábios franzidos. Sei que está tentando decidir o que fazer a seguir.

— *Maman* — sussurro —, prometi a ela os nossos cupons de racionamento.

Com um suspiro, ela se dirige ao aparador e pega o envelope que guardamos na primeira gaveta. Tira os cupons e entrega-os à Madame Deschamps.

— Pobrezinho. Acho que os pais devem ter sido presos numa diligência policial.

Madame Deschamps ergue os olhos para *maman*.

— Não sei. Nós o encontramos lá fora, nos degraus da antiga padaria.

Madame Deschamps faz um estalo de reprovação.

— As coisas que as pessoas são obrigadas a fazer nos tempos de hoje. É terrível.

Maman concorda, de olhos fixos em nossa vizinha.

— Pode... ficar com ele... ela. Nem sei o que é. Pode ficar com o bebê?

— Não! — O tom é brusco. — Não posso correr esse risco, já estou com quatro meus em casa. — A voz suaviza-se. — E se alguém estiver procurando por ele?

— Um bebê? — *Maman* franze as sobrancelhas. — Por que se preocupariam com um bebê?

Madame Deschamps baixa a voz.

— E se for judeu? — diz, e dá uma palmadinha no traseiro do bebê. — Acho que não trocam a fralda dele há muito tempo. Está encharcadinho. E o pobrezinho já deixou de mamar. Adormeceu, mas não me parece que tenha mamado muito.

Maman olha para mim.

— Charlotte, vá buscar um pano de prato. Eu mudo a fralda.

— Um pano de prato?

— Sim, serve muito bem.

Quando volto da cozinha, vejo *maman* sentada no sofá, debruçada para a frente, falando em voz baixa com Madame Deschamps. Vejo-a tirar o bebê dos braços dela com gestos cuidadosos e deitá-lo no chão. Afasta as camadas de lã em que está embrulhado. Por baixo usa uma bata cinzenta. *Maman* abre os botões e tira a roupinha dele. A pele parece quase translúcida, com as costelas sobressaindo.

— Deus, está imundo. Vamos ter que dar um banho nele. — Faz uma pausa enquanto limpa a sujeira amarela e pastosa em torno do bumbum e entre as pernas. — Não está circuncidado. — Vira-se de novo para Madame Deschamps. — Não quer ficar com ele? Por favor. Nós podíamos ajudar.

— Não. Já disse que não posso. — Uma pausa. — Por que não fica com ele? A Charlotte pode ajudá-la.

— Não podemos!

O tom de *maman* é brusco.

— Mas, *maman*, bem que poderíamos!

— Não, Charlotte. Está fora de questão.

— Talvez eu possa reservar e conservar um pouco de leite — diz Madame Deschamps, e a sua voz soa agora cheia de pena.

— E um orfanato? — Hesito, ao ver como *maman* e Madame Deschamps trocam olhares. — Não podemos deixá-lo na porta de um orfanato?

— Estaria morto dentro de uma semana — diz Madame Deschamps, numa voz sem inflexões.

Maman concorda.

— Orfanatos são lugares perigosos, no momento. Ele já está subnutrido, muito fraco. — Vira-se para mim. — Vá encher uma panela na cozinha. Com água morna.

Faço o que ela diz. A panela está só meio cheia quando *maman* entra na cozinha, trazendo o bebê nos braços.

— Mandei Micheline para casa. Ela vai retirar um pouco de leite e guardá-lo. Será mais fácil do que tentar arranjar leite de vaca, e provavelmente será melhor para o bebê.

— Por favor. — Tento impedir que o tom de súplica se insinue em minha voz. — Não podemos ficar com ele? Eu ajudo. Pode me ensinar o que fazer.

— Charlotte, não podemos. — Seus olhos brilham, e ouço uma nota de pena em sua voz. — Não compreende que quando fizerem a ligação entre você e Jean-Luc virão direto para cá? Talvez até enviem a Gestapo.

— A Gestapo? Não!

— Sim. Falarão com os vizinhos. Espero que Micheline não diga nada, mas quem sabe o que as pessoas são capazes de fazer sob pressão? — Suspira. — Já não estamos seguros. — Faz uma pausa. Graças a Jean-Luc.

Um arrepio me desce pela nuca. Ele pôs a nossa família em perigo.

— Lamento muito, *maman*. — E se mandam a Gestapo? E se nos prendem?

— Vá chamá-lo. Ele precisa aprender a tomar conta do bebê. Pode começar dando banho nele.

— Jean-Luc — sussurro enquanto abro a porta do quarto —, já pode sair.

Ele sai arrastando os pés, de olhos baixos.

— Deus, lamento tanto, Charlotte. Não sabia mais para onde ir.

Tento sorrir, mas há um nó apertando meu estômago. Imagens da Gestapo subindo nossa escada me enchem a cabeça.

— Ele se chama Samuel — diz ele, olhando para mim.

Com a cabeça, sinalizo que entendi.

— Sim, acabamos de descobrir que é um menino.

Quando entramos na cozinha, *maman* se vira para Jean-Luc.

— Ele precisa de um banho — diz, num tom frio. — Vou mostrar como se faz.

Ela nos ajuda a dar banho em Samuel, e então faz Jean-Luc passar uma pomada hidratante na pele vermelha e assada entre as pernas do bebê. Vejo-o espalhar a pomada como se tivesse medo de tocá-lo. Sei por que *maman* o está obrigando a fazer isso – quer que ele assuma a responsabilidade. Ela o observa, e sei que está furiosa com ele, embora se esforce para manter a calma. Os homens não sabem cuidar de bebês. O que ele vai fazer?

Com o bebê limpo e instalado na poltrona, ela olha para Jean-Luc.

— Por que está usando um uniforme de boche?

— Era a única maneira de conseguir sair da estação.

— Como conseguiu isso?

O tom de *maman* continuava frio.

— Tirei a pistola de um boche e obriguei-o a me entregar o uniforme. Era a única maneira.

— Deu um tiro nele?

— Só na perna.

— Devia tê-lo matado. Agora deixou uma testemunha. Virão atrás de você. — *Maman* anda de um lado para o outro na sala, olhando de cima para Jean-Luc. — Meu marido volta esta tarde. Não pode saber nada disso.

Jean-Luc faz um gesto de concordância.

— Se estiverem me procurando, irão primeiro à minha casa. Não saberão que estou aqui.

Maman mira-o com a sobrancelha franzida.

— Como sabe que não foi seguido?

— Verifiquei. Não havia ninguém perto de mim.

— Mas agora sabem que conheceu Charlotte no hospital. Não vão levar muito tempo para fazer a ligação. Podem aparecer aqui a qualquer momento. — Volta a franzir a sobrancelha. — Vai ter de ir embora. E vai ter de levar o bebê. A essa hora, já sabem que o trouxe, e estarão atrás de você. Não podemos correr o risco. Já envolvemos Micheline. — Continua a caminhar pela sala. — É ela a ponta solta que pode fazer com que sejamos todos presos. Vou ter de inventar uma história, mas sabe como são as pessoas. Ela vai falar. — Suspira. — Não devia ter pedido a ela. Eu não estava pensando direito.

— Mas, *maman*, tínhamos de alimentá-lo. Ele estava aos berros. A culpa não é sua.

— Charlotte, será que não vê como nos comprometemos?

Jean-Luc passa os dedos pelos cabelos.

— Lamento muito. Não devia ter vindo aqui.

Maman descarta o arrependimento dele encolhendo os ombros.

— Agora não sei como encobrir o nosso rastro. — Debruça-se sobre a poltrona, olhando para o bebê. — O que vai fazer? — Faz uma pausa, olhando para Jean-Luc. — Deve ter um plano.

Sei que é a sua maneira de dizer que sabe muito bem que ele não tem plano nenhum.

— *Maman*, por favor, temos de ajudá-lo. Pense em algo.

Vejo as sobrancelhas dela se unirem. Olho para o bebê, que dorme tranquilo, como se o mundo fosse um lugar pacífico.

— Muito bem — diz *maman* num tom decidido, olhando para Jean-Luc. — Talvez eu possa ajudar. Mas nunca poderá repetir o que vou lhe dizer.

CAPÍTULO 36

Paris, 30 de maio de 1944

CHARLOTTE

— Eu não deveria estar dizendo isso. — O olhar de maman fulmina Jean-Luc, sentado a meu lado no sofá. — Se souberem, muitas vidas poderão ficar em perigo.

— Compreendo — diz ele, e engole em seco.

Maman observa-o por entre as pálpebras semicerradas.

— Sim, mas será suficientemente forte para manter a boca fechada se o pegarem?

— Prefiro morrer mais rápido do que colocar qualquer outra pessoa em perigo — diz ele, inclinado para a frente, as mãos nos joelhos.

— Muito bem. Belas e corajosas palavras. — Faz uma pausa. — Mas ninguém sabe o que fará até que aconteça. — Volta-se para mim. — Tenho de correr o risco. Não vejo outra maneira.

Jean-Luc concorda.

— Tenho um tio-avô chamado Albert. Vive em Ciboure, uma vila perto de Saint-Jean-de-Luz. — Cala-se por instantes, massageando a nuca. — Ele é ativo naquela região. Ajuda pessoas a atravessarem os Pireneus. Pilotos britânicos voltando para a Inglaterra. Judeus.

Maman tem ajudado pessoas a fugirem? Fico olhando para ela, perguntando-me quem na realidade ela é. Meus olhos se enchem de lágrimas de vergonha. Eu pisco, e a vejo sob uma nova luz.

— Talvez ele possa ajudá-lo — continua. — Vou lhe dar o endereço, mas vai ter de memorizá-lo. Nunca o escreva seja no que for. — Tem os olhos fixos em Jean-Luc. — Está preparado?

Ele faz que sim.

Maman tira o bebê da poltrona e hesita por um segundo, como se não soubesse muito bem o que fazer com ele. Então deixa escapar um pesado suspiro, senta-se e pousa-o nos joelhos.

— Avenue de l'Océan, vinte e quatro...

— *Maman* — interrompo —, já ajudou outras pessoas a fugir? Deu a eles esse endereço?

Ela olha para mim durante um segundo antes de responder.

— Sim, já.

— Mas... mas... por que não me disse?

— Charlotte! — Sua voz é dura. — Você precisa saber que isso não é assunto para ficar discutindo abertamente.

Sou outra vez a criança ignorante, mantida no escuro. Metade de mim está furiosa com ela, enquanto a outra metade está cheia de relutante admiração. Só gostaria de ter sabido antes. Isso teria mudado tudo.

— *Pa... papa* sabe?

— Não é o momento para falar disso, Charlotte. Temos de agir depressa.

Agora sou a criança egoísta, tão envolvida em seu mundo que não vê nada do que se passa no dos outros.

Ela volta-se mais uma vez para Jean-Luc.

— Vai ser perigoso. Muito perigoso. Suponho que você não fale alemão.

— Não.

— Nesse caso, vai ter de tirar esse uniforme. Posso lhe arranjar documentos falsos. Podemos cortar seu cabelo e as sobrancelhas de modo a ficar mais parecido com a fotografia. Já fiz isso mais de uma vez. E posso lhe dar dinheiro. — Faz uma pausa. — Vai ter de levar o bebê com você. Ninguém mais ficará com ele, e se esconder com um bebê seria muito arriscado. — Olha para a criança que dorme, tranquila, em seu colo. — Nem sequer tenho certeza de que ele sobreviva.

Sei o que ela está pensando, mas não digo nada.

— Vai ter de pegar o trem para Bayonne — continua. — E a partir daí irá a pé até Ciboure. São cerca de vinte quilômetros. O trem vai ser a parte mais difícil, mas desde que não fale com ninguém...

— Mas as pessoas não vão achar estranho um homem viajando sozinho com um bebê? — torno a interromper. — Ele vai ser interrogado. E onde irá conseguir leite?

O terrível pensamento de que a única coisa que ela quer é se livrar dele me passa pela cabeça. Já não a conheço, não sei do que poderá ser capaz.

— Podemos lhe dar mamadeiras com leite para dois dias, tempo suficiente para que ele já esteja no refúgio. — Volta a olhar para Jean-Luc. — Terá de ter o mínimo contato possível seja com quem for.

— Mas, *maman*. — Olho para ela. — Isso é loucura. Alguém acabará abordando ele. Eu sei que sim.

— Charlotte — diz Jean-Luc em voz baixa, tocando a minha mão. — Vai ficar tudo bem. Vou ter documentos falsos.

— Não! — Fico de pé, uma ideia me passa pela cabeça. Avanço para *maman*, e então me debruço e tiro o bebê de seus braços, aperto-o contra mim. É tão pequeno e tão leve. Olho para *maman* por cima da cabeça dele e digo com muita calma, em voz baixa, com medo de acordá-lo. — Um casal viajando com um bebê despertará muito menos suspeitas do que um homem sozinho com uma criança.

Um lampejo de luz perpassa por seus olhos e eu sei que ela sabe que tenho razão.

— Não, Charlotte! Não!

A luz se transforma em fúria.

Jean-Luc levanta-se também.

— Você é tão corajosa — ele sussurra em meu ouvido e passa um braço por cima dos meus ombros. Então volta-se para *maman*. — Farei tudo o que puder para mantê-la a salvo.

— A salvo? — sibila *maman*. — Você é louco? Nem a si mesmo consegue manter a salvo!

Ele me tira o bebê, com gestos cuidadosos, e olha para *maman*. Sua voz é clara e calma, como se estivesse tentando acalmar um animal selvagem.

— Eu sei que não quer perder a sua filha. E vai ser perigoso. Mas juro protegê-los com a minha vida.

Os olhos de *maman* nos fulminam.

— Ela não vai a lugar nenhum!

Dou um passo em sua direção.

— *Maman*, por favor. Pense nisso. Podemos fingir ser amantes secretos, em fuga para nos casarmos porque tivemos este filho ilegítimo…

— Não! — Ela estende a mão, agarrando o meu ombro. — Quem sabe o que pode acontecer. Podemos nunca mais voltar a ver você! — Engole em seco. — Não pode ir!

Olho para ela e percebo que me ama. Claro que me ama! Meu coração se enche de remorso e vergonha. Como não percebi isso antes?

Mas não posso ficar. Arde agora dentro de mim uma ânsia de agir, de fazer alguma coisa.

— Tem de me deixar fazer isso. Por favor, *maman*.

— Você não compreende os perigos. Não faz ideia…

A voz dela treme e esmorece, como se soubesse que já me perdeu.

— Compreendo o risco. E mesmo assim quero tentar. *Preciso* fazer isso.

CAPÍTULO 37

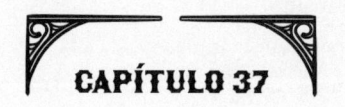

Paris, 30 de maio de 1944

CHARLOTTE

A Estação Montparnasse está caótica. Soldados e gendarmes se aglomeram por todos os lados, parando pessoas, pedindo documentos e gritando ordens. Os adultos olham ansiosos para as plataformas de onde os trens partem, enquanto crianças pálidas e cansadas, já muito chorosas, esperam junto deles, aturdidas. E há sempre pessoas sendo impedidas de embarcar.

— Há polícia por todo lado, Charlotte!

Mais do que consciente desse fato, aperto o bebê contra o peito e olho ao redor.

— Não olhe! Aja com naturalidade.

Jean-Luc está tão nervoso que começa a me assustar. Se não se acalmar, vai atrair para nós atenções indesejadas. Paro por um minuto, olho em seus olhos de animal perseguido. Meu coração bate com força contra as costelas e estou com as palmas das mãos suadas, mas recordo a mim mesma quem devemos ser — amantes em fuga com um filho ilegítimo. O que fariam dois amantes?

Fico na ponta dos pés, passo o braço pelo pescoço de Jean-Luc, com o bebê entre nós. Puxo-o para mim, ergo o rosto na direção dele.

— Me beija — sussurro em seu ouvido.

A princípio, os lábios dele são rígidos e frios, mas à medida que os meus prolongam o contato, sinto-os começarem a ficar mais suaves, me recebendo. Os sons à nossa volta desaparecem e se transformam em ruído de fundo. De muito longe, ouço apitos tocando, crianças chorando, homens gritando, enquanto nós estamos ali respirando um no outro. Meu coração levanta voo. Vai correr tudo bem. Tenho certeza.

Então ele se afasta.

— Vamos. Plataforma quinze.

Ele me pega pelo braço e me puxa. Juntos, avançamos até o soldado que verifica os bilhetes e os documentos antes de deixar as pessoas entrarem na plataforma. Depois de uma rápida olhada nos papéis de Jean-Luc, o soldado inclina a cabeça na direção da perna dele.

— Onde se machucou? — pergunta, com um carregado sotaque germânico.

— Um acidente no trabalho.

O rosto de Jean-Luc permanece impassível, a sua voz sem inflexões.

As pessoas amontoam-se atrás de nós, mas o soldado parece não ter pressa. Olha para os documentos de Jean-Luc, depois de novo para ele, e de novo para os documentos. Estaria ele vendo alguma coisa que não se encaixa? *Maman* teve de se apressar ao cortar o cabelo dele o melhor possível de acordo com o homem da fotografia.

— Michel Cevanne?

Jean-Luc consegue manter a voz firme.

— Sim.

— Data de nascimento?

— Cinco de julho de 1922.

O soldado vira-se para mim.

— Qual é a sua relação com este homem?

— Eu... Somos... somos amigos.

— Amigos? Os seus documentos, *mademoiselle*.

Entrego a ele.

— Isso é um bebê?

Não olha para os papéis. Em vez disso, está olhando para o bebê nos meus braços.

— Sim.

Ele estende uma mão, levanta a ponta da manta com dedos compridos e esguios.

— Tem uma certidão de nascimento?

— Nós... ainda não tivemos tempo de registrá-lo.

— Todos os nascimentos têm de ser registados no prazo de três dias.

Os meus nervos se contraem ao ponto de eu sentir que vão estourar. Não sei o que dizer.

Nesse instante, aproxima-se um policial que sussurra alguma coisa no ouvido do soldado. Os dois começam uma conversa murmurada que parece urgente. Jean-Luc olha para mim. Sei o que está pensando. Este é o nosso momento.

Ele agarra a minha mão e corremos pela plataforma sem olhar para trás. Saltamos a bordo na primeira porta e entramos num compartimento para oito pessoas. Jean-Luc fecha a porta.

Sento-me à janela, com o bebê no colo. Jean-Luc se acomoda a meu lado. Apesar da respiração acelerada, tenho a sensação de não conseguir encher os pulmões. Sinto a cabeça girando.

De súbito, a porta é aberta. Um guarda espreita para dentro.

— Aqui! — grita para alguém que está atrás dele.

Agarro a mão de Jean-Luc. Não consigo respirar. Vejo, aterrorizada, o guarda manter a porta aberta.

Um homem que transporta uma mala enorme entra no compartimento, seguido por uma mulher e três meninos. Jean-Luc tira a mão da minha. Deixo escapar o ar dos pulmões. O homem leva a mão ao chapéu para nos cumprimentar e senta-se no banco em frente, com a mulher ao lado. Os filhos lutam pelos dois lugares restantes junto aos pais, deixando o último e menor parado com um ar de abandono.

— Não seja bobo, Henri. Sente-se — ralha o pai.

Sem uma palavra, o menino se senta no banco em frente ao do resto da família, ao lado de Jean-Luc. Com uma expressão amuada, começa a raspar uma crosta do joelho.

Ninguém fala. Todo mundo tem segredos. Quando o trem arranca, os dois meninos mais velhos começam a lutar, empurrando um ao outro.

— Shhhh, fiquem quietos. Tentem dormir. — A mãe lança a eles um olhar zangado, mas os dois continuam se beliscando e se empurrando. — Georges, diga a eles para ficarem quietos.

O pai ergue a cabeça, quase sem olhar para eles.

— Fiquem quietos, garotos. Tentem descansar.

— *Papa*, tenho fome. Hoje não tomamos café da manhã.

— Quietos!

O menino olha pela janela. Sigo a direção do seu olhar, vejo os prédios cinzentos contra o céu azul. *Por favor, Deus*, rezo num murmúrio silencioso, *permita que cheguemos a Bayonne*.

A porta do compartimento volta a se abrir e um *gendarme* de ar cansado entra.

— Documentos — diz, olhando para a família, e depois para nós. A minha pulsação acelera de novo.

Jean-Luc enfia a mão no bolso interior do casaco e tira de lá os papéis. As mãos são firmes e o olhar mantém a expressão fria, amistosa. Eu estendo os meus com dedos trêmulos, agitando-me no banco, mas mostrando o meu mais doce sorriso, para compensar.

O *gendarme* arqueia uma sobrancelha

— *Monsieur* Cevanne e *Mademoiselle* De La Ville, em viagem com um bebê.

— Vamos a Biarritz, para casar — diz Jean-Luc.

O falso sorriso se abre ainda mais em meu rosto.

O *gendarme* olha de mim para Jean-Luc e depois de novo para mim, a ruga em sua testa aumenta.

— Não sabem que há uma guerra acontecendo?

— É pelo bebê — digo eu. — Meu pai me mataria se ficássemos. E ao bebê também.

Agora deixo correr as lágrimas. Tenho consciência das expressões chocadas da família. Isso acrescentou uma nova dimensão à viagem deles.

O silêncio enche o compartimento.

— São fugitivos! — O *gendarme* deixa escapar uma gargalhada porca. — Penso que é melhor irmos para o corredor, *monsieur*. Precisamos ter uma conversa.

Jean-Luc me dá uma palmadinha na mão enquanto me entrega a sua sacola.

— Com certeza, *monsieur*.

Eu o vejo sair do compartimento, e então olho para o pai da família sentada no banco em frente. Ele desvia a cabeça e olha pela janela.

Por favor, Deus, por favor, nos ajude a chegar a Bayonne. Mordo o lábio inferior enquanto os segundos se transformam em minutos.

Ao fim do que me parece uma eternidade, Jean-Luc volta e senta-se. O alívio me inunda como uma onda bem-vinda. Respiro outra vez. Ele se inclina para mim, sussurra em meu ouvido.

— Queria dinheiro. Pensa que sabe o nosso segredo e queria dinheiro para ficar calado. Um segredo para esconder outro. — Toca meu joelho e olha em meus olhos. — A melhor mentira é aquela que é uma meia verdade.

CAPÍTULO 38

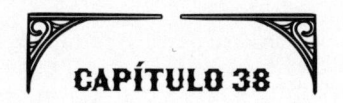

O Sul, 30 de maio de 1944

CHARLOTTE

O trem para finalmente em Bayonne e saímos para a escuridão e para o silêncio. Em frente da estação, erguem-se altos blocos de apartamentos, mas as cortinas estão fechadas como se os moradores tivessem partido, ainda que o mais provável seja estarem escondidos lá dentro.

— Vamos na direção do rio. O centro da cidade deve ficar do outro lado da ponte. — Ele pega a minha mão. Quando dobramos a esquina, vemos dois *gendarmes* avançarem ao nosso encontro. Paro de repente. — Continue andando — murmura ele, me incitando com o cotovelo.

À medida que subimos a tortuosa rua que vai até a catedral, a cidade parece um pouco mais animada, e as poucas pessoas sentadas do lado de fora de um café viram-se para olhar para nós, com expressões imperscrutáveis. Passamos em frente da catedral e chegamos a uma pequena pensão logo ao virar na esquina seguinte.

— Vamos tentar aqui.

Jean-Luc empurra a porta, que range, arrancando do torpor do início da noite uma idosa sentada atrás do balcão da recepção. Ela olha para nós com olhos remelentos.

— Precisamos de um quarto para esta noite — anuncia ele. Sua voz sai alguns tons mais aguda, e ele tosse.

— Documentos — exige ela, estendendo a mão de dedos ossudos, à espera.

Tiro os papéis do bolso. Ela os arranca da minha mão como um gato faminto, e então pega uns óculos minúsculos que guarda no bolso superior direito da blusa e os examina. Devolve sem comentários e estende a mão para os de Jean-Luc. Franze o nariz enquanto os escrutina, e de repente ergue os olhos, um sorriso malicioso surge nos cantos de sua boca tensa.

— Não são casados! — anuncia, numa voz estridente.

Jean-Luc mostra o seu mais encantador sorriso.

— Estamos a caminho de nos casar.

— Nesse caso, vão querer quartos separados, não é verdade?
— Se você prefere...

Jean-Luc suspira alto enquanto eu desvio o rosto, envergonhada.

— Prefiro. Quanto tempo vão ficar?
— Só esta noite.
— Temos então dois quartos, uma noite... serão cinco francos e cinquenta, café da manhã e jantar incluídos.

Jean-Luc enfia a mão no bolso e tira algumas moedas. Os olhos dela brilham enquanto ele as conta.

— Podemos comprar um pouco de leite? — pergunto.

A testa da mulher se enche de fundas rugas.

— Leite?
— Para o bebê.
— Que bebê?

Dou uma palmadinha na trouxa que tenho nos braços. Deve ser cega como uma toupeira.

— Um bebê! Não são casados! E um bebê!

Fico esperando que ela aumente o preço, mas em vez disso pergunta:

— Por que não o amamenta? Sabe como é difícil conseguir leite.
— Tenho estado doente. Não posso alimentá-lo.
— Doente?

Sinto as faces queimarem.

— Sim. Bastante doente. Tive uma infecção muito ruim.

Ela se inclina para trás.

— Tuberculose?
— Não, nada desse tipo.

Segue-se um embaraçoso silêncio.

— O leite é muito caro — diz a voz rouca, quebrando-o.
— Nós sabemos. — Jean-Luc volta a sorrir. — Mas é para o bebê, e nós podemos pagar.
— Vou ver se consigo arranjar. Dê-me mais um franco e eu falo com o meu sobrinho. Ele é agricultor.
— Obrigado. Agradecemos a sua ajuda.

Jean-Luc entrega-lhe a moeda.

— Como se chama o bebê? — pergunta ela. Tira os óculos e volta a guardá-los no mesmo bolso.

— S... — começo eu, mas Jean-Luc me interrompe no mesmo instante.

— Serge — diz.

Aperto os lábios com força. Tenho de aprender a pensar mais depressa; claro que o nome judeu o teria denunciado.

— Serge — repete a mulher devagar, como se estivesse digerindo-o com cuidado. — É um bonito nome.

Sai de trás do balcão e nós a seguimos escada acima. Detém-se diante de uma porta ao fundo de um escuro corredor no primeiro piso e tira uma das chaves pendentes da corrente que traz à cintura.

— *Pour monsieur* — declara, abrindo a porta para revelar uma pequena cama encostada à parede abaixo da janela.

— *Merci, madame*.

Jean-Luc passa por ela e entra no quarto. No mesmo instante, a mulher fecha a porta, volta-se para olhar para mim e continua pelo corredor até chegar a outra porta.

— *Et pour madame*. — A maneira como diz *madame* está carregada de sarcasmo, mas eu mantenho a cabeça erguida e olho ao redor. Uma cama de solteiro domina o quarto. A mulher olha para mim. — Para você e para o seu bebê.

Entro no quarto, um arrepio me desce pela nuca. Sem mais uma palavra, ela fecha a porta atrás de mim. De súbito, sinto-me tremendamente sozinha. Olho para a cama coberta por uma tristonha manta marrom já muito gasta e sento-me nela, com o bebê ainda nos braços. O ranger das velhas molas de aço me faz dar um salto e me levantar. Uma ligeira pancada na porta me provoca outro sobressalto.

Jean-Luc entra.

— Ele já acordou?

— Não. — Afasto o bebê do peito e olho para os cabelos negros e sedosos que lhe cobrem o alto da cabeça. — Durante quanto tempo é normal os bebês dormirem?

— Não sei muito bem, mas não são doze horas.

Estende os braços e eu lhe entrego o bebê. O que *maman* terá dado a ele para fazê-lo dormir tanto tempo? Espero que soubesse o que estava fazendo. Vejo Jean-Luc pousar o bebê na cama e afastar as camadas de cobertores e a roupa até expor a bata de lã cinzenta. Olho para as pernas curtas e roliças — como mármore, com uma rede de finas veias correndo por baixo da pele quase translúcida. Os pés minúsculos então enfiados em botinhas de lã; tem os braços caídos de ambos os lados da cabeça, o que lhe dá um ar de abandono. Hesitante, toco a perna dele. Está quente, mas muito quieto. Debruço-me para ele e sopro muito de leve as suas pálpebras.

Ele não se mexe.

Viro-me para Jean-Luc.

— Ele está bem, não está?

— Está respirando. Eu só queria que ele acordasse. Já passou muito tempo. — Pega no pequeno corpo e segura-o contra o ombro, dando-lhe palmadinhas nas costas. Andando de um lado para o outro no quarto, ele continua massageando as costas do bebê, para cima e para baixo. — Samuel, *réveille-toi*. Acorda, por favor.

Prendo a respiração.

Com muito cuidado, Jean-Luc tira o bebê do ombro e o segura com os braços esticados.

— Arrume uma toalha úmida.

Pego um dos panos de prato que *maman* nos deu e corro para o banheiro, no corredor. Enquanto o encharco em água fria, rezo em silêncio: *Por favor, Deus, nunca mais volto a pedir nada, mas faça o bebê acordar. Por favor.*

Quando volto ao quarto, Jean-Luc está sentado na cama, pálido como um cadáver, o bebê deitado sobre os joelhos. Pega a toalha e começa a limpar o rosto de Samuel, demorando mais nas pálpebras. A única coisa que ouço é a respiração dele, pesada e funda.

O nariz do bebê mexe. Então o pequeno movimento se torna outro maior quando franze o nariz, a pequena testa criando uma ruga. De súbito, um grito de furar os tímpanos estilhaça o silêncio.

Jean-Luc sorri, com o alívio estampado no rosto.

— É natural que esteja um pouco rabugento depois de um sono tão longo. Vamos dar algo para ele comer.

Volto a respirar. *Obrigada, meu Deus. Obrigada.*

Preparo a mamadeira com o resto do leite que trouxemos conosco e entrego a ele. Vejo-o, sentado na cama, encaminhar o bico para a boca aberta do bebê.

— Pronto, meu pequenino, pronto. O jantar já chegou.

O choro transforma-se no som regular de sucção. Fico no mesmo instante mais calma, e sento-me na cama. Pergunto-me por que passei a mamadeira a Jean-Luc quando podia ter sido eu a alimentar Samuel. Acho que ainda não me sinto capaz.

Quando a mamadeira fica vazia, Jean-Luc se reclina na cama com a cabeça encostada à cabeceira, o bebê deitado com o rosto contra o peito dele. Mãos descoordenadas se agitam no ar quando Samuel se esforça para enfiar ambas as mãos na boca ao mesmo tempo.

Uma batida na porta me faz dar um salto.

— Tenho um berço para você! — diz uma voz estridente do outro lado da porta fechada.

A mulher abre antes que eu consiga chegar, a mão pousada num pequeno berço de madeira.

— E o jantar está pronto.

— Obrigada, é muita bondade sua, *madame*.

Pego o berço e fecho a porta antes que ela tenha oportunidade de entrar e perguntar o que Jean-Luc está fazendo no meu quarto.

— Ela veio só ver como estávamos — diz ele, e levanta-se da cama. — Vamos deixá-lo aqui enquanto comemos. Ele ficará bem, e será por pouco tempo.

— Deixá-lo? Não podemos levá-lo conosco? Fico preocupada.

— Não queremos atrair atenção.

— Posso pegá-lo?

— Mais tarde. Primeiro é melhor comermos.

Jean-Luc o deita no berço, mas o bebê não parece nem um pouco cansado, ainda empenhado em enfiar os dedos na boca.

— Parece que ainda tem fome. — Olho para Jean-Luc. — Não me parece bem deixá-lo aqui sozinho. Por favor, vamos levá-lo.

— Acho que não devíamos, Charlotte. As pessoas vão se lembrar de nós se virem um bebê.

— Samuel… Serge — sussurro, debruçada no berço experimentando os nomes. Ele para por um instante, seus movimentos ficam menos frenéticos enquanto olha para mim. Acaricio sua barriguinha. Ele tenta agarrar minha mão, sem deixar de olhar para mim. — Quero pegá-lo.

— Depois. Temos de ir, ou não sobrará nada para comermos. A velha bruxa teria todo o prazer em nos tirar o jantar. Vamos. Não demoramos nada.

※

O jantar é uma porção de um patê de origem indefinida como entrada. De cão? Gato? Se tivermos sorte, talvez seja de coelho. Segue-se um maravilhoso e quente ensopado de legumes, servido com generosidade. Claro, é mais fácil cultivar legumes aqui do que em Paris. Os outros presentes são três idosas sentadas à volta de uma mesa, num canto, e dois casais idosos debruçados sobre os respectivos pratos no meio da sala. Eu como depressa, engolindo a comida em grandes colheradas, ansiosa para ficar junto de Samuel. Às vezes, os bebês morrem durante o sono, e este pensamento me aterroriza.

— Charlotte, pare de se preocupar. Eu vou ver se está tudo bem.

Mas antes que Jean-Luc possa se levantar, um boche entra na sala.

— *Bonsoir, mesdames, messieurs.*

Há um vago murmúrio em resposta, e eu vejo pelo canto do olho como ele enfia o guardanapo debaixo do queixo enquanto se senta. Os outros hóspedes continuam a comer, ainda mais silenciosos do que antes.

A velha bruxa, que parece desempenhar as funções de garçonete além da de recepcionista, entra na sala. Ao ver o boche, recua um passo, a cor se esvaindo do seu rosto.

Eu a observo se recompor.

— *Bonsoir*, Herr Schmidt.

Aproxima-se dele com a mão estendida, um sorriso falso nos lábios contorce seu rosto enrugado.

— *Bonsoir, madame*. E onde está a sua encantadora filha esta noite?

— Está doente. Uma infecção intestinal, receio.

Concentro-me em não olhar, me encolhendo por dentro.

— Que pena.

Sem olhar, sinto o boche se recostar na cadeira, pousando as mãos como patas espalmadas em cima da mesa.

— Transmita a ela os meus sinceros desejos de uma rápida melhora e diga que espero vê-la novamente antes de partir.

As últimas palavras são ditas num tom que não deixa dúvidas quanto a se tratar de uma ordem e não de um pedido.

— Ela está muito doente. Você não vai querer pegar.

— Vou correr o risco. É mais provável que eu pegue alguma coisa comendo este patê rançoso que serve aqui.

— Vamos embora — sussurro a Jean-Luc, por cima da mesa.

— E o leite? Vamos precisar dele em breve. Vá você para o quarto enquanto eu pergunto na cozinha.

O boche pigarreia alto para limpar a garganta e dá uma ruidosa mordida em uma torrada. Saio da sala de jantar sem olhar para trás e subo depressa a escada, feliz por reencontrar a tranquilidade do nosso pequeno quarto.

O bebê balbucia em seu berço. Eu o pego e o embalo nos braços, cantarolando uma canção que *maman* costumava cantar para mim:

Dodo, l'enfant do
L'enfant dormira bien vite
Dodo, l'enfant do
L'enfant dormira bientôt.[31]

---

[31] "Nana, nenê, nana/O nenê vai nanar rapidinho/Nana, nenê, nana/O nenê daqui a pouco vai dormir." (N.T.)

Uma súbita pontada de nostalgia trespassa o meu coração. Já tenho saudades de *maman*: da sua preocupação a respeito de onde virá o próximo pedaço de carne, de sua eterna testa franzida, do seu reservado mas profundo amor pela família.

Passados alguns minutos, Jean-Luc entra no quarto.

— Consegui o leite. Está tudo bem.

— E o boche? Falou com você?

— Não. Não está preocupado conosco. É a moça que ele quer.

— Pobre moça. — Não consigo imaginar ter que se deitar com alguém que odeia, ter que beijar essa pessoa. Um calafrio me desce pela coluna, mas a minha verdadeira preocupação é outra. — Acho que o bebê está outra vez com fome.

— Não pode ser. Comeu há uma hora. Tente pôr um dedo na boca dele.

Hesitante, enfio o dedo mindinho na boca de Samuel e fico surpreendida pela força com que o suga. Sento-me na cama, com ele aninhado no colo. Meu estômago se agita, e uma grande sensação protetora se apodera de mim.

— Jean-Luc, vai ficar tudo bem, não vai?

— Vai, sim. Esta foi a melhor coisa que fiz em toda a minha vida. — Debruça-se sobre o bebê e o beija no alto da cabeça. Então olha para mim. — Obrigado por tudo, Charlotte.

Beija-me de leve nos lábios.

— E os pais? O que acha que vai acontecer com eles?

Sinto-me mal por estar assim feliz enquanto os verdadeiros pais de Samuel estão sendo levados sabe Deus para onde.

— Vai ser terrível para eles, mas pelo menos não terão de ver o filho passar pelos horrores que estão enfrentando. Agora cabe a nós tomar conta dele.

Com gestos delicados, ele tira o bebê do meu colo e o deita no berço, e então volta para a cama e senta-se a meu lado, com as costas apoiadas na cabeceira. Vira-se para mim, dando um sorriso de esguelha. Também sorrio, com uma sensação de calor e paz se espalhando por minhas veias. É como se fôssemos uma família. Claro que sei que não somos uma família e que Samuel não é nosso filho, mas mesmo assim me permito fingir, porque é muito bom. Quero cuidar dos dois, mantê-los seguros e quentes e amados. Viro a cabeça na direção do berço, onde o bebê continua fazendo uns barulhinhos.

— Estou falando sério, Charlotte. — Jean-Luc enrola com os dedos uma madeixa dos meus cabelos. — Esta foi a melhor coisa que eu já fiz. — Cala-se por um instante. — E não podia ter feito isso sem você. Bem, talvez pudesse, mas não teria sido a mesma coisa. — Beija minha face. — Eu sabia que você tinha isso dentro de si. Vi nos seus olhos.

Coloco a mão na perna dele. Fico surpresa por me parecer tão natural — a minha mão na perna dele. Semanas antes não seria sequer capaz de imaginar isso.

— Tinha o que em mim?

— Isto. Esta coragem. Este lado selvagem.

Não estou muito certa de ter um lado selvagem, e por um instante receio que ele me julgue mais corajosa do que na verdade sou. Pergunto-me o que vai acontecer agora. Uma mistura de excitação e medo corre em minhas veias, lateja em meus ouvidos. Quero dizer alguma coisa, mas as palavras estão presas em minha garganta.

— Acho que é melhor dormirmos. — Ele beija a minha cabeça. — Amanhã temos um longo dia pela frente. Vou levar o bebê comigo; ele pode precisar comer durante a noite.

Ele coloca a mamadeira no bolso, pega o bebê com uma mão e carrega o berço com a outra.

CAPÍTULO 39

O Sul 31 de maio de 1944

CHARLOTTE

Na manhã seguinte, o café da manhã é servido na sala de jantar – um cesto de pão duro e uma tigela com um líquido marrom para umedecê-lo. Ao que parece, a geleia e o café são tão inacessíveis aqui como em Paris. Comemos depressa e partimos para Saint-Jean-de-Luz. Primeiro precisamos ir a Biarritz, a apenas oito quilômetros de distância. A partir daí, poderíamos seguir a estrada costeira, mas os alemães puseram um fim a isso com a construção da sua Muralha do Atlântico. Agora vamos ter de fazer o nosso caminho através dos campos que se estendem paralelos à costa.

Cruzamos os espaços abertos atentos aos caminhões alemães, mas a única pessoa que vemos é uma idosa catando lenha. Grandes gotas de orvalho pendem das longas hastes de grama e encharcam nossos sapatos enquanto caminhamos pelos campos deixados ao abandono. Não falamos; os únicos sons são os dos nossos passos, das nossas respirações e um ocasional canto de ave. Jean-Luc carrega Samuel numa espécie de rede que fez com uma fronha comprida e enrolou ao redor do próprio corpo.

Depois de duas horas, chegamos à costa de Biarritz. Olho para o oceano que se prolonga até o horizonte, e então vejo a cadeia de montanhas à nossa esquerda.

— Olha. — Jean-Luc aponta para a mais alta. — Ali é a Espanha.

— Já? Não parece muito longe.

Nuvens baixas parecem suspensas sobre alguns dos cumes, o que torna difícil calcular a verdadeira altura, mas o sol as trespassa com raios de um branco brilhante e revela manchas verdes, deixando-as da cor de limões frescos.

Ouço o motor de um carro se aproximar depressa.

— Abaixe-se! — diz Jean-Luc, e agacha-se no meio da grama alta.

Meu coração dispara enquanto me deito no chão.

— Tudo bem, já passou. — O barulho do motor se perde na distância. — Há árvores ali mais adiante. Será mais seguro se caminharmos perto delas.

Levanto-me do chão, a pulsação latejando em meus ouvidos. Temos de percorrer cerca de mais quinze quilômetros antes do anoitecer, mas os sapatos roçam e machucam meus calcanhares. Eu me amaldiçoo por ter trazido sapatos que quase nunca usei. Ainda por cima são umas coisas feias e lisas, mas as solas me pareceram sólidas e todos os meus outros sapatos estavam muito gastos, imprestáveis para caminhar por longas distâncias. Quero parar e descalçá-los, mas tenho medo do que vou encontrar. Sinto os calcanhares úmidos.

Jean-Luc caminha à minha frente até estarmos fora das vistas da estrada, e então pega minha mão. Tento sorrir, mas o que me sai é uma careta. Tento continuar, mas ao fim de meia hora a dor é insuportável. Não aguento mais. Eu paro.

— Podemos parar por um minuto?

Ele olha para mim de testa franzida.

— Temos muito ainda pela frente. Não pode esperar mais uma hora?

Resisto à onda de autocomiseração que ameaça me engolir.

— Não — murmuro. — Acho que estou com bolhas nos pés.

— Tudo bem, vamos fazer uma pequena pausa. Vou dar mais uma mamadeira a Samuel enquanto ele está acordado.

Tira a mochila das costas e desfaz o nó da rede antes de se sentar, encostado a uma árvore, equilibrando o bebê sobre as pernas.

— É ele, ou este é o cheiro do campo? — pergunto, franzindo o nariz.

Jean-Luc inclina-se sobre o bebê, cheira-o, e Samuel agarra tufos de cabelo de sua nuca. Jean-Luc se liberta dos dedinhos dele, desfaz a fralda de algodão, a usa para limpar o cocô espalhado e a põe de lado. Ele tira uma fralda limpa da mochila. Então, prendendo a respiração, desamarro os sapatos. Descalço o primeiro e percebo no mesmo instante que o couro da parte de trás está manchado de sangue escuro.

Jean-Luc olha para mim.

— Charlotte, seus pés! Tem outro par de sapatos?

Balanço a cabeça, os olhos se enchendo de lágrimas. *Que idiota eu sou!*

— Pegue. — Ele me estende um lenço. — Coloque-o em volta do tornozelo. Me dá os seus sapatos.

Com muito cuidado, tiro a primeira meia e examino o calcanhar. A pele foi arrancada, deixando um grande pedaço de carne viva, cheio de sangue. Agora que o instrumento de tortura foi removido, não sinto dores e me pergunto se não seria melhor caminhar descalça.

Com o bebê equilibrado no colo, Jean-Luc aperta o couro duro entre o polegar e o indicador.

— Vamos fazer uma almofada com o lenço. Devia ter dito antes; podíamos ter parado mais cedo.

Ele me devolve os sapatos. Decido não os calçar enquanto não tivermos de retomar a marcha. Sei que vai ser doloroso, mesmo com o lenço.

— Vou dar de comer a Samuel — diz ele, e procura na mochila o frasco de leite para encher a mamadeira.

— Eu posso dar desta vez?

— Claro. Desculpa, não era minha intenção monopolizar a criança. É só porque me sinto responsável.

Ele coloca o bebê nos meus braços estendidos e me entrega a mamadeira.

Inclino-o, e algumas gotas de leite caem no rosto do bebê, que está agora se virando de um lado para o outro, o que torna difícil fazê-lo aceitar o bico. Caem mais gotas no rostinho dele.

— Isto é leite de vaca, não é?

— É. O outro já acabou.

— *Maman* disse que podia ser difícil convencê-lo a aceitar. Não será melhor esperarmos até à próxima parada?

— Não tenho certeza. — Faz uma pausa. — Talvez não seja boa ideia esperar até que ele esteja mesmo com fome. E já se passaram três horas. Tente segurá-lo um pouco melhor; acho que terá mais facilidade para engolir.

Sigo o conselho e mudo de posição, tentando aproximar o bico da mamadeira da boca de Samuel. Ele mama um pouco, mas então vira o rosto, como se não tivesse gostado.

— Acho que o aceitará melhor se tiver mais fome. — Acaricio sua bochecha, dou-lhe um dedo para chupar. A boquinha dele o aperta com força. — Podemos parar de novo daqui a pouco.

— Sim. Na próxima parada almoçaremos todos.

Jean-Luc volta a instalar o bebê na rede. Desta vez, Samuel não se mostra tão dócil, debate-se e choraminga enquanto ele tenta apertar o nó do pano.

— Vamos lá, pequenino — diz Jean-Luc. — Temos muito para andar.

Com muito cuidado, enfio de novo os pés nos rijos sapatos de couro enquanto Jean-Luc esconde a fralda suja atrás de uma rocha.

Quando recomeçamos a caminhar por entre as árvores, os gemidos de Samuel se transformam em gritos. Eu também tenho vontade de gritar, cada passo que dou me provoca uma dor atroz. Uma onda de pânico sobe pelo meu ventre quando penso na enormidade da tarefa a que me propus. "Impulsiva" é a palavra que *papa* usava muitas vezes para me descrever, e tinha razão. Sou impulsiva. Mas também sou corajosa. No fundo do coração, sei que fiz o que era certo. Juntos, eu e Jean-Luc vamos salvar este bebê, e isso é o mais importante.

Se ao menos não tivesse calçado estes malditos sapatos.

— Jean-Luc, vamos parar um pouco para nos recompor. Por favor.

Ele volta para mim os olhos arregalados de surpresa.

— Mas só estamos caminhando há dez minutos. Samuel não vai demorar para sossegar.

Eu concordo, engolindo as lágrimas que se formam em minha garganta, paro e me debruço para descalçar os sapatos.

— Charlotte, o que está fazendo?

Ele para também, o que faz o bebê gritar mais alto.

— Vou caminhar de meias. Continue.

A terra é macia e esponjosa debaixo dos meus pés, e é um alívio não ter os sapatos me cortando a carne. Só um ou outro pau ou pedra me machuca a planta macia do pé. O choro vai esmorecendo pouco a pouco e Samuel acaba adormecendo. Caminhamos num confortável silêncio durante algum tempo, e eu começo a me sentir mais animada. *Vai correr tudo bem*, penso. *Embora haja ainda uma ou duas coisas a respeito das quais não estou bem certa.*

— Jean-Luc, vamos chamá-lo de Samuel ou de Serge?

— O quê?

— Samuel soa muito judeu.

O simples fato de dizer a palavra "judeu" em voz alta me parece um crime, e olho ao redor com um ar culpado.

Jean-Luc para e olha para mim.

— Mas é o nome que a mãe lhe deu. Não podemos usá-lo agora, mas poderemos logo que sairmos da França.

— Até gosto muito do nome. Samuel.

— Também gosto. É um bom nome, sólido. Como estão os seus pés?

— Melhor sem os sapatos.

— Vamos arrumar alguma coisa para você calçar depois de atravessarmos os Pireneus. — Ele pega a minha mão, leva-a aos lábios e a beija com ternura. — Estou tão feliz por ter vindo comigo, Charlotte. Nunca esquecerei estes poucos dias contigo. É tão corajosa, e nem tem consciência disso.

— Bem, isso não é de fato coragem, não é? Só quer dizer que não sou boa para calcular os riscos.

Sorrio como se estivesse brincando, mas no fundo me pergunto se não é verdade.

— Sim, você está um pouco apreensiva, não é? Sempre que uma árvore faz algum barulho, você dá um salto.

— Não dou nada!

— Dá, sim! — Ele ri. — Portanto, isso a faz corajosa. Tem medo, mas vai em frente, de qualquer forma.

Sorrio, feliz por deixar prevalecer a ideia dele sobre a situação.

Depois de mais algumas horas, encontramos um lugar afastado debaixo de um enorme carvalho. Samuel está choramingando, com fome. Eu o pego e coloco em sua boca o bico da mamadeira. Ele mama um pouco, mas então desvia o rosto e chora mais alto, a boca cheia de leite.

— Não gosta de leite de vaca.

— Deixe-me tentar.

Jean-Luc estende os braços e eu lhe entrego o bebê com relutância. O choro aumenta, mas antes de lhe oferecer a mamadeira, ele o embala nos braços, beija-lhe as bochechas. Isso parece acalmá-lo. Vejo, fascinada, Jean-Luc deitar umas poucas gotas de leite no dedo antes de oferecê-lo a Samuel para o chupar. Só então lhe dá a mamadeira, guiando devagarinho o bico até à boca que espera. Como ele sabe o que fazer?

— Você tem irmãos e irmãs? Parece que sabe dar mamadeira a um bebê.

— Não. — Ele sorri. — Deve ser instintivo.

Uma pequena onda de inveja e mal-estar passa por mim. Nunca tinha segurado um bebê. Não que não estivesse interessada, só não conhecia ninguém que tivesse um. Havia a Micheline Deschamps, no terceiro andar, mas só via os dela a distância.

Depois de Samuel ter mamado todo o leite, Jean-Luc encosta-o no ombro e massageia as suas costas. De súbito, um enorme arroto me faz dar um salto. Ambos soltamos uma risada.

— Então onde aprendeu a fazer isso? — pergunto. — Eu não saberia.

— Minha mãe costumava tomar conta do bebê da vizinha, e eu me lembro de vê-la esperar que ele arrotasse depois de lhe dar a mamadeira. Mas quase sempre demorava mais tempo.

Ele deita o bebê na grama, para que possa se mexer à vontade. Então tira da mochila o pão que compramos esta manhã e o *saucisson* seco que carregamos desde Paris, e o corta com o canivete. Está duro e fibroso, mas eu o como, faminta, e há um grande pedaço de queijo brie cremoso para ajudar a comer.

Sentindo um pouco de sono, deito-me na grama e fecho os olhos. Jean-Luc apoia com cuidado a cabeça em minha barriga.

— Isso é perfeito — murmura. — Um tempo sem pressa. Fugimos para salvar nossa vida, mas estamos deitados na grama como se isso fosse um piquenique.

Sei o que ele quer dizer. Sinto-me segura aqui com ele e com Samuel, como se o mundo com todos os seus problemas tivesse entrado num acordo para nos deixar em paz. É uma falsa sensação de segurança, digo a mim mesma, e não podemos ficar muito tempo, só mais alguns minutos. Passando os dedos pelos cabelos dele, pergunto-me como se tornou possível tanta felicidade. Estou emocionada e surpresa pela maneira como podemos conseguir o que desejamos; temos de querer mais do que qualquer outra coisa – estarmos preparados para sacrificar todo o resto. E percebo que foi isso o que fiz. Deixei a minha família e os meus amigos para trás. Provavelmente meu pai nunca mais voltará a falar comigo, e a minha mãe... é difícil dizer. Ela sabia que não havia nada que pudesse fazer para me impedir, e por isso me ajudou, mas eu sabia que estava zangada comigo por tê-la colocado numa situação tão difícil. Não houve beijos de despedida, só coisas práticas, mas por outro lado sempre tinha sido assim com ela.

— Charlotte. — Jean-Luc diz o meu nome em voz baixa, interrompendo meus pensamentos, e olha para mim. — Não há regras, não é?

Minha mão traça devagar os contornos do seu nariz.

— O que quer dizer?

— Quero dizer que fazemos as nossas regras. Não seguimos o caminho que nos foi traçado. Decidimos sozinhos o nosso futuro.

— Nossas regras? Sim, mas penso que ainda precisamos dos princípios com os quais fomos criados.

— Princípios? O que são? Meu único princípio é não permitir que os princípios interfiram na minha maneira de viver.

Meu dedo para em sua testa. Não sei muito bem se estou entendendo aonde ele quer chegar.

— Mas continuamos precisando de alguma coisa, algo mais forte do que nós; valores que são transmitidos de geração em geração. Ou não?

Ele pega meu dedo, leva-o à boca e o beija.

— Está falando de religião? — Faz uma pausa. — Acredita de verdade em Deus? Depois... depois de tudo o que aconteceu?

— Agora acredito. — Uma pequena gargalhada me escapa dos lábios. — Uma vez rezei pedindo uma coisa, e Deus me ouviu.

— Ele respondeu à sua prece?

— Sim.

— E o que pediu?

— Não posso dizer. É entre mim e Deus.

— Está me deixando com ciúmes.

— Não diga isso. Parece uma blasfêmia.

— Desculpa. Mas gostaria de saber o que pediu. Que um homem bonito te sequestrasse?

Belisco de leve a sua bochecha.

— Se fosse isso, eu ainda estaria esperando, não é?

Ele ri, uma gargalhada leve, borbulhante, que atinge meu coração.

— Quem me dera poder ficar assim para sempre — digo eu, e beijo o seu rosto.

CAPÍTULO 40

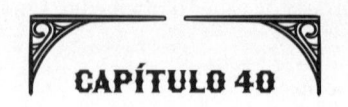

O Sul, 31 de maio de 1944

JEAN-LUC

Quando chegam a Saint-Jean-de-Luz, o sol começa a se pôr por entre as nuvens baixas no meio de um clarão rosado enquanto as ondas se desfazem na praia num ritmo atemporal. Casas altas e ornamentadas alinham-se do outro lado da rua em frente da praia, com pequenas pontes que ligam a rua ao passeio marítimo. Parece tudo tão pitoresco que a mente de Jean-Paul se põe a divagar, imaginando férias na praia – brincar na areia, tomando sol em paz e em segurança. Balança a cabeça e fecha os olhos com força, perguntando-se se algum dia aquele tipo de sonho se tornará normal.

Precisam chegar à pequena aldeia do outro lado do rio – Ciboure. Encontram a ponte sem dificuldade, mas Ciboure é um labirinto de ruas estreitas e tortuosas. Perambulam por elas com a sensação de caminhar em círculos. Mas não há um soldado à vista, o silêncio é espectral, e Jean-Luc não consegue deixar de se perguntar se estarão sendo vigiados através de frestas nas paredes.

— O toque de recolher obrigatório começa em breve.

A voz de Charlotte soa mais aguda que o normal. Volta a calçar os sapatos, e ele vê o quanto lhe custa cada passo, mas ela não diz nada.

Quando dobram a esquina seguinte, ele reconhece de imediato o nome da rua – Avenue de l'Océan. Samuel choraminga e se agita contra o seu peito. Bate de leve na porta de número 24, mas não vem nenhum som do seu interior. Bate de novo, com mais força, inclinado para a frente tentando ouvir qualquer sinal de movimento.

A porta se abre em uma pequena fresta, mas continua segura por uma corrente.

— *Oui?*

Jean-Luc recua para deixar Charlotte aproximar a boca da fresta.

— Viemos por causa das galinhas. Uma delas está doente — sussurra ela. É o código secreto que a mãe lhe deu.

Jean-Luc prende a respiração enquanto ouve a corrente deslizar no trilho, e então a porta se abre. Entram rapidamente, e a mulher espreita para um lado e para o outro da rua antes de fechar a porta.

O cheiro de couve cozida se estende pelo corredor longo e escuro. Samuel continua se agitando contra o peito de Jean-Luc, choramingando baixinho.

Um homem alto sai de uma porta que abre para o corredor.

— Quem é, mulher? — grita, enquanto avança para eles.

A mulher o encara da cabeça aos pés e encolhe os ombros, recuando para deixá-lo passar. O homem, com um ar zangado, fixa neles olhos azuis muito escuros em um rosto quadrado.

— O que temos aqui?

— Sou Charlotte de la Ville, e o senhor deve ser o meu tio-avô Albert.

Inclina-se para a frente, pronta para beijá-lo na face, mas ele recua.

— *Quoi?* — Vai dizer mais alguma coisa, mas as palavras são impedidas por um ataque de tosse. A mulher lhe bate com força nas costas. — *Ça va! Ça va!* — diz ele, e balança a mão.

Quando recupera o controle, seus olhos saltam de Charlotte para Jean-Luc e de novo para Charlotte, mas não diz uma palavra, e o clima fica tenso.

— *Alors?* — pergunta finalmente.

— A minha avó é sua irmã. Foi a minha mãe que nos disse para vir aqui.

De súbito, ele estende a mão para o queixo de Charlotte e, com o polegar, faz a cabeça dela girar de um lado para o outro. Jean-Luc percebe que ela fica tensa e o seu coração começa a bater mais depressa, com receio de que aquele seja o homem errado, o endereço errado.

Então, tão de repente quanto antes, o homem larga o queixo de Charlotte.

— Sim, reconheceria esses olhos onde quer que fosse. Você é muito parecida com ela. Tem alguma coisa pessoal dela?

— De quem?

— Da sua avó. Minha irmã.

Charlotte franze a testa.

— Não.

Ficam imóveis por instantes, à espera, enquanto o cheiro de couve se torna mais forte.

Então Charlotte tosse.

— Ela me deu um broche... quando fiz dezoito anos.

— Mostre.

O homem coça a barba, estudando-a de olhos semicerrados.

Com dedos trêmulos, Charlotte abre os botões do casaco para tirar o broche preso à blusa.

Com uma mão rude e calejada, ele pega o objeto e passa os dedos pela superfície da pedra verde.

— Lembro-me disso. Quem deu a ela?

— O pai, quando fez vinte e um anos.

Por um silencioso momento ficam ali parados, enquanto ele vira e revira o broche na mão enorme. Então pousa-o na palma aberta da mão dela, fecha com gentileza seus dedos ao redor da joia.

— É melhor que não o perca. — Faz uma pausa, e um sorriso quase lhe assoma os lábios. De repente, agarra-a pelos ombros, puxa-a para si e lhe dá dois ruidosos beijos de cada lado do rosto. Quando a solta, vira-se para Jean-Luc. — E então, quem é este?

Jean-Luc estende a mão.

— Jean-Luc Beauchamp. Muito prazer em conhecê-lo, *monsieur*.

Albert semicerra os olhos enquanto o observa de alto a baixo.

— Gosto de conhecer um homem antes de lhe apertar a mão — diz num tom rude.

Jean-Luc abaixa a mão. Como se sentisse a rejeição, o choramingo baixo de Samuel irrompe num choro zangado. Jean-Luc inclina-se para a frente, desfaz as dobras da rede, tira-o de lá e o apresenta:

— Este é Samuel.

— Seu filho?

— Não — apressa-se Charlotte a responder.

O rosto de Albert muda e os seus olhos desconfiados tornam-se mais calorosos.

— É melhor nos sentarmos.

Percorrem o escuro corredor até a cozinha. Albert senta-se à cabeceira da comprida mesa, como um rei contemplando a sua corte. Jean-Luc repara nas marcas deixadas por pratos quentes e cigarros esquecidos. Entrega o bebê a Charlotte e procura na mochila o frasco de leite. Quando o agita, percebe o som de uma pequena quantidade do líquido ecoando pelo ambiente.

— Vocês têm leite?

— Podemos arranjar algum. — Albert vira-se para a mulher. — Marie, vá pedir ao Pierre.

Ela se afasta sem dizer uma palavra.

Jean-Luc enche a mamadeira com o resto do leite e a entrega a Charlotte. Ela se atrapalha por um minuto antes de conseguir que Samuel o aceite, e Jean-Luc se percebe prendendo a respiração enquanto espera que o bebê comece a mamar.

— Que idade ele tem? — Albert franze a testa. — Parece muito pequeno.

Jean-Luc encolhe os ombros.

— Não sabemos ao certo. Talvez só algumas semanas.

— Viajaram de Paris até aqui com um bebê que nem sequer é de vocês?

Ninguém diz nada por um instante, e então Charlotte ergue os olhos.

— É muito bonzinho. E tivemos sorte por ninguém nos ter mandado parar.

Jean-Luc ouve o orgulho na voz dela.

— E então? — Albert franze uma imensa sobrancelha. — Por que vieram até aqui? O que querem de mim?

— Esperamos que possa nos ajudar. — Charlotte olha para ele. — *Maman* disse que tem ajudado pessoas a fugir para a Espanha.

Albert coça a barba, olhando de Charlotte para Jean-Luc e de novo para ela.

— Mas por que precisam fugir? O que fizeram? Jean-Luc é judeu?

— Não — diz Charlotte.

Jean-Luc assume o controle da conversa.

— Sou ferroviário. Trabalhava na estação de Bobigny-Drancy.

— Entendo.

As espessas sobrancelhas de Albert se unem, formando rugas profundas em sua testa.

— Sabia que tinha de sair de lá. Estava esperando o momento certo. Primeiro tentei sabotar os trilhos, mas só consegui parar no hospital. Então, uma manhã, quando um trem ia partir, uma mulher me suplicou que ficasse com o filho... para salvá-lo.

— Este bebê?

— Sim.

— Então é verdade. Estão deportando os judeus a partir de Drancy.

— Sim, aos milhares.

— Foi o que ouvi dizer. Mas para onde os levam?

— Não sei ao certo, mas acho que é para algum lugar bem ao leste. Trocam de maquinistas na fronteira. Só os boches sabem para onde os estão levando de verdade.

As rugas na testa de Albert tornam-se ainda mais fundas.

— Só os boches. Os filhos da mãe!

Charlotte se levanta e Jean-Luc vê que ela tenta acalmar Samuel, que chora alto. Todos se viram quando Marie volta com uma jarra metálica.

— Dois maços de Gitanes, foi quanto isso me custou.

— Nós temos cigarros.

Jean-Luc enfia a mão no bolso da camisa e tira de lá dois maços amarrotados, que coloca em cima da mesa. Albert abre um e acende um cigarro.

— Essa mulher pediu-lhe então que ficasse com o filho — diz, e oferece o maço a Jean-Luc.

— Sim. — Jean-Luc ergue a mão, recusando a oferta. — Suplicou-me. Sabia o que aconteceria se o levasse no trem.

— Por que não pediu a alguém que ficasse com ele?

— Não tínhamos ninguém. E... Bem... Estávamos com pressa de sair de Paris. Até precisei do uniforme de um boche para sair da estação.

Albert aprova com um movimento da cabeça, e um meio sorriso brinca em seus lábios.

— Tive de dar um tiro na perna de um para conseguir. Sabia que eles viriam atrás de mim e não tinha um lugar seguro onde deixar o bebê. — Faz uma pausa. — Fui à casa de Charlotte. Não sabia para que outro lugar ir, e a mãe dela nos ajudou. Ela nos falou do senhor e nos deu dinheiro.

— Ah, ajudou vocês e deu dinheiro, é?

Albert tosse, e parece que anos de mucos acumulados estavam se deslocando.

Marie levanta-se da cadeira e dá-lhe uma palmada nas costas.

— Já te disse que é hora de parar de fumar.

— Se você pudesse, me negaria todos os meus pequenos prazeres, não é verdade, mulher?

Ela faz estalar a língua, mas continua massageando suas costas.

— Fico surpreso que sua mãe tenha deixado a filha única partir dessa maneira. Ela sabe que é perigoso.

— Ela não tinha como me impedir — declara Charlotte, de cabeça erguida.

— Dou graças a Deus por não ter filhas. — Albert solta uma gargalhada rouca. — Sempre disse que só servem para arranjar problemas. Já pensaram para onde vão depois de chegarem à Espanha?

— Para os Estados Unidos. — Jean-Luc olha para Charlotte. — A terra da liberdade.

— Não é má ideia. Durante mais alguns anos, a França ainda vai ser um inferno. Quando esta maldita guerra acabar, vai haver contas a ajustar. Mal dá para imaginar como vai ser. — Albert olha para o jovem casal como se estivesse fazendo cálculos. Por fim, fala: — Vai ser difícil, com um bebê. Os *passeurs*[32] não gostam de levar bebês.

Charlotte lança um olhar a Jean-Luc.

— Bebês são imprevisíveis. Choram. Podem custar vidas. — Albert sacode a cinza sob um grande cinzeiro metálico. — É um risco. Se ele chorar, podem ser descobertos. E eles não querem ter de matar um bebê. — Faz uma pausa. — Por vezes é a

---

[32] "Atravessadores", em francês. (N.T.)

única opção. Uma vida sacrificada para salvar as outras. — Ele encara Charlotte com olhos remelentos. — Ninguém quer matar um bebê.

— Exceto os nazistas — diz Marie, numa voz carregada de repulsa.

— Mas... mas não podemos abandoná-lo.

Charlotte engole as lágrimas, seus olhos saltando de Marie para Albert.

— Tem de haver uma maneira — intervém Jean-Luc. — Podíamos dar alguma coisa a ele para fazê-lo dormir. Deu certo no trem.

— Talvez. — Albert coça de novo a barba. — Talvez. Mas vocês têm mais probabilidades de atravessar os Pireneus sozinhos. Talvez consigamos encontrar uma família que o receba...

— Está circuncidado? — interrompe Marie.

— Não — apressa-se Jean-Luc a responder.

— Isso torna as coisas um pouco mais fáceis — diz Albert.

— Não vamos deixá-lo.

A voz de Charlotte soa alta e clara.

Jean-Luc fica surpreso com sua assertividade, mas espera, avaliando as opções.

— Bem. — Albert traga com força a fumaça do seu cigarro e a expele devagar, saboreando. — Eu avisei. E vai ser difícil encontrar um *passeur*. Só o Florentino poderá fazer isso.

— É um bom bebê. Quase nunca chora. Passa a maior parte do tempo dormindo — diz Charlotte, atropelando as palavras.

Jean-Luc olha para Albert.

— Sabe de alguém com quem pudéssemos deixá-lo?

— Neste momento, não. Teríamos de ver. Mas uma coisa posso dizer. Os malditos boches são tenazes. Já os vi levar crianças, crianças sem os pais, chorando e gritando. Estão caçando até o último judeu da França, qualquer que seja a idade dele.

— Não!

Todos se viram para Charlotte.

— Eu disse que não — repete ela. — Não vamos deixá-lo para trás.

As rugas na testa de Albert se aprofundam.

— É uma escalada dos infernos pelos Pireneus. Nem todos conseguem. Sobretudo com um bebê no colo.

— Não vamos deixá-lo! — Desta vez, Charlotte ergue a voz.

Jean-Luc vê as lágrimas se formarem nos olhos dela. Ele a observa engolir um nó na garganta. Compreende o que ela sente, tem notado o seu crescente apego ao bebê a cada dia que passa, mas ele é mais pragmático. Vai pesar os riscos com todo o cuidado antes de tomar uma decisão.

Ou não vai? Ficou com o bebê sem tomar qualquer decisão consciente. Ele se pergunta por um instante se as melhores decisões não são tomadas com o coração. O seu é invadido por uma onda de amor por Samuel, uma necessidade de protegê-lo, de levar aquilo até o fim seja qual for o risco.

— Vamos levá-lo. Vamos conseguir. Sei que sim.

Com o coração batendo forte, ele olha para Charlotte.

CAPÍTULO 41

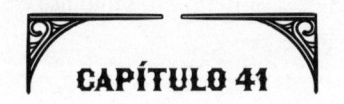

O Sul, 31 de maio de 1944

CHARLOTTE

— Vou colocá-los aqui — anuncia Marie quando a seguimos escada acima, Samuel ainda dormindo nos meus braços. Olho ao redor para o quarto, noto a cama de casal cheia de altos e baixos e me pergunto se será para Samuel e para mim, para Jean-Luc e para mim ou para nós três.

— É o único quarto que temos disponível — continua Marie, como se tivesse lido os meus pensamentos —, então vão ter de se acomodar os três aqui.

Jean-Luc sorri.

— Está ótimo. Obrigado. Samuel pode dormir entre nós dois.

— Como quiserem — responde ela, num resmungo.

Não sei muito bem que outra coisa ela espera que façamos.

— Muito bem, então. Vou deixá-los para que possam se instalar. Boa noite.

— Boa noite. Obrigada por tudo. Tem sido muito bondosa.

Ela sai sem dizer mais nada, deixando-nos ali parados.

Meus braços começam a doer com o peso de Samuel, então o deito em cima da cama. Ele está quase dormindo e sequer murmura.

Jean-Luc pega um travesseiro e o coloca no chão.

— Talvez seja melhor ele dormir aqui. Não quero me virar no meio da noite e esmagá-lo. — Pega Samuel e o coloca com cuidado em cima do travesseiro, cobrindo-o com o casaco e prendendo as mangas por baixo. Vejo-o beijá-lo ternamente na testa. Então ele olha para mim e sussurra: — É melhor tentarmos dormir um pouco. O mais provável é ele acordar daqui a poucas horas.

Faço um aceno de cabeça e sento-me na cama, perguntando-me o que vai acontecer agora. Meu coração bate forte, embora eu não saiba muito bem se é de excitação ou de ansiedade.

De costas para mim, ele tira o cinto e deixa cair as calças, então se inclina para a frente para tirar também as meias. Desabotoa a camisa e se despe. Seus ombros são largos e quadrados, as costas formam um triângulo perfeito, convergindo para um ponto e desaparecendo nas cuecas. Reprimo o impulso de me levantar e tocar meus dedos de cima a baixo em suas costas.

De súbito, ele se vira.

— Quer que eu apague a luz?

— Se preferir.

Ele aperta o interruptor na parede e fica tudo às escuras. Ele se deita na cama e eu também tiro as roupas, conservando apenas a roupa íntima, como ele fez. Percebo que estou com a respiração suspensa e tento expirar sem fazer barulho, mas o som é horrivelmente alto e pesado no silêncio do quarto.

— Está bem? — pergunta ele.

— Sim, estou ótima — respondo, na esperança de que ele não ouça o tremor em minha voz.

Ele se vira para mim e beija a minha testa. A princípio, penso que é por não conseguir ver bem no escuro e que ele queria na realidade encontrar a minha boca, mas então o escuto dizer:

— Boa noite, Charlotte. Amanhã vai ser um longo dia.

Amanhã! Quantos amanhãs nos restam? E se formos pegos? Seremos enviados para um dos campos de onde nunca ninguém retorna. Fecho os olhos, tentando afastar o pensamento, tentando me acalmar, mas a minha mente foge. Estou confusa. Por que não me beijou direito?

— Jean-Luc — murmuro no escuro.

Mas a resposta ao meu murmúrio é o silêncio. Está dormindo? Já? Viro-me de lado, de frente para ele, perguntando-me como estará deitado. Hesitante, estendo a mão e encontro a curvatura do seu ombro. Está de lado, de costas para mim. Meus dedos o tocam de leve, procurando suas costas, passando por cada vértebra à medida que desce. Quando chego ao final de suas costas, deixo a mão repousar ali, na reentrância, sentindo o ritmo da respiração dele, absorvendo o calor da sua pele. Então continuo seguindo para baixo, perguntando-me como será tocá-lo. Muito devagar, deslizo a mão por baixo do elástico das cuecas. O pensamento de que não quero morrer sem o conhecer completamente me atravessa a mente.

Ele murmura. Minha mão fica imóvel.

— Charlotte — diz ele, virando-se, procurando meu rosto com a mão. — Quero que seja perfeito. Quero que nos casemos numa igreja tendo Deus como nossa testemunha. Depois quero levar champanhe para você quando estiver deitada numa cama de pétalas de rosa...

Sorrio no escuro.

— Não precisa ser assim. Quer dizer, não me importo de não casar numa igreja. Não me importo se não nos casarmos.

— Mas eu pensei...

— Não acredito que Deus só viva nas igrejas, e acho que podemos ter a bênção dele de todos os modos.

Ele acaricia o meu rosto.

— Você parece muito segura de si.

— Eu sou. Pensei muito nisso.

— Fico feliz em saber. — Ele me beija de leve os lábios, e continua me beijando até à orelha. — E as pétalas de rosa e o champanhe?

O hálito dele é quente.

— Hmm — murmuro. — Fica para outra vez. Agora eu só quero você.

CAPÍTULO 42

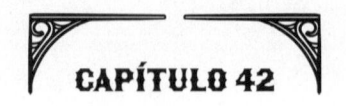

O Sul, 1º de junho de 1944

CHARLOTTE

Na noite seguinte, ao nos sentarmos para jantar, três rápidas pancadas na porta ecoam pela cozinha como tiros de pistola. Puxo Samuel para mim. Jean-Luc levanta-se de um salto.

— Calma. — Albert sai da cozinha. — É o nosso sinal. — Ele volta pouco depois com um homem alto e forte. — Este é o nosso *passeur*, Florentino.

Vejo aquele homem, grande como um urso, tirar da cabeça uma boina lisa. Quando me levanto para cumprimentá-lo, não consigo desviar os olhos das fundas rugas encravadas em seu rosto. Os olhos, em contraste, são brilhantes, como os de um homem mais novo. Segurando Samuel contra o peito com uma mão, estendo-lhe a outra. Ele a aperta com força, envolvendo-a em sua mão enorme. Eu me sinto pequena e frágil, quase insignificante.

Retiro a mão e Marie entrega a ele um copo de vinho tinto. Ele agradece com um aceno de cabeça e engole de uma vez, como se fosse água, antes de se virar para Albert.

— Não levo bebês.

Aperto mais Samuel contra mim.

— Eu sei, eu sei. — Albert balança a cabeça. — Mas é necessário. Eles podem pagar mais.

— Não levo bebês — repete o homem, e estende o copo para que Marie volte a enchê-lo.

Olho para Jean-Luc. Que fazemos agora? Ele capta o meu olhar e tira do bolso de trás das calças o maço de notas que separou. Olha para o homem, passando o polegar por elas.

— Quanto mais?

— Não! Não levo bebês!

O homem coloca o copo com uma pancada sobre a mesa.

Albert lhe dá uma palmada no ombro e inclina-se para sussurrar alguma coisa em seu ouvido.

Vejo as rugas na testa do homem chamado Florentino se tornarem mais fundas. Então, de repente, vira-se para mim e estende os braços.

— O bebê.

— O quê?

Num gesto instintivo, eu recuo e afasto Samuel.

— Charlotte, ele quer olhá-lo — diz Jean-Luc, tocando meu cotovelo.

Com o medo correndo em minhas veias, coloco a criança adormecida naquelas mãos enormes. O homem olha para Samuel, e então o levanta com uma mão e o encosta em seu ombro.

Por favor, não acorde agora.

Com um movimento súbito e rápido, o homem o transfere para o outro ombro. Samuel agita-se em seu sono, mas não chora. Não consigo deixar de sentir uma onda de orgulho. Florentino resmunga, fixa em Albert os brilhantes olhos azuis.

— Sabe o que acontece se o bebê chorar.

Albert assente, olhando para mim. Desvio o rosto da intensidade daquele olhar. Não vai acontecer. Não pode acontecer.

Jean-Luc dá uma tossidela.

— Não o deixaremos chorar. — Ele se aproxima de mim, passa um braço pelos meus ombros. — Sabemos como mantê-lo calado.

O *passeur* olha para ele, uma espessa sobrancelha levantada, como se estivesse tentando entender como poderá manter um bebê calado. Então, de repente, entrega Samuel a Jean-Luc e estende a grande mão para pegar o copo que Marie encheu outra vez.

Depois de beber alguns goles, ele vocifera uma lista de instruções:

— Amanhã, às vinte e duas horas, na fazenda, Urrugne. Muito trabalho. Mil e quinhentas pesetas agora, mil e quinhentas pesetas da próxima vez.

Jean-Luc conta as notas que a minha mãe lhe deu.

— Obrigado.

O homem rosna alguma coisa e vira-se de novo para Albert.

— Arrume conhaque para o bebê.

Albert assente com a cabeça e meu estômago se contorce, mas fico calada. Precisamos tirar Samuel da França.

Florentino senta-se à mesa e Marie coloca diante dele um prato de patê e legumes em conserva. Observo enquanto ele come pedaços pegajosos de pimentão vermelho. Estamos colocando nossa vida nas mãos deste homem, mas ele nem parece gostar muito de nós. O perigo de atravessar os Pireneus está agora muito próximo. Fecho os olhos para conter o medo. *Tenha confiança*, murmuro para mim mesma. *Vai correr tudo bem.*

CAPÍTULO 43

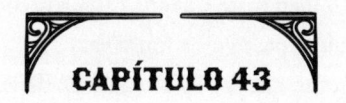

O Sul, 2 de junho de 1944

CHARLOTTE

Na noite seguinte, sob a escuridão, partimos sozinhos. Marie deu a cada um de nós um par de sandálias com sola de corda; ao que parece, é o melhor para escalar os Pireneus. Ao menos estou aliviada por não serem botas de couro grandes e pesadas, porque consigo pisar por cima da alça de trás da sandália – a pele dos meus tornozelos ainda está muito sensível. Jean-Luc carrega uma pequena sacola onde guardamos uma muda de roupa, leite, conhaque e água, enquanto eu carrego Samuel, com a longa fronha do travesseiro enrolada ao redor do meu corpo, segurando-o junto ao meu peito.

Seguimos em silêncio a trilha que nos foi indicada, mas o passo rápido não demora a me deixar suada e com muito calor. Afasto Samuel do meu corpo, para deixar circular o ar, mas o movimento o acorda e o sinto estender os dedos e agarrar o casaco leve que visto. "Shhhh", murmuro. Volto a puxá-lo para mim e cubro sua cabeça com a mão. Ele se aninha contra o meu peito, e eu percebo que consigo aguentar o calor extra que emana do seu pequeno corpo. Dentro de poucos dias, se tudo correr bem, estaremos a salvo e prontos para começar uma nova vida. Estendo a mão para agarrar a de Jean-Luc e paro.

— Está tudo bem, Charlotte. Vamos conseguir.

— Eu sei.

Aperto a mão dele, mas não voltamos a nos falar, o único som é o dos nossos passos no chão duro e o piar das corujas.

Não estamos caminhando há muito tempo quando Florentino surge, silencioso como um fantasma, do meio da escuridão. Sem uma palavra, nós o seguimos através de um pequeno pinhal; as muitas árvores e o solo coberto de pequenos gravetos macios absorvem qualquer ruído que façamos. Sinto-me mais segura aqui com Florentino do que na trilha, mas ele se move muito depressa, aparecendo e desaparecendo por entre as árvores altas e finas. Sinto a respiração arranhar minha garganta e um círculo de suor se formar ao longo da linha do meu couro cabeludo. Limpo com um gesto irritado, soprando ar para o meu rosto quente. Eu me preocupo com Jean-Luc e a sua bengala, mas ele não diminui o passo uma única vez.

Depois de algumas horas, chegamos a uma casa de campo. Florentino empurra com força a pesada porta de madeira e nos deixa entrar. O interior é escuro, iluminado apenas pela chama de duas pequenas velas. Deixo escapar um suspiro de alívio, impaciente para me sentar e me libertar do peso de Samuel. O pano me deixou com o pescoço dolorido e sinto um fio de suor me escorrer pelo peito. Uma senhora idosa vem nos cumprimentar; ela me ajuda a tirar o casaco e a desfazer o nó da fronha atado nas minhas costas. Levanto Samuel e o vejo semicerrar os olhos, talvez sentindo a mudança de ambiente. Está com o rosto vermelho e percebo que deve ter sentido tanto calor quanto eu. Leva a pequena mão à boca e solta um grito.

Jean-Luc não demora a aparecer a meu lado, com a mamadeira pronta. Pega Samuel e o acalma com sons suaves enquanto o embala nos braços. Olho para o esfarrapado sofá e deixo-me cair nele, agradecida, vendo Florentino e a velha conversarem em voz baixa enquanto ela aquece qualquer coisa no fogão. Cheira a noz-moscada e a alho, e o meu estômago ronca alto.

A mulher se vira e me entrega uma tigela de caldo. É delicioso e eu o sorvo depressa, ávida, ao mesmo tempo que, pelo canto do olho, vejo Jean-Luc sussurrar para Samuel enquanto lhe dá a mamadeira. Sei que Samuel está olhando para ele com os seus inocentes olhos castanhos. Jean-Luc está se apaixonando pelo bebê, e eu estou me apaixonando por ele. Nunca vi tanta ternura num homem, mas o que mais me surpreende é a sua tranquilidade e a sua total ausência de embaraço. Parece não se importar com o que os outros pensam. É muito estimulante.

Fecho os olhos, feliz, mas exausta.

Tenho a sensação de que não fiz mais do que cochilar quando Florentino me abana para me acordar e me entrega uma tigela de leite quente e um pedaço de baguete. Alguém deve ter tirado as minhas sandálias ontem à noite e coberto com uma manta. Sento-me, bebericando o leite, e vejo que Jean-Luc está usando o seu leite para preparar a mamadeira de Samuel. Florentino está de pé junto ao fogão, e sua irritação fica patente na respiração funda e regular, como se a estivesse medindo enquanto espera. Mal o bebê acaba de comer, o nosso guia nos entrega velhas roupas azuis de operário, como as que ele usa. Nós as vestimos rapidamente e Jean-Luc me ajuda a atar a fronha nas costas para que possa transportar Samuel.

Uma vez do lado de fora, Florentino me entrega um cajado para usar como apoio. Olha para a bengala de Jean-Luc.

— Ótimo, você tem uma bengala, mas se for lento...

— Consigo correr com esta bengala — diz Jean-Luc, com uma gargalhada nervosa.

Florentino o ignora, o indicador apontando para a frente, e começa a caminhar com passos longos e silenciosos.

Ponho a mão por baixo do bumbum de Samuel, para aliviar a tensão no meu pescoço e costas. A única coisa que vejo à minha frente é a sombra maciça do *passeur*. O cheiro de madeira fresca da terra evoca recordações de natais passados. Pergunto-me como serão a partir de agora os meus natais. Iremos os três formar uma família feliz? Teremos filhos nossos, um dia? Mas esses pensamentos sobre o futuro parecem surreais, quase como uma fantasia. A única coisa que importa agora é levar Samuel para um lugar seguro. O resto virá mais tarde.

É como se o mundo inteiro estivesse dormindo naquele momento, exceto as aves, que cantam umas para as outras. Um repentino estalido me assusta. Fico imóvel, com um pé no ar. Agora mal consigo distinguir Florentino, que caminha bem à nossa frente.

— Vamos! — sussurra Jean-Luc.

Corremos para recuperar o tempo perdido. Florentino se vira quando estamos atrás dele.

— Um galho se partiu — resmunga. — Eu digo quando for o momento de ter medo.

Seu tom é seco.

Não é hora para apreciar a beleza do novo dia que desponta; nossos olhos têm de estar sempre voltados para o chão, atentos a raízes torcidas, pedras soltas ou poças de lama. Logo o terreno se torna mais íngreme, e eu começo a ofegar pelo esforço de não ficar para trás. Então a terra macia começa a dar lugar a placas de rocha. Escorrego. Num gesto instintivo, levo a mão à cabeça de Samuel, preso ao meu peito, enquanto estendo a outra para amortecer minha queda. O bebê grita. Baixo a cabeça para sussurrar em seu ouvido:

— Está tudo bem. Vai correr tudo bem.

Estou falando mais para mim do que para ele, mas as minhas palavras parecem acalmá-lo e ele volta a ficar calado.

Florentino olha para mim por cima do ombro, e na meia-luz percebo um brilho duro em seus olhos. Não acredita que consigamos fazer a viagem, e tenho certeza de que se sentiria justificado se nos abandonasse, caso considerasse isso necessário. *Vou lhe mostrar*, murmuro para mim.

De repente, ele para e aponta para um monte de árvores. Mas antes que possamos lhe perguntar para onde vai, ele já desapareceu. Meu coração bate forte nas costelas. Sigo Jean-Luc até às árvores, tentando adivinhar que caminho ele terá tomado. Graças a Deus, vemos sua enorme figura deslizar por entre os estreitos pinheiros até uma clareira onde somos confrontados com um penhasco íngreme. Uma fenda com a largura e a profundidade exatas para acomodar um corpo humano grande corre na vertical, do topo até à base. É onde Florentino está, de pernas totalmente abertas, os braços esticados para agarrar as laterais. Não há tempo para pensar. Não há tempo para sentir medo. Jean-Luc me empurra na sua frente.

— Vá.

Sem demora, eu calço as sandálias da forma correta, caso contrário elas com certeza escorregariam para trás. Usando toda a força das pernas, enfio-me na fenda e começo a subir, estendo uma mão para a primeira saliência da rocha e a outra ainda agarrando Samuel.

— Vai ter de usar também a outra mão — grita Jean-Luc lá de baixo, e me empurra para me ajudar. Mas tenho muito medo de soltar Samuel. E se a fronha não for forte o suficiente para suportá-lo? E se ele cair para a frente? Hesitante, tiro a mão que segura o bebê e a estico para o próximo ponto de apoio. Mas imediatamente ela volta. Não consigo largá-lo. Em vez disso, vou ter de usar a outra mão para chegar à saliência da rocha. No entanto, está longe demais. Estou presa. Petrificada pela indecisão, cometo o erro fatal de olhar para cima. Nunca vou conseguir.

O rosto avermelhado de Florentino surge à minha vista. Sinto a sua fúria, o que me deixa ainda mais paralisada. Seus grandes pés começam a deslizar para baixo ao longo da fenda na falésia. Pouco depois ele está acima de mim.

— Me dê o bebê — sibila, de mão estendida. Mas eu não consigo mover um músculo. Ele chega à minha altura, enfia a mão na fronha e tira de lá Samuel. Então, ágil como um urso, volta a escalar a parede de rocha usando apenas uma mão.

Não olhe para baixo, murmuro. Concentrando-me apenas no próximo ponto de apoio acima de mim, vou subindo devagar pela fenda, ganhando confiança a cada passo. Ouço a respiração ofegante de Jean-Luc atrás de mim. Por um momento, pergunto-me como ele está se virando com a perna ferida, mas afasto o pensamento. A única coisa que importa é que *está* conseguindo.

— *Allez* — sussurra Florentino num tom urgente, lá de cima.

Olho para cima e vejo-o deitado, debruçado na beira do penhasco, a mão estendida para mim. De súbito, percebo quão alto subi. De que altura posso cair.

— *Allez* — repete ele, dessa vez mais alto.

Fecho os olhos e estico o braço para cima. Ele envolve os grandes dedos ao redor da minha mão frágil e me puxa. Eu empurro com as pernas, içando-me em sua direção. Girando sobre os quadris, eu desabo a seu lado. *Obrigada, meu Deus*. Não me atrevo a olhar para baixo enquanto ele ajuda Jean-Luc a subir.

Ele me devolve Samuel sem cerimônia, fazendo-me sentir uma péssima mãe. Mas eu não sou a verdadeira mãe! Como então é possível que o medo por ele tenha me paralisado?

Espero descansar um pouco depois do esforço da escalada, mas não, Florentino está outra vez de pé. E Samuel está agora inquieto, choramingando e se agitando contra o meu peito. Talvez consiga sentir o meu medo e a minha fadiga. Mas quando penso que não tenho forças para ir mais longe, Florentino nos faz um sinal de parar. Nós nos deixamos cair em torno de uma grande árvore, minhas pernas cedendo antes de tocarem o chão. Samuel choraminga.

— Shhh — murmuro, fazendo carinho em sua cabeça.

— Vou lhe dar a mamadeira — sussurra Jean-Luc em meu ouvido.

Pergunto-me se irá acrescentar ao leite um pouco de conhaque, como lhe disseram, mas ele não faz isso, e Florentino parece não perceber. Em vez disso, ele fecha os olhos e se encosta ao tronco da árvore. Com os músculos pesados e doloridos, faço o mesmo. Enquanto minhas pálpebras descem, vejo, como num sonho, Jean-Luc tirar da mochila um pano limpo e dobrá-lo para fazer uma fralda. Então, no instante em que estou me abandonando ao sono, Florentino me empurra com a mão.

— *Allez.*

— *Non!* Por favor, não podemos descansar?

— Descanse quando estiver morta.

Estende a mão para me ajudar a levantar.

Sou capaz, murmuro para mim, *sou capaz*, e obrigo-me a me erguer sobre pernas que pesam como chumbo.

Jean-Luc olha para mim, preocupado.

— Está em condições de levar Samuel?

Assinto com a cabeça.

Continuamos penosamente, já sem a cobertura das árvores, e a partir daqui é sempre subindo. Placas soltas de ardósia escorregam debaixo dos nossos pés. Agarro-me a tufos de grama dura e áspera para me equilibrar.

Subimos dessa maneira durante o que me parecem horas quando Florentino para e desaparece atrás de algumas rochas. Reaparece quase em seguida, bufando enquanto nos mostra uma garrafa cheia de um líquido transparente. Bebe um longo gole e a entrega a Jean-Luc.

Jean-Luc a cheira.

— *Eau de vie*[33] — diz, e bebe um gole que lhe enche os olhos de lágrimas. Tosse antes de voltar a beber e me passa a garrafa.

---

[33] "Aguardente", em francês. (N.T.)

A bebida queima minha garganta, mas me acalma os nervos em frangalhos. Ergo os olhos e vejo Florentino sorrindo para mim enquanto contenho um ataque de tosse. Ele está com as mãos estendidas, fingindo que tremem de uma forma descontrolada.

— Está assim?

— Sim — admito. Claro que estou paralisada. Mas estamos vivos, e o álcool aliviou meu medo.

Ele procura nos bolsos e tira de um deles um pequeno saco de papel, que me entrega. Damascos secos. Agradecida, enfio dois deles na boca, e passo o saco a Jean-Luc.

Florentino bate no pulso e ergue cinco dedos. Cinco minutos.

— *Allez! Allez!* — incita.

Certamente deve ser hora do almoço. Ainda tenho fome, e estou cheia de sede. Caminhamos por horas, e eu preciso de alguma coisa que me dê forças para continuar. As minhas reservas de energia estão esgotadas. Meus pensamentos se voltam para *maman* e para a maneira como ela tentou me impedir de partir. Compreendo agora que posso morrer nessas montanhas, mas não parei para pensar duas vezes nisso. Foi coragem ou falta de bom senso?

A trouxa de Samuel me dá calor, sinto-me pegajosa de suor, o peso puxa para baixo meu pescoço já dolorido. Florentino me observa enquanto a ajusto, tentando deixá-la mais confortável. Estende a grande mão para mim, mas eu balanço a cabeça. Em parte por orgulho, em parte porque gosto de sentir o pequeno corpo do bebê junto ao coração.

Após um dia inteiro de caminhada, só com algumas paradas momentâneas, a escuridão começa a se instalar. Florentino encontra um abrigo atrás de uma grande rocha, e desabamos no chão. Eu e Jean-Luc nos aninhamos um no outro para nos aquecermos; está fora de questão acender uma fogueira para aquecer nossas articulações rígidas e cansadas. Florentino nos entrega um pedaço de presunto seco e um punhado de passas. Então, como num passe de mágica, tira não sei de onde um queijo camembert inteiro, que divide em três pedaços, deixando escorrer sua polpa espessa e cremosa. Distribui os pedaços depressa, antes que fiquem em seus dedos. Dou uma mordida no meio do meu, saboreando a aveludada e rica maciez de um prazer quase esquecido. Florentino faz um imenso barulho lambendo dos dedos o queijo mole, barulho demais para um homem que tanto insistiu no silêncio. Ele nos entrega de novo a garrafa de aguardente, que nós atacamos como bebedores inveterados.

Exaustos e proibidos de falar, logo adormecemos. Quando acordo, de repente, só consigo ver alguns centímetros à minha frente, mas sinto que algo está errado. Debruço-me e toco na face de Samuel. Está mais quente do que o normal. Viro-me para Jean-Luc; ele respira pesadamente pela boca entreaberta. Olho então para Florentino. Meu coração sobe até minha garganta. O espaço onde se deitava está vazio.

Uma súbita detonação quebra o silêncio. Reprimo um grito. Um tiro. Brados. Mais tiros.

Jean-Luc levanta-se de um salto, pega Samuel. Ficamos agachados atrás da rocha. O bebê chora. Jean-Luc debruça-se sobre ele, abafa o som.

Então vemos Florentino correr até nós, ofegante.

— *Allez! Allez!* Já!

Pegamos as sacolas e corremos, tropeçando nas pedras, escorregando nas placas de ardósia. Ainda bem que Florentino nos disse para dormirmos com as sandálias calçadas. Sinto Jean-Luc a meu lado, a respiração pesada. Minha cabeça está girando, o chão rodopia debaixo dos meus pés. Aciono todas as minhas forças para seguir em frente.

— Parem! — diz Florentino em voz baixa, apontando para uma árvore grossa. Ele se curva e aponta para as costas. Quer que subamos nele para escalar a árvore.

Tiro Samuel dos braços de Jean-Luc.

— Vai você na frente, e depois eu passo Samuel para você.

Não pense, digo comigo. *Aja.*

Jean-Luc sobe nas largas costas do nosso guia e iça-se para um dos galhos mais baixos. Faço o mesmo, e Florentino endireita-se um pouco para que eu possa entregar o bebê a Jean-Luc. Então agarro-me ao mesmo galho e subo na árvore. Num instante, Florentino está junto de nós. Não consigo entender como ele conseguiu, com um corpanzil daqueles.

Samuel choraminga e Jean-Luc lhe dá um dedo para chupar. Graças a Deus, ele se cala. Não duvido por um segundo do que Florentino seria capaz se a situação o obrigasse.

Ouço passos pesados a distância. Prendo a respiração, fico imóvel na árvore, fingindo que faço parte dela.

O som dos passos enfraquece. Podemos ousar pensar que se afastam?

Esperamos mais meia hora, minhas articulações já rígidas e entorpecidas, mas não me permito um movimento enquanto Florentino não dá a ordem.

— Para baixo! *Allez!* — murmura por entre os ramos. — Eles estão atrás de outro grupo.

Desço da árvore. Meu tornozelo fica preso num galho e caio para trás. A pancada corta minha respiração. Eu me viro e vomito. O chão roda diante dos meus olhos. De bruços na poeira, meu corpo pede para dormir.

Sinto os braços de Jean-Luc ao meu redor, me ajudando a levantar, mas minhas pernas estão uma geleia. Escorrego e deslizo sobre ele.

— Charlotte. — Ouço murmurar o meu nome, mas a voz parece vir de muito longe. — Charlotte, precisa se levantar.

— Vai você — ouço-me responder, sentindo os joelhos se dobrarem debaixo de mim. — Leve Samuel. Deixe-me aqui.

Mas os braços dele me apertam com força.

— Não vou deixar você aqui de jeito nenhum. — Ele enterra o rosto nos meus cabelos. — Não vou sem você.

Suas palavras me fazem querer chorar. Meu corpo exausto só quer se render, mas tenho de continuar. Devo continuar! Não posso desistir! Com as pernas trêmulas, eu me obrigo a ficar de pé, e com o braço de Jean-Luc me amparando, avançamos aos tropeções na escuridão. Não demoro a perceber que nenhum de nós dois carrega Samuel. É Florentino, cinco passos à nossa frente, que o leva. O *passeur* pertence a estas montanhas, que são duras, implacáveis e resistentes, como ele. Mas as montanhas não nos conhecem. Somos intrusos.

Chegamos a um riacho, onde paramos por alguns instantes para beber água. O sol começa a se erguer acima das árvores. Samuel, talvez sentindo o nascer de um novo dia, começa a chorar. Sim, é hora do café da manhã.

— Podemos dar a mamadeira a ele? — pergunto a Florentino.

Ele permite.

— Não se esqueçam do conhaque.

Vejo Jean-Luc acrescentar algumas gotas da bebida ao leite antes de pegar Samuel no colo. Eu não me oporia a um pequeno gole. Meus nervos estão à flor da pele.

Enquanto caminhamos, Florentino carrega mais uma vez Samuel, e ouço o rio antes de vê-lo. Então, por entre as árvores, vislumbro lampejos de azul. A corrente é rápida. Engulo o medo que me cresce na garganta. Talvez possamos passar a ponte, mas nos disseram que ela costuma ter guardas; ela deve ser usada apenas como último recurso, caso o rio esteja cheio.

Caminhamos pela margem à procura de um bom lugar para atravessar. Meus pés escorregam e deslizam na terra ensopada enquanto tento acompanhar o ritmo.

Após cerca de vinte minutos, Florentino estaca.

— Não — murmura.

Olhamos para ele, confusos.

— É muito perigoso. Não podemos atravessar hoje.
— O quê?
As palavras me saltam da boca como uma acusação.
— É perigoso demais — repete ele.

O que devemos fazer agora? Voltar para trás? Nós o contratamos porque ele podia lidar com o perigo, e agora está com medo! Temos de continuar. A ideia de voltar me assusta mais do que o rio.

— Por favor.

Pouso a mão no braço dele, suplicando-lhe com os olhos.

— Hoje não. — Faz uma pausa. — Quando estiver escuro. Esta noite. Vamos esperar pela noite.

CAPÍTULO 44

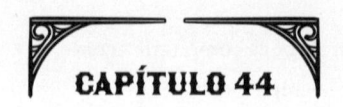

O Sul 3 de junho de 1944

CHARLOTTE

Talvez, afinal, Florentino tenha razão e seja melhor esperar pela noite para atravessar o rio. É a parte mais perigosa, e assim vamos ter tempo para nos recuperar antes de tentar a aventura.

Caminhamos por mais uma hora, e então o nosso guia aponta para um grande rochedo um pouco afastado da margem do rio, e nos acomodamos atrás dele. Deixo escapar um suspiro de alívio, grata por poder descansar um pouco, embora um de nós tenha de ficar acordado, de vigia. A ideia de adormecer quando for o meu turno me aterroriza; estou tão exausta que quase adormeci de pé enquanto caminhávamos. Por isso, quando chega a minha vez, certifico-me de que é hora de dar a mamadeira a Samuel. Já peguei o jeito dele, e gosto de vê-lo mamar, os olhos sonolentos enquanto abre e fecha os pequenos punhos como se procurasse algo para agarrar. Ofereço-lhe o dedo mindinho e ele o segura no mesmo instante, apegado a mim como se tivesse medo que eu desapareça. Sua necessidade por mim me toca o coração, me enche do impulso de satisfazê-la.

— Não se preocupe — sussurro. — Não vou deixar você.

Ele agita as pernas enquanto mama. Pego seu pé e o levo aos lábios.

À tarde, descemos até o rio, atentos a possíveis soldados de patrulha. Não me atrevo a olhar para a água que passa veloz e lança centelhas de medo por todo o meu corpo, fazendo meu coração disparar, e então abrandar, e depois acelerar de novo. Já nem sequer podemos sussurrar uns aos outros; o rio abafa qualquer outro som.

Depois de um leve jantar de nozes e queijo, esperamos pelo crepúsculo. Descalçamos as sandálias e as enfiamos na mochila de Jean-Luc. Pego Samuel, que está outra vez acordado e espreita ao redor com olhos desfocados, como se pressentisse o perigo.

— Firmem bem os pés. A correnteza é forte — diz Florentino, olhando para mim.

Quase faço uma careta para ele, mas contenho o impulso e volto-me para Jean-Luc.

— Você se importa de verificar se a fronha está bem presa aí atrás?

Pela terceira vez, Jean-Luc se certifica de que a fronha está bem atada e ajustada em seu comprimento, segurando com firmeza Samuel contra o meu peito.

— Está. Não tem como ele se desprender.

Florentino se abaixa para dobrar a barra das calças e entrar na água. Quando encontra um apoio seguro, estende a mão para mim, mas eu mal consigo vê-la na luz que esmorece. Respiro fundo e ponho um pé no rio, apertando Samuel contra o peito com uma mão e esticando a outra para Florentino. A água gelada me faz arquejar e a corrente puxa minhas pernas, querendo me levar. Aperto Samuel com mais força, meu estômago se encolhendo de medo, agora aterrorizada pela ideia de que o nó da fronha possa estar frouxo. Mas o meu braço não tem comprimento o suficiente. Não consigo alcançar a mão de Florentino.

— *Allez!*

Firmo o pé atrás de uma pequena rocha e puxo o outro para o rio, as pernas trêmulas pelo esforço. Estico mais o braço. Ainda está muito longe.

— Dê Samuel para mim.

De súbito, Jean-Luc está a meu lado, a mão pousada em meu ombro. Mas tínhamos combinado que eu levaria Samuel, por causa da perna dele. De qualquer maneira, não me atreveria a lhe entregar o bebê naquela corrente.

— Eu consigo!

Estendo a mão de novo para Florentino, mas ele está muito longe. É impossível. Estou presa ali. Se eu levantar o pé para me aproximar dele, a força do rio vai me levar. E no entanto, não tenho alternativa.

Levanto o pé. De súbito estou caindo para a frente, completamente desequilibrada. Agarro-me à rocha mais próxima. Samuel grita uma vez. E outra. Ouço Florentino gritar.

— Levante-se!

Segurando Samuel com uma das mãos, ignorando os seus gritos, endireito-me, enterro os pés no leito do rio, as pernas tremendo sem controle. Estendo mais uma vez a mão para Florentino. Desta vez roço-lhe os dedos. No mesmo instante, ele me agarra o pulso e me puxa para si.

— Cale a boca desse bebê! Agarre a mão de Jean-Luc!

Samuel chora cada vez mais alto, mas o rio leva para longe o seu choro. A compreensão do que tenho de fazer me atinge como um soco no estômago — tenho de tirar a mão de Samuel para poder puxar Jean-Luc para mim. Sei que a fronha estava bem apertada, mas... e se ela se soltar com o esforço daquele único passo? Ah, por que é que Florentino me colocou no meio com o bebê? Ele é que devia ter levado Samuel. O ódio pelo nosso guia me lateja nas veias. Fecho os olhos.

— Agora! Vai de uma vez! — grita Florentino acima do rugido da corrente.

— Charlotte — diz Jean-Luc. — Samuel está seguro! Me dê a sua mão!

Mas a minha mão se recusa a largar o bebê.

Jean-Luc enterra a bengala no leito do rio e começa a avançar. Impotente, vejo como o esforço lhe faz tremer os braços e as pernas. Ele dá um grande passo, esticando a mão para tentar chegar à minha. Por um segundo, minha mão solta Samuel e se estende para alcançar a dele, agarrando-a com força.

Sem aviso, Florentino puxa o meu outro braço. Tropeçando nas rochas escorregadias, salto para a frente outra vez. A fronha com Samuel sobe até o meu queixo. Eu grito.

— Dê-me o bebê! — berra Florentino. — Já!

Não consigo. A fúria dele me aterroriza. Penso que quer atirar Samuel no rio. Mas a sua mão enorme já se estende para ele.

— Agora!

Enquanto ainda me debato com a fronha, ele me arranca o bebê agarrando-o por um braço, como se estivesse segurando um coelho pelas orelhas.

Grito. Então, engolindo as lágrimas, continuo caminhando de lado pelo rio, Florentino me puxando de um lado, eu puxando Jean-Luc do outro. Quando por fim chegamos à margem oposta, deixo-me cair no chão, tremendo de maneira descontrolada.

Florentino coloca em meus braços o bebê chorando.

— Tivemos muita sorte. Eu disse nada de bebês.

Aproximo o rosto de Samuel, tentando abafar seu choro. Mas ele está encharcado e grita de terror. Aperto-o com força, embalo-o de um lado para o outro sobre os joelhos. Vamos acabar morrendo neste maldito rio! Então sinto uma mão em meu ombro.

— Estamos na Espanha, Charlotte! — Ouço o tremor na voz de Jean-Luc quando ele começa a chorar. — Estamos na Espanha!

Ele cai a meu lado, seu braço envolve a mim e a Samuel. Soluçamos juntos, unidos num apertado nó. E então rimos – um riso histérico.

Sinto Florentino me puxar, colocando-me de pé. Ele pega Samuel, não com violência como da outra vez, mas gentilmente, segurando-o pelo meio do corpo. Enquanto o observo, tenho uma vaga consciência de Jean-Luc remexendo a mochila à procura de roupa seca. Já Florentino está arrancando os trapos molhados que envolvem o bebê. Abre o casaco e, à luz da lua, vejo o seu peito peludo quando enfia Samuel pela abertura e volta a abotoar o casaco. O choro do bebê é abafado, mas percebo que começa a diminuir.

— Prepare a mamadeira! — digo a Jean-Luc, que já está acrescentando algumas gotas de conhaque ao leite.

Florentino estica a mão para ele e coloca a mamadeira, por baixo do casaco, na boca de Samuel. E logo estamos outra vez de pé, correndo por entre as árvores. Florentino, ainda segurando Samuel, puxa-me através da escuridão, e eu puxo Jean-Luc.

Perco a noção do tempo enquanto nos movemos às cegas pela noite. Cada estalido de um galho, cada ruído de um animal que se afasta do nosso caminho faz meu coração dar um salto no peito. Então estamos descendo a encosta, e fica mais fácil. Por fim, o Florentino para.

— Lá. Veem a luz?

Perscruto a escuridão, mas não vejo nada. Então distingo um pequeno clarão, que parece se tornar mais luminoso quanto mais olho para ele.

Uma risada me invade. Não consigo controlar.

— Charlotte, shhhh.

Jean-Luc aperta minha mão, mas eu ainda estou rindo enquanto avançamos, meio correndo, meio tropeçando, em direção a casa.

Caio nos braços da mulher que nos abre a porta. Depois é tudo confuso. Tenho apenas uma vaga consciência de um cobertor sendo colocado sobre meus ombros. Depois nada. Um abençoado nada.

QUARTA PARTE

CAPÍTULO 45

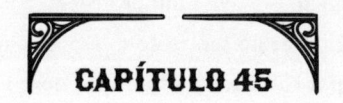

Santa Cruz, 10 de julho de 1953

JEAN-LUC

— Senhor Bow-Champ, temos razões para acreditar que Samuel não é seu filho.

Jean-Luc não consegue se mover, não consegue respirar.

— Ela está viva? — sussurra, mais para si do que para qualquer outra pessoa. Não pode ser verdade. Ninguém sobreviveu.

Estão olhando para ele. Bradley assente com a cabeça, mas ninguém fala.

— Como... como foi possível? Vocês têm certeza de que é ela?

— Admite, então. Samuel não é seu filho?

— O quê? Sim. Não.

— Você está preso por sequestro. Tudo o...

Deve ter ouvido mal. Sua cabeça está girando.

— Sequestro?

— Sim. — O agente mais alto o observa com um olhar frio. — Tem o direito de ficar calado, mas tudo o que disser poderá ser usado contra você no tribunal.

— Sequestro?

Ele se agarra às laterais da cadeira. Ninguém responde. Continuam olhando para ele.

— Mas eu não o sequestrei! Entenderam tudo errado. Ele teria morrido se eu não tivesse ficado com ele.

Sequestro? A palavra dá voltas em sua cabeça. Precisa fazê-los compreender que não foi nada disso.

— Quero um advogado — diz.

— Quer? — O agente dá um sorriso irônico. — O que mais tem a esconder de nós, senhor Bow-Champ?

— Nada. — Compreende pela primeira vez que aquilo é verdade. Não tem mais nada a esconder. Por um instante, sente-se aliviado. — Não tenho nada a esconder. — Ele se ajeita na cadeira. — Estava só tentando proteger Sam.

— É mesmo? — O olhar de deboche volta ao semblante do agente. Espirais de fumaça de cigarro sobem no ar. — Tentando proteger o garoto da mãe? Tudo que ela tinha a seu respeito era a cicatriz no seu rosto e essa mão deformada. Mas ela nunca desistiu. Está procurando por ele durante os últimos nove anos.

Como é possível? Quando viu as horríveis fotografias que chegaram dos campos, descartou de imediato qualquer possibilidade de ela ter sobrevivido. Das dezenas de milhares de pessoas que tinham sido enviadas para lá, só duas mil e quinhentas voltaram. Não, é impossível. Auschwitz era um campo de extermínio e ninguém sobrevivia mais do que uns poucos meses. Se não eram assassinados na chegada, os prisioneiros trabalhavam até morrer de fome. Como aquela mulher de ar frágil, que jogara o próprio filho em seus braços, podia ter sobrevivido?

— Procurou a mãe de Samuel depois da guerra? — pergunta Bradley, exalando uma nuvem de fumaça.

Jean-Luc balança a cabeça num gesto quase imperceptível. Olha para as paredes cinzentas, para a lâmpada fluorescente que zumbe em seus ouvidos.

— Suspeitei que não. E por que não o fez?

— Nunca imaginei que ela estivesse viva.

Sua voz sai sem força. O choque arrancou o ar de seus pulmões.

— Mesmo assim, poderia ter procurado. Depois de tudo o que ela passou, era sua obrigação.

Jean-Luc desvia o olhar, ainda incapaz de compreender como ela pôde ter sobrevivido.

Como se lesse os pensamentos dele, Bradley continua:

— Estavam em um dos últimos trens para Auschwitz, em maio, uma semana antes do desembarque do Dia D.

Por um instante, o silêncio paira entre eles. Jean-Luc sabe que tudo o que disser agora vai parecer horrivelmente superficial.

— Os pais sobreviveram a sete meses de inferno em Auschwitz. Depois enfrentaram dezoito dias de caminhada no meio de gelo e neve até estarem seguros. Dezoito dias sem nada para comer, exceto neve. Claro que muitos morreram, mas o senhor e a senhora Laffitte não. Sabe o que os manteve vivos?

Jean-Luc olha para ele de olhos arregalados. Ele sabe.

— Sim, o pensamento de se juntarem ao filho.

Bradley apaga o cigarro, esmaga-o no cinzeiro de alumínio.

— Falou com eles?

— Sim. Falei com eles.

Jean-Luc quer perguntar em que língua. Como pode ter certeza de que são mesmo eles?

Mais uma vez, Bradley parece ter a capacidade de ler seus pensamentos.

— Falei com a senhora Laffitte pelo telefone, em francês.

Jean-Luc franze a testa.

— Não é o único que sabe falar francês, senhor Beauchamp. Sou judeu francês, do lado da minha mãe. Saímos da França em 1939, começamos de novo.

De pé atrás de Bradley, os agentes se entreolham.

— Como eles estão? — pergunta Jean-Luc. Parece trivial, mas não é. Quer saber.

— Os pais de Samuel? Muito melhor agora.

Bradley bate com a caneta no tampo da mesa. Então tira outro cigarro do bolso da camisa, acende-o e inala o fumo. Para surpresa de Jean-Luc, estende-lhe o maço aberto.

Jean-Luc balança a cabeça, perguntando-se por que razão ele está lhe oferecendo um cigarro agora. O gesto o aborrece.

— Sim — continua Bradley. — A senhora Laffitte chorou de alegria quando lhe dei as boas notícias. Disse que sempre soube que o filho estava vivo, disse que sentia isso no sangue.

Jean-Luc gostaria de ter aceitado o cigarro. Embora não fume, isso deixaria suas mãos ocupadas. Sua respiração está acelerada e sente o suor juntar-se ao longo do couro cabeludo. Ele sabe o que virá a seguir. Sente isso.

— Ela disse que sabia que um dia voltaria a estar com o filho. Acho que só não imaginou quanto tempo ia demorar. — Bradley sopra a fumaça, vendo-a subir em espiral. — Mas agora esse dia chegou.

Por favor, não! O abismo de medo no estômago de Jean-Luc cresce ainda mais.

— Querem o filho de volta.

Jean-Luc engole a bile que lhe sobe à garganta. Precisa manter o controle. Não pode deixá-los fazer isso.

— Mas... agora Sam vive aqui. Esta é a sua casa.

— Entrou ilegalmente nos Estados Unidos com um bebê que tirou dos pais na França.

— Mas não foi nada disso. Não arranquei o bebê dos braços dela. Ela me deu.

— Deu a você? — Bradley ergue uma sobrancelha. — Ou lhe confiou a guarda até que a guerra terminasse?

— O que vai acontecer com Sam?

É a única coisa que importa.

— Os franceses querem que você seja extraditado. Eles vão decidir o que fazer com você e com o menino. Contra a nossa opinião, a senhora Laffitte pediu que

Samuel fique com a sua esposa até que o assunto tenha sido resolvido. Ela não quer traumatizá-lo mais do que o necessário. Tem consultado um psicólogo ou um psiquiatra. Ela tem de verdade as melhores intenções em relação à criança.

CAPÍTULO 46

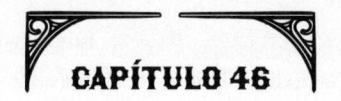

Santa Cruz, 10 de julho de 1953

CHARLOTTE

A CAMPAINHA DA PORTA INTERROMPE MEU SONHO, CORTANDO-O EM PEDAÇOS, E AS imagens dos meus pais se evaporam quando me lembro de que estou nos Estados Unidos. É curioso como os meus sonhos me levam para o passado, como se eu fosse criança outra vez. Deixam-me desorientada, e demoro algum tempo a me reajustar à realidade. Estendo a mão, tateando o lugar a meu lado. Jean-Luc não está lá. Deve ter se levantado cedo outra vez.

— Mamãe — grita Sam. — A campainha.

— Pode ver quem é? Ainda não estou vestida.

Talvez seja mais tarde do que penso. Viro-me para ver as horas: são sete e meia. Será o carteiro?

A voz de Marge ecoa pela casa.

— Olá, Sam. Sua mãe está?

O que será que ela quer a esta hora da manhã? Afasto o lençol, visto o roupão e desço a escada.

— Olá, Marge — cumprimento, do último degrau.

Ela parece corada, como se tivesse corrido. Usa o seu leve vestido laranja, que não combina bem com o rubor das faces. Percebo que está esperando que Sam suba a escada.

— Charlie. — O tom é preocupado. — Está tudo bem? Vimos o carro da polícia.

— O quê?

Meu coração para de bater.

— O carro da polícia, esta manhã.

Agarro o corrimão. Sinto-me como se estivesse caindo de uma grande altura. Aperto melhor o cinto do roupão e me obrigo a ficar ereta.

— Charlie, está tudo bem?

Ela dá um passo em minha direção.

— Acho que me levantei muito rápido. Estou ótima.

Levanto a mão. *Não se aproxime mais.* Minhas pernas estão se transformando em pó. Caio sentada no degrau.

O rosto de Marge parece aumentar. Ela se senta a meu lado, mas a escada é estreita e eu sinto a sua carne através do roupão. O perfume adocicado que usa me assalta as narinas e me causa náuseas.

— O que está acontecendo, Charlie?

Não consigo formar palavras. Há uma represa em minha cabeça, prestes a rebentar.

— Não... não sei o que o carro da polícia estava fazendo aqui, Marge. Não sei. É melhor eu ir me vestir.

Mas Marge não se mexe.

— Sabe que pode falar comigo. Somos amigas.

— Estou bem — murmuro com os dentes cerrados. — Ligo para você mais tarde.

Ela pousa a mão em meu ombro.

— Charlie, você tem andado distante nestas últimas semanas. Posso ver que há alguma coisa perturbando você.

Balanço a cabeça, tentando tornar a voz despreocupada.

— Está tudo bem.

— Ora, vamos. É claro que não está. Você sabe que compartilhar um problema é meio caminho andado para achar a solução.

Só preciso que ela vá embora. Preciso pensar. Fico de pé, dirijo-me à porta da frente e a abro.

Ela ergue para mim os olhos arregalados de incredulidade.

— Bem, você sabe onde me encontrar se precisar de mim.

Lança-me um último olhar carregado antes de sair.

Vejo, através do vidro fumê, sua forma distorcida se afastando. Volto para a escada e me apoio no corrimão. A polícia levou meu marido. Sabem a verdade.

O toque do telefone me explode nos ouvidos. *Ah, Deus, por favor, que seja Jean-Luc dizendo que está voltando para casa, que foi apenas um engano.* Pego o fone.

— Alô?

— Charlotte.

— Jean-Luc. Onde está?

Ouço-o tentar formar palavras, balbuciando.

— Jean-Luc?

— Os pais de Sam estão vivos.

— O quê? O que está dizendo?

Aperto o telefone contra o ouvido, incapaz de encontrar um sentido no que ouvi.

— Charlotte, os dois sobreviveram.

— O quê? Mas... mas como? Não pode ser verdade.

Deixo cair o fone. Minhas mãos estão trêmulas, o corpo inteiro dominado por um tremor horrível. Ouço a voz dele do outro lado da linha, mas não sou capaz de pegar o telefone do chão.

CAPÍTULO 47

Paris, 30 de maio de 1944

SARAH

— Por favor, Deus, não! Por favor, não!

Sarah tapou os ouvidos e fechou os olhos, balançando a cabeça de um lado para o outro, soluçando as palavras. O que ela tinha feito? Não era possível. Que espécie de mãe faria uma coisa daquelas? Teria perdido o juízo? Não havia parado para pensar naquilo. Vira o homem olhando horrorizado para eles e soubera que ele não fazia parte daquilo, mas também não era um prisioneiro. Era um trabalhador ferroviário. Um homem decente, percebeu. Caso contrário, nunca lhe teria dado o bebê. Não, nunca o teria dado a qualquer um. Olhara-o nos olhos e vira que era um homem bondoso. David compreenderia. Não tivera alternativa. Agora precisava procurar David. Tinham separado os dois em Drancy, e ela não conseguira encontrá-lo quando foram empurrados para os ônibus, nem na estação. Tinha de contar a ele o que fez. David ficaria agradecido pelo filho não estar naquele vagão de gado.

O trem começou a avançar. Alguém lhe deu uma cotovelada nas costelas. Os gritos subiram de tom. "*Fermez vos gueules!* Calem-se!", berrou uma voz. "Agora é tarde demais!"

Tarde demais. Ela fez o que fez. Ele foi embora. Seus braços estavam vazios, não passava de um corpo oco. Entorpecido. Ia ficar entorpecida. O entorpecimento a protegeria. A carcaça do seu corpo estava no vagão de gado, mas o seu coração e a sua alma estariam sempre com Samuel. E encontraria o caminho de volta até ele, prometeu isso a si mesma.

— Sarah, é você?

Uma mão puxou sua manga.

Relutante, ela se virou e viu um rosto conhecido que não conseguiu identificar.

— Sou eu, Madeleine. Da escola.

— Madeleine Goldman.

Ao dizer o nome da mulher, Sarah foi arrancada da apatia em que mergulhara, trazida de volta ao presente.

Madeleine pegou-lhe na mão, com lágrimas nos olhos.

— Para onde estão nos levando?

— Não sei.

— Já levaram o meu marido. — Madeleine agarrou a outra mão de Sarah, e apertou-a com força. — Espero que nos levem para o mesmo lugar. — Olhou Sarah nos olhos. — Graças a Deus não temos filhos.

O coração de Sarah parou de bater, palavras não ditas formaram nós em sua garganta. Como ela podia dizer uma coisa daquelas? Como podia saber?

Libertou a mão do aperto de Madeleine, o coração se encolhendo numa pequena bola. Não conseguia respirar. Sua garganta parecia bloqueada. Então a respiração voltou numa lufada. Soluçou uma vez, e depois outra, dolorosamente, como se os soluços fossem arrancados de seu útero. Madeleine envolveu-a nos braços em um aperto.

Ficaram assim horas seguidas, enquanto o trem avançava pelos trilhos. Madeleine não parava de falar, a respeito da guerra, do desaparecimento de familiares e amigos, de para onde poderiam estar indo. Mas Sarah só conseguia pensar em Samuel. Onde estaria agora? Eles o teriam alimentado? Estaria chorando por ela? Seu medo, sua fome, a sede ardente nada significavam para ela. Era capaz de suportá-los, ia suportá-los. Mas Samuel... tão pequeno, tão inocente. Pensar que podia estar sofrendo lhe cortava o coração.

Uma mulher perto delas gemeu baixinho enquanto o filho pequeno agarrava suas saias. Um homem rezava, alguns choravam, alguns estavam silenciosos. As pessoas começaram a se aliviar no balde colocado num canto do vagão cujo conteúdo já começava a transbordar, mal absorvido pela palha espalhada no chão. O cheiro de urina, fezes e suor rançoso agarrava-se ao fundo da garganta de Sarah. Escondeu a cabeça no ombro de Madeleine, desesperada para se aliviar também, mas incapaz de o fazer diante de toda aquela gente.

— Quando vão nos deixar sair? — murmurou Madeleine em seu ouvido.

Só havia espaço para umas poucas pessoas se sentarem, e ao fim de longas horas a cabeça de Sarah girava e seus joelhos pareciam grudados. Então alguém lhe tocou nas costas.

— É a vez de vocês se sentarem.

Não reparara que tinham sido estabelecidos turnos – podiam se sentar dez pessoas de cada vez. Deixou-se cair aos poucos no chão, dobrando com cuidado os membros rígidos. Tinha os seios empedrados e doloridos, e aproveitou a oportunidade para massageá-los, o que fez escorrer um pouco de leite. O leite de Samuel. Fechou os olhos com força, recusando-se a deixar correr as lágrimas, pedindo a Deus em silêncio que outra pessoa estivesse alimentando o seu filho naquele momento.

Quando voltou a abrir os olhos, reparou que Madeleine estava olhando para as manchas úmidas em sua blusa de linho. Eram quase invisíveis na penumbra do vagão de gado sem janelas.

— Peço desculpas. — A voz de Madeleine tremeu. — Você tem um bebê?

Sarah ficou grata por ela ter falado no presente. Isso lhe dava esperança. Falou devagar, com deliberação, cada palavra era uma pontada de dor.

— Samuel. Tem um mês.

Madeleine lhe apertou a mão.

— Eu o entreguei a uma pessoa. Para salvá-lo.

— Fez bem. Dá para imaginar amamentar uma criança aqui? Até nós já estamos desidratadas.

— Tenho que dar um jeito de avisar meu marido, o David. Ele está aqui, em algum lugar.

— Vamos escrever uma mensagem e entregá-la a um dos homens, para que a passe. — Madeleine fez uma pausa. — Eles não vão deixar os homens e as mulheres ficarem juntos, vão?

Sarah balançou a cabeça, sabendo que seriam separados.

Madeleine deu uma explicação:

— Vão dar aos homens um trabalho diferente. — Madeleine continuou: — Vai ser mais duro para eles. Provavelmente ficaremos nas cozinhas. Deve ser um grande campo, talvez uma mina.

Sarah assentiu.

Madeleine tirou do bolso da camisa um pequeno bloco de notas e uma caneta.

— Escreva letras pequeninas, para ser mais fácil de esconder. Nunca se sabe.

Mas elas sabiam. Sabiam que iam a caminho de um lugar horrível, que seriam tratadas com crueldade, que podiam até morrer nesse lugar. Sabiam, mas continuavam se agarrando àquele tênue fio de esperança.

Sarah escreveu em letras minúsculas, cuidadosas: "O nosso filho está a salvo. Eu o entreguei a um trabalhador ferroviário francês. Sei que tomará conta dele. Mantenha-se vivo para que possamos encontrá-lo de novo. Sua mulher que te ama". Nada de nomes. Era mais fácil assim. Dobrou o papel num pequeno quadrado e guardou-o no bolso das calças até decidir a que homem podia confiá-lo.

O vagão estava silencioso, os lamentos, choros e perguntas sem resposta tinham se extinguido. Com a boca seca e o estômago vazio, os prisioneiros tinham se calado. Madeleine e Sarah estavam abraçadas. Uma jovem, batendo os dentes de medo, aproximou-se delas, e, sem dizer uma palavra, Madeleine estendeu um braço e puxou-a para as duas.

— Como é seu nome?

— Cecile — murmurou a garota.

— Onde está a sua mãe?

— Foi levada no ano passado.

O coração de Sarah estremeceu ao ver aquela criança sem mãe. Agarrou a mão de Cecile.

— Nós cuidaremos de você.

Sempre que o trem parava, todos eles gritavam, pedindo água, mas nunca lhes davam nada. Por fim, no segundo dia, eles receberam água morna para beber e ouviram vozes em polaco. Quando o trem voltou a arrancar, espreitaram pelas frestas entre as tábuas e viram uma paisagem plana, triste.

Na terceira noite, o trem parou e não voltou a se mover. Os prisioneiros esperaram em silêncio, aterrorizados, mortos de fome e exaustos. Então as portas foram abertas para os lados.

— *Schnell! Schnell!* Saiam, animais imundos! Fora!

Desceram do vagão aos tropeções, agarrados uns aos outros para se apoiarem. Holofotes foram acesos, cegando-os. Cães rosnavam, mostrando dentes que pareciam adagas, puxando pelas coleiras para alcançarem os prisioneiros. Os SS empunhavam cassetetes e chicotes, e no meio deles havia algumas mulheres, com longas capas negras com capuzes e botas altas de couro preto.

— Homens para a esquerda! Mulheres para a direita!

Sarah agarrou com força a sua mensagem, à procura de alguém a quem a entregar. Escolheu o homem mais próximo e a enfiou em sua mão.

— Por favor, entregue isso a David Laffitte.

— Filas de cinco! Já!

Um cassetete atingiu a cabeça de uma mulher ao lado de Sarah. Num gesto instintivo, Sarah agarrou-a, segurando-a antes que caísse no chão.

Exaustas, paralisadas pelo medo e rígidas ao fim de três dias amontoadas num vagão de gado, formaram filas de cinco, umas atrás das outras. Sarah perscrutou o grupo dos homens à procura de David, mas não o viu.

— *Schnell! Schnell!*

Soou um tiro e o baque de um corpo caindo no chão ecoou na cabeça de Sarah. Não foi capaz de olhar. Agarrou-se a Madeleine e Cecile, as três unidas por aquela loucura.

— Você, quantos anos tem?

O homem que apontava um cassetete para Cecile era um prisioneiro, vestia calças e casaco listrados.

— Treze — respondeu ela.

— Não tem nada. Tem dezoito.

— Mas tenho treze!

— Morrerá se tiver treze. — Numa voz mais baixa, acrescentou: — Diga que tem dezoito.

E afastou-se ao longo da fila. Um outro prisioneiro ocupou-lhe o lugar, gritando com elas.

— Não sabiam? Em 1944, não sabiam! Por que vieram para cá? Deveriam ter se matado em vez de virem para cá. — Apontou para as nuvens negras de fumaça que se destacavam contra um céu apenas um tom mais claro. — É ali que vão acabar. No crematório.

Madeleine se virou para o lado e vomitou. De súbito, Sarah soube de onde vinha aquele cheiro horrível. Agora não havia dúvidas em sua alma. Tinha feito o que devia quando entregara o filho.

Eles haviam chegado ao inferno.

CAPÍTULO 48

Auschwitz, novembro de 1944

SARAH

Só a esperança de encontrar o filho outra vez a manteve viva em Auschwitz, ainda que, sem o seu unido grupo de amigas, o mais provável fosse ter sido impossível sobreviver.

Quando, na terceira semana, estavam na fila para a sopa rala do meio-dia, uma mulher que não conhecia se aproximou dela.

— Pegue isso — murmurou, e enfiou-lhe na mão um pedaço de pão duro. — Tem uma coisa dentro.

Cheia de medo de ser pega, Sarah saiu da fila, olhando ao redor para se certificar de que ninguém a via. Só Madeleine, um pouco mais atrás na fila, tinha reparado, e Sarah sentiu os olhos da amiga em suas costas enquanto se afastava. Ali, o único lugar para guardar qualquer segredo era o coração de cada um. Eles tinham maneiras de extrair informação. Gritos aterrorizantes trespassavam muitas vezes as noites escuras e vazias.

Um arrepio desceu-lhe pela coluna quando se debruçou sobre o pedaço de pão. A ponta de um pedaço de papel mal se entrevia.

Não querendo desperdiçar alimento precioso, chupou o pão bolorento até conseguir extrair o papel com facilidade. Semicerrou os olhos para ler: "Amor da minha vida, você fez o que devia. É corajosa e leal. Mantenha-se viva. Vamos encontrar nosso filho novamente".

As lágrimas caíram no papel, borrando as palavras. Sarah perguntou-se o que ele teve de fazer em troca de um favor tão perigoso. Voltou a enfiar o papel úmido no pão e comeu-o devagar. Agora David estava com ela. Ela o levaria de um lado para o outro e ele a alimentaria melhor do que qualquer comida seria capaz. *Vou sobreviver. Vou superar isto*, murmurou para si.

De súbito, Madeleine estava a seu lado.

— O que está fazendo? — perguntou, de testa franzida. — Não quer a sopa? — Levantou a colher e deixou o líquido aguado voltar a cair na tigela. — É creme de legumes outra vez. — O sorriso irônico não lhe chegou aos olhos. — Você não perdeu sua colher, não é?

— Não.

Sarah levantou a blusa e mostrou a colher, atada a um velho pedaço de barbante. Teve de poupar o pão de dois dias para conseguir aquele pequeno instrumento de metal, mas valera a pena. Não era possível comer a sopa sem uma colher.

— Está doente?

Madeleine estendeu a mão para lhe tocar na testa.

— Não. Vou agora buscar a sopa.

Afastou-se, apressada, com receio de ficar tentada a falar com ela sobre a mensagem. Não que não confiasse na amiga. Confiava. Mas sabia que eles eram capazes de fazer coisas a uma pessoa que a levavam a trair até os entes mais queridos.

O sol brilhou forte e quente durante os longos dias de verão, como se zombasse da infelicidade deles. A sede era intolerável. Sarah sentia as mandíbulas presas e os dentes como se estivessem colados à parte interna das bochechas. A sede podia enlouquecer uma pessoa, e tornou-se uma obsessão para ela. Sonhava com água, ansiava por ela noite e dia, pagaria o que quer que fosse para consegui-la. Num dia particularmente quente, conseguiu trocar um pedaço de pão que tinha poupado por um balde de água. Mergulhou a cabeça no balde e bebeu tudo. Depois disso, sentiu-se melhor e a obsessão desapareceu.

Não era possível sobreviver sozinha, não quando uma coisa tão trivial como perder os sapatos significava ser enviada diretamente para a câmara de gás; afinal, era mais fácil substituir mulheres do que sapatos. Sarah tinha um grupo muito unido de amigas, Madeleine, Simone – que Madeleine conhecia do seu antigo bairro – e a garota do trem, Cecile. Apoiavam-se umas às outras, e as mulheres mais velhas cuidavam de Cecile, sobretudo durante as intermináveis chamadas. Eram muitas vezes acordadas às três da manhã e obrigadas a ficar de pé do lado de fora, mas a contagem só começava ao amanhecer. Quando uma delas caía, fraca demais para se manter de pé, as outras se juntavam à sua volta para segurá-la. Quando por fim marchavam para o trabalho, havia sempre corpos espalhados pelo chão. As que caíam eram mortas a tiros, se já não estivessem mortas. Sarah fechava os olhos quando ouvia os tiros, mas nunca olhava para trás.

Depois da chamada, marchavam por duas horas através de campos pantanosos até um lugar onde lhes davam pás e carrinhos de mão sem rodas que tinham de ser enchidos e carregados até uma vala para serem despejados. Ao longo de todo o dia, com exceção de uma pequena pausa para a sopa rala ao meio-dia, elas cavavam, carregavam e despejavam. Era exaustivo, mas se alguém parava por um instante que fosse os guardas mandavam os cães lhe morderem os calcanhares, ou iam eles próprios desferir pancadas. Ao longo de todo o dia, tinham de suportar os choros e os gritos de dor, enquanto os guardas conversavam em grupos e até riam. No fim da jornada de trabalho, estavam febris, e algumas tinham caído para não mais se levantar. Mas Sarah e seu grupo de amigas procuravam sempre encontrar-se, apoiando-se umas às outras durante a longa marcha de volta, as mais fortes cantando A Marselhesa, as outras se juntando a elas se pudessem. Havia dias em que não cantavam.

Uma tarde, no caminho de volta, um grupo de prisioneiros passou na frente delas. Sarah estudou seus rostos, desesperada, à procura de David. Mas ele não estava ali. Um medo profundo arrebatou suas entranhas. E se ele morresse? Como poderia ela sobreviver?

Ao passar perto dela, um dos prisioneiros deixou cair alguma coisa a seus pés. Um par de meias. Pegou-as e as escondeu debaixo do vestido listrado. De novo no dormitório, tirou-as e um pedaço de papel caiu no chão. Continha apenas duas palavras: "Não desista". Parecia ser a letra de David, mas não tinha certeza. *Por favor, Deus*, rezou, *mantenha-o vivo*.

Ficou evidente desde o início que muitas mulheres iam morrer. Era degradante e chocante demais para que muitas delas suportassem. Até ir à latrina implicava um risco de vida, uma vez que significava caminhar no meio de excrementos e agachar-se na beira de uma longa vala aberta, tentando não cair lá dentro. Algumas não tinham força nem vontade para se adaptar àquele inferno, mas Sarah tinha. Embora seu corpo parecesse encolher, como se se alimentasse de si mesmo, e seus seios tivessem desaparecido, a determinação de encontrar Samuel lhe dava força onde outras desistiam.

Enquanto labutavam e lutavam pela vida dia a dia, o inverno foi chegando. Agora, se caíssem durante a chamada, mesmo que depois as levantassem do chão, isso ainda significava a morte. Não havia forma de trocar as roupas molhadas e enlameadas que congelavam em suas costas. A sorte de cada uma delas dependia das que estavam à sua volta, e o individualismo desapareceu. Era isso que permitia que continuassem. No limite da sobrevivência, chegavam a fazer coisas que nunca teriam acreditado serem capazes de fazer. A vida não era tanto uma questão de amizade. Era uma questão de solidariedade.

Sarah estava enfraquecendo. Surgiram em suas costas feridas abertas que estavam infeccionando. Simone era dentista dos guardas das SS e conseguia arranjar algumas peças de roupa extra e até medicamentos de um lugar a que deram o nome de "Canadá" – assim chamado porque imaginavam o Canadá como uma terra de abundância fabulosa. Ela lavava as feridas de Sarah com desinfetante, quando conseguia algum, mas nem mesmo assim elas curavam. Então, um dia, chegou ao barracão com boas notícias. Tinha conseguido um trabalho para Sarah na enfermaria, afugentando as ratazanas dos vivos e carregando os mortos para fora. As ratazanas prosperavam em Auschwitz, e algumas tinham atingido o tamanho de gatos. Ousavam até mostrar os dentes a Sarah quando ela brandia a pá para enxotá-las. A princípio, Sarah não conseguia olhar para elas e limitava-se a agitar a pá numa tentativa de dispersá-las, mas não demorou a ficar mais corajosa, e na segunda semana até matou uma, esmagando-lhe a cabeça quando, erguida sobre as patas traseiras, a enfrentava com um ar de desafio. O feito encheu-a de orgulho, a fez se sentir poderosa naquele mundo onde ela não tinha mais valor do que as ratazanas. Era a ratazana ou ela, e ela vencera.

Quando transportava os mortos para fora, prendia a respiração e fechava os olhos, mas mesmo assim tinha vontade de vomitar. Se ao menos pudesse tapá-los com um lençol, ou qualquer outra coisa, ajudaria um pouco, mas os corpos reduzidos a pele e ossos estavam nus quando os levava para a carreta. Como era capaz de fazer aquilo? Não deveria se recusar? Deixar que a enviassem para as câmaras de gás em vez de tratar os mortos com tanto desrespeito? Se não fosse pelo pensamento em Samuel, talvez o tivesse feito, mas agora tinha o dever de sobreviver.

O serviço na enfermaria salvou-a do trabalho do lado de fora durante os duros meses de inverno, e também lhe deu a oportunidade de roubar alguns suprimentos médicos. Se a pegassem, isso significaria a morte imediata, mas quando Cecile adoeceu, não lhe restou alternativa. A pobre criança ardia em febre e já não conseguia manter-se de pé durante a chamada. Tinham de juntar-se à sua volta para apoiá-la. Era provavelmente tifo, e só os antibióticos poderiam salvá-la. Sarah sabia que estavam guardados no armário de vidro na sala onde eram efetuadas operações cirúrgicas. Costumava estar vazia na hora do almoço; tudo o que tinha de fazer era ir até lá sem ser vista e pegar alguns comprimidos. Mas no dia em que planejava fazer isso, os guardas não saíram da sala. Sempre havia alguém lá dentro.

Quando voltou ao barracão naquela noite, Cecile delirava com febre, imaginando estar em casa com a família. Ela agarrou-se a Simone.

— *Maman!* — gritou. — Pensei que tivesse me abandonado.

— Precisa conseguir esses comprimidos amanhã — disse Simone, olhando para Sarah por cima da cabeça da criança.

Sarah assentiu, determinada a encontrar uma maneira.

Mas o dia seguinte chegou e se foi, e a sala nunca ficava vazia. Não pôde chegar aos medicamentos. De que jeito?

Destroçada, voltou ao barracão naquela noite. Simone viu-a chegar e lhe estendeu os braços.

— Tarde demais — murmurou. — Ela partiu.

A morte de Cecile afetou-as muito. Não tinham conseguido proteger a criança. A culpa de terem sobrevivido as consumia por dentro. Deixaram de cantar, e em vez de contarem histórias umas para as outras, como costumavam fazer à noite, juntavam-se a outros grupos, sempre olhando do lado de fora para dentro.

Não podiam continuar assim. Sarah compreendeu que não podiam ceder à apatia; não podiam se deixar transformar em *musulmen* – essas pobres criaturas com expressões vazias nos olhos, mais mortas do que vivas.

Arrancar a humanidade deles fazia parte do plano nazista. Sarah se perguntava se isso os ajudava a não enxergar os prisioneiros como humanos. Se não fosse esse o caso, como poderiam tratá-los daquela maneira? Naquela proporção, espancando-os, torturando-os, assassinando-os. Como aquilo se tornara possível? Aquelas perguntas tomavam os seus pensamentos. Ninguém em um mundo normal seria capaz de imaginar a que abismos os seres humanos podiam chegar. Ela se perguntava se as pessoas acreditariam neles se, por milagre, saíssem vivos dali.

CAPÍTULO 49

Auschwitz, janeiro de 1945

SARAH

Sarah estava em Auschwitz havia sete meses e meio. Sentia-se como se tivesse envelhecido setenta anos. Já não era a mesma pessoa. Caminhava como os prisioneiros de longa data, a cabeça e os ombros inclinados para a frente, puxando o peso do corpo enfraquecido, as pernas disformes e inchadas, os lábios avermelhados pelo sangramento das gengivas. Não havia espelhos, claro, mas ela sabia que era esse o seu aspecto, porque estavam todas iguais.

A neve caía havia semanas, talvez meses. Parecia que era assim desde sempre. A ideia de que David pudesse contrair pneumonia e fosse enviado para os fornos a aterrorizava, mas ele parecia ter bons contatos. Conseguia lhe enviar mensagens de poucas em poucas semanas, e ela enviava as suas sempre que conseguia arranjar no "Canadá" alguma coisa para pagar ao mensageiro.

Os rumores proliferaram durante todo o inverno – os Aliados estavam chegando, a Cruz Vermelha estava negociando a libertação dos prisioneiros, os russos estavam a caminho –, mas nunca deram em nada de concreto. Então, numa noite de janeiro, ouviram artilharia ao longe. Sarah e as amigas sentaram-se nos beliches, abraçadas umas às outras. Poderiam ousar ter esperança? Não voltaram a adormecer naquela noite, com a excitação correndo por suas veias cansadas.

Como de costume, Sarah foi para a enfermaria no dia seguinte. Quando chegou, o médico falava com os pacientes.

— Amanhã à noite o campo vai ser evacuado. Os doentes continuarão aqui.

Seu coração afundou no peito; iam ser mandados para outro lugar qualquer antes de poderem ser libertados. Viu como alguns doentes tentavam se levantar das camas, desesperados para não serem deixados para trás e abatidos a tiros pelos nazistas. Outros, muito doentes ou entorpecidos para querer saber, não se moveram nem falaram. Sarah juntou todos os cobertores que conseguiu pegar e correu de volta ao barracão para avisar as outras mulheres.

— Vão matar todos os que ficarem para trás. — Madeleine agarrou-se aos ombros dela. — Não querem deixar testemunhas. E para onde vão nos levar? Você sabe?

— Não. Mas trouxe cobertores. Continuamos precisando de roupas, ou morreremos de frio. E sapatos! Temos de ter sapatos!

Os guardas passaram o dia queimando documentos, e depois obrigaram os prisioneiros a limpar os barracões.

— Não queremos que eles pensem que vocês viviam como porcos! — gritavam.

Cedo na manhã seguinte, antes do nascer do sol, milhares foram encaminhados para os portões. Pouco mais do que esqueletos, escondiam-se sob camadas de roupa ou cobertores, curvados pelo peso como burros velhos e exaustos. Os holofotes acenderam-se. Centenas de guardas das SS e seus respectivos cães os rodeavam. A neve continuava caindo.

— *Schnell!* Depressa! Depressa! Formem filas!

Os portões do campo se abriram.

Bloco a bloco, começaram a sair. O grupo de Sarah teve de esperar que os cerca de quarenta blocos que estavam à frente saíssem para se pôr em movimento. Ela tocou no pedaço de pão que tinha no bolso. *Não. Mais tarde*, disse a si mesma. *Vai precisar dele mais tarde.* Sabia que não haveria comida nem água para os prisioneiros. Os guardas não se importariam se eles morressem na neve! Seria até conveniente, pois lhes poupava o trabalho de matá-los.

— Mais depressa! Mais depressa, seus cães sarnentos!

Todos começaram a correr. O sangue bombeava depressa pelas veias de Sarah, aquecendo-a, energizando os órgãos cansados. Seu coração batia com mais força. Estava viva! Estavam saindo de Auschwitz e ela tinha sobrevivido!

Continuaram marchando, como máquinas. Tinham de acompanhar o ritmo, ou seriam mortos. Muitos tiros soaram durante a longa marcha; quem tentasse fugir para os bosques era abatido no mesmo instante, como os que eram deixados para trás ou os que caíam, embora quase sempre só tivessem tropeçado no meio da debandada. Um pé à frente do outro – era tudo o que ela precisava fazer. Continuar. Mas tinha tanta sede, tanta fome, estava tão cansada... Uma jovem perto dela tirou um punhado de neve do casaco da mulher que caminhava à sua frente e enfiou-o na boca sem se deter. Sarah imitou-a, conservando a neve na boca enquanto derretia. Então voltou a tocar com os dedos o pedaço de pão, mas podia precisar dele mais tarde, talvez até no dia seguinte. Não faziam ideia de quanto tempo iam ter de aguentar sem comida.

Mais pessoas começaram a tombar na neve, cedendo à libertação da morte. As outras marchavam por cima ou ao redor delas. Não havia alternativa – era uma questão de sobrevivência. Sarah perguntou-se que espécie de pessoa seria se sobrevivesse agora. *Não pense. Continue andando*, murmurou no escuro. *Precisa viver*. Mas o pensamento da morte persistia. Não existir. Deixar de ser. Nem dor, nem frio, nem exaustão. Nada. Estava à beira de desistir, mas sabia que David se encontrava ali em algum lugar. Ouvia a sua voz murmurar dentro da sua cabeça. *Sarah, Sarah. Amor da minha vida. Venha me procurar. Encontre-me.*

Sem pensar, tentou romper a fileira para correr na frente. Tinha de chegar até ele. Uma pancada na cabeça a fez cambalear. Fechou os olhos e caiu na neve. A brancura macia foi como uma coberta a recebendo. Por fim, podia dormir. Enterrou o rosto naquele frescor, sabendo que voltaria a encontrar David em seus sonhos.

Então mãos a puxaram para cima. O rosto de Simone surgiu em seu campo de visão.

— Sarah! Levante-se!

— Me deixe dormir. — A cabeça estava pesada demais para o corpo. Só queria mergulhar no esquecimento. Mas onde estava David? Tinha-o encontrado? — David? Onde está David?

— Por aqui em algum lugar. Levante-se! Precisa encontrá-lo.

Sentiu outro par de mãos agarrá-la por baixo dos braços e colocá-la de pé. Soou um tiro, e depois outro. O som reverberou através do seu corpo, que tremia. Não estava morta. Tinha de continuar neste mundo. Acontecesse o que acontecesse, tinha de continuar – tinha de esquecer o seu corpo debilitado e deixar a sua mente governá-la. *Deus, ajude-me a superar isso*, rezou. Com a ajuda das duas mulheres, uma de cada lado, fez um apelo com todas as suas forças, ignorando a cabeça que latejava, e se levantou da neve. Beijando as amigas com os lábios gelados, murmurou:

— Vão viver. Me prometam que vão viver!

Arrastaram-na para a frente, e foi essa a resposta delas. Juntas tropeçaram, tentaram correr. Por fim, o sol apareceu, mas não trouxe calor. Um vento gelado penetrava as camadas de roupa, cortando-lhes a pele e chegando-lhes aos ossos cansados. Muitas outras mulheres caíram.

— Já foram vinte quilômetros! — gritou o *Kommandant*. Tinham chegado a uma aldeia abandonada, não se via vivalma. — Hora do descanso.

Eles se amontoaram num grande edifício cujo telhado desabara. Em seu interior, a neve era espessa, mas ao menos estavam protegidas do vento cruel. As prisioneiras caíam aos montes, dormindo antes mesmo de atingirem o chão. Mas Sarah tinha de continuar. Tinha de encontrar David. Se adormecesse, morreria. Por isso abandonou o grupo, passando por cima de corpos e atravessando salas com paredes derrubadas. "David! David!", chamava. Se não o encontrasse agora, não seria capaz de continuar. Não lhe restavam forças. "David!" Sua voz se tornava mais fraca enquanto o procurava no mar de rostos.

— Sarah!

Era ele! O sangue voltou a lhe correr pelas veias. Ela o tinha encontrado! A voz vinha de um monte de corpos apoiados a uma das paredes. Ela correu na direção deles.

Foram os olhos dele que ela viu primeiro. Os olhos castanho-escuros brilhando no meio da neve. Jogou-se em cima dele, cobrindo-o com o seu corpo, as mãos procurando o seu rosto. Segurou-o entre os dedos ossudos, encarou-o.

— É você? É você mesmo?

— Sarah, você me encontrou.

CAPÍTULO 50

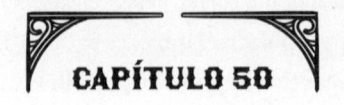

Santa Cruz, 10 de julho de 1953

JEAN-LUC

Depois de o terem deixado telefonar para Charlotte, Bradley e os dois agentes saíram da sala de interrogatórios, que deixaram fechada à chave. Jean-Luc tem a sensação de estar ali sentado há horas, mas quando olha para o relógio vê que só se passaram cinquenta minutos. Está desesperado para falar com Charlotte. Nunca devia ter lhe dado as notícias daquela maneira, pelo telefone. Em que estava pensando? Deve ter sido o choque. A culpa.

Um agente que nunca viu entra na sala.

— Você tem lugar marcado num voo amanhã de manhã. Pode ir para casa fazer uma mala. Depois tem de voltar para cá.

— Mas não falei com um advogado. Quero falar com um advogado.

— Um advogado não poderá ajudá-lo. Vai ser extraditado. Pode falar com um advogado quando chegar à França.

— Mas... mas e os meus direitos?

Um sorriso espalha-se pelo rosto do agente.

— Senhor Bow-Champ, penso que não está compreendendo a gravidade do seu crime. O rapto situa-se lá em cima, ao lado do homicídio, como justa causa para extraditá-lo. E nós não temos motivos nem vontade para não concordar com os franceses. A decisão se foi rapto ou... outra coisa compete a eles agora. O assunto não está mais em nossas mãos. Vamos levá-lo para casa. Tem dez minutos para fazer uma mala.

— Dez minutos! Mas eu preciso falar com Charlotte e com Sam. Não posso deixá-los assim.

— Eu disse dez minutos. Agora pare de se lamentar, ou passam a ser cinco.

— Por favor...

O agente cruza os braços e olha para o relógio.

Sem mais uma palavra, Jean-Luc põe-se de pé e segue-o até o carro que o aguarda. Graças a Deus, não o algemam. Senta-se no banco traseiro com o agente. Levam-no para casa.

— Esperaremos aqui — diz o agente quando estacionam atrás do carvalho.

Jean-Luc sai do carro, vagamente consciente de que as cortinas da janela da cozinha de Marge se agitam. Sobe o caminho do jardim e abre a porta da frente. Enche os pulmões de ar, perguntando-se onde poderão estar Charlotte e Sam. Um silêncio fantasmagórico emana das paredes.

Ouve o som de passos vindo da cozinha. Dirige-se para lá, o sangue correndo em suas veias.

Charlotte, com uma pequena mala de viagem na mão, está de pé no meio da sala. Abre a boca quando o vê, a cor lhe fugindo do rosto.

Jean-Luc sabe o que ela está fazendo. Seu coração se afunda no peito, carregado com o peso da dor dela.

— Charlotte — diz, e estende os braços para ela.

— Temos de ir. Agora! — grita ela.

Ele toca seu ombro, puxando-a gentilmente para si. Sente toda a energia ardente que a anima se dissipar.

Ela cai em seus braços.

— Pronto, pronto... *mon ange*. — Ele sente o corpo dela ceder e deslizar no chão, como se estivesse desmoronando sob os seus dedos. Afunda-se com ela e, agachando-se a seu lado, acariciando os seus cabelos, murmura: — Charlotte, Charlotte.

Alguém tosse. Jean-Luc ergue os olhos e vê Sam parado na porta, o rosto acinzentado.

Com um braço ainda ao redor da mulher, abre o outro. Sem uma palavra, Sam junta-se a eles. Passa os pequenos braços pelo pescoço dele e sussurra em seu ouvido:

— Papai, por favor não vá embora de novo. Estou com medo.

CAPÍTULO 51

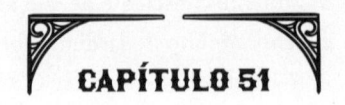

Santa Cruz, 13 de julho de 1953

CHARLOTTE

— Por que não podemos ir para a França com o papai?

Sam entra correndo no quarto e pula na cama. Quero envolvê-lo nos braços e mantê-lo seguro para sempre. É como se o mundo em toda a sua fealdade estivesse novamente desabando sobre a nossa vida, e desta vez eu não pudesse protegê-lo.

— Sam, seu pai teve de ir ajudar a polícia numa investigação. — Acaricio seus cabelos sedosos. — Não está de férias.

Ele faz beicinho.

— Mas eu queria ir acampar na França.

— Eu sei. Talvez um dia.

Levanta-se da cama, puxa as cortinas para trás e olha pela janela.

— Mamãe, o que o policial está fazendo lá fora?

— Está cuidando de nós.

— Por quê? — Ele se vira para mim, de testa franzida. — Por que precisamos que cuidem de nós?

Um arrepio me desce pela nuca. O que posso dizer?

— Só para o caso...

— Só para o caso de quê?

— Para o caso de o bicho-papão aparecer. Anda, está na hora de dormir.

— Mas quem é o bicho-papão?

— Não existe. É só uma maneira de dizer.

— Então por que disse?

— Vamos, Sam. Hora de ir para a cama. Com bicho-papão ou sem ele.

Ele fixa em mim os olhos arregalados, alerta.

— Não consigo ir dormir.

Eu me inclino sobre ele e o beijo na testa.

— Claro que consegue.

— Não consigo, estou com medo. Posso dormir na sua cama? O papai não está aqui.

É tentador tê-lo perto de mim. Também estou com medo.

— Tudo bem, mas só dessa vez.

Depois de deitá-lo em nossa cama, desço à cozinha, afasto as cortinas de renda e olho para o carro da polícia. Receiam que eu tente fugir com Sam; não que tenham dito isso, mas é evidente, na maneira como olham para mim, a suspeita misturada com alguma piedade. Não sei o que fazer. O tempo passa enquanto outros decidem o que vai acontecer em nossa vida. Marge não voltou. Na realidade, ninguém sequer telefonou. Imagino que a notícia não demorou muito a se espalhar. Isso vai lhes dar algo para falar durante o café da manhã.

Sem intenção, acabo entrando na sala e enchendo um copo de Southern Comfort. Bebo depressa, e sinto que meus nervos em frangalhos se acalmam. Estou cansada e confusa. Talvez deva me deitar cedo; pode ser que tudo me pareça mais claro pela manhã. Subo a escada, contente por Sam estar na minha cama. Preciso dele perto de mim. Tiro a roupa sem acender a luz e visto uma camisola. Quando me deito na cama ouço a respiração dele, leve mas regular. Já deve estar dormindo. Deito-me de costas, concentrada em respirar usando o abdômen, tentando relaxar.

Sam deixa escapar uma expiração longa e pesada e vira-se para mim. Fico ali estendida, rígida como uma peça de metal. Sinto-o aproximar-se mais, os cabelos sedosos acariciando o meu braço. Fico de lado e faço um carinho em sua cabeça.

— Mamãe — sussurra ele —, em que investigação o papai está ajudando a polícia?

— É complicado, Sam. — Talvez seja mais fácil explicar no escuro. Tenho adiado o momento, consciente de que tudo vai mudar quando ele souber. — Sam...

— Sim.

— Há uma coisa que preciso te dizer.

— O que é, mamãe?

— É a seu respeito. A sua história.

— Que história?

Beijo o alto de sua cabeça, no escuro.

— Lembra quando lhe falamos sobre a guerra, sobre o seu nascimento em Paris, e de como fugimos atravessando as montanhas e o mar para chegarmos aos Estados Unidos?

— Sim.

— Tivemos de fugir. Havia muitos combates, muitas bombas. Tínhamos medo de que os nazistas destruíssem Paris.

— Sim, eu sei.

— Quando você nasceu, era tudo muito diferente. É difícil imaginar. Todos os dias havia pessoas que eram presas e mortas. — Continuo acariciando a sua cabeça. — O que vou te contar agora é difícil de compreender, por isso ouça com atenção e me deixe chegar ao fim. Entendeu?

Pego em sua mão.

— Entendi, mamãe.

— Você nasceu durante a guerra, mas, apesar de ser um bebê pequenino, foi preso e levado para uma prisão horrível.

— Por que colocariam um bebê na prisão?

— Você nasceu no lugar errado, Sam. Eles estavam prendendo todos os judeus de Paris e os levando para uma prisão horrível. Muitos morreram. Mas alguém te salvou.

— O que é um judeu?

Eu me pergunto como posso explicar isso. Nem eu sei muito bem se é uma raça ou uma religião.

— É... é alguém cujos pais são judeus. Passa de uma geração para a outra.

— O quê? É como ser daltônico? Isso passa dos pais para os filhos, e a cor dos olhos também, não é?

— Sim, é, mas não é nada parecido com isso. Tem mais a ver com a sua história... com o lugar de onde vem, a sua religião.

— Nós somos judeus?

— Não.

Nunca falamos muito com ele a respeito de religião, apesar de Jean-Luc saber muitas histórias da Bíblia. Casamos numa igreja católica depois de chegarmos aos Estados Unidos, mas tanto Jean-Luc como eu nos sentimos pouco à vontade com a doutrinação e as regras da religião. Talvez por desobedecermos a tantas delas.

— Então por que fomos mandados para a prisão?

Agora não sei como continuar. Como lhe digo que não é nosso filho? Acho que não sou capaz de fazer isso.

Inspiro fundo, ponho os braços em volta dele, puxo-o para mim. Sinto o seu cheiro – xampu de limão e uma ligeira nota de almíscar. O nó em minha garganta aumenta. Beijo o alto da sua cabeça e acaricio sua bochecha macia. Então belisco de leve o seu nariz, como costumava fazer quando ele era pequeno.

Aqui deitado, quente e macio, eu o sinto absorver todo o meu amor. Por um momento ficamos assim. Seguros. Juntos.

Então ele começa a ficar inquieto. Não posso continuar adiando. Tenho de contar tudo a ele.

— Sam, você esteve na prisão por ser judeu.

— Mas você disse que não somos judeus.

— Nós não somos, mas você é. — Seguro o seu rosto com as duas mãos. — Escute com atenção e me deixe terminar, está bem? A pessoa que te salvou da prisão foi o seu pai.

— O papai?

— Sim. Fugiu contigo quando ninguém estava olhando. Era tão pequenino... tinha só um mês.

— E onde você estava?

— Eu não estava lá. Escute, Sam. Seu pai trabalhava nas ferrovias que levavam à prisão.

— Sim?

— Quando ele pegou você, teve de te esconder, mas você era tão pequeno que não foi difícil. Ele te escondeu debaixo do casaco. — Faço uma pausa para organizar os meus pensamentos, consciente do terrível impacto que iam ter quando os expressasse. — Sam, ele não podia trazer também a sua mãe e o seu pai. Não podia escondê-los como escondeu você.

— O quê... não entendo. Está falando de você?

— Não. Seus verdadeiros pais são judeus. Também eram prisioneiros, mas o papai não podia salvá-los. Só podia salvar você.

— Não entendo. Vocês são meus pais!

Senta-se direito na cama, estende a mão para trás e aperta o interruptor. A luz inunda o quarto.

Fecho os olhos. Mas estou desesperada para ver Sam, por isso volto a abri-los e enfrento a luz ofuscante.

— Por que está dizendo essas coisas?

Tapa os ouvidos com as mãos, como se quisesse bloquear a verdade. Estendo os braços e pouso as mãos em cima das dele.

— Sam, *mon coeur*. Sinto muito. Nós... nós não somos os seus pais verdadeiros. Seus pais verdadeiros foram levados durante a guerra.

— Não! — Ele se levanta de um salto. — Não!

— Sam, por favor. Ouça.

— Não! — volta a gritar, e sai correndo.

Ouço-o fechar com estrondo a porta do quarto. Tenho de ir atrás dele. Não posso deixá-lo tentar entender sozinho este pesadelo. Visto o roupão, dando a ele alguns minutos para se acalmar. Quando abro a porta, está estendido na cama, a cabeça enterrada no travesseiro.

— Sam — murmuro.

Ele finge não me ouvir. Entro no quarto e sento-me na cama.

— Sam, nós te amamos muito.

— Então por que disse todas essas coisas?

Sua voz sai abafada por causa do travesseiro. Vira-se, olhando para mim com olhos zangados. Sua fúria me atravessa até o âmago. Quer que nós sejamos os seus pais verdadeiros tanto quanto nós desejamos sê-lo.

— Sam, sei que é difícil para você.

Eu tiro a mão dele de onde está escondida na manga do pijama e a seguro com força.

— Vocês não me querem, não é? Não gostam mais de mim.

— Não, não! Isso não é verdade! — Como ele pode pensar uma coisa destas? — Amamos muito você. Nós o trouxemos para cá porque queríamos você, e nunca deixaremos de te amar.

É preciso que ele compreenda que o meu amor é puro e incondicional; que ninguém poderia amá-lo mais do que eu.

Vejo as lágrimas brotarem em seus olhos e deslizarem por seu rosto, e como ele passa a língua para pegá-las. Imagino o seu sabor salgado – reconfortante como o mar.

Ele olha para o teto, os grandes olhos castanhos ainda cheios de água.

— Tem uma teia de aranha ali — diz, de repente.

Sobressaltada com a mudança de assunto, sigo a direção do seu olhar.

— Odeio aranhas! — Limpa os olhos com a manga. — Entram pelo nosso nariz e saem pela boca quando estamos dormindo. Poucas pessoas sabem disso. Li e fiquei sabendo, mas aí já era muito tarde para não saber. Odeio... todas essas coisas que acontecem sem sabermos.

— Sam, me desculpe. Não queríamos ter de falar sobre isso assim. Você é ainda tão novo. É difícil para um menino...

Ele pula da cama. Seu olhar furioso salta de um lado a outro e para no forte que Jean-Luc fez para ele. Sei o que vai fazer. É como se estivesse dentro da cabeça dele. Pega o forte e o ergue à sua frente. Então o joga no chão. O brinquedo quebra-se nas laterais, partindo-se ao meio. Sam dobra o joelho e baixa o pé, fazendo-o em pedaços.

Suspiro, lembrando-me de como Jean-Luc construiu o forte com pedaços de madeira e pauzinhos de sorvete, juntando as peças com um cuidado minucioso. Tanto trabalho e amor desperdiçados.

Sam deixa-se cair no chão diante do forte destruído, com os joelhos dobrados até o peito, o corpo sacudido por soluços.

Deito-me ao lado dele, mas não o toco. O momento é frágil demais.

— Sam, nós te amamos muito. Queríamos salvar você. Em nosso coração somos sua mamãe e seu papai verdadeiros. Sempre seremos.

CAPÍTULO 52

Santa Cruz, 15 de julho de 1953

CHARLOTTE

Estão sempre me observando. Chamam isso de vigilância, mas me parece mais uma prisão domiciliar. Não são os únicos. Por vezes, vejo Marge na janela da cozinha, afastando as cortinas. Um jovem agente senta-se diante da casa em seu carro-patrulha branco e azul, à vista de toda a vizinhança. Não admira que ninguém mais apareça. É alguns anos mais novo do que eu, recém-casado, com um bebê; daí as grandes bolsas acinzentadas debaixo dos olhos. Delicado e discreto, mantém uma respeitosa distância entre nós, como se me vigiar dessa maneira o embaraçasse. Está só fazendo o seu trabalho.

Decido convidá-lo para um café. Quero que saiba que sou apenas uma mãe normal, não um rosto anônimo. Além disso, talvez eu consiga saber alguma coisa a respeito do julgamento. Com as costas eretas e a cabeça erguida, sigo até o carro.

Ele sai quando me vê aproximando, alisa as calças amarrotadas e endireita o boné.

— Bom dia, minha senhora.

— Bom dia...

— John — completa ele.

— Bom dia, John. Estava me perguntando se não gostaria de entrar e beber um café.

— Não sei se será apropriado.

— Entendo. — Olho para ele, notando o ligeiro tremor das mãos quando volta a endireitar o boné. — O que acha que vou fazer? Trancá-lo em minha casa e fugir?

Ele ri, uma gargalhada um pouco estridente, nervosa, que disfarça tossindo, fechando a mão num punho viril diante da boca.

— E também tenho biscoitos caseiros — acrescento, e me afasto em direção a casa.

Como calculei, ele não quer parecer mal-educado, então me segue. Quando entra, tira o boné e o segura com as duas mãos, fazendo-o deslizar entre os dedos, girando-o.

— Venha para a cozinha.

Ele me observa colocar os grãos de café no moinho e girar a manivela.

— Uau. — Sorri. — Café de verdade.

— Sim, gostamos de café.

Há um minuto de silêncio, e então ele volta a tossir.

— Não se preocupe por estar me vigiando dessa maneira. — Quero deixá-lo à vontade. — Está só fazendo o seu trabalho.

— Sim, e não é a parte mais interessante. Prefiro andar por aí.

Ele dá uma palmadinha na barriga, como se já tivesse engordado alguns quilos por ter estado sentado no carro-patrulha durante três dias.

— Alguma novidade do julgamento? — pergunto, tentando usar um tom casual.

— Não, mas não se preocupe. Vai ser rápido, já que tem a ver com o bem-estar de um menor.

— Um menor?

Franzo a testa. Sam é a pessoa mais importante em todo este julgamento.

— Sim, já que está em jogo o bem-estar de uma criança, vai ter prioridade máxima.

— Mas quando eles perceberem que Jean-Luc não sequestrou Sam, que o salvou, vão encerrar o julgamento, não vão? Não podem acusá-lo de sequestro.

— Senhora Beauchamp, não posso lhe dizer nada. Não sei de nada.

Eu o deixei desconfortável. Ele está bebericando o café, como se ainda estivesse quente demais para beber. Aposto que mal pode esperar para voltar ao carro.

— Peço desculpa, claro que não sabe. — Inspiro fundo. — Como está o seu bebê? — pergunto.

— Ótimo. É um bebezinho fantástico. Só parece não gostar muito de dormir.

— Ah. Felizmente, nunca tivemos esse problema com Sam. Sempre dormiu bem.

— Tiveram sorte.

— É verdade — continuo. — Adorava comer e dormir. Aquilo que na França chamamos *un bon vivant*. Foi um bebê fácil, feliz. Tivemos muita sorte.

Ele pousa a xícara com um gesto determinado e levanta-se.

— Obrigado pelo café, senhora Beauchamp.

Quando o acompanho até o carro, vejo o carteiro afastar-se de bicicleta. Rezo uma oração silenciosa para que haja na caixa do correio uma carta de Jean-Luc. A espera está me matando. Não consigo dormir, não consigo comer. Mal paro em pé. Olho para a casa de Marge, do outro lado da rua. Tinha pensado ir até lá, para lhe contar a verdade, mas alguma coisa me diz que ela não está preparada para ouvir neste momento. É engraçado como todos os rostos amistosos da vizinhança se evaporaram. Tinha esperado que uma das minhas supostas amigas tivesse aparecido para ouvir o meu lado da história. A oportunidade de explicar, mesmo que não tivessem compreendido, teria ajudado. Mas nestes dias as cortinas das janelas das cozinhas estão fechadas e ninguém se mostra nos respectivos quintais.

Quando levanto a tampa na parte de trás da caixa do correio, vejo um envelope fino. Pego-o com um gesto apressado e olho para o carimbo do correio. França. Rasgo-o.

Meu querido Sam, minha amada Charlotte,

Vocês dois são tudo para mim – o meu lar, o meu amor, a minha vida. Todos os dias agradeço às estrelas por terem aparecido na minha vida. Os últimos nove anos foram mais do que eu alguma vez teria ousado esperar, e me trouxeram mais felicidade do que jamais mereci.

Sam, através dos seus olhos vi o mundo sob as suas cores mais brilhantes, mais belas. Você me ensinou muito: que nascemos para ser bons, que a vida vale a pena ser vivida, vale a pena que lutemos por ela. E que podemos sempre escolher. A melhor escolha que fiz foi você. Ficar contigo foi a melhor coisa que fiz.

A essa altura, sua mãe já deve ter te contado a sua história. É uma história especial, para um menino muito especial. Você é corajoso, e mesmo que tempos difíceis estejam próximos, tenho fé em você. É mais forte do que pensa.

Quando fugimos para os Estados Unidos, eu e a sua mãe nos apaixonamos por você, e não procuramos os seus pais verdadeiros. Por favor, nos perdoe por isso.

Charlotte, você me fez acreditar em mim mesmo, tornei-me um homem melhor graças a você. Agora escute, quero que tenha bem claro que tudo isso foi obra minha, que só eu sou culpado. Você não tem parte nisso. Lembre-se de como não a deixei falar, de como não a deixei mencionar o passado. Disse que tinha ficado tudo para trás, que ia construir uma nova vida para nós nos Estados Unidos. Você queria dizer a verdade a respeito da nossa história, mas eu não deixei. Lembre-se de que, no meio de tudo isso, é inocente.

Mantenha-se segura, pelo Sam.
Todo o meu amor, para sempre,

Jean-Luc

Idiota! Quer assumir tudo, quando a culpa foi minha. Quando fui eu que me recusei a procurar as autoridades. Amava muito Sam e tinha medo de que uma dessas organizações judaicas o tirasse de nós para "repatriá-lo". Tinha visões horríveis dele sendo adotado por uma família judia em Israel. Sabia o que tinha acontecido com outras crianças escondidas durante a guerra e cujos pais tinham sido mortos. Convenci Jean-Luc de que não podíamos correr esse risco, de que Sam estava melhor conosco, convencida de que nos pertencia, porque eu não poderia ter vivido sem ele.

CAPÍTULO 53

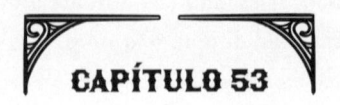

Santa Cruz, 16 de julho de 1953

SAM

Tenho saudades dos meus amigos. Está tudo tão sossegado que fico até com medo. Ninguém aparece, e não tenho visto Jimmy no quintal dele. Agora já entendi – a minha história, quer dizer. Só quero que o papai volte para casa e que as coisas voltem ao normal. Mamãe disse para ficar em casa e não me mostrar por uns tempos. Mas é muito chato. Chato demais. Acho que podia ir à casa do Jimmy; ela nem ia notar, se eu fosse rápido, a menos que o policial lhe dissesse, mas posso escapar por trás do carro dele. Já o vi dormindo um monte de vezes.

Levanto-me, corro para a porta da frente, avanço pelo quintal, passo agachado por trás do carro da polícia e atravesso a rua. Aperto o dedo no botão da campainha de Jimmy.

Ninguém atende. Toco de novo, e desta vez deixo o dedo ficar ali. As cortinas da cozinha se mexem e vejo Marge olhando para mim. Aceno, e então sinto-me estúpido quando ela não acena de volta. Fico com uma sensação de peso por dentro. Ela sai da janela e eu me afasto da porta, esperando que me deixe entrar.

A porta se abre um pouco, muito devagar.

— Ah, Sam, olá.

Não entendo por que finge estar surpresa por ser eu.

— Olá — digo. — Jimmy pode brincar?

Antes que ela possa responder, ouço passos correndo pela escada e Jimmy aparece. Já me sinto melhor.

Mas então ele para no pé da escada.

— Ei, Sam.

— Ei, Jimmy.

— Você deveria ouvir as coisas que todo mundo está falando a seu respeito.

— Shhhh, Jimmy — diz Marge.

— Ele pode ir para o meu quarto, mamãe?

Jimmy nunca havia pedido autorização.

— Vamos, Sam.

Pelo menos ele não espera pela resposta e dispara escada acima.

Sem olhar para Marge, corro atrás dele.

— Daqui a pouco tem de pôr a mesa, Jimmy — diz Marge atrás de nós. — Sam não pode ficar muito tempo.

Nós a ignoramos e encontramos espaço entre as peças de *Meccano* no quarto dele para nos sentarmos.

— O que está fazendo? — pergunto.

Ele olha para mim.

— Nada de especial.

Há um silêncio que me faz sentir mal.

— Todo mundo diz que o seu pai é um nazista.

Ele olha para mim semicerrando os olhos.

— O quê?

— É. E que te sequestrou. Porque você era um bebê.

— O que é um nazista?

Lembro-me da carta do papai e tento ser corajoso.

— Bem, é uma coisa muito ruim. Eram alemães que torturavam e matavam as pessoas, durante a guerra. Usavam umas capas pretas compridas e botas altas pretas e andavam pelas cidades matando todo mundo. — Respira fundo. — Seu pai era mesmo um nazista?

— Não! — É mais forte do que eu, as lágrimas me sobem aos olhos. Eu as enxugo com as costas da mão e engulo o resto. Então olho para Jimmy nos olhos. — Meu pai nunca foi um nazista. Lutava contra os nazistas, em segredo. Me salvou deles. Eles iam me matar, então ele me levou embora. Ele nunca me sequestrou, e fugiu para cá com a minha mamãe.

— Uau! Isso é mesmo ruim. — Jimmy olha para mim, e eu percebo que está decidindo se acredita ou não no que lhe disse. — Sua mãe é a sua mãe verdadeira?

Balanço a cabeça, lembrando-me de como costumávamos rir muito, até nossa barriga doer, e não nos lembrávamos depois do que havia nos feito rir, e então começávamos outra vez. Jimmy sempre foi o meu melhor amigo.

— Mas por que queriam matar você?

— Porque nasci no lugar errado, e na guerra as pessoas fazem coisas más às crianças, até a bebês.

— Sim. — Jimmy olha para baixo, e eu percebo que está pensando nisso. Então volta a olhar para mim, como fazia antigamente. — Nesse caso, quem são os seus pais verdadeiros?

— Não sei. Também eram prisioneiros, e quase morreram. Mas não morreram.

— E você vai conhecê-los?

— Talvez, não sei.

— Por que um policial está na sua porta todos os dias? Onde está o seu pai agora?

— Está na França, ajudando na investigação. A polícia cuida de nós no lugar dele.

— Legal.

Jimmy franze a testa. Percebo que não está muito convencido a respeito de toda esta história. Eu também não. Não entendo por que precisamos da polícia. Algumas crianças não têm pais, mas nem por isso têm um policial tomando conta delas.

Ele me cutuca nas costelas.

— Quer me ajudar a fazer um carro?

CAPÍTULO 54

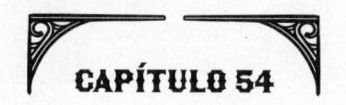

Santa Cruz, 16 de julho de 1953

CHARLOTTE

A televisão está desligada e a casa, silenciosa.

— Sam! — chamo.

Deve estar no quarto. Preparo-me para ir ver quando a campainha da porta toca. É o jovem agente, o John. Ele tira o boné e limpa os sapatos no tapete antes de entrar.

— Senhora Beauchamp, tenho notícias.

Faz uma pausa, olhando para os pés.

A maneira como diz isso, a voz esmorecida, quase murmurando a última palavra, assusta-me. Sei que não serão boas notícias.

— Entre — convido, e afasto-me para o lado.

— Obrigado — diz ele, segurando o boné à altura da virilha.

Adoto a minha mais agradável voz de anfitriã, adiando o momento de saber.

— Posso pegar alguma coisa para você beber?

— Sim, por favor. Obrigado.

Por favor e obrigado no mesmo fôlego. Deve estar muito atrapalhado.

— Café? Suco?

Ele me segue até à cozinha.

— Suco seria ótimo. Obrigado.

Fica me observando enquanto encho um copo com suco de laranja.

— Sam sabe a respeito dos pais, e tudo isso? — pergunta de repente.

— Sim.

— Como está reagindo?

— É muito confuso para ele. Sente muito a falta do pai. Nós dois sentimos.

John concorda, como se compreendesse, e nos sentamos à mesa da cozinha. Eu o observo beber o suco. Tem uma feição receptiva e olhos azuis brilhantes. O cabelo é louro-escuro, penteado para o lado, e o nariz é pequeno – delicado, até –, e o queixo, redondo. Parece bem novo. Enquanto o examino, bebo um gole de água do meu copo.

Distraída, erro a boca e entorno a água em cima da mesa. Antes que tenha tempo de ir buscar um pano, ele está de pé, puxando o pano de prato da barra metálica na porta do forno. Deixo-o limpar a água.

— Foi a senhora que o fez? — Ergue o pano e olha para o bordado que representa a Pont Neuf. — É bonito.

— Foi a minha avó.

Por que ele quer falar sobre o maldito pano de prato?

— Você o trouxe quando fugiu? De tão longe?

— Sim. Tenho três. Sam dormia enrolado neles.

Sinto os anos voltarem para trás, os ponteiros do relógio girarem ao contrário. É como se estivesse outra vez lá, escorregando, tropeçando, desesperada para fugir.

— Esteve em contato com a sua família na França desde que chegou?

— Não, na verdade. Eles têm dificuldade em me perdoar pelo que os fiz passar. — Faço uma pausa, pensando no egoísmo da minha decisão. — Fugi sem pensar neles.

Ele concorda com a cabeça, como se estivesse tentando compreender.

— Era muito nova.

— Sim, todos cometemos erros quando somos novos.

— Erros? É isso que acha que foi? Um estúpido erro?

Ele fica vermelho. Pobre rapaz. A culpa não é dele.

— Que novidades tem? — pergunto. Agora estou pronta para saber. — São a respeito do julgamento?

— Sim, foi muito rápido... para um julgamento. Estavam falando disso na esquadra antes de eu sair para o meu turno. Vão mandar alguém em breve para informá-la oficialmente.

Eu o encaro. Deve ser algo muito ruim.

— Você está aqui agora, John. Diga o que houve.

Se for preciso, estou disposta a sacudi-lo para lhe arrancar a informação. Ele engole em seco. Aposto que ele desejava ter ficado do lado de fora.

— O júri foi unânime, senhora Beauchamp.

— Unânime?

— Sim. Sinto muito. Não sei como lhe dizer.

O coração salta em meu peito. Pego o pano de prato das mãos dele e limpo os olhos, enquanto rezo: *Por favor, Deus, que não seja nada grave.*

— Me diga. Por favor.

— Consideraram o seu marido culpado de sequestro, mas, devido a circunstâncias atenuantes, pegou só dois anos. Na realidade, é uma sentença simbólica.

— Mas ele não sequestrou ninguém. Não fez nada disso!

Levanto-me de um salto derrubando o copo. Tudo à minha volta fica desfocado.

— Senhora Beauchamp, precisavam dar a ele uma pena qualquer, ou as pessoas podiam começar a falar.

— As pessoas? Que pessoas? Ele não sequestrou Sam. Ele o salvou!

— Sente-se, por favor, senhora Beauchamp. Há mais coisas.

Uma dor penetrante trespassa meu peito. Fico ofegante. Não me sai uma palavra. A cozinha começa a girar, tudo rodopiando ao redor. Não consigo respirar. Então fica tudo escuro.

Ele segura minha cabeça e a apoia em seu joelho dobrado. Sinto escorrer água pelo meu rosto e minha blusa molhada se cola ao meu corpo.

— Peço desculpas — ele diz. — Joguei um pouco de água em seu rosto. Você perdeu os sentidos. — Coloca as mãos debaixo dos meus braços e tenta me levantar, mas não tenho forças. Volto a desabar no chão. Ele fica ali, olhando para mim. — Desculpe por tê-la molhado. Quer um copo de água?

Olho para ele e desato a rir. Mais água? Um riso horrível, histérico, sai da minha boca. Não consigo parar. Tento falar algumas palavras, mas o riso me vence de novo.

— Por favor, senhora Beauchamp, deixe-me ajudá-la.

Ele tenta outra vez, e agora consigo controlar o riso e ficar de pé. Deixo que ele me ajude a sentar na cadeira.

— Talvez seja melhor você comer alguma coisa doce. Está muito pálida.

Ele vai buscar a lata dos biscoitos e a estende para mim. O cheiro me dá náuseas. Balanço a cabeça.

Ele fecha a lata e então olha para mim, os olhos azuis e brilhantes fixos nos meus.

— Sabe, o meu pai morreu na França.

Não quero saber. Só quero que ele vá embora. Dois anos! Como é possível?

— Era da Marinha. Esteve no Dia D. Era oficial. Fomos a um funeral na Normandia depois da guerra. O lugar onde os enterraram, o cemitério, sabe… é agora território americano.

Pergunto-me por que ele está me dizendo tudo isso. Não quero saber.

— Dois anos? Tem certeza?

— Sim. Normalmente seria muito mais tempo, por um sequestro.

— Mas como podem acusá-lo de sequestro? Isso não é verdade.

Ele hesita.

— Lamento, senhora Beauchamp. Não cabe a mim dizer.

— Mas eles entenderam tudo errado, não foi?

— Não posso dizer. Seria falta de profissionalismo da minha parte.

— Profissionalismo?

— Sim. De qualquer maneira, não cabe a mim, não é?

— Mas o que você acha?

— Deviam ter devolvido o menino, depois da guerra.

Ele enfrenta o meu olhar. Há simpatia em seus olhos, mas também uma dura teimosia.

— O que tem mais para dizer? Disse que havia mais... Onde está Sam?

O medo me invade.

— Foi até a casa de um amigo.

— O quê? Ele não me pediu autorização.

— Não se preocupe, ele ainda está lá. — Ele toca o meu ombro. — Senhora Beauchamp, se serve de consolo, acho que foi uma ótima mãe para o Sam. Posso ver que ele é feliz e amado. Compreendo que queria ficar com ele e esquecer a guerra, mas, sabe, no fim ele não é seu filho, é? Ouça, você ainda tem tempo para conversar com ele, de fazê-lo compreender.

Olho para ele, aterrorizada pelo que está por vir.

— Eles chegaram a uma decisão. A respeito do Sam.

Fecho os olhos com força, como se pudesse bloquear aquilo. Não quero saber.

— Sam vai ser devolvido aos pais naturais, na França.

— Não! Não!

A cozinha começa a girar outra vez. Sinto as mãos dele em meus ombros. Desabo sobre ele, o corpo sacudido por soluços silenciosos.

— Senhora Beauchamp, por favor. Precisa se recompor. Pelo Sam.

Calma... Tenho de ter calma. Tenho de manter o controle. Fecho os olhos e respiro fundo, espero que o oxigênio chegue a todos os músculos do meu corpo. Ele tem razão. Sam é tudo que importa agora. Tenho de ser forte para conseguir salvá-lo.

Abro os olhos e recuo um passo, me endireitando.

— Obrigada por vir falar comigo, John. Sinceramente. — Limpo o rosto e olho para ele. Preciso pensar melhor. — Vou ao banheiro — digo. — Você se importa de esperar aqui? Por favor. Não quero ficar sozinha.

Uma ruga de preocupação surge em sua testa.

— Com certeza. Ficarei aqui.

Subo a escada em silêncio e entro no quarto de Sam. Pego sua mochila, que está caída no chão, viro-a de ponta-cabeça e deixo cair os livros da escola em cima da cama. Coloco dentro um pijama, um agasalho, um par de calças, roupas íntimas, a escova de dentes e o pinguim de pelúcia. Estou sendo prática, calma, até. Todas as minhas energias estão focadas em salvar Sam. Nada mais importa agora.

Volto ao corredor e vou ao banheiro. Dou descarga. Então, deixando a torneira aberta, vou ao meu quarto e coloco algumas coisas dentro de uma bolsa de viagem.

Não me esqueço de ir ao banheiro fechar a torneira e então desço a escada e escondo as duas pequenas bolsas ao lado do cabideiro.

— John — digo, ao entrar na cozinha —, obrigada por ficar aqui.

— Ora, não é nada. Como se sente agora?

— Estou tentando me recompor, pelo Sam.

Ele balança a cabeça, a ruga de preocupação ainda vincando a sua testa. Preciso tirá-lo da cozinha, de onde ele pode ver o outro lado da rua.

— John, podemos nos sentar na sala, só por uns minutos, enquanto eu penso no que dizer a Sam? Não sei como dizer a ele uma coisa dessas.

Ele olha para o relógio.

— Claro — diz. — O meu turno só acaba daqui a duas horas.

Olho para ele.

— Quer dizer que outra pessoa virá?

— Sim.

— O que eles vão fazer? Ah, meu Deus, vão querer levá-lo embora daqui. Sei que sim.

— Não sei. Lamento. Não sei se vão querer levá-lo logo ou esperar.

Podem levá-lo daqui a duas horas! Tenho de tirá-lo daqui. Imediatamente. Dentro de duas horas, tenho de estar o mais longe possível deste lugar. Uma onda de pânico sobe do meu estômago. Quero vomitar. Mas em vez disso vou à pia da cozinha e encho um copo de água, forço a respiração até o abdômen. Não posso desabar agora. Pelo Sam.

Observo a casa de Marge. Não há sinal dos meninos. Devem estar brincando lá dentro. O nosso carro está na entrada da garagem. Ainda bem que não o guardei esta manhã, quando voltei das compras.

Olho para John e faço a minha falsa voz de anfitriã.

— Vamos, então, para a sala?

Ele me segue. Sento-me no sofá, com as pernas dobradas debaixo do corpo, enquanto ele se instala na poltrona. Começo a chorar.

— Desculpe, John — digo entre fungadelas. — Estou tornando isso muito difícil para você.

— Não tem problema — diz ele, e tosse de uma maneira viril, com o punho fechado diante da boca.

— Vou lavar o rosto. — Impostei a voz para parecer mais corajosa. — Preciso de dez minutos para me recompor. Acha que pode me ajudar a decidir o que dizer a Sam?

— Sim, com certeza.

Sente-se lisonjeado por eu estar lhe pedindo ajuda. Vejo isso na maneira como ele franze os lábios, como se já estivesse considerando o assunto.

— Obrigada, John. Estou muito contente por terem escolhido você para cuidar de nós.

Desta vez não consegue impedir um sorriso. Isso me faz sentir manipuladora. Percebo que sou capaz de tudo por Sam. Capaz de tudo para mantê-lo a salvo.

Saio da sala, fechando a porta atrás de mim. Pego as bolsas que deixei junto ao cabideiro, abro a porta da frente sem ruído e a tranco à chave pelo lado de fora.

CAPÍTULO 55

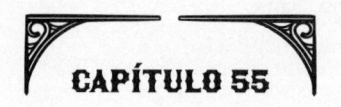

Santa Cruz, 16 de julho de 1953

SAM

— Sam! Sam!

É a mamãe me chamando.

Jimmy olha para mim.

— Parece que a sua mãe está te procurando.

— Já vou.

Tento fingir que não é nada de especial, mas me pergunto se estou em apuros, ou talvez o papai tenha voltado. Corro escada abaixo, dois degraus de cada vez.

A mamãe está lá fora, em frente à porta.

— Não pode entrar — ouço Marge dizer. — O Sam pode, mas você não pode entrar.

A mamãe não responde; agarra a minha mão e me leva com ela.

— Fui brincar com o Jimmy, mamãe. Desculpa não ter dito nada.

Ela para e me encara. Estou à espera de um sermão, mas em vez disso ela diz:

— Temos de ir embora, Sam. Agora. Não há tempo para fazer as malas. Entra no carro.

— O quê? Para onde vamos?

— Digo no caminho. Agora entra no carro.

Faço o que ela diz. Percebo que é importante.

Saímos da entrada da garagem, com os pneus cantando. Olho à minha volta e vejo a mãe do Jimmy olhando para nós, de boca aberta. Mamãe dirige como se estivéssemos sendo perseguidos. Isso me assusta. Parece que ficou maluca.

— Onde está o policial, mamãe? O que está acontecendo? Para onde vamos?

Ela não olha para mim.

— Deixa eu me concentrar na direção, Sam.

Quero chorar, e enxugo os olhos com a manga, tentando parecer corajoso. Olho pela janela.

Quando chegamos à estrada, ela coloca a mão em meu joelho.

— Vai correr tudo bem, Sam.

— Mas para onde vamos, mamãe?

— Temos de fugir.

— O quê?

— Lembra o que te contei sobre os seus pais biológicos, o senhor e a senhora Laffitte?

— Sim.

— Bem, aconteceu uma coisa.

— O papai vai voltar, não vai?

— Neste momento, não se trata do seu pai. É sobre você, Sam. O senhor e a senhora Laffitte querem você de volta. Querem que vá viver com eles na França.

— Mas eu não quero.

— Eu sei que não quer. Mas eles querem que você vá de qualquer maneira. Querem que aprenda francês e seja o filho deles.

— Não se preocupe, mamãe. Eu não vou. Não quero ir.

— Eu também não quero que você vá, mas eles podem te obrigar.

— Não podem nada. Não vou e pronto.

— Tenho medo de que eles possam sim. É por isso que temos de fugir. Para que não nos encontrem.

— Por que não diz a eles que eu não quero ir?

— Não vão me dar ouvidos, Sam. Ainda estão muito zangados por não termos tentado encontrá-los depois da guerra. Estavam te procurando.

— Mas eu quero ficar aqui. Quero que o papai volte para casa.

De repente, ela passa para a outra faixa e ultrapassa três carros. Um deles buzina.

— Cala a boca! — grita a mamãe.

Dou um salto no banco, com o coração batendo depressa. Não sei muito bem se ela estava gritando com o motorista do carro que buzinou ou comigo. Olho para o velocímetro. Estamos indo tão rápido que o ponteiro passou todos os números.

— Mamãe — digo eu —, você quebrou o velocímetro.

— Sim, quebrei.

Ela começa a rir, mas é um barulho maluco, agudo, e eu não gosto.

— E o papai?

Quem me dera que ele estivesse aqui.

— Vamos encontrá-lo mais tarde, quando estivermos instalados.

Inclino-me para trás no banco, tento não chorar. Não quero fugir.

— Mas para onde vamos? Onde vamos viver?

— No México, Sam. Vamos para o México.

— México? Mas isso nem é nos Estados Unidos!

— Não se preocupe. Não é muito longe. Por que não liga o rádio para ouvirmos um pouco de música?

Giro o botão do rádio e reconheço logo a música.

Oh, my pa-pa, to me he was so wonderful...

— É Eddie Fisher — diz a mamãe.

A letra da música me dá vontade de chorar. O papai saberia o que fazer agora. Saberia dizer a eles que não posso viver na França. Queria muito que ele estivesse aqui.

— Quando é que o papai vem?

— Ainda não tenho certeza. Vamos ter de esperar para ver. Mas sei que ele pensa em você a cada minuto, todos os dias.

Isso me faz sentir um pouco melhor. Fecho os olhos. Estão secos e doloridos, e sinto as pálpebras pesadas. Minha cabeça cai para o lado e eu me encosto à janela.

Quando acordo, já é noite e ainda estamos na estrada. Estou aflito para fazer xixi.

— Podemos parar, mamãe? Preciso ir ao banheiro.

— Tudo bem, mas seja rápido.

Paramos num posto de gasolina e ela me dá algumas moedas para comprar alguma coisa para comer enquanto enche o tanque. A placa do banheiro aponta para os fundos, mas não há luzes e está muito escuro. Tentando ser corajoso, tateio a parede com as mãos até sentir uma porta. O grito de uma ave me faz dar um pulo.

— Mamãe! — grito.

Ninguém responde.

— Mamãe! — grito mais alto. — Mamãe!

— Você devia ter acendido a luz — diz a voz de uma senhora no escuro.

De repente, estou afogado numa luz brilhante. Semicerro os olhos.

— Acho que a sua mãe está enchendo o tanque de gasolina.

— Tudo bem — digo eu, e empurro a porta do banheiro à minha frente. Eu me fecho lá dentro, me sentindo um idiota. O som do meu xixi bate na poça de água no fundo do vaso e preenche o espaço vazio. Pergunto-me se a senhora que está lá fora consegue ouvi-lo.

Quando saio, a senhora desapareceu. Vejo mamãe entrar na loja, então vou atrás dela como se nada tivesse acontecido. Ouço a senhora dizer:

— Ele se assustou sozinho lá atrás. É muito escuro, quando não se acende a luz.

E ri.

— Sam — diz mamãe. — Escolhe alguma coisa para comer. Rápido.

Pego uma barra de Hershey's do balcão mais próximo e entrego as moedas para a senhora.

— É tarde para viajar.

A senhora aceita o dinheiro e sorri para mim com olhos bondosos. Eu sorrio também.

— Bem, temos ainda um longo caminho pela frente — responde mamãe.

— Vamos para o México — acrescento.

A mamãe me lança um olhar furioso. Quem me dera ter mantido a boca fechada.

— México? — repete a senhora. — O que há no México?

— Família — diz a mamãe.

Sei que ela está mentindo. Outra vez.

A senhora marca o preço do Hershey's na caixa registadora e conta o troco na palma da minha mão aberta:

— Cinco centavos, quinze centavos, vinte centavos, vinte e cinco centavos. — Olho para ela em vez de olhar para o dinheiro. Tem uma ruga no meio da sua testa e as sobrancelhas apontam para o nariz. — Tudo bem, querido?

Faço que sim com a cabeça e me viro para sair pela porta que a mamãe segura aberta.

Quando voltamos ao carro, nos afastamos depressa para sair logo do posto. Desembrulho o meu chocolate, e me arrependo de não ter escolhido uma coisa maior. De repente, estou morrendo de fome.

CAPÍTULO 56

Califórnia, 16 de julho de 1953

CHARLOTTE

É quase meia-noite quando chegamos à fronteira. Sam dormiu a maior parte do caminho, a cabeça inclinada no que me parece um ângulo incômodo. Estendo a mão para o endireitar e o ouço murmurar em seu sono. Ele é lindo, e eu absorvo cada detalhe: os cílios sedosos e negros curvados para cima, os cabelos escuros e lisos, a suave pele cor de azeitona. Os olhos têm o mesmo formato amendoado dos meus. Ouço com frequência as pessoas dizerem que é muito parecido comigo. É quase como se tivesse ficado parecido comigo fisicamente; como se, ao crescer, o seu corpo tivesse observado o meu e adotado a mesma forma. Não é muito parecido com Jean-Luc, mas tem o seu jeito de rir, seu sorriso meio de lado.

Ele tem sido tão fácil de amar. Durante a travessia dos Pireneus, apaixonei-me por ele como se fosse meu. Um bebê quente, apertado contra o meu corpo, erguendo de vez em quando os olhos para mim como se estivesse memorizando meu rosto. Às vezes, inclinava-me de propósito para a frente, fazendo-o sentir como se fôssemos cair, para que ele estendesse os dedinhos, agarrando-se a mim com mais força. Ele precisava de mim, e eu respondia a essa necessidade com toda a naturalidade e sem esforço.

Por que não podem nos deixar em paz? Como esperam construir um futuro de paz se continuam a remexer no passado? A ideia de Sam sofrendo me dá um nó na garganta. Mais doloroso que o próprio sofrimento é ver uma criança sofrer. Farei tudo para protegê-lo. Tudo.

Há um congestionamento. Quando nos aproximamos, vejo agentes verificando passaportes. Reprimo o impulso de dar marcha à ré e voltar. *Por favor, Deus*, murmuro em minha cabeça, *faça que tudo corra bem*.

Uma pancada seca na janela me assusta. Há um agente olhando para mim. Baixo o vidro, com a mão trêmula.

— Passaportes, por favor.

Ele olha para Sam, que abriu os olhos.

Entrego a ele.

— Espere aqui, por favor.

O coração lateja em meus ouvidos. *Por favor, Deus, por favor.*

O agente retorna acompanhado por outro.

— Saia do carro, minha senhora.

Não! Não podem! Mas eles estão abrindo a porta do meu lado, me puxando pelo cotovelo.

— Vire-se.

Um dos agentes me empurra pelas costas. Fico voltada para o carro e ele está passando as mãos ao longo do meu corpo. Mordo o lábio inferior, obrigando-me a ficar calma. Por Sam.

Então sinto nos pulsos o metal das algemas. Ouço o estalido da lingueta. Engulo um grito e olho para Sam. Um agente passou um braço ao redor dos ombros dele e está sussurrando em seu ouvido. Ele vira a cabeça para me encontrar.

"Desculpa", murmuro. Mordo o lábio inferior e sufoco o grito desesperado que cresce dentro de mim.

CAPÍTULO 57

Califórnia, 17 de julho de 1953

CHARLOTTE

A dor cresce dentro de mim como um balão inflando, esticado além dos seus limites, a ponto de estourar. Tento segurá-lo enquanto ele empurra minhas vísceras até a garganta e me comprime o coração. É intenso demais para conseguir conter, e quando o carro da polícia para diante da delegacia, quando me dizem para sair, eu mal consigo me mexer. Encolhida, algemada, subo os degraus. Ao longo do corredor, brilhantes lâmpadas fluorescentes me lançam olhares malévolos. Paramos em frente a uma cela. Apesar da minha dor incapacitante, levanto os olhos e vejo que há alguém lá dentro, uma mulher com manchas de rímel escorrendo dos olhos até a boca, e longas pernas nuas saindo de uma saia jeans curtinha.

O policial abre as algemas, libertando meus braços. No mesmo instante, eu me envolvo neles, agarrando-me, mantendo a dor dentro de mim. O ruído metálico da chave rodando na fechadura enche os meus ouvidos. Entro aos tropeços na cela e desmorono no banco de cimento. Agora a dor não tem mais para onde ir. O balão explode. Meu corpo é sacudido por grandes soluços arrancados do fundo das minhas entranhas.

— Vê se fica calada, ok? — grita a mulher.

Mas a dor que me destroça o corpo é agora impossível de parar, os meus soluços tornam-se mais altos. Espero que a mulher me bata. Uma dor física seria melhor do que isto. Então eu a sinto se aproximar. Põe a cabeça perto da minha; seu hálito com cheiro de uísque me invade as narinas. Espero o seu punho atingir o meu rosto.

— Vão acabar te colocando na porra de um manicômio se você continuar com isso — sussurra em meu ouvido. — Aí é que nunca mais vai sair de lá.

Teria sido melhor se ela tivesse me agredido. Suas palavras me assustam. Engulo ar, forço-o a descer até o estômago. Eu o seguro lá e me obrigo a ficar calada.

Ela volta ao seu lugar, no banco em frente. Puxo as pernas para cima do meu banco, dobro-as contra o peito e fico deitada em posição fetal, tentando esvaziar a mente. Pensar vai me fazer recomeçar.

— Então, o que é assim tão ruim? O que você fez? Matou seu marido?

Ela ri, como se tivesse dito uma coisa divertida.

Não tenho palavras para lhe dizer o que fiz.

— Quer saber por que estou aqui?

Encolho-me ainda mais, sem deixar escapar um som.

— Porque estou vendendo o que é meu. O que acha dessa porra? Aposto que você fez coisa muito pior. Deus não me deu muito cérebro, mas me deu peitos, pernas e uma bela bunda. Uma pessoa tem de usar o que tem, não é? Não tenho ninguém que cuide de mim, então o que esperam que eu faça? Que eu me deite no chão e morra?

Eu a ouço se levantar, os seus passos se aproximam outra vez de mim. A mão dela toca minha cabeça.

— Você está muito mal, não está?

Sinto como se tivessem colocado em cima de mim um cobertor de chumbo. É tudo muito pesado. Fecho os olhos e me deixo cair no esquecimento.

Quando volto a dar por mim, alguém está girando a chave na fechadura. O policial entra, acompanhado por uma mulher de jaleco branco.

— Levante-se, senhora Bow-Champ.

O tom do policial é duro.

Olho para a mulher e de novo para ele. Seus rostos se mantêm desprovidos de expressão. O terror se apodera de mim. Vão me trancar num lugar qualquer?

Sei que tenho de manter-me calma, tenho de parecer sob controle. Estico as pernas devagar, coloco os pés no chão. Tropeço ao tentar me levantar, então me levanto do banco pouco a pouco. A prostituta dorme sentada, com a cabeça inclinada num ângulo esquisito. Gostaria de a endireitar, para deixá-la numa posição mais confortável, mas não me atrevo a tocar nela. Em vez disso, sigo o policial e a mulher para fora da cela.

Seguimos pelo corredor e paramos diante de um pequeno escritório perto do fim, à esquerda.

— Onde está Sam?

Prometi a mim mesma esperar um pouco antes de perguntar, fazer tudo para parecer calma e controlada, mas preciso de respostas.

— Vamos explicar tudo aí dentro, senhora Bow-Champ.

Entramos na sala. Eles se sentam de um lado da mesa e fazem sinal para que eu me sente do lado oposto. Eu me mexo na cadeira plástica, subitamente desesperada por ir ao banheiro. Não me permito dizer nada, consciente de que o meu desespero só servirá para torná-los ainda mais cruéis.

— Senhora Bow-Champ — começa o policial.

Olho para ele. À espera.

— O que fez foi muito tolo e irresponsável...

— Onde está Sam? Ele está bem?

Ele assente com a cabeça.

— Está ótimo. Em breve estará num voo para Paris.

— O quê?

A voz sai da minha garganta apertada como um grasnido.

— Sim. Hoje mesmo.

Punhais de dor atravessam o meu estômago. Eu me envolvo nos braços, tentando fazê-los parar.

— Por favor, por favor, não o mandem embora assim. Por favor, deixem-me vê-lo.

A mulher me estende um copo de plástico com água. Quero afastar a mão dela, mas em vez disso bebo um pequeno gole.

— Como estava dizendo — continua o agente, ignorando as minhas súplicas —, as suas ações de ontem podem lhe causar grandes problemas.

Miro seus olhos.

— Me desculpa... estava muito perturbada. Agi sem pensar.

As palavras da prostituta a respeito do "manicômio" ecoam em minha mente.

— Exato. — O policial tira um maço de cigarros do bolso e oferece um à mulher de jaleco branco. Ela balança a cabeça. — Vou deixá-la prosseguir com as perguntas.

Ele se recosta na cadeira, fumando e nos observando como se fôssemos um mero programa de televisão.

— Senhora Bow-Champ. — A mulher franze as sobrancelhas. — Por que tentou atravessar a fronteira com o Samuel? A senhora foi avisada para que não saísse de casa, a menos que informasse o oficial do lado de fora.

— Me desculpa. Quando soube que os pais de Sam o queriam de volta, entrei em pânico. Não quero perdê-lo.

O aperto que sinto na garganta é doloroso. Paro de pensar nele, respiro fundo. Uma inspiração de cada vez, digo a mim mesma.

— Estamos preocupados com o seu estado mental, senhora Bow-Champ. Sabemos que o seu marido a sujeitou a uma terrível pressão, impedindo-a de falar com as autoridades a respeito de Samuel, sendo que deviam ter feito isso. Viver sob esse tipo de pressão durante um período de tempo longo pode ser muito prejudicial para a saúde mental. Queremos saber se está suficientemente estável para voltar para casa.

— Casa? — Fico confusa de repente. — Está falando de Paris?

Pensar em Paris, em estar perto de Sam e de Jean-Luc faz o meu coração bater mais depressa.

— Não. — Ela tosse, e então olha para o policial. — Não estou falando de Paris, senhora Bow-Champ. Estou falando da sua casa aqui.

Meu coração afunda dentro do peito.

O policial bate o cigarro contra a beirada do cinzeiro metálico, o olhar sob espessas sobrancelhas.

— Você precisa ficar no estado da Califórnia e ter sessões semanais com um psiquiatra.

— Quer dizer que não posso sair deste país...

— Este país — ele me interrompe, inclinando-se para a frente e olhando para mim com uma expressão aborrecida — que a acolheu e tem sido a sua casa durante os últimos nove anos. Não, não vai poder sair.

— Talvez um dia possa retornar à França — diz a mulher, num tom mais gentil. — Não se trata de uma proibição permanente de viajar. É só até termos certeza de que aceita o fato de que Samuel não é seu filho.

CAPÍTULO 58

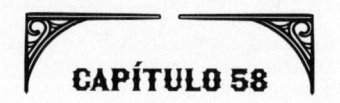

Califórnia, 17 de julho de 1953

SAM

Uma senhora grande de braços peludos está falando comigo com sua voz irritante.

— Samuel, você devia comer alguma coisa. Pode ir com a gente à cafeteria e escolher o que quiser.

Só me dá vontade de dar um tapa naquelas bochechas flácidas.

— Quando vou poder ver a minha mãe? — pergunto de novo.

Ela suspira.

— Já lhe dissemos que é melhor não a ver antes de ir embora.

Abro e fecho as mãos debaixo da mesa, tentando não chorar.

— Não vou a lugar nenhum. Quero ver a minha mãe!

— Samuel, por favor, seja razoável.

Chega. Não consigo me segurar. Pulo da cadeira, meu braço dispara em direção à mulher, acertando em cheio a sua boca. Estou respirando muito depressa, como se tivesse terminado uma corrida. Bati numa policial. Também vão me mandar para a prisão?

Fico de pé. Esperando.

O homem dá um passo à frente e agarra o meu braço. Estou assustado demais para me libertar. Ele me leva pelo corredor. Meu coração bate com muita força. O que vão fazer comigo?

O homem me leva para uma pequena sala onde há uma mesa branca e duas cadeiras cinzentas.

— Pode esperar aqui até se acalmar.

Ele solta o meu braço, sai e fecha a porta. Com chave.

Ignoro as cadeiras e me sento num canto da sala, com os joelhos debaixo do queixo. Não vou chorar. Não vou. De jeito nenhum. Chorei e berrei quando levaram a mamãe. Lembro-me de ter gritado com eles: "Mas ela não fez nada!". Disseram que eu compreenderia mais tarde, mas nunca vou conseguir compreender.

Meu estômago dá voltas e faz barulhos. A última coisa que comi foi a barra de chocolate Hershey's, ontem à noite. Não quis a tigela de *cornflakes* que me deram esta manhã, mas como estava com bastante sede, bebi um copo de leite. Quem me dera termos chegado ao México. Estou tão cansado que sinto a cabeça zonza. Fecho os olhos, apoio o rosto nos joelhos e sinto meus cílios fazerem cócegas na pele. Gosto da sensação, e continuo abrindo e fechando os olhos.

Um barulho me acorda. É a chave girando na fechadura da porta. Os policiais entram. O homem ainda está com um ar zangado e a senhora parece triste.

— Samuel, nós compreendemos como deve estar aborrecido. — A voz dela é tão doce que enjoa. — Eu o perdoo por ter me agredido. Sei que era apenas a manifestação de sua fúria e confusão diante de tudo que aconteceu.

— No entanto — interrompe o homem —, se voltar a fazer uma coisa dessas, haverá consequências.

— Vamos almoçar — diz a senhora, com uma alegria falsa na voz.

— Vamos, garoto — acrescenta o homem, mas eu não me mexo.

— Quando vou poder ver a minha mãe? — pergunto mais uma vez.

Eles olham um para o outro, e o homem levanta uma sobrancelha. Então ele se abaixa, me agarra o cotovelo e me coloca de pé.

Eles me levam para um refeitório onde as pessoas fazem fila para escolher a comida.

— Pode comer o que quiser — diz a senhora.

Quando chego à caixa registadora, minha bandeja continua vazia. Não vou comer, apesar de sentir um buraco no estômago. Eles encontram uma mesa livre e nos sentamos. Sinto as pessoas olharem para nós. Olho ao redor e elas desviam o rosto.

— Cuidar de crianças — murmura o homem para a senhora. — Estou trabalhando num caso. Não tenho tempo para essas merdas.

— Shhh — diz a senhora, olhando para mim pelo canto do olho.

Mas aposto que ele queria que eu ouvisse. Ele me odeia. Eu sinto isso.

A senhora põe um prato com batatas fritas à minha frente e abre uma garrafa de Coca-Cola. Coloca um canudo dentro antes de empurrá-la em minha direção. Tiro uma batata, a senhora sorri e eu a coloco de volta no prato. Não toco na Coca-Cola. Ela pega um cachorro-quente e dá uma mordida, com *ketchup* esguichando pelos lados.

— Samuel, vamos começar de novo. — Ela engole um pedaço de cachorro-quente e olha para mim. — Começamos com o pé esquerdo. Eu sei que isso é difícil para você. Podemos ligar para a psicóloga que falou com você agora há pouco e ver se ela pode te atender outra vez. Você gostaria?

Ela sorri para mim, como se tivesse me oferecido um presente.

Como ela pode ser tão estúpida?

Mas ela não cala a boca.

— Sua mãe daqui, e seu pai também, fizeram bem quando te trouxeram para os Estados Unidos. Mas deveriam ter avisado as autoridades quando chegaram. Nesse caso, poderíamos ter procurado seus verdadeiros pais e poupado todo mundo de um monte de problemas.

— Não quero saber! Ainda bem que não disseram nada. Quero a minha mãe. — Passo as mãos pelos cabelos, com medo de usá-las para bater nela de novo. — Quero ir para casa.

— Samuel, você precisa compreender que a sua casa não é onde pensa que é.

Tapo os ouvidos, tentando não ouvir.

Mas é impossível. O homem fala alto.

— Samuel, seus verdadeiros pais têm o direito de ver você. É filho deles, e a sua mãe só te entregou a outra pessoa porque não podia fazer outra coisa. Não quer conhecê-la?

— Não! Ela não é a minha verdadeira mãe. Eu a odeio.

Olho para ele, furioso.

— Sa-mu-el. — A senhora está com os olhos arregalados. — Não diga uma coisa dessas. Ela sofreu muito.

— Ainda bem. Eu a odeio. Deveria ter morrido.

Sinto as pessoas se virarem nas cadeiras para olhar para nós.

— Não sabe o que está dizendo. — O rosto da mulher ficou muito vermelho. — Está perturbado.

Não consigo impedir que as lágrimas inundem meu rosto. Meu peito dói quando tento segurá-las. Não consigo respirar.

— É melhor irmos embora.

O homem se levanta da cadeira e coloca o braço em volta dos meus ombros. Isso faz eu me sentir encurralado. Não posso me afastar dele, e o meu peito sobe e desce muito depressa, como se eu estivesse me afogando.

CAPÍTULO 59

Paris, 17 de julho de 1953

SARAH

Em sua alma, sempre soube que o filho estava vivo em algum lugar. Uma mãe pode sentir estas coisas.

O momento em que colocou seu bebê nos braços do trabalhador ferroviário ficou gravado para sempre em sua mente. Reviu aquele homem várias vezes em sua imaginação, guardando na memória a forma exata da cicatriz que cruzava a sua face. E quando ele pegou Samuel, percebeu que só tinha o polegar e outro dedo na mão esquerda. Soube que tomaria conta da criança, tal como o rabino no metrô tinha dito – Deus o manteria a salvo. E soube que voltaria a encontrá-lo. Só não imaginou quanto tempo demoraria.

Ela se vira na cama, tentando encontrar uma posição confortável no travesseiro, mas está agitada demais para dormir. Amanhã é o dia que ela não ousava acreditar que chegaria. Alegria pura corre em suas veias, uma emoção que quase não reconhece. Isso a faz compreender como tem andado atordoada, como tem se limitado a seguir as determinações da vida nos últimos nove anos. Pela primeira vez desde que o entregou, sente-se viva. Grata por estar viva.

— Obrigada, meu Deus — murmura para o travesseiro.

Claro que ele já não é um bebê. Tem nove anos, e é um belo garoto, a julgar pelas fotografias que lhe mostraram. Olhou para aquelas fotos, mergulhou fundo nos olhos dele, e reconheceu a sua família. O olhar do avô brilhava nos olhos castanhos e inteligentes de Samuel, cintilando de curiosidade, e tinha o nariz fino da avó. Também David estava presente no filho, no porte, no queixo orgulhosamente projetado para a frente. A única semelhança que não conseguiu encontrar foi com ela mesma.

Sabe que não vai ser fácil. Ele não fala francês, e vão ter de encontrar uma maneira de se comunicar, mas a ligação entre eles será mais profunda do que a linguagem. Isso a leva a se perguntar, mais uma vez, a respeito do vínculo entre os Beauchamp e o seu filho. Não gosta de pensar nisso. Imaginar a relação que o filho estabeleceu com as pessoas que acreditava serem seus pais provoca nela uma sensação de inquietação. Pior ainda é a ideia de Samuel amar outra mulher como sua mãe. A força dessa ligação a deixa aterrorizada.

Ela gosta de pensar que ele é mais chegado ao homem que pensava ser seu pai do que à mulher. Para ela, isso faz sentido, uma vez que foi o homem que o levou. Talvez a mulher até nem quisesse ficar com o filho de outra pessoa. Isso poderia explicar por que razão nunca falou em francês com Samuel, apesar de ser a sua língua materna. Como é possível que nunca lhe tivesse cantado as cantigas que ouvira nos braços da mãe?

Chega. Ela precisa parar de remexer no passado. Isso já acabou. Precisa planejar os próximos passos. O psicólogo disse a eles que Samuel deveria se tornar fluente em francês dentro de cerca de seis meses, desde que mantivessem o método de imersão total, o que significava exposição ao francês sem interferência ou tradução da sua primeira língua: não consegue se referir como sua língua materna. Por isso nunca poderão usar o inglês – não que fossem capazes, mesmo que quisessem – e ele não poderá ter qualquer contato com o casal que o criou, nem sequer por carta.

Ela andou atarefada durante todo o dia, preparando o quarto, comprando comida que imagina que um menino de nove anos irá gostar. Primeiro, fez o *challah*,[34] adicionando passas para dar um sabor especial. Depois comprou um grande saco de batatas, porque uma amiga lhe disse que nos Estados Unidos se comem batatas o tempo todo, com tudo. Até no café da manhã. Imagina! Podia fazer *latkes*[35] de batata como entrada, e batata gratinada para acompanhar o *kibbeh*[36] de cordeiro. Ou estaria exagerando? Para a sobremesa, faria bolo de maçã com mel. Costumava guardar aquela receita para o Ano-Novo, mas quer fazê-la agora para marcar um novo começo, arrependimento e perdão de mãos dadas. Mal pode esperar que mãe, pai e filho se sentem à mesa e partilhem o pão. É tudo o que quer, e pensar nisso faz seu coração bater mais depressa em expectativa.

David lhe vira as costas, em seu sono. Ela o envolve com os braços e enterra o rosto em seu pescoço.

— Está acordado? — sussurra.

— Não — resmunga ele.

Ela fica imóvel, sentindo-se inquieta. David vira-se, procura a mão dela debaixo das cobertas.

— Vai ficar tudo bem, não vai, David?

---

[34] Pão judaico. (N.T.)
[35] Panquecas. (N.T.)
[36] Bolinho de massa recheado. (N.T.)

— Nosso filho vem para casa, Sarah. Vamos poder viver de novo.

— Eu gostaria... gostaria que o Beauchamp não tivesse pego uma pena de dois anos. Acho duro demais. Afinal, ele salvou Samuel.

— Eu sei, eu sei. Mas a decisão não estava nas nossas mãos. E não devemos esquecer que o manteve escondido de nós todos esses anos.

Ela aperta a mão dele.

— Sim, eu sei. Lembra quando ele nasceu?

— Como poderia esquecer?

— Você foi tão corajoso, fazendo o parto sozinho.

— Eu acho que você é que foi corajosa.

Ela sorri no escuro.

— Confiei em você, e sabia que você sabia o que estava fazendo.

— Sim, ser pesquisador na área de Biologia tem as suas vantagens, não tem?

— Fiquei contente por tê-lo em casa, mas foi muito duro termos de nos mudar logo após o parto.

Ela se aconchega nele, lembrando como foi difícil ir para a casa-refúgio.

Eles param por aqui. Ninguém quer falar sobre a noite seguinte, embora ambos pensem nela. Sarah sabe que David se culpa pelo que aconteceu. Não foi capaz de protegê-la e ao filho, como prometera. Ele a abraçou enquanto ela abraçava o bebê, enquanto o caminhão militar para onde foram levados corria pelas ruas escuras e desertas de Paris.

— Desculpa, Sarah. Desculpa.

Ele colocou seu casaco em volta dela, e Sarah sabia que ele queria lhe dar tudo. Ele teria dado a ela a camisa que vestia e ficado ali sentado, nu, se pensasse que isso a ajudaria.

Quando chegaram a Drancy e os homens foram separados das mulheres, ele se agarrou a ela, suportando as pancadas dos guardas. No fim, ela teve que implorar que ele a soltasse.

— Viva — ela lhe disse. — Mantenha-se vivo por mim e por Samuel.

E soube que ele o faria.

CAPÍTULO 60

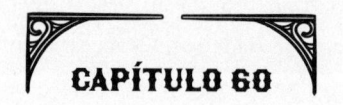

Califórnia, 17 de julho de 1953

SAM

— Não posso ir para a França. Sou americano e não falo francês — digo outra vez à senhora quando voltamos à pequena sala depois do almoço.

— Um garoto inteligente como você vai aprender num instante. Pelo menos é o mesmo alfabeto.

Olho para ela.

— Se fosse chinês seria muito mais difícil — acrescenta. — Sente-se. Vou pegar alguns quadrinhos para você ler.

Faço o que dizem porque o homem está me vigiando. Estou com medo de ficar na sala sozinho com ele e olho para a mesa quando ela sai para não ter de encarar seus olhos frios. Mas o ouço se aproximar. Escondo o rosto nas mãos, desejando que a senhora volte.

— Ouça, garoto — disse, e coloca a mão em meu ombro. — Vai ter de ficar mais forte. Chega de choradeira. Temos um trabalho para fazer e você está dificultando as coisas.

Aperta o meu ombro com força. Dói. Prendo a respiração para não fazer barulho.

A porta se abre. Deixo escapar o ar dos pulmões. É um alívio voltar a ver a senhora, toda sorrisos, com um monte de livros nos braços. Espalha em cima da mesa uma coleção do *Capitão América* e do *Batman e Robin*. Quero dizer obrigado, mas a palavra não sai.

— Eu fico com ele — diz ela ao homem. — Pode ir fazer o seu trabalho.

Finjo que estou lendo o *Capitão América*, esperando que ele saia.

— Lembre-se do que eu te disse, garoto — diz ele antes de fechar a porta.

A senhora senta-se ao meu lado e pega alguns papéis.

— O que ele te disse? — pergunta sem levantar a cabeça.

— Não sei — respondo, e continuo fingindo que estou lendo.

— Não sou psicóloga, Samuel, mas pode falar comigo. Talvez ajude.

Balanço a cabeça, vendo uma grande lágrima cair na página e borrar a letra.

— Só quero ver a minha mãe.

— Samuel. — Ela solta um grande suspiro. — Você vai ficar bem. Agora vai ter a sua mamãe e o seu papai verdadeiros. Devia estar entusiasmado para conhecê--los em breve.

— Não quero conhecê-los. Quero falar com a minha mãe. Falta muito para ela chegar?

— Por favor, Samuel, pare de dizer isso.

— Não me chamo Samuel! É Sam!

— Aqui nos Estados Unidos, sim, mas acho que na França vão te chamar de Samuel. Fico olhando para ela. O que ela está dizendo?

— Samuel é o seu verdadeiro nome, e na França não abreviam os nomes. Foi o que a psicóloga me disse. Ela tem estudado o assunto. Parece que há algumas diferenças a que você vai precisar se acostumar.

— Mas eu não vou! Já lhe disse que não vou!

— Tudo bem, tudo bem. — Será que ela finalmente entendeu? Mas então ela diz: — Na França, há ótimas escolas, e você não vai demorar a fazer novos amigos.

— Não quero novos amigos. Quero os meus velhos amigos.

Ela coloca a mão em meu ombro.

— Samuel, você vai ficar aqui esta noite, e amanhã o senhor Jackson o levará para a França.

— Não! Por favor! Eu vou me comportar bem. Prometo. — Pulo da cadeira. — Por favor, não me mandem embora. Por favor.

— Calma, calma, calma — diz ela, levantando-se e passando um braço em volta dos meus ombros.

É mais forte do que eu. Escondo o rosto no peito grande e macio dela. As lágrimas chegam depressa. Desta vez não tento pará-las. Dói demais por dentro. Sinto o muco escorrer do meu nariz para a roupa dela.

— Isso, querido — murmura ela, com a mão na minha nuca. — Coloque tudo para fora. Melhor fora do que dentro.

Ouço a porta se abrir e os passos de alguém se aproximando. A pessoa toca de leve o meu braço, e depois o aperta.

— Não vai doer nada. É só uma picadinha.

CAPÍTULO 61

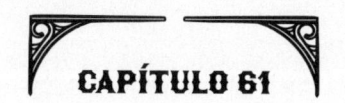

Paris, 18 de julho de 1953

SAM

Não vi a decolagem. E também não me lembro da aterrissagem. O médico me deu uma injeção, talvez duas. Uma na sala e outra antes de entrar no avião. Não me lembro da noite entre os dois dias, mas sei que deve ter havido uma, porque é manhã outra vez.

Minha cabeça está encostada em um travesseiro macio, e percebo que estou sentado numa grande cadeira branca numa sala azul. Estou zonzo. Quando olho à minha volta, vejo um homem de cabelos castanhos com uma camisa cor-de-rosa. Está olhando para mim. Só quero me afundar mais uma vez no outro mundo. Fecho os olhos.

Eu o ouço falar como se estivesse sonhando. Tem um sotaque esquisito. Isso me faz lembrar um pouco o da mamãe; às vezes, o tom das palavras sobe quando deveria descer.

— Nós sabemos que é difícil para você, Samuel. Samuel. — Abro os olhos e ele me dá um copo de suco de laranja. — Beba isto.

Provo o suco. Tenho tanta sede que bebo o copo inteiro. Ele me dá um pastel. Cravo meus dentes nele. É amanteigado e delicioso, e me faz perceber como estou com fome.

— Quer outro? — pergunta ele.

Faço que sim com a cabeça e ele tira outro do saco de papel que tem na mão. Acabo com ele em três dentadas. É bom ter alguma coisa na barriga. Não quero pensar no que vai acontecer comigo agora. Só ia servir para me deixar angustiado e tonto de novo. Olho para o homem pensando por que ele está usando uma camisa cor-de-rosa. É cor de menina.

Ele começa outra vez a falar.

— Seus pais verdadeiros passaram por tanta coisa, e agora estão muito animados para te ver.

O homem não só veste uma camisa cor-de-rosa como usa uma gravata roxa.

— Estou em Paris?

— *Mais oui*. Foi uma grande viagem, mas estamos muito felizes por você estar aqui agora — diz ele, sorrindo.

— Quando é que posso ver a minha mamãe?
— Samuel...
— O meu nome é Sam.
— Desculpa, Sam. — Ele puxa uma cadeira para se sentar ao meu lado. — Vamos fazer tudo o que pudermos para te ajudar. Posso lhe contar uma história?

Encolho os ombros.

Ele começa a contar uma história sobre um tigre que se perde na selva e é adotado por uma família de gorilas, mas quando chega à parte em que o tigre tem de ser levado para o alto das árvores pelos gorilas começo a perder a concentração. A voz dele é suave e gentil, e eu sei o que está tentando fazer. É patético. Ora, aí está uma boa palavra. Patético. É o que ele é. Os policiais eram só idiotas. Este homem com uma camisa cor-de-rosa de menina é patético.

— Sam — diz ele, e toca o meu ombro.
— Quero dormir.

Encosto de novo a cabeça no travesseiro e fecho os olhos.

— Sam, seus pais estão aqui para te ver.
— Mamãe e papai? Estão aqui?
— Estou falando dos seus pais franceses, os seus pais verdadeiros.
— Não são os meus pais verdadeiros. Já disse isso!

Pulo da cadeira, mas os meus joelhos parecem gelatina. Volto a me sentar. Minha cabeça dói muito. Eu a agarro com as mãos, tentando fazer parar as marteladas.

Ele coloca as mãos em meus ombros. Tento afastá-las, mas não consigo. Sinto-me muito fraco.

— Sam, por favor, você precisa se acalmar.
— Me deixa em paz.
— Todos nós queremos que isso dê certo, Sam. Por favor, para com isso.
— Você vai me deixar ir para casa?
— Vamos...

Uma batida na porta o interrompe.

Duas pessoas entram na sala.

CAPÍTULO 62

Paris, 18 de julho de 1953

SARAH

— Samuel... Samuel.

Seus olhos se enchem de lágrimas quando ela olha para ele. Percebe que ele esteve chorando, mas é muito bonito, tal como o viu em sua imaginação, os cabelos escuros e sedosos, a pele suave e morena, o nariz fino e os olhos castanho-escuros. Ela quer absorvê-lo, como um viajante perdido no deserto que passou muitos dias sem água.

Sente David agarrar-lhe a mão, quase dolorosamente.

— É Samuel, não é? É ele mesmo.

Sua voz falha e ela desvia os olhos do filho para ver uma lágrima silenciosa deslizar pela face do marido.

— Sim, David. É Samuel.

Vira-se para o filho. Quase não consegue acreditar que é real.

— Samuel — sussurra. — Encontramos você.

David estende os braços, avança na direção dele, tenta se aproximar. Sarah vê Samuel ficar rígido, recuar contra a parede atrás de si.

Ela estende a mão para deter o marido.

— Espera.

O psicólogo que os acompanhou até à sala tosse.

— Ele vai precisar de tempo para se adaptar. Permitam que eu lhes apresente a intérprete, madame Demur.

Por um instante, os olhos dos dois desviam-se de Samuel para uma senhora pequena e magra com um vestido azul-claro. Trocam apertos de mão.

— Vou traduzir para os dois em francês e para o seu filho em inglês.

Seu filho. Sim. É verdade, agora eles têm um filho. Mas que se mantém o mais afastado possível deles na pequena sala, as mãos espalmadas na parede, os olhos arregalados de terror, como um animal encurralado.

— Bom dia. — Um homem que veste uma camisa cor-de-rosa e um terno cinzento estende a mão para eles. — *Monsieur* e madame Laffitte, é um prazer conhecê-los. — Sarah percebe que deve tratar-se do vice-prefeito. — Sentem-se, por favor. — Puxa cadeiras e eles se sentam, obedientes, formando um pequeno semicírculo. O homem bate na cadeira vazia ao seu lado. — Samuel, sente-se aqui.

Sua voz é gentil e bondosa, mas Samuel olha-o com desprezo e não sai do seu lugar junto à parede.

David cofia a barba, como se a sua vida dependesse disso. Sarah sente a garganta em carne viva; há tantas palavras presas que precisa dizer.

Samuel diz alguma coisa em inglês. Esperam pela intérprete.

— Ele diz que não se sente bem.

— Diga a ele que podemos ir para casa agora.

David puxa a barba. Sarah sabe que a única coisa que ele quer é sair dali e levar o filho para casa.

A intérprete vira-se para Samuel e traduz para o inglês.

Ele sacode a cabeça com vigor, os sedosos cabelos escuros balançando de um lado para o outro.

Sarah percebe que vai ter de distraí-lo de alguma maneira. Abre a carteira e mexe em seu interior com os dedos trêmulos, à procura das fotografias que trouxe. Ela as segura nas mãos.

— Samuel, quer ver algumas fotos da sua família?

A intérprete traduz, e Samuel volta a balançar a cabeça.

— Quero ir para casa. Estou enjoado.

Sarah não precisa de tradução para isso, consegue entender o essencial, mas a intérprete traduz mesmo assim. David larga a barba.

— Diga a ele que agora a casa dele é aqui.

À medida que a mulher traduz, Sarah vê o rosto do filho ficar ainda mais pálido. Ela pega uma fotografia.

— Olha, Samuel. — Fica de pé e dá um passo na direção dele. O alívio a invade quando o vê baixar os olhos para a foto do pai e da mãe dela. — Estes são o seu avô e a sua avó. O seu avô era muito bonito, como você.

Ela aponta um dedo trêmulo para a imagem do pai. Sua voz falha ao se lembrar da última vez que os viu.

Samuel desvia o olhar.

David assume o comando, seus longos dedos dançam pela barba enquanto fala.

— Diga a Samuel que ele tem de ir para a nova casa agora. — Espera que a senhora de azul traduza, e então continua: — Sei que vai ser difícil para ele. É apenas uma criança, mas não devemos ter pena dele por ser uma criança. É nossa missão como adultos e pais ajudá-lo a construir o seu caráter, ajudá-lo a descobrir quem é e onde é na verdade o seu lugar. — Fica calado, esperando a tradução. — Reconhecemos o que Jean-Luc Beauchamp fez ao salvar o nosso filho de uma morte certa em Auschwitz, e também compreendemos que ele tenha acreditado que morremos lá. Mas agora precisamos nos concentrar em Samuel e tornar a sua transição o mais suave possível. Somos os pais dele e o amamos.

Sarah não sabe muito bem a quem o marido dirigiu esse discurso. Ela se pergunta se foi a maneira que David encontrou para dizer a Samuel o que pensa. Claro que sabia que o primeiro encontro seria difícil, que o mais provável era Samuel rejeitá-los. Estavam preparados para isso, concordaram que precisavam ser pacientes, que iam ter de dar tempo a ele.

De repente, Samuel faz um barulho estranho, apertando o estômago e se curvando.

Sarah e David estendem as mãos para ele, mas é o vice-prefeito que pega o garoto pelo braço e o leva para fora da sala. Infelizmente, não chegam a tempo, e Samuel vomita por todos os lados, pedaços de laranja saltam de sua boca no tapete azul-escuro. E então ele desaba diante do homem da camisa cor-de-rosa.

CAPÍTULO 63

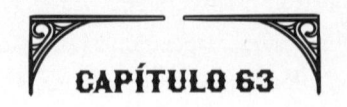

Paris, 18 de julho de 1953

SARAH

O médico disse que o desmaio de Samuel se deveu à diferença de horário e ao fato de o corpo dele ter perdido o ritmo natural; que estaria ótimo dentro de vinte e quatro horas, quando o seu relógio interno se acertasse. Sarah não acredita numa palavra do que ele diz. Sabe que é devido ao trauma de deixar os pais que conhece, as pessoas que ama. Ela não foi capaz de olhar quando o médico deu tapas no rosto dele para fazê-lo recuperar os sentidos. Manteve a cabeça baixa enquanto ele lhe deu uns comprimidos e um copo de água, e levantou-a a tempo de ver a dele pender outra vez. A culpa encheu o seu coração e expulsou toda a alegria que tinha sentido antes.

David o leva para o carro e o estende no banco de trás. Sarah entra pela outra porta, levanta a cabeça de Samuel, segura-a no colo. Acaricia-lhe os cabelos, impressionada com sua leveza e suavidade. O amor pelo filho preenche o seu coração dolorido, e ela quer, precisa, absorver cada detalhe dele, agarrar-se a ele e nunca o largar.

Enquanto o motorista conduz o carro pelas estreitas ruas em direção à casa deles no Marais, David vira-se no banco da frente para olhar para ela. Sarah não sabe o que lhe dizer. Não era assim que pensara levar o filho para casa, drogado e inconsciente.

— David, ele vai ficar bem, não vai?

David não responde, apenas continua olhando para ela, suas pupilas fundas de dor, o rosto pálido como a lua.

— Talvez devêssemos ter ido aos Estados Unidos para conhecê-lo primeiro. Isso é traumático demais para ele.

David se vira por completo no banco, para poder falar com ela.

— Sarah, nós sabíamos que não ia ser fácil. Vamos ter de ser muito fortes. Lembra-se do que o psicólogo disse a respeito de as crianças serem altamente adaptáveis. Ele só precisa de tempo. Seremos uma família de novo.

Família. O que significa isso na realidade? Ela perdeu os anos mais importantes da vida de Samuel: o primeiro sorriso, os primeiros passos, o primeiro dia de escola, aprender a ler, fazer amigos, a curiosidade. Não estava perto para responder às suas perguntas enquanto ele tentava perceber o mundo. São essas coisas que fazem um pai, uma mãe. Ela é uma estranha para ele, e ele, um estranho para ela. Não só um estranho, mas também um estrangeiro.

Ela não consegue afastar a sensação nauseante de que cometeram um erro terrível ao trazê-lo para Paris daquela maneira. Ninguém parou para perguntar se estavam fazendo o que era certo. Estava tudo muito claro em suas mentes: a criança devia ser devolvida aos verdadeiros pais. Aí está outra vez essa palavra. Pais. Ela não tem certeza de se sentir de verdade uma mãe. Uma sensação horrível aperta o seu coração, dizendo a ela que sequer conhece aquele menino.

Quando chegam ao apartamento, David carrega Samuel escada acima, até o quarto andar onde moram, até o quarto dele. Deita-o na cama, tira-lhe os sapatos e o casaco e o cobre com um cobertor. Sarah o vê se ajoelhar no chão junto à cama, debruçar-se sobre o filho, afastar-lhe os cabelos da testa para beijá-lo. Então David enfia a mão no bolso do casaco e tira de lá uma pequena caixa de madeira. Sarah entra no quarto e para atrás dele, observa quando ele beija a caixa e a pousa no travesseiro ao lado da cabeça de Samuel. Sente as lágrimas nos olhos dele como se fossem suas. Então as vê deslizarem silenciosas pelo rosto dele.

David, que foi a sua âncora durante todos estes anos. David, que compreende a sua dor, mas não permite que ela a afogue. David, que sempre a segurou, mantendo-lhe a cabeça fora da água quando tudo o que ela queria era fechar os olhos e deixar seu corpo afundar. Só o viu chorar uma vez, quando o encontrou depois de terem sido evacuados de Auschwitz. Ele caiu na neve, agarrado a ela, repetindo o seu nome sem parar, como uma oração, as lágrimas lhe correndo pelo rosto.

É um homem resiliente e sua fé é sólida como uma rocha. Mas ela não tem certeza de que resiliência seja aquilo de que precisam naquele instante. A resiliência é muito rígida, demasiado dura. Em vez de se agarrarem com firmeza a seus princípios e direitos, talvez devessem manter a mente mais aberta. O problema é que ela não sabe o que é necessário. Sente-se perdida, e nada é o que parecia.

CAPÍTULO 64

Paris, 25 de julho de 1953

SAM

A semana passada, em meu primeiro dia aqui, acordei numa cama estranha e encontrei uma pequena caixa de madeira no travesseiro. Parecia um minibaú do tesouro. Algumas partes eram esculpidas e tinha um pequeno gancho para abri-la. Levantei o gancho; a parte de dentro estava forrada de veludo vermelho, e tinha mesmo um minitesouro. Havia algumas moedas, um chocolate embrulhado em papel dourado, pedras brilhantes e coloridas e um papel enrolado e fechado com um lacre vermelho de verdade, como um pergaminho. Desenrolei o papel e li a mensagem. Estava em inglês: "Samuel, nosso filho, você é o tesouro que nunca deixamos de procurar". Amassei o papel e o coloquei de novo na caixa.

Desde esse dia, uma semana inteira horrível se passou. Fico a maior parte do tempo dormindo, e às vezes, se tenho sorte, sonho sonhos bons com a minha casa.

Mas esta manhã, barulhos na cozinha me acordam do meu sonho. Tento bloquear os sons e voltar a dormir. Estava sol, e eu estava quase mordendo uma bola de sorvete de chocolate. Nem sempre tenho sonhos bons, então quero ficar neste. Estou quase lá quando ouço o meu nome. Aposto que estão falando de mim, dizendo como sou péssimo e insuportável.

Aqui é tudo diferente. Horrivelmente diferente. É tudo velho. Não é um lugar para crianças. Até os cheiros são velhos, como mobílias polidas, fumaça de charuto e queijos fedorentos. Tenho saudades dos cheiros da minha terra: *donuts* quentes, algodão-doce, o óleo dos carrosséis dos parques.

As pessoas também são diferentes. São mais mal-humoradas, mais antipáticas. Beijam nosso rosto, mas não é um beijo de verdade. É só de raspão. Eu fico imóvel como um pedaço de pau, fingindo que estou em outro lugar. Tenho saudades dos abraços nos Estados Unidos – quentes e macios. As pessoas daqui não sorriem quando nos conhecem. Dizem *bonjour* com os lábios esticados, não é como em casa, onde as pessoas estão sempre sorrindo. Lá é tudo maior e melhor.

A única coisa de que gosto mais ou menos é o *goûter*, a refeição que eles comem à tarde – baguete ainda quente da *boulangerie* recheada com quadrados de chocolate amargo. O resto da comida é um pouco esquisito, e na hora das refeições vem tudo separado. Primeiro há os legumes, como cenouras gratinadas, depois um pedaço de carne ou peixe, e em seguida, às vezes, vem a salada. Há quase sempre sobremesa, mas com frequência é só fruta cortada em pedaços. E nunca se pode tirar nada do armário ou da geladeira. Tem sempre de ser servido como deve ser! Nem sabem o que é um cachorro-quente! Não têm refrigerante, só um xarope avermelhado misturado com água chamado granadina. Não tem gosto de nada.

Mas o mais estranho de tudo talvez sejam os banheiros. O vaso sanitário é um buraco no chão, e uma pessoa tem de colocar um pé de cada lado e agachar para fazer xixi ou cocô. Molho sempre os sapatos. E nem sequer fica dentro do apartamento; fica lá fora, no corredor.

Pelo menos parei de chorar. Bem, durante o dia, para dizer a verdade. De noite, às vezes, acordo chorando quando tenho o pesadelo de sempre. Aquele em que estou correndo por uma floresta no escuro, saltando rios muito largos, caindo em crateras escondidas, correndo, correndo até que as minhas pernas param. Então desisto e fico deitado, apavorado, esperando que o monstro me devore. Quando ele vai morder o meu pé, grito. O grito me acorda. No pesadelo, grito alto, mas quando acordo o som verdadeiro é muito baixinho. Quero acender a luz, mas tenho medo que o monstro esteja escondido no quarto, esperando para cortar a minha mão. Quero chamar alguém, mas tenho muito medo até da minha própria voz para gritar. De qualquer maneira, não há ninguém aqui que possa me ajudar. Por isso fico deitado buscando pensamentos mais felizes. Em minha cabeça, crio imagens da praia, do mar, das brincadeiras e gritos do recreio da escola. Às vezes, isso me ajuda a dormir de novo.

Há um lugar vazio dentro de mim. Todas as manhãs, quando acordo, ele está lá. Nunca desaparece. A lembrança da mamãe sendo levada pelos policiais o torna ainda maior, então tento não me lembrar disso. Ela não parava de gritar o meu nome, e acho que até bateu num dos policiais, ou fui eu? Minhas recordações começam a ficar confusas.

Todo mundo fica me dizendo: "A culpa não é sua". Não entendo o que querem dizer. Por que a culpa seria minha? Porque nasci no lugar errado, como a mamãe disse? Mas não fui eu que escolhi o lugar onde nasci. E se tivesse, nunca teria escolhido a França, isso com certeza. Odeio este lugar.

Minha barriga dói, e tenho outra vez coceiras intensas nas pernas.

— *Sam-uel, le petit déjeur est prêt*[37] — diz a voz do Homem das Barbas do outro lado da porta.

---

[37] "Sam-uel, o café da manhã está pronto", em francês. (N.T.)

Viro-me para a parede.

— Vá embora. O meu nome é Sam — sussurro no travesseiro.

De repente, ele está no meu quarto, abrindo as janelas para escancarar as portas metálicas. A luz enche o quarto.

— *Qu'est-ce qu'il fait beau*.[38] — A voz dele está cheia de falsa animação e alegria. Ele se inclina e mexe em meus cabelos. — *As-tu bien dormi?*[39]

Eu me arrasto para fora da cama, calço os chinelos, coloco o roupão e me sento na beira do colchão. Não tenho pressa. Olho à minha volta, para o avião de madeira pendurado do teto por uma mola de arame, pairando por cima da escrivaninha. Para a fotografia emoldurada na parede na qual aparecem pessoas vestidas de preto – ou a foto é em preto e branco? Talvez estejam vestidas de roxo, ou verde. Seja como for, nenhuma está sorrindo. Na mesma parede há um busto de gesso de um marinheiro com cabelos amarelos e vestido com uma camisa com listras azuis e brancas. Me dá arrepios.

— *Allez, Samuel* — diz o Homem das Barbas, a caminho da porta.

Não tenho escolha senão segui-lo.

O café da manhã é um cesto com fatias de baguete cortadas e uma tigela de chocolate quente. Tudo espalhado em cima de uma toalha de plástico amarela. Não usam pratos; em vez disso, no fim juntam as migalhas com as mãos e jogam tudo pela janela. Mergulham o pão nas tigelas de café, mas eu não mergulho o meu na minha tigela de chocolate quente. Passo bastante manteiga e geleia de damasco no pão. Que nojo encontrar todas aquelas migalhas flutuando no chocolate! E onde já se viu beber em uma tigela? Não têm xícaras como deve ser em casa, só as muito pequenas para o café, como um jogo de chá de menina.

Eles falam, mas eu não entendo nada. Só aprendi a dizer *oui* para sim e *non* para não.

Depois do café da manhã, volto ao meu quarto para me vestir. Minhas roupas estão todas penduradas num armário de madeira brilhante que cheira como se tivesse cem anos. Há uma grande chave metálica na porta – já a experimentei, e funciona mesmo. É possível trancar uma pessoa ali dentro. A maior parte da roupa é da minha antiga casa. Não sei como vieram parar aqui, assim como eu.

Pego uns *jeans* da prateleira e a minha camiseta amarela. Enquanto me visto, eu me pergunto aonde irão me levar hoje. Já vi a Torre Eiffel. Olhei para Paris inteira como se estivesse num avião.

O Homem das Barbas abre a porta e entra.

---

[38] "Está um lindo dia", em francês. (N.T.)
[39] "Dormiu bem?", em francês. (N.T.)

— *Allez, Samuel. Nous allons sortir, toi et moi.*[40]

Consigo entender que está dizendo que nós dois vamos sair. Não me perguntem como. Levanto-me da cama e o sigo até à porta da frente, escada abaixo, e até à rua.

As calçadas são tão estreitas que não podemos caminhar um ao lado do outro. O que é bom, porque tenho o horrível pressentimento de que ele me pegaria pela mão se pudesse. Em vez disso, caminha atrás de mim, com a mão pousada em meu ombro como um peso de chumbo. Às vezes, aperta-o para me fazer diminuir o passo e então aponta para qualquer coisa, tagarelando em francês.

Não há casas em Paris, nem quintais. É só apartamentos e umas lojinhas esquisitas. Há *pâtisseries*, que são na verdade lojas de bolos, só que os bolos são diferentes dos nossos. Há pães brilhantes em forma de tranças e outros com o formato de meias-luas cobertos de açúcar de confeiteiro. Prefiro um *donut* de geleia. Enquanto caminhamos, olho para as pequenas janelas que se sobressaem dos telhados. Tento imaginar os nazistas subindo e correndo as escadas estreitas, aos tiros e aos gritos.

O Homem das Barbas me indica uma loja. Quando entramos, toca uma campainha e outro homem com barba aparece de trás de uma cortina de um dos lados. Aperta a mão do Homem das Barbas e depois o beija nas duas bochechas. Sou o próximo. Eu me preparo para a barba áspera, mas o homem se limita a pegar a minha mão, que aperta com firmeza enquanto fixa em mim os olhos castanho-escuros. Desvio os meus. Reparo nos relógios e correntes de ouro que brilham dentro de armários de vidro. O homem vai para trás do balcão e coloca em cima dele uma bandeja com anéis de ouro sobre um pano de veludo vermelho.

O Homem das Barbas os examina. Aponta para um e o homem o pega, fazendo-o girar entre os dedos longos. Volta a pôr a bandeja debaixo do balcão e tira de uma gaveta um conjunto de aros de metal presos por um arame.

O Homem das Barbas pega a minha mão e a coloca sobre o balcão. Tento retirá-la, mas ele a segura com força.

— *Allez, Samuel. C'est un cadeau pour toi.*[41]

Calculo que *cadeau* significa presente. Deixo a mão quieta.

O homem vai enfiando aros metálicos no meu dedo médio, até que um deles serve.

— *Bien, très bien. Je fais ça tout de suite.*[42]

— *Merci, mettez "S. L. 1944" à l'intérieur, s'il vous plaît.*[43]

Em seguida, vamos à Maison de la Presse. Olho para as folhas de papel empilhadas nas prateleiras e não consigo deixar de ficar impressionado com todas as cores

---

[40] "Vamos, Samuel. Vamos sair, você e eu", em francês. (N.T.)
[41] "Vamos, Samuel, é um presente para você", em francês. (N.T.)
[42] "Muito bem, faço isso imediatamente", em francês. (N.T.)
[43] "Obrigado, inscreva 'S. L. 1944' no interior, por favor", em francês. (N.T.)

diferentes e os envelopes correspondentes. Eu me imagino escrevendo uma carta para mamãe em papel violeta, porque é a cor preferida dela. Em casa tem um sabonete roxo, chamado lavanda. "É só para mim", disse ela quando peguei nele uma vez. "Os meninos não querem ficar com cheiro de lavanda." Essa lembrança inesperada me atinge como um pontapé no estômago.

O Homem das Barbas está ocupado falando com o homem atrás do balcão. Eu o vejo pegar uma caixa de vidro cheia de canetas.

— *Voilà, les stylos plumes*[44] — diz, numa voz cheia de orgulho.

— *Viens, Samuel.*

O Homem das Barbas estende a mão para mim.

Dou um pequeno passo a frente, errando de propósito a mão dele.

— *Cést pour l'école. Tous les enfants doivent utiliser un stylo plume à partir de six ans. Tu peux choisir un.*[45]

O Homem das Barbas olha para mim.

Acho que está dizendo que posso escolher uma caneta. Apesar de entender, fico quieto, como se não compreendesse.

— *Samuel, s'il te plaît.*[46]

Passa a mão aberta por cima das canetas, deixando claro que tenho de escolher uma.

Olho para elas. A de que gosto mais é a azul-clara. Tiro a mão do bolso e levanto a caneta da bandeja. Quando tiro a tampa, vejo uma ponta afiada. Toco nela com o polegar, testando a extremidade.

— *Faîtes attention!*[47] — grita o homem atrás do balcão.

Dou um salto e deixo a caneta cair.

O Homem das Barbas pega e a devolve a ele.

— *Oui, celui-ci. Merci.*[48]

O homem faz que sim com a cabeça, mas eu percebo que está zangado pelo jeito como torce os lábios enquanto guarda a caneta numa caixa de madeira. Devagar, ele me entrega a caixa.

— *Merci, monsieur* — sussurra o Homem das Barbas em meu ouvido.

Não digo uma palavra. Não sei falar francês. As palavras não querem se formar. Mas quero o papel cor de lavanda e um envelope também. Tento decidir o que dizer; então, como um bebê, aponto para o papel.

---

[44] "Aqui estão as canetas-tinteiro", em francês. (N.T.)
[45] "É para a escola. Todas as crianças devem utilizar uma caneta-tinteiro a partir dos seis anos. Você pode escolher uma", em francês. (N.T.)
[46] "Samuel, por favor", em francês. (N.T.)
[47] "Tenha cuidado!", em francês. (N.T.)
[48] "Sim, esta. Obrigado", em francês. (N.T.)

— *Mais oui, bien sûr, du papier aussi.*[49] — O Homem das Barbas está sorrindo.
— *De quelle couleur?*

Esta pergunta é fácil de entender.

— Lavanda — digo.

— *Lavande?*

— *Oui*, lavanda.

Franzindo um pouco a testa, o Homem das Barbas pega uma folha de papel roxo. Agora aponto para os envelopes. Percebo que ele está confuso. Deve estar se perguntando por que um menino quer papel roxo. Talvez tenha percebido para que o quero e agora não me dê mais, mas então pega também um envelope.

Depois de ele pagar, saímos da loja. Ele coloca a mão em meu ombro, me guiando. Voltamos à joalheria, e o homem pega uma pequena caixa de madeira. Viro o rosto, mas pelo canto do olho o vejo tirar dela um anel de ouro. O Homem das Barbas volta-se para me mostrar, apontando para as letras gravadas no lado de dentro: S. L. 1944. Segura-o, e eu sei que está esperando que eu lhe estenda a mão para que possa colocá-lo em meu dedo.

Mas eu não quero. Anéis são para meninas. Em vez disso, coço a perna.

Ele se inclina, afasta a minha mão da perna.

— *S'il te plaît, Samuel.*[50]

Fico meio aturdido quando coloca o anel em meu dedo. Isso faz eu me sentir um cão com uma coleira nova. Então o Homem das Barbas me beija, segurando meus ombros enquanto me olha nos olhos.

— *Je t'aime, mon fils.*[51]

Fico ansioso para ir para casa para poder coçar as pernas em paz. Estão ardendo.

Quando chegamos ao apartamento, a Mamãe de Faz de Conta não está lá. Vou para o meu quarto, me sento na cama e levanto a perna dos *jeans*. As manchas vermelhas na pele estão ficando maiores. Coço-as, fazendo força com as unhas. Eu gosto. Agora estão quentes e entorpecidas. Daqui a pouco, vão doer.

Sento diante da escrivaninha, olhando para a mão, para o meu dedo, para o anel. Quanto valerá? Aposto que é ouro verdadeiro.

O Homem das Barbas entra no quarto, sorrindo para mim como se tudo estivesse certo. Desvio o rosto, com uma expressão vazia. Ele pousa a mão em meu ombro e estende a outra para tirar um livro da prateleira, acima da escrivaninha.

— *Est-ce que tu connais Tintin?*[52]

---

[49] "Sim, com certeza, papel também, de que cor?", em francês. (N.T.)
[50] "Por favor, Samuel", em francês. (N.T.)
[51] "Amo você, meu filho", em francês. (N.T.)
[52] "Você conhece o Tintin?", em francês. (N.T.)

Sei que é uma pergunta a respeito do livro, mas não sei qual, então fico sentado olhando para a parede, sem lhe dar atenção.

— *Samuel, Tintin est un garçon qui vie des grandes aventures. Je vais te lire une histoire.*[53]

Qualquer coisa a respeito de aventuras, acho. Continuo olhando para a parede.

Então ele começa a ler, e a sua voz muda. Não consigo deixar de olhar para ele quando faz a voz do vilão, e então rosna como um cãozinho. Vira-se para mim, apontando para as ilustrações. Vejo o cão branco e o vilão, que tem o rosto coberto de pelos.

— *Milou* — diz ele, mostrando o cão.

Aponto para a barba na ilustração, e depois para a barba dele.

Ele ri.

— *Oui, oui, barbe. J'ai une barbe aussi.*[54]

Ah, então barba é *barbe*. Agora posso chamar-lhe Homem da *Barbe*.

Indica o cão na imagem e diz:

— *Chien.*

Mas eu não quero aprender mais palavras. Desvio os olhos do livro.

Ele continua, andando de um lado para o outro, fazendo vozes esquisitas, tentando me mostrar os desenhos. Mas outra vez olho para a parede. Quero que ele vá embora para eu poder escrever para a mamãe.

Por fim, ele fecha o livro e o coloca na prateleira. O quarto fica de repente muito silencioso, e eu sinto que ele está olhando para mim. Finjo que sou uma estátua e fico ali sentado sem mexer um músculo. Se me tornar invisível, talvez ele desista e vá embora.

Mas, em vez disso, o que ele faz é dizer um monte de palavras em francês. Enterro a cabeça nas mãos, e então sinto a mão dele na minha nuca, imóvel. Continuo esperando.

Finalmente, ele sai do quarto. Agora posso escrever para a mamãe. Estou proibido de fazer isso, então vou ter de manter em segredo e depois encontrar uma maneira de colocar a carta no correio. Pouso a caneta no papel e faço força para baixo, empurrando a ponta para a frente para fazer a letra M, mas não sai nada. Faço mais força. Agora deixa só um arranhão. O que há com essa porcaria de caneta? Levanto-a do papel e aperto a ponta com os dedos. De repente, tinta se espalha para todo lado. Caneta estúpida! Jogo-a longe. Não vou chorar. Não vou.

Ouço alguém entrar no quarto, mas não olho. Então sinto uma mão massageando as minhas costas, ouço alguém pegar a caneta e suspirar. O cheiro de flores me diz que é a Mamãe de Faz de Conta. Espreito e a vejo balançar a caneta, e então encostar a

---

[53] "Samuel, Tintin é um menino que vive grandes aventuras. Vou ler para você uma história", em francês. (N.T.)
[54] "Sim, sim, barba. Também tenho barba", em francês. (N.T.)

ponta em uma folha de papel branco. Pelo canto do olho, vejo as letras fluindo da caneta. Levanto a cabeça mais três centímetros para ver o que ela está escrevendo.

> *Cher Sam*
> *Nós te amamos – nous t'aimons*
> *Por favor – s'il te plaît*
> *Nos dê – donne-nous*
> *Uma oportunidade – une chance*

Ela coloca a caneta à minha frente. Desenho um círculo para experimentá-la. Agora também funciona comigo.

Escrevo: *Quero ir para casa*. E então a caneta volta a emperrar e a tinta sai aos borrões. O nó na minha garganta torna-se maior. Mas não vou chorar. Em vez disso, apoio a ponta fina no papel.

Ela pega a minha mão e a segura firme. Agora não consigo mexê-la. Ajoelha-se a meu lado e pega minha outra mão. Tenta me puxar para ela.

Todo o meu corpo fica rígido. Ela me puxa com mais força. Eu resisto. É como uma luta. Estou respirando muito depressa.

Então vejo o Homem das Barbas na porta.

— Sarah! — O rosto dele está muito vermelho. — *Mais qu'est-ce que tu fais?*[55]

---

[55] "Mas o que está fazendo?", em francês. (N.T.)

CAPÍTULO 65

Paris, 20 de agosto de 1953

SARAH

Ela não sabe ser uma mãe para ele. Não teve tempo para aprender. É muito difícil receber de repente um filho, um filho com um caráter já formado. Com uma horrível sensação de desespero, ela se pergunta se não será tarde demais. Perdeu seu bebê para sempre, e esta criança desconhecida o substituiu. Eles tentam cumprir as rotinas da vida normal, mas nada é normal. Apesar de física e mentalmente exausta, descobre que não consegue adormecer à noite.

— Fica quieta, por favor, Sarah, está sempre me acordando.

— Não entendo como consegue dormir!

— Temos de dormir. Precisamos de força para lidar com o Samuel.

— Mas não o escuta chorar?

— Ele vai parar logo. Só precisa de tempo para se adaptar à sua nova vida. Eu sei que é duro para ele, mas há de sobreviver, e isso o tornará mais forte.

— Mais forte? Mas a que preço?

— Sarah, o que você quer que eu faça?

Sarah sente a frustração crescer na voz cansada do marido.

— Só não sei como consegue ficar aí deitado e dormir enquanto ele chora. Eu não consigo.

— É por isso que as crianças precisam de pais além de mães. Como é natural, você é mais branda do que eu, mas temos de nos manter firmes e não sentir pena. Isso não vai ajudá-lo a crescer e aprender quem na verdade ele é.

— E quem é ele na verdade? É um menino de nove anos num país estrangeiro que acaba de ser arrancado da única família que conhece.

— Sarah, por favor, falamos sobre isso de manhã. Agora precisamos dormir.

Ela lhe vira as costas, as lágrimas deslizando por seu rosto, mas não faz o menor ruído. David tem razão, claro: precisam apelar para todos os seus recursos para lidar com o menino aborrecido e deslocado que lhes foi entregue. David sempre foi o forte, mas ela sabe que também está sofrendo; ele apenas se recusa a enfrentar as suas dúvidas. Finge que não estão lá, finge que vai correr tudo bem quando Samuel se adaptar à sua nova vida, que se forem consistentes e pacientes Samuel voltará para eles. Com um suspiro silencioso, ela afasta as cobertas para o lado, desliza as pernas para fora da cama e senta-se.

— Vou beber água — diz, e a voz falha.

— Não vá vê-lo — murmura David. — Só servirá para tornar tudo pior.

Pior?, pensa ela. *Como tudo isso pode ficar pior?*

Ela tateia o caminho ao redor da cama e abre a porta para o corredor. Precisa passar pelo quarto dele a caminho da cozinha, e encosta o ouvido à porta. Silêncio. Terá ele ouvido alguma coisa? Provavelmente não quer que ela entre. Ele a odeia. Ela sente o seu ódio como um campo de força a rodeá-lo.

Mas tem necessidade de vê-lo, de tocá-lo, de saber que é real. Ainda não consegue acreditar que o filho voltou. Gira devagar a maçaneta, abre a porta sem fazer ruído. Avança na ponta dos pés até a cama, atenta ao som da respiração dele, mas não ouve nada. Debruça-se, para verificar se ele está mesmo ali. Pousa a mão no cobertor e a faz deslizar ao longo da superfície até encontrar a forma sólida do seu corpo. Sabe que ele está ali, acordado, prendendo a respiração, desejando que ela saia do quarto.

— Sam — sussurra. — *Je t'aime de tout mon coeur.*[56]

Ainda nada. Ele solta um longo suspiro e ela o sente estremecer. Ela o acaricia por cima do cobertor, murmurando baixinho. Então começa a cantar.

Dodo, l'enfant do
L'enfant dormira bientôt.

Ele vira a cabeça, e ela sente no rosto o seu hálito quente.

— Pode ir embora agora? — Vira-se para a parede. — Me deixa em paz.

---

[56] "Amo você, de todo o coração", em francês. (N.T.)

CAPÍTULO 66

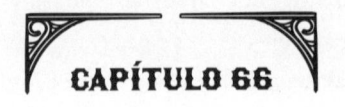

Paris, 2 de setembro de 1953

SARAH

Hoje é um grande dia para as crianças de toda a França – *la rentrée*. A vida volta finalmente ao normal depois dos dois meses de férias de verão. Aqueles que podem, e até aqueles que não podem, costumam deixar Paris em agosto, e os que ficam se beneficiam das ruas mais vazias. Sarah e David adoram Paris em agosto, e nunca viajam; em vez disso, tiram proveito da falta de automóveis para percorrer a cidade de bicicleta, atravessar o Jardim de Luxemburgo e depois pedalar ao longo do Sena até o Canal Saint-Martin, onde deixam as bicicletas para beber um copo de vinho num dos pequenos cafés.

Sarah se lembra da emoção, e também do terror, de *la rentrée* quando era criança. As listas das turmas afixadas na parede do pátio, pais e filhos amontoados ao redor, ansiosos para descobrir o professor e os colegas do ano. Sente-se grata por poder enfim fazer isso com o filho. David também irá, e Sarah sabe que está tão entusiasmado quanto ela. Isso ajudará a colocar as coisas dentro da normalidade. Agora precisam é de rotina. Tem sido difícil manter Sam entretido; ele não se interessa por coisa nenhuma, nem sequer pela Torre Eiffel. Limita-se a olhar da margem, inexpressivo, recusando-se a ficar impressionado.

— Quer que eu acorde o Samuel? — pergunta David ao entrar na cozinha, onde ela está preparando a mesa para o café da manhã.

Sarah vira-se para ele.

— Não tenho certeza de que ele tenha compreendido o que vai acontecer hoje.

— Eu sei. Falei com ele ontem à noite e li para ele aquela história a respeito da criança que vai à escola pela primeira vez. Apontei para as ilustrações e depois para ele, mas nunca sei o que está pensando.

— Pois é. Não compartilha nada conosco.

— Dê um tempo para ele. Sei que já aprendeu algumas palavras em francês, contra a vontade, claro. — Ele cofia a barba. — Vai lhe fazer bem ir para a escola. Não terá alternativa a não ser aprender a língua, se quiser sobreviver.

— Espero que não seja complicado demais para ele. Sabe que as crianças podem ser cruéis com estrangeiros. Samuel não é um deles, não é?

— Não se preocupe. Falei com o diretor, que me prometeu ficar de olho nele. — Ele pousa a mão no ombro dela. — Quando o Samuel entrar na rotina, quando começar a fazer amizades com outras crianças da sua idade, tudo irá se encaixar no lugar. Um dia ele vai perceber que estamos fazendo isso porque o amamos.

Sarah assente com a cabeça.

— Sim, vamos acordá-lo. O café da manhã está pronto.

David bate à porta do quarto de Samuel e a abre ao mesmo tempo.

— Samuel, c'est l'heure.[57]

A forma na cama não se mexe. Sarah observa da porta enquanto David se aproxima da cama e pousa a mão nas cobertas.

— Vamos, Samuel. C'est l'heure aujourd'hui.[58] Escola.

— O quê?

Samuel vira-se e olha para ele, e Sarah percebe pela expressão de horror em seu rosto que compreende as palavras.

Ela entra no quarto e abre o guarda-roupa. Tira de lá umas calças escuras engomadas e uma camisa cinzenta e as estende na cama ao lado dele.

Ele se senta na cama e balança a cabeça.

— Não! Não vou à escola! Eu não quero ir. Não sei falar francês.

Sarah olha para ele. Compreendeu o que disse, mas não consegue encontrar uma resposta. Aponta para as roupas em cima da cama e sai do quarto. David a segue.

Bebem o café na cozinha, esperando o filho aparecer. Passam-se dez minutos, quinze. Samuel não vai aparecer.

— Vou buscá-lo.

Sarah deixa David na cozinha, passando manteiga no pão.

Quando chega ao quarto de Samuel, seu coração tem um descompasso. Fecha os olhos, desejando não ver aquela cena. Ele está debaixo da cama, e o cheiro de urina alcança as narinas dela. Sem uma palavra, entra no quarto. Põe a mão no uniforme escolar, cuidadosamente engomado. Está encharcado.

Quer gritar com ele, chamá-lo de menino nojento. Em vez disso, prende a respiração, engole a fúria e enfia a mão debaixo da cama, arrasta-o para fora pelo cotovelo.

Samuel não está usando as calças do pijama. Sarah olha horrorizada para as suas pernas. Estão cobertas de manchas de pele avermelhada. Samuel olha para elas como

---

[57] "Está na hora.", em francês. (N.T.)
[58] "Hoje é o dia.", em francês. (N.T.)

se as tivesse esquecido, e de novo para ela, os olhos arregalados de medo. É óbvio que ele tem tentado escondê-las dela.

Ela estende a mão para tocá-las. Parecem úmidas e, ao mesmo tempo, secas.

— Ah, não, Sam.

Vai ter de chamar o médico, ele não pode ir para a escola naquele estado.

Quando volta à cozinha, David continua sentado à mesa, pacientemente esperando que sua pequena família se junte a ele.

— David, temos um problema. — Espera que ele olhe para ela. — As pernas do Samuel estão cobertas por uma erupção horrível. Preciso chamar o médico.

— O quê? Espera. Vou vê-lo primeiro.

Sarah sai da cozinha atrás dele e os dois percorrem o corredor até o quarto de Sam, que está agora sentado na cama, com um cobertor sobre as pernas. David franze o nariz e olha para ela.

— O que é esse cheiro horrível?

— Não se preocupe com isso agora. Olhe para as pernas dele. — David estende a mão, preparado para retirar o cobertor, mas Sam o segura. David recua, uma ruga surge em sua testa.

— Molhou a cama? O que tem as pernas dele?

— Estão em carne viva. Precisa ver.

David vira-se de novo para Sam, ajoelha-se na frente dele.

— Deixa eu ver — diz, e afasta o cobertor com um gesto cuidadoso.

Sarah sente o coração se partir ao olhar para a pobre criança, ali sentada, exposta.

De repente, Sam levanta-se de um salto e sai do quarto correndo. A porta da frente fecha-se com estrondo. Deve ter se trancado no banheiro.

Sentado no chão, David parece mortalmente pálido, olhando em frente com uma expressão vazia.

— O que vamos fazer agora, Sarah? O que vamos fazer?

— Não sei. Vou chamar o médico. Precisamos de ajuda.

— Chama o polonês. Ele fala inglês. Samuel precisa falar com alguém. Vou me certificar de que está no banheiro e esperar que ele saia.

Mas ele não sai, e uma hora mais tarde o médico chega. Explicam a ele a situação e então o deixam falar com Samuel através da porta fechada.

Ao fim de quinze longos minutos, Sam sai. Sarah e David retiram-se para que o médico possa examiná-lo em particular, conscientes de que a sua presença só contribuirá para tornar tudo mais difícil. Esperam na cozinha. O chocolate de Sam está frio, e Sarah sente uma sensação de rejeição absoluta invadi-la.

David parece tão abatido e desesperado quanto ela.

— Eu o amo tanto — diz. — Ele pode fazer o que quiser, nunca deixarei de amá-lo.

Sarah olha para ele, para as rugas cinzentas ao redor de seus olhos, para os cantos da boca que a tristeza puxa para baixo.

— Eu sei. É assim que os pais devem se sentir.

— É? Isso magoa tanto.

— Sim, magoa.

Sarah se deixa cair na cadeira.

— Não sei o que mais podemos fazer por ele. Não sei mesmo.

— Eu sei. A única coisa que ele quer é voltar para casa.

Lágrimas silenciosas deslizam por suas bochechas.

David senta-se a seu lado. Passa um braço por seus ombros.

— A casa dele é aqui. Nós somos os pais dele.

— Não para ele, não é?

— Ainda não. Mas um dia ele vai ver a verdade. Temos de lhe mostrar que não vamos desistir dele. — Faz uma pausa, franzindo a testa. — Já passamos por coisas muito piores e conseguimos. Quando eu era fraco, você era forte. E agora vou ser forte por você.

Ele pega a mão dela. Sarah não sabe o que ele pode fazer para ajudá-la.

— Eczema — diz o médico quando sai do quarto. — Tenho quase certeza de que é agravado pelo estresse. — Entrega a eles uma receita para vários comprimidos e pomadas. Quando o acompanham à porta, ele se vira. — É uma situação muito difícil. Vão precisar ser muito pacientes e gentis.

CAPÍTULO 67

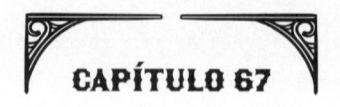

Paris, 3 de setembro de 1953

SARAH

No dia seguinte, Sarah decide dar aula a Sam em casa. A escola pode esperar. O psicólogo disse que com o método de imersão total ele aprenderia a falar francês em seis meses; que aconteceria naturalmente, como um bebê aprendendo a falar. Mas Sarah sente a sua resistência como uma muralha a rodeá-lo. Os bebês não têm esse tipo de oposição bloqueando a aquisição da linguagem. Não é de maneira nenhuma a mesma coisa.

Decide ser mais proativa, envolver mais Sam em vez de deixá-lo cair na apatia.

Há o jogo de memória que comprou antes de ele chegar. Podem jogá-lo juntos em francês. O objetivo é formar o par do animal bebê com o animal adulto. Será uma maneira de lhe ensinar os nomes dos animais.

Ela pega na mão dele e o leva para a sala. Ele se deixa levar. Senta-o na poltrona verde que foi da avó dela. Então se vira para o aparador de madeira escura onde guardam as fotografias, os cartões que receberam e os novos jogos. Espalha as cartas em cima do tampo de vidro da mesa de café e as embaralha com a face voltada para baixo. Vira a primeira. É um bebê canguru.

— *Kangourou.*

Pega a segunda; um bebê leão.

— *Lion.*

Sam olha para ela como se a achasse louca, mas Sarah limita-se a sorrir.

— *À toi.*

Por um momento, ele fica sentado e quieto, olhando em frente com uma expressão vazia. Então, devagar, pega uma carta e a vira. É um gatinho. Vira outra. É um gato.

— *Tu as gagné!*[59]

Cheia de contentamento, ela o vê estender a mão para outra carta. Está participando! Não deve se mostrar tão animada, é apenas o começo, mas pela primeira vez

---
[59] "Você ganhou!", em francês. (N.T.)

consegue ver uma pequena luz brilhar no fundo de um longo e escuro túnel. Então, sem uma palavra, ele se levanta e vai para o quarto.

Comem *croque-monsieur* no almoço. É o único prato de que ele parece gostar. Depois, ela decide levá-lo ao Jardim de Luxemburgo. Fica longe, e eles pegam o metrô. Sarah sabe que ele gosta de trens. Viu como o seu rosto se ilumina quando um deles sai dos túneis.

Nos jardins, deixa-o observar tudo, de vez em quando aponta-lhe alguma coisa, dizendo a palavra, devagar, em francês. Ele olha para ela, mas não repete a palavra. Sarah não pressiona. Um passo de cada vez. Passam pelo lago e param para ver os pequenos veleiros de madeira que deslizam sobre a água. Sam se vira. Ao redor do lago há crianças com varas longas, preparadas para empurrar os seus barcos para o centro caso se aproximem demais da margem.

Sarah faz um sinal na direção dos barcos.

— *Veux-tu essayer?*[60]

Ele balança a cabeça, e ela sabe que compreendeu.

O carrinho de um vendedor de sorvetes para junto ao lago. Sarah decide não perguntar o que ele quer. Em vez disso, olha pela janela.

— Baunilha, por favor.

Olha para Sam.

— E para o jovem cavalheiro? — pergunta o vendedor, seguindo a direção do olhar dela. — Chocolate? Morango?

Sarah o observa com atenção, perguntando-se por um instante se ele vai se recusar a responder.

— Chocolate — diz por fim.

O homem sorri.

— Inglês ou americano? — pergunta.

— Americano — responde Sam, o orgulho vibrando em sua voz.

— *Oh là là*, cachorro-quente!

— Você tem cachorro-quente?

Sam parece animado pela primeira vez desde que chegou.

— *Mais non!* Não! Aqui França. Nunca ter cachorro-quente.

O homem ri e se vira para procurar nas caixas de sorvetes. Vira-se de novo com uma bola perfeita de sorvete equilibrada no alto de um cone, brilhando à luz do fim do verão.

Sam avança um passo para pegar.

— Obrigado.

---

[60] "Quer experimentar?", em francês. (N.T.)

— *Merci* — diz o homem, com uma piscadela.

Sam o ignora e Sarah sente o calor do constrangimento subir por suas bochechas. Lambendo os sorvetes, aproximam-se da área de lazer. Está cheia de crianças pequenas que rolam na areia e deslizam pelos escorregadores. As mães se sentam nos bancos próximos, conversando umas com as outras. Sarah não consegue evitar a dor dos anos que perdeu com Sam. A seu lado, ele está tão imóvel que consegue ver a tristeza se revelando por todos os seus poros. Sente no fundo de si mesma como o coração dele anseia por voltar para casa. É demais para um menino tão novo. Sente-se cruel. Cruel por desejar ter o filho de volta.

⁕

Nessa tarde, David chega do trabalho com um grande pacote retangular embrulhado em papel pardo. Sarah sabe no mesmo instante o que é. Olha para ele, desafiadora. Ela lhe disse que nunca mais voltaria a tocar, e ali está ele com um violino debaixo do braço.

— Não, David.

Quer chorar, gritar, fugir dele. Como foi capaz? Sabe o que ela sente.

— Sarah, por favor. — O olhar de David é firme. — Não acha que já nos tiraram o suficiente?

Passa por ela em direção à sala. Sarah espera do lado de fora, junto à porta, ouvindo-o desembrulhar a caixa, abrir a tampa. Então David faz vibrar uma corda, e o coração dela para. Não consegue respirar. Está tudo voltando: a afinação antes do concerto, a excitação de tocar diante de um público, a pura beleza da música. Pensava que tudo isso pertencia ao outro mundo – o mundo que deixou para trás. Dá um passo para dentro da sala e vê David debruçado sobre o violino, dedilhando gentilmente as cordas. Então ela vê lágrimas silenciosas deslizando pelo rosto dele e caindo sobre a madeira envernizada.

Senta-se ao seu lado e tira o instrumento de suas mãos. Agora é ela que dedilha as cordas, de olhos fechados enquanto ajusta as cravelhas para obter a nota exata. O calor do olhar dele lhe queima a pele. David a quer de volta. Sente isso. É evidente a ansiedade dele pela mulher que conheceu em outros tempos.

Quando acaba a afinação, ela se põe de pé e coloca o violino debaixo do queixo. Com a outra mão pega no arco, puxa-o todo para trás como se fosse disparar uma flecha. É assim que se sente – como se fosse para uma batalha. É tempo de lutar de novo pela vida que já tiveram. Faz um apelo a sua coragem e toca as primeiras notas de *Eine kleine nachtmusik* de Mozart. A peça preferida de David.

Ela o observa enquanto toca. *É para você*, está dizendo a ele sem palavras. *Para você*.

Estão tão perdidos um no outro que não percebem o garotinho parado na porta, vendo, ouvindo, com uma expressão maravilhada no rosto. Quando Sarah sente finalmente a sua presença e olha para ele, em vez de lhe virar as costas como costuma fazer, Samuel a encara. E ela é levada de novo até o bebê que fixava os olhos nela enquanto o amamentava. Ela percebe finalmente um vislumbre do filho que deixou para trás. Sem desviar os olhos dos dele, continua tocando sem falhar uma nota, seu coração voando alto com a música.

CAPÍTULO 68

Paris, 14 de setembro de 1953

SAM

Vão me mandar para a escola. Por mais que eu deteste, não vou chorar. Lembro-me da carta do papai. Sou mais corajoso do que penso. Eu e a Mamãe de Faz de Conta caminhamos ao lado um do outro, mas ela vai com um pé na rua porque as calçadas são tão estreitas que não cabem nós dois. Meu coração bate depressa, como se acabasse de correr cem metros, mas não corri. Estou só andando.

Quando chegamos à escola, vejo várias crianças entrando pelos portões. Paro e olho para a placa: *L'École des Hospitalières-Saint-Gervais*. Parece mais um hospital do que uma escola. Talvez seja uma escola para crianças doentes. Acho que agora posso ser uma criança doente.

Todas as outras crianças entram sozinhas, mas *ela* entra e caminhamos os dois por um corredor com um carpete cinzento que faz tudo parecer abafado e silencioso. Provavelmente estamos indo ao escritório do diretor. Calculo que ele quer me ver porque sou novo e talvez um caso especial. É o que as pessoas dizem quando estão falando a respeito de crianças que se comportam mal.

Paramos diante de uma porta onde há uma placa com um nome: Monsieur Leplane. A Mamãe de Faz de Conta olha para mim, e percebo que está quase com tanto medo quanto eu. Olho para ela como se não fosse nada comigo, mas a verdade é que minha barriga dói e minhas pernas coçam demais.

Ela bate, e um homem baixinho com cabelos escuros e vastos abre a porta.

— *Entrez, entrez* — diz ele, como se estivesse com pressa. Quando entramos no gabinete, ele está atrás de sua mesa, e há livros de ambos os lados, como se fossem cair no chão. Ele abaixa os óculos e olha para mim por cima deles. — *Bonjour, Samuel*.

Sei que está esperando que eu diga alguma coisa, para ver se eu falo francês, mas as palavras em francês não saem. Nem mesmo quando eu quero. Como agora.

— Olá — sussurro.

Ele franze a testa e então olha para a Mamãe de Faz de Conta e diz a ela alguma coisa em francês.

Ela se inclina até que os seus olhos ficam diante dos meus e diz baixinho:

— *Au revoir, Sam.*

Eu a ignoro. Mas então ela está saindo porta afora e de repente não quero ficar ali sozinho.

Monsieur Leplane dá a volta na mesa e senta-se.

— *Samuel, assieds-toi.*[61]

Aponta para uma cadeira.

Faço o que ele diz e sento-me em cima das mãos. Sei que se as deixar livres, vou começar a me coçar. Fotografias de filas atrás de filas de alunos com um ar sério olham para mim da parede atrás da mesa.

— Seu pai me contou a sua história.

Ele está falando inglês!

Tira os óculos para me ver melhor.

— Samuel, todos sabemos que isto é difícil para você, mas seu lugar é aqui. Esta é a sua verdadeira casa. — Volta a pôr os óculos. — E vamos fazer tudo o que pudermos para ajudá-lo a se adaptar à sua nova vida. Não vai ser fácil, sobretudo no princípio, mas quando começar a interagir com outras crianças, as coisas vão... se encaixar nos respectivos lugares.

Não consigo evitar e coço as pernas por cima das calças. Monsieur Leplane parece simpático, e o seu inglês é muito bom, mas sei que está do lado *deles*. Não do meu. Esse pensamento me aperta a garganta. Pisco para dissipar as lágrimas. Não vou chorar. Não vou.

— Deixe eu contar a você uma coisa a respeito da história desta escola — diz em voz baixa. — Está relacionado com a sua história, mas a sua acaba melhor.

É uma história estúpida, quero gritar. Mas não grito. Continuo coçando as pernas.

— Na manhã do dia 16 de julho de 1942, só dois anos antes de você nascer, quase todas as crianças desta escola foram presas. Em setembro só havia quatro. Consegue imaginar isso? Prender crianças? E sabe qual era o crime delas?

Acho que sei a resposta, mas não digo nada.

Ele olha para mim, aguardando.

— Terem nascido no lugar errado? — murmuro.

— Sim, pode-se dizer que sim. Eram judias quando era crime ser judeu.

Ainda não sei muito bem o que significa ao certo ser judeu – algo relacionado a religião. Sei que Hitler odiava os judeus. Queria matá-los todos, até os bebês.

---

[61] "Samuel, sente-se", em francês. (N.T.)

— Os nazistas tornaram um crime ser judeu.

— Meu pai não *era* nazista! Você nem o conhece!

— Eu sei que não era, Samuel. Não foi isso que eu disse. — Ele dá a volta na mesa até ficar ao meu lado e pousa a mão em meu ombro. — Seu pai, Jean-Luc, fez uma coisa muito corajosa. Salvou você dos nazistas. Não era dele que eu estava falando. Era dos *gendarmes* franceses que prenderam as crianças e as entregaram aos nazistas. Penso que muita gente fez coisas que agora desejaria não ter feito. É uma coisa que a guerra faz com as pessoas.

— Amo o meu pai, é o melhor pai do mundo — digo, e engulo o grande nó em minha garganta.

— Faz bem em amá-lo, Samuel. Ninguém está pedindo que deixe de amá-lo. Mas sabe, a sua mãe aqui também fez uma coisa muito corajosa, uma coisa que poucas mães teriam força para fazer. Apesar de você ter só um mês, ela desistiu de você porque sabia que era a sua única oportunidade de sobrevivência. Perdeu todos estes anos que devia ter passado com você, e agora os quer de volta. Consegue compreender isso?

Encolho os ombros. Não quero pensar nela.

Ele está olhando para mim, esperando que eu diga alguma coisa.

— Ela não é minha dona — sussurro.

— Claro que não. Ninguém é dono de ninguém, mas o lugar dos filhos é junto dos pais.

— Meus pais estão nos Estados Unidos.

— Pensava que estavam. Mas agora sabemos que estão aqui na França.

— Não! A minha mãe e o meu pai verdadeiros estão nos Estados Unidos.

— E um dia você terá idade suficiente para ir visitá-los sozinho, mas, por enquanto, precisa dar uma chance a esta nova vida. É uma oportunidade para si mesmo; pode aprender francês, descobrir a sua história, aprender a respeito da sua cultura.

— Não quero. Odeio tudo aqui.

Ele coça a cabeça e olha para mim como se estivesse tentando entender alguma coisa. Talvez esteja pensando no meu problema. Tenho a sensação de que talvez ele compreenda melhor do que os policiais e aquela psicóloga com quem falei. Nenhum deles percebeu que eu sou americano, não francês.

— Chega de história por hoje. — Ele olha para o relógio. — Pensemos agora no futuro. Para um futuro melhor precisamos educar as crianças, não é verdade? Vamos então tratar disso.

Ele é igual aos outros. Não vai me ajudar. Limpo o rosto e digo a mim mesmo que voltarei para casa, nos Estados Unidos. Um dia vou voltar, juro.

— Vamos conhecer a sua turma — diz ele.

Quando chegamos à sala de aula, as crianças estão sentadas cada uma atrás da sua carteira. Todos se levantam. "*Bonjour, monsieur Leplane*", dizem em coro, e voltam a se sentar.

A professora é uma senhora com longos cabelos escuros e encaracolados e pele bronzeada. Sorri para mim com uns olhos castanhos e bondosos que me fazem lembrar a mamãe. Coloca a mão em meu ombro e me leva para a frente da turma. Não sei muito bem o que diz quando me apresenta, mas ouço "*Les États Unis*", que significa Estados Unidos. As crianças olham para mim, me avaliando. Não sorriem, e eu também não.

Colocam-me ao lado de um garoto chamado Zack. Para meu alívio, ele sorri quando me sento. Parece divertido, com o seu grande sorriso e um espaço entre os dentes da frente.

— Sou meio americano — murmura. — Fique comigo.

Por fim, alguém com quem falar.

A professora encontra a caneta-tinteiro na minha caixa de lápis e a coloca na minha mão. Zack me deixa copiar dele, mas há muita coisa para escrever e a minha mão começa a doer. Sinto uma bolha crescendo na parte de dentro do meu dedo médio.

Quando toca o sinal para o intervalo, sigo Zack até o pátio.

— O meu pai é americano — diz ele enquanto saímos. — Conheceu a minha mãe quando os soldados americanos vieram libertar Paris. Saltou do caminhão quando a viu no meio da multidão e a beijou. Todos os soldados americanos estavam beijando as moças francesas. — Ri. — *Maman* disse que estavam tão felizes por se verem livres dos nazistas que deixaram.

Não sei o que dizer, então me limito a sorrir.

— Isso foi em 1944, e eu nasci em 1945 — diz ele, orgulhoso.

O que faz dele um ano mais novo do que eu. Acho que me baixaram de ano por não saber falar francês.

Estou aflito para fazer xixi e as minhas pernas voltaram a coçar.

— Preciso ir ao banheiro.

Ele olha para mim por um instante antes de responder.

— É ali — diz, apontando para um pequeno prédio de cimento.

Eu me afasto correndo. Quando chego lá, há um grupo de meninos por perto. Sei que vão me avaliar. Levanto a cabeça e evito os olhos frios deles quando passo. As portas estão abertas e vejo que os sanitários são aqueles buracos no chão. *Tudo bem*, digo a mim mesmo. *Preciso muito ir; aguentei a manhã toda. E também quero coçar as pernas.* Entro num dos cubículos, mas não há fechaduras nas portas, e tem cheiro de cocô. Meu estômago se revira e de repente já não preciso mais ir. Só quero sair daqui, mas tenho que passar de novo pelo grupo de garotos. Cometo o erro de olhar para eles.

Começam a assobiar baixinho. Não sei o que fazer.

Um deles me empurra para um cubículo, com força. Meus pés escorregam e deslizam. Estendo as mãos para me agarrar à parede. Está úmida e viscosa. Um vômito me sobe a garganta.

Ouço risos atrás de mim.

Então o sinal toca e eu os ouço se afastarem correndo. Engulo o vômito. Puxo as calças para baixo no momento em que o xixi começa a escorrer pelas pernas.

Quando volto à aula, está todo mundo escrevendo em silêncio. A professora sorri para mim e aponta o meu lugar.

— Você se perdeu? — sussurra Zack enquanto me sento.

Faço que sim com a cabeça. *Não vou chorar. Não vou.*

Há mais palavras para copiar, e eu me perco no aborrecimento de tudo isso. Passado algum tempo, o sinal volta a tocar.

— Até depois do almoço — diz Zack quando saímos da sala de aula.

— O quê?

— Depois do almoço — repete ele.

Vamos almoçar em casa?

A Mamãe de Faz de Conta está no portão com as outras mães verdadeiras. Eu a vejo me procurar, com as veias aparecendo em seu longo pescoço. Baixo a cabeça, me escondendo no grupo. Podia baixar a cabeça e fugir! Guardo essa informação importante para mais tarde e me deixo ser arrastado com as outras crianças.

Paramos na *boulangerie* a caminho de casa para comprar uma baguete. Eu arranco das mãos dela e tiro pedaços que vou enfiando na boca.

Estou esperando que a Mamãe de Faz de Conta se zangue, mas ela se limita a tocar meu ombro.

— *Tu as faim après l'école, n'est ce pas?*[62]

Pensa que tenho fome, mas não tenho. Só quero irritá-la. Quando chegamos ao apartamento, corro direto para o banheiro no corredor e me agacho por cima do buraco no chão. Lavo as mãos depois, girando o pedaço de sabonete até que a única coisa que vejo é espuma. Sinto o sabonete ficar cada vez menor.

— Sam? — chama a Mamãe de Faz de Conta. — *Ça va?*

Aperto as mãos uma contra a outra até que o sabonete escorrega para o chão, e então ponho um pé em cima, esmago-o, esfrego-o de um lado para o outro até todo o chão ficar escorregadio. Saio do banheiro com sabonete agarrado à sola do sapato, esmagando-o contra o chão enquanto entro na cozinha. Faço essas coisas ruins porque elas me fazem sentir um pouco melhor. Nunca fiz coisas assim; nunca pensei sequer nisso.

---

[62] "Você fica com fome depois da escola, não é?", em francês. (N.T.)

Vejo-a olhar para o chão, e sei que está observando a porcaria que fiz. Fico esperando que grite comigo. Não sei porquê, mas quero fazê-la ficar zangada.

— *Enlève tes chaussures, Sam.*[63]

Ela se abaixa para afrouxar os cadarços. Olho para a nuca dela e me pergunto quantos anos pensará que tenho. Quatro, talvez?

Deixo-a tirar os meus sapatos. Está fingindo que nem sequer reparou no sabonete. Então ergue a cabeça para mim, e eu vejo que os seus olhos verdes estão brilhantes de lágrimas. Ela pisca e tenta sorrir, mas eu sei que quer chorar. Faz-me sentir mal por dentro. Muito mal mesmo. Sem uma palavra, sigo-a até à cozinha. Vejo-a cortar o que resta da baguete e arrumar tudo num cesto de pão. Então pega uma tigela de cenouras gratinadas e a coloca também em cima da mesa.

— *Assieds-toi.*

Obedeço e me sento. Ela se senta ao meu lado e comemos as cenouras e o pão. Limpo o meu prato com o pão, como ela faz. Já não fico com vontade de ser mau. Então ela põe carne e batatas nos pratos vazios. Há torta de maçã para a sobremesa, com as rodelas de maçã muito finas e regulares.

— *Viens* — diz ela depois do almoço.

Vou atrás dela até a sala, o pior cômodo do apartamento, com o seu sofá dourado para dois plantado no meio e grandes cadeiras de madeira, uma de cada lado. Não há televisão, só livros num armário com portas de vidro.

Ela pega um e se senta no sofá, dando um tapinha no lugar ao seu lado.

Sento-me ao seu lado, mas só porque tenho pena dela. Mas não muita, na verdade. Ela podia me deixar ir para os Estados Unidos, se quisesse. Segura o livro e começa a ler em voz alta. Não entendo uma palavra e começo a me imaginar entregando uma carta ao Zack para ele pôr no correio. Para a mamãe.

---

[63] "Tire os sapatos, Sam", em francês. (N.T.)

CAPÍTULO 69

Paris, 14 de setembro de 1953

SARAH

Como é possível uma criança de nove anos dormir à uma da tarde? Sarah vê os olhos de Sam se tornarem pesados à medida que ela lê. Ela tem de sacudi-lo para o acordar e poder levá-lo à escola.

É porque ele não dorme direito à noite. Ouve-o chorar, e por vezes gritar dormindo; palavras americanas, duras, zangadas, que ela não compreende. Durante o dia, está muitas vezes letárgico; encontra-o encolhido na cama, dormindo no meio da tarde. Em outras ocasiões ele mostra uma agressividade silenciosa, planejando uma forma de perturbá-los. E depois há as feridas em suas pernas. Todas as palavras que não pode dizer estão saindo por sua pele inflamada e úmida.

Durante mais quanto tempo pode permitir que isso continue? David diz para que ela seja forte, que aguente, mas parece que não estão sendo fortes, mas sim cruéis.

Enquanto caminham de volta à escola depois do almoço, Sam arrastando os pés dois passos atrás dela, não consegue parar de amaldiçoar Charlotte Beauchamp. Por que razão nunca falou em francês com a pobre criança? Por que a privou da sua língua materna? Não faz sentido para ela; só consegue imaginar Charlotte como uma mulher de poucos princípios, contente por fugir da França e esquecer a sua história, e até a própria família.

— Olá, Sam!

Um menino com uma quantidade imensa de cabelos encaracolados corre para eles, sorrindo de orelha a orelha.

— Olá, Zack.

Sarah vira-se para olhar para o filho, surpresa com o tom de sua voz. Parece feliz, normal, como qualquer outro garotinho.

Zack para e cumprimenta Sarah com um beijo em cada bochecha em saudação. Que menino simpático, bem-educado.

— *J'aide Sam en français*⁶⁴ — anuncia, orgulhoso. — *Mon père est américain.*

Adeus método de imersão! Para ser franca, ela não se importa; está feliz por Sam ter feito um amigo.

Os dois garotos correm para a sala de aula sem sequer um olhar para trás. Pela primeira vez, Sarah sente que alguma coisa normal está acontecendo ao filho. Não consegue evitar a sensação de esperança que cresce em seu peito. Volta para casa com passos mais ligeiros, pensando em como os amigos são importantes naquela idade e em como, com a ajuda de Zack, Sam não demorará a se sentir muito mais em casa.

Quando chega, abre a porta com a sua chave, mas fica surpresa ao ouvir vozes vindas da sala. Ela segue para lá, se perguntando o que David estará fazendo em casa no meio da tarde.

— *Bonjour.*

Olha para o desconhecido, que bebe chá em seu melhor conjunto de porcelana. David levanta-se do sofá.

— Sarah, quero lhe apresentar o meu amigo Jacob Levi. Conheci-o na sinagoga.

— É um prazer conhecê-la. — O desconhecido levanta-se, avança e a beija no rosto. — David falou muito de vocês e da sua incrível história.

Incrível não é a palavra que ela usaria. Trágica, talvez, terrível, inimaginável, mas não incrível. Não sabe o que dizer, então vai até o sofá e se senta. Os homens a imitam. Um silêncio constrangedor paira na sala, o que leva Sarah a se perguntar de que estariam falando antes de ela entrar.

David tosse.

— Ainda tem café, se quiser, Sarah.

— Não, obrigada.

— Estávamos falando de Paris durante a guerra, como era assustador. — Jacob pousa nela os olhos escuros, sérios. — Fui embora em 1939, antes que se tornasse... impossível. Tínhamos família em Nova York. Eles nos receberam.

Por que ele sente a necessidade de se explicar?

David baixa os olhos para a xícara que tem na mão.

— Se soubéssemos, também teríamos partido.

— Com certeza. Mas ninguém naquela altura imaginava, ou podia imaginar, o que ia acontecer...

A voz de Jacob esmorece em silêncio.

— Não. — David retoma a conversa. — Uma coisa era deportar imigrantes. Mas cidadãos franceses também? Ninguém estava esperando por isso. Quando percebemos que tínhamos de sair, já era tarde demais.

---

⁶⁴ "Eu ajudo Sam com o francês. Meu pai é americano", em francês. (N.T.)

— Exato. — Jacob pousa no pires a xícara que estava segurando. Parece pensativo, e Sarah se pergunta o que na verdade o levou à casa deles. — Mas eu já tinha visto isso acontecer. — Faz uma pausa. — Começa sempre com medidas quase insignificantes, sabe, coisas com as quais uma pessoa pode viver, como não ser autorizado a ter uma bicicleta ou um rádio. Provoca mal-estar, faz-nos sentir alienados, mas a vida continua. Então novas restrições tornam tudo pior: limitar os lugares aonde podemos ir, as lojas onde podemos comprar. Não nos é permitido conviver com não judeus. — Volta a pegar a xícara. — E finalmente tiram-nos o ganha-pão. Então torna-se quase impossível sustentar a família; os nossos filhos passam fome e começamos a dizer a nós mesmos: estão tentando nos matar. Mas aí já é muito tarde. Já não temos dinheiro nem contatos para fugir. Somos alvos fáceis, como patos nadando num lago.

Sarah já ouviu isso, e sempre que o ouve tem vergonha da ingenuidade deles durante a ocupação de Paris, imaginando que, por serem franceses com um nome francês desde há duas gerações e por viverem no elegante *16ème arrondissement*, estariam seguros. Tinham testemunhado a grande operação de 1942, mas mesmo assim não tinham feito planos para fugir. Não queriam fugir. Foi orgulho, coragem ou negação?

Sabe que David vai tentar defender essa falta de iniciativa.

— Patos num lago? Sim. Primeiro, tivemos de usar a estrela amarela. Depois, só podíamos viajar no último carro do metrô. Os boches viajavam no da frente, então tudo bem! Em seguida, não podíamos atravessar os Champs-Élysées, entrar em teatros ou restaurantes. E aí nos proibiram de comprar em certas lojas. — Tosse e puxa fios da barba. — Mas a vida continuava. Continuava a haver espetáculos, as pessoas se arrumavam para sair, se apaixonavam. — Faz uma pausa. — Eu e a Sarah nos conhecemos no verão de 1940. Fizemos um casamento muito simples meses depois e nos mudamos para um pequeno apartamento que os meus pais tinham no *16ème arrondissement*.

— Você estava trabalhando?

— Sim, era um dos poucos judeus que ainda tinham um emprego, e consegui conservá-lo até 1943.

— Teve sorte.

— A pesquisa sobre o câncer que eu estava fazendo era importante na época; eles precisavam de mim. Pensei que estávamos seguros. Não compreendemos o perigo da nossa situação. Só quando ele estava bem diante de nós, nos encarando.

— Sim, foi algo além da imaginação. Além do que qualquer pessoa seria capaz de imaginar. Mas vocês, os dois, devem ter agido com muita inteligência para sobreviverem por tanto tempo em Paris.

— Sobreviver é a palavra, sem dúvida. — David para de mexer na barba. — Quando fiquei sem emprego, compreendemos que era a única coisa que podíamos esperar: sobreviver.

— Devem ter tido a ajuda de bons amigos.

— Tivemos, mas não nos escondemos, só tentamos não sair do apartamento. Os amigos nos levavam comida quando podiam, e quando Sarah tinha de sair usava o casaco sem a estrela amarela. — Faz uma pausa. — Era sempre um dilema, usar ou não a estrela. Usá-la era um convite a uma detenção aleatória, mas não a usar, bem, sabe como era: se nos pedissem os documentos, era o fim. Mas não se podia usá-la um dia e não a usar no seguinte. As pessoas começaram a saber quem era judeu e quem não era. E havia sempre alguém disposto a nos denunciar.

— Isso é o que tenho mais dificuldade em compreender... todas aquelas denúncias.

— Antes da guerra, quase ninguém sabia que éramos judeus. O nosso nome nada dizia; o meu pai não era judeu, a minha mãe sim. — Faz uma nova pausa, outra vez tocando a barba. — Foram levados um ano antes de nós. Não quiseram se mudar para uma casa-refúgio na noite em que os avisamos.

Jacob baixa a cabeça.

— Lamento.

O silêncio enche a sala.

Passados alguns minutos, David retoma a conversa.

— Tecnicamente, Sarah é mais judia do que eu; os pais eram ambos judeus.

Olham os dois para Sarah. Mas ela não quer pensar nos pais. Engole o nó apertado na garganta e obriga-se a falar.

— Era mais seguro ser eu a sair. Era mais provável que detivessem o David. Tinham tirado quase todos os homens de Paris, então um homem chamaria a atenção, mas para uma mulher magricela como eu ninguém iria olhar. Havia muitas iguais, fazendo fila durante horas para comprar comida. A maioria das vezes nos ignoravam.

— Quando voltaram depois da guerra... — Jacob hesita — por que não regressaram à casa de vocês?

— Muitas recordações — diz Sarah, apressada.

— Queríamos estar no meio da nossa gente. — David concorda com a cabeça. — Não podíamos voltar à vida que tínhamos; além disso, havia outras pessoas morando em nosso apartamento.

Jacob balança a cabeça.

— De fato. Muita gente ainda luta para recuperar a própria casa. — Tosse e pousa a xícara no pires. — É um milagre terem sobrevivido a Auschwitz. — Vira-se para Sarah. — Ambos.

— Cento e noventa dias — murmura Sarah.

— Éramos jovens — diz David. — E mais fortes do que muitos dos prisioneiros que lá estavam há mais tempo. Lembre-se de que fomos num dos últimos trens que partiram. Quando foi, Sarah?

A data está gravada em sua mente: 30 de maio de 1944. O dia em que entregou o filho. Sabe que David também não a esqueceu; está só tentando mantê-la envolvida na conversa.

— Uma semana antes dos desembarques do Dia D — diz. — Uma semana exata. Nunca foi capaz de mencionar a data em si.

— Sabíamos que a guerra não podia durar muito mais tempo — continua David. — Só tínhamos de aguentar. Saber que Samuel estava vivo nos ajudou muito. Ele era a nossa força escondida, nossa luz.

— David conseguia me enviar mensagens.

Sarah fala em voz baixa, num tom sonhador, como se as recordações estivessem voltando pouco a pouco.

— Éramos jovens e os nossos corações eram fortes. — David levanta-se e vai até onde Sarah está sentada. Passa um braço pelos ombros dela. — Tínhamos todas as razões para lutar por nossas vidas. E lutamos.

O silêncio volta a reinar enquanto eles pensam naqueles que não voltaram. Sarah gostaria que Jacob fosse embora para que pudesse se deitar. Seu coração está pesado, o corpo sem energia, sente-se apática, letárgica.

Jacob parece adivinhar seus pensamentos e se levanta.

— Bem, já abusei o suficiente do tempo de vocês. Estou ansioso para conhecer Samuel, mas não há pressa. Deus estará sempre pronto para recebê-lo no rebanho. Quando acharem que chegou o momento.

Sarah assente com a cabeça e deixa David acompanhá-lo à porta. Então, sem uma palavra, vai para o quarto e deita-se no escuro, as persianas ainda fechadas da noite anterior.

CAPÍTULO 70

Paris, 17 de setembro de 1953

SAM

— Quer jogar bolinha de gude? — pergunta Zack na hora do recreio. Nós nos juntamos a um grupo de meninos que estão ajoelhados no chão, e ele tira do bolso um pequeno saco verde. — Hoje pode jogar com as minhas.

Ele me dá três. São das transparentes, com cores que se abrem como penas no meio. Olho com mais atenção para a azul; não é inteira azul, tem dois tons, como a minha preferida que ficou nos Estados Unidos. Aperto-a com força e minha barriga dói de saudades de casa.

Observo os outros meninos fazerem triângulos com os dedos, semicerrando os olhos enquanto se preparam para lançar as bolinhas. Sento-me no chão com eles. O cheiro de asfalto quente me faz lembrar do Boardwalk, queimando sob os meus pés com o calor do verão. A recordação atinge com força o meu estômago, e os meus olhos ardem de lágrimas. Mas pisco para afastá-las e me obrigo a pensar no jogo. Sempre fui muito bom com bolinhas de gude. Vou mostrar a eles o que sei fazer. Deito-me no chão e demoro um tempo mirando a bolinha. Ao fechar um olho, eu a jogo com a quantidade de força certa. Se for de mais, passa por cima do alvo. Se for de menos, não chega lá.

Yes!

— *Pas mal* — diz um dos garotos mais velhos. Quer dizer nada mal, o que na realidade quer dizer muito bom. A sensação é como quando um professor diz que o nosso trabalho está excelente, só que ainda melhor.

Olho para o garoto.

— *Merci*.

Ele acena para mim com a cabeça. Um aceno desses é sinal de respeito.

Um outro menino me empurra para o lado.

— *Mais dépêche-toi. La cloche va sonner.*[65]

---

[65] "Rápido. O sinal vai tocar", em francês. (N.T.)

Percebo o que ele diz. O sinal vai tocar. Palavras francesas estão se insinuando em minha cabeça como fantasmas atravessando paredes. Não me importo muito, mas não vou falar a língua.

Depois do intervalo, temos música. Zack me diz que chamam o professor de Tonton Marius por ele ser do sul. Devo estar fazendo cara de bobo, porque ele acrescenta:

— Você sabe, do Marcel Pagnol.

— Quem é esse?

— *Mon Dieu!* Você não sabe mesmo nada, não é? É um escritor famoso, e a principal personagem dos seus livros chama-se Marius e é do sul. Nunca viu *Manon des Sources*? Estreou ano passado.

Balanço a cabeça, sentindo um calor no rosto. Não estou acostumado a não perceber as coisas.

— Fui uma vez aos Estados Unidos — diz Zack numa voz mais suave —, mas não me lembro de nada. Tinha só um ano. O meu pai disse que ia me levar de novo quando fosse mais velho. É verdade que lá todo mundo tem televisão?

— Acho que sim.

Todo mundo que eu conheço tem televisão, mas não sei muito bem se isso significa que todos nos Estados Unidos têm.

— Uau! São todos ricos?

— Acho que não.

Lembro-me do varredor da rua. Não parecia rico. A verdade é que nunca pensei muito nisso.

Depois de música com o Tonton Marius, temos matemática. Sempre fui muito bom em matemática, e não há palavras, só uma lista de cálculos. Termino tudo num instante.

A professora anda para cima e para baixo nos corredores entre as fileiras de carteiras, batendo de vez em quando com uma régua na carteira quando encontra um erro. Ela se aproxima e fica ao lado da minha.

— *Bien, Samuel, ça se voit que tu as déjà fait des mathématiques.*[66] — A voz é suave, como uma canção. Olho para ela e sorrio. Acho que acaba de me dizer que estou indo muito bem. — *Maintenant, il faut travailler ton français.*[67]

Mais tarde, Zack diz:

— Quer ir na minha casa depois da escola?

— Pode apostar que sim! — Tudo é melhor do que voltar àquele horrível apartamento. — Consegue falar com a sua mãe que peça à Sarah?

---

[66] "Bem, Samuel, está claro que você sabe matemática", em francês. (N.T.)
[67] "Agora é preciso trabalhar o francês", em francês. (N.T.)

— Quem é Sarah?

— A senhora que vem me buscar.

— O quê? Pensei que fosse a sua mãe.

— Não, a minha mãe está nos Estados Unidos.

— Mas Monsieur Leplane disse que você veio para Paris para morar com os seus pais. Que tinha sido mudado... deslocado, foi o que ele disse, por causa da guerra.

— Ah, disse? Bem, ele não sabe a história toda. É segredo.

— Segredo? O que você quer dizer com isso?

— Não posso falar sobre isso.

— Mas eu sou bom em guardar segredos. Juro pela minha vida.

Ele coloca a mão em cima do coração e faz um ar tão sério que me dá vontade de rir.

— Conto assim que puder, Zack, prometo. Mas agora não posso.

— Tudo bem — diz Zack, e aperta a minha mão. Faz-me sentir muito adulto.

— Mas tenho certeza de que Sarah vai me deixar ir.

Portanto, tal como foi combinado entre nós, Zack pede à mãe que pergunte à Mamãe de Faz de Conta se posso ir brincar com ele. A Mamãe de Faz de Conta parece muito contente com a ideia e sorri para mim como se fosse a melhor notícia que lhe deram em toda a sua vida.

— Anda, ela disse que sim.

Zack me puxa. Olho para trás e vejo que a Mamãe de Faz de Conta nos segue, conversando com a mãe do Zack.

— *Ela* também vem? — pergunto.

Zack olha por cima do ombro.

— Acho que sim. Por quê?

— Nada. Só para saber.

Droga! Ela deve estar contando toda a história à mãe do Zack. Agora o Zack vai descobrir tudo. E então vai saber que eu menti para ele, e isso será o fim da nossa amizade. O que posso fazer?

— Zack — digo —, tenho de te contar um segredo. Quando estivermos sozinhos.

CAPÍTULO 71

Paris, 17 de setembro de 1953

SARAH

Sam tem um amigo. É o vislumbre de luz pelo qual ela vem rezando. Passou uma tarde encantadora conversando com a mãe de Zack, e encontrou em sua nova amiga uma pessoa solidária, pronta para ouvir e ajudar, se puder. Uma onda de otimismo a inunda quando imagina um futuro em que Sam brinca com os novos amigos enquanto ela e David conversam com os pais; saídas juntos nos fins de semana, piqueniques no verão, visitas ao zoológico, a parques, a museus.

— Mais chá? — oferece a mãe de Zack.

— Não, obrigada. Já deve ser tarde, é melhor irmos andando. Foi muito agradável. — Seis e meia! David deve estar chegando do trabalho a qualquer momento. Ficará preocupado se não os encontrar em casa. — Peço desculpas. — Levanta-se. — Não fazia ideia de que era tão tarde. Muito obrigada pela sua hospitalidade.

Sam arrasta os pés pelo caminho de volta. Faz isso de propósito porque vê que ela tem pressa. Quando ele para para ver a vitrine de uma loja, ela pega a mão dele e o puxa.

— *Allez*, Sam. É tarde.

A força da resistência no braço fino dele a faz arquejar. Ela o solta. Não faz sentido contrariá-lo, só servirá para tornar tudo pior, então finge também olhar a vitrine. Sabe que ele não vai demorar para ficar entediado e continuar andando.

Dois minutos mais tarde, ele se afasta, e desta vez ela finge não ter pressa nenhuma. Quando entram no apartamento, David está atrás da porta.

— Onde estiveram?

Sarah sente Sam ficar rígido a seu lado.

— Samuel fez um amigo na escola. Conheci a mãe dele e comemos o *goûter* juntas.

David solta a respiração.

— Estava preocupado.

Sarah toca o seu braço.

— Desculpa, não percebi o tempo passar.

— Não, estou contente por ter passado momentos agradáveis. O que fizeram?

— Só bebemos chá e conversamos.

Sam aproveita para correr para o quarto.

— Vou dizer oi direto para ele — diz David.

Sarah o segue pelo corredor até o quarto de Samuel. Quando eles batem e entram no quarto, Sam ergue os olhos e, depressa, guarda uma folha de papel roxo na gaveta.

— *Bonsoir, Samuel.* — Parece que David está fingindo que não reparou em nada, mas ela não consegue deixar de se perguntar o que tem naquele pedaço de papel. — *Alors, c'était comment, l'école?*[68]

David avança um pouco mais no quarto. Sam olha dele para Sarah, e depois de novo para ele.

— Foi tudo bem — diz, por fim.

— *Bien, bien.* — David está sorrindo. — *C'est une bonne nouvelle. Je suis content.*[69]

Sarah sai para ir preparar o jantar. Alguns minutos depois, David vai atrás dela na cozinha.

— Parece mais feliz agora que começou a escola. Eu sabia que estar com crianças da mesma idade ia ajudar. — Pega dois copos de vinho, coloca um pouco de cassis em cada e acrescenta vinho branco. — Como é este amigo?

— O Zack? É encantador, muito delicado e bem-educado. E a mãe dele também é encantadora.

— Como é que os meninos se comunicam?

— Sabe como são as crianças. Dão sempre um jeito.

Tosse para disfarçar o mal-estar com a mentira inofensiva. Não quer ver o desapontamento em seu rosto quando lhe disser que o novo amigo de Sam é anglófono.

— Sim, claro. — David faz uma pausa. — Vai correr tudo bem, não vai, Sarah?

Ela pega o seu copo e espera que David pegue o dele. Eles brindam, encarando-se, mas Sarah não sabe como responder à pergunta. Continua a não ter certeza de que tudo ficará bem.

Bebe um pequeno gole do seu *kir*.

— É difícil chegar nele. Muito difícil. É como se tivéssemos uma montanha alta para escalar e nem sequer soubéssemos como será a vista do cume.

— O que você quer dizer com isso?

— Bem, ele vai se adaptar. Não terá escolha. Mas não sei se algum dia será capaz de nos amar.

---

[68] "Então, como foi a escola?", em francês. (N.T.)
[69] "Ainda bem. É uma boa notícia. Estou contente", em francês. (N.T.)

CAPÍTULO 72

Paris, 17 de setembro de 1953

SAM

Consegui enfiar a carta na gaveta no exato momento em que eles entraram no meu quarto. Não que conseguissem lê-la, mas veriam que está escrita em inglês e descobririam para quem estou escrevendo.

Pego a carta. Desta vez tenho um livro à mão para o caso de precisar escondê-la de repente. Eu a releio para mim mesmo.

Querida mamãe,
Eu te amo. Sinto tantas saudades que até me dói por dentro. É a melhor mãe do mundo e o papai é o melhor pai. Não quero saber o que as outras pessoas dizem. Elas não compreendem. A Mamãe e o Papai de Faz de Conta são esquisiiitos. Eu o chamo de o Homem das Barbas porque tem uma barba muito grande e encaracolada. Você e o papai são os meus verdadeiros pais e vou dar um jeito de voltar para casa. Por isso não se preocupem. Gostaria muito que tivéssemos chegado ao México. Odeio ficar aqui. Amo vocês.

Eu me concentro na escrita e tenho o cuidado de só levantar a caneta do papel entre as palavras. Pergunto a mim mesmo o que mais posso dizer à mamãe. Ainda não tenho um plano, mas quero que ela saiba que vou tentar.

A porta se abre com um estalo. Meu coração salta para a garganta. Logo, escondo a carta debaixo do livro e o abro, fingindo que estou lendo.

O Homem das Barbas vem até à mesa.

— Ça va, Samuel?[70] — Ele se debruça por cima do meu ombro. — Qu'est-ce que tu lis?

Sei que quer saber o que estou lendo.

— Tintin.

---

[70] "Tudo bem, Samuel? O que está lendo?", em francês. (N.T.)

— *Laisse-moi lire pour toi.*[71]

Estende a mão para pegar o livro que está em cima da mesa. Mas eu sou mais rápido e coloco os cotovelos em cima, para proteger a carta. Aponto para a prateleira.

— Aquele — digo.

Ele tira um livro.

— *Les Trois Mousquetaires, bien, très bien!*

É *Os três mosqueteiros*! O livro preferido do meu pai.

O Homem das Barbas abre o livro e começa a ler.

Deixo o *Tintin* aberto em cima da mesa, com a carta escondida por baixo, e finjo ouvi-lo, mas na verdade estou pensando em que mais posso escrever na minha carta, imaginando o rosto da mamãe quando eu aparecer em casa.

Percebo que o Homem das Barbas parou de ler e está olhando para mim. Tem uma ruga na testa, como se estivesse tentando entender alguma coisa. E então diz:

— *Samuel, je sais que c'est difficile pour toi, même très difficile. Mais on t'aime et on va faire tout pour que ça marche.*[72]

Está dizendo que é difícil para mim, mas que temos de seguir em frente. Pelo menos acho que foi o que ele disse.

Ah, não, está voltando para a mesa. Sei que vai pegar o *Tintin*, e então vai ver a carta. Com um gesto rápido, tiro-a de baixo do livro e a deixo cair no chão. Coloco o pé em cima para cobri-la.

— *Essayons Tintin maintenant. C'est plus amusant.*[73]

Eu sabia. Ainda bem que me livrei da carta.

Ele pega o livro e começa outra vez a ler, a fazer vozes especiais para as diferentes personagens. Alta e jovem para o *Tintin*, malvada e dissimulada para os vilões. Mas é o cão que ele imita melhor. Quase me faz rir. Anda de um lado para o outro enquanto fala, agitando os braços, representando alguns dos papéis. Olho para ele. É muito bom com as vozes. Sei que tudo isso é para me fazer sorrir, e quase consegue. Está tentando ser engraçado e simpático, mas isso não muda nada. Não quero que seja meu pai. Nunca vou querer.

---

[71] "Deixe-me ler para você", em francês. (N.T.)
[72] "Samuel, sei que é difícil para você, muito difícil mesmo. Mas nós te amamos e vamos fazer tudo para que dê certo", em francês. (N.T.)
[73] "Tentemos o *Tintin* agora. É mais divertido", em francês. (N.T.)

CAPÍTULO 73

Paris, 18 de setembro de 1953

SARAH

ONTEM À NOITE, ESPREITANDO DENTRO DO QUARTO DE SAMUEL, SARAH VIU UMA COISA que lhe deu um nó na garganta. David lia para ele, e Sam parecia estar ouvindo, os olhos focados no pai e não num ponto invisível qualquer como tantas vezes acontecia. Voltou sem ruído à cozinha e dirigiu aos céus uma silenciosa oração de agradecimento.

Hoje é sexta-feira, e o Sabat começa ao pôr do sol. Depois de deixar Sam na escola, Sarah volta para casa para preparar o *challah*, o pão doce que partilham antes de iniciarem a refeição. Como não é permitido fazer qualquer trabalho entre o pôr do sol de hoje e o pôr do sol de sábado, tem de se certificar de que está tudo pronto. Isso significa fazer todas as compras, bem como deixar pronta a comida do dia seguinte. Gosta quase mais dos preparativos do Sabat do que do Sabat propriamente dito. Há conforto no ritual. Ela conta as velas e as coloca nos candelabros.

Decide fazer os serviços da casa antes das compras e da comida. Primeiro arruma a cozinha, depois passa para a sala e em seguida para os quartos. Enquanto faz a cama dos dois, recorda todas as noites insones que passaram pedindo a Deus que lhes permitisse encontrar Samuel, tentando descobrir uma maneira de seguir o rastro do operário ferroviário de Drancy, que tinha uma grande cicatriz de um dos lados do rosto, quase alcançando o olho. Os nazistas eram eficientes com os seus registros, assim não foi muito difícil obter o nome dele. O International Tracing Service pegou o caso, mas lhes disseram que podia demorar anos. E demorou.

A espera e as falsas esperanças foram difíceis de aguentar, e ao final de cinco longos anos David lhe disse que precisavam parar, tinham de aceitar a sua perda. Sarah parecia incapaz de seguir em frente. Por vezes, quando fechava os olhos, conseguia sentir a suavidade sedosa da cabeça do bebê sob os seus lábios, cheirar a sua láctea inocência. Sentia que não voltaria a estar completa enquanto não o encontrasse, e no fundo de si sabia que ele estava vivo. Ela o sentia, tal como ouvia o bater do seu pequeno coração quando o carregava no útero. David achava que deviam tentar ter outro filho, mas Sarah não sabia como dizer que o próprio corpo se tornara estranho para ela, que lhe causava repulsa. Quando se vira pela primeira vez num espelho depois de Auschwitz, pensara estar diante do fantasma da Sarah que tinha morrido lá. Estava irreconhecível. Os seus ossos projetavam-se em ângulos estranhos, tufos de cabelos grisalhos cresciam em sua cabeça, os seus olhos eram como buracos numa caveira. Essa imagem de si mesma continuou com ela por muito tempo, e passou pelo menos um ano antes que fosse capaz de voltar a olhar para um espelho. Tinha de se conhecer de novo. E conhecer David também. Tinham mudado muito.

Mas o tempo foi passando. Ininterruptas e indiferentes, as semanas transformaram-se em meses, os meses em anos. Anos em que o filho aprendia a amar outra mulher como sua mãe, outro homem como seu pai. Venderia a alma para recuperar os últimos nove anos com Samuel.

Tenta não se deixar afundar na sensação de perda que a domina, tenta recordar como foram afortunados em comparação com tantos outros. Estão vivos, e o filho também. É muito mais do que podiam esperar depois de terem sido levados para Drancy naquela escura madrugada, dois dias apenas depois de ela ter dado à luz.

Entra no quarto de Samuel, arruma os livros em cima da mesa, pega e dobra as roupas espalhadas pelo chão e as guarda em gavetas e armários. Segura o travesseiro, com a intenção de afofá-lo, mas em vez disso sente o cheiro. O cheiro infantil de suor adocicado.

Coloca o travesseiro no lugar, dizendo a si mesma que tem de parar com a procrastinação. Há muito que fazer hoje, mas ela está cansada demais. Vai repousar cinco minutos; isso lhe dará as forças de que precisa para continuar. Deita-se na cama, fecha os olhos, respira o cheiro dele. Uma sensação de paz a invade, fazendo-a se sentir mais próxima do filho, ali estendida na cama dele, do que em qualquer outra ocasião desde que ele chegou.

Abre os olhos, sentindo-se preparada para enfrentar as tarefas do dia. Fica de pé e levanta o cobertor e os lençóis, para arrumá-los como deve ser. Um pedaço de papel roxo lhe chama a atenção. Sem pensar, pega-o e olha para ele. É uma carta.

Deixa-a cair como se tivesse queimado os dedos. Apesar de não compreender tudo, compreende o suficiente. Agacha-se no chão, agarrando a barriga para conter as cãibras que lhe contraem as entranhas. É como quando sua bolsa estourou, antes de dar à luz Samuel.

CAPÍTULO 74

Paris, 18 de setembro de 1953

SAM

É SEXTA-FEIRA, MAS QUEM ME DERA JÁ FOSSE SEGUNDA. NÃO CONSEGUI TIRAR A carta do canto do colchão antes de vir para a escola. Agora vou ter de esperar até depois do fim de semana. A escola é melhor do que estar com a Mamãe de Faz de Conta e o Homem das Barbas. Talvez a mãe do Zack nos convide para ir outra vez à casa deles para um *goûter*. Talvez eu possa pedir a eles para ir brincar com o Zack no fim de semana.

Fico muito desapontado quando, no fim da aula, todos vão direto para casa. Não vai haver brincadeiras no sábado. E quando entro no meu quarto, vejo umas roupas chiques em cima da cama: umas calças pretas e uma camisa branca, como na sexta-feira passada.

Ouço o clique da porta da frente, e o Homem das Barbas não demora a aparecer no meu quarto.

— *C'est le Shabbat, Samuel.*[74]

Inclina-se e beija a minha testa.

De repente, sinto uma dor na barriga, lembrando-me de quando o papai chegava em casa do trabalho e me apertava contra o peito, do cheiro de sabonete de limão. "Como está hoje o meu garoto?", perguntava. Um buraco se abre de novo dentro de mim.

— Vá embora, vá embora — murmuro. Mas eu o sinto ali de pé, ouço-o respirar, coçar a barba. Então os seus passos se afastam e outra vez o clique da porta. Saiu. Posso ir buscar a minha carta e terminá-la.

Deito na cama e enfio a mão na lateral do colchão, mas não está lá. Puxo os lençóis. Ufa, aparece voando. Está toda amarrotada, então a aliso, tiro a caneta da minha sacola e sento-me à mesa para finalizá-la: *Voltarei em breve, mamãe. Não posso ficar aqui muito mais tempo. Odeio tanto este lugar. Vou encontrar uma maneira de voltar.* Vou entregá-la ao Zack na segunda de manhã.

---

[74] "Já é Sabat, Samuel", em francês. (N.T.)

Outra vez a enfio na lateral do colchão quando a Mamãe de Faz de Conta entra no meu quarto. Por um momento ela fica parada, muito branca, com os olhos verdes brilhando como os de um gato. Então aponta para as roupas em cima da cama.

— *Ce soir on fête Shabbat. Il faut que tu t'habilles avec ces vêtements.*[75]

Ela quer que eu vista de novo a roupa chique. Sai do quarto porque sabe que eu não vou mudar de roupa na frente dela. Aposto que está com medo que eu faça xixi em cima delas, mas não quero fazer a mesma maldade duas vezes. Seria bem chato. De qualquer forma, o brilho nos olhos dela faz eu me sentir mal por dentro, um pouco como as saudades que sinto de casa.

Quando saio do quarto com as roupas chiques, vejo que ela acendeu as velas, como na sexta-feira passada. Faz o feio apartamento parecer mais aconchegante, mas também um pouco assustador. Ela usa um vestido preto longo e prendeu os cabelos para cima. Tem umas argolas de ouro pendendo de suas orelhas e os seus olhos parecem muito tristes à luz das velas. Fico olhando para ela; é bem bonita, para dizer a verdade. Por um segundo, penso se a teria amado se ela fosse a minha verdadeira mãe. Talvez sim. Acho que sim, e o Homem das Barbas também. Os filhos gostam sempre dos pais. É um estranho pensamento.

Ela sorri e estende os braços para mim, mas eu passo direto.

Ela deixa cair as mãos. O Homem das Barbas a beija no rosto e senta-se no seu lugar à mesa. Ele bate na cadeira ao lado. Sinto as pernas como se estivessem em fogo e o meu estômago se torce de dor.

— Vou ao banheiro.

Saio às pressas antes que ele possa dizer, "*Toilettes, Samuel*".

Sigo pelo corredor escuro. Felizmente, não há ninguém no banheiro. Tranco a porta com a chave e baixo as calças para olhar para os curativos. Coço-me por cima deles, mas não é o suficiente. Por isso enfio a mão por baixo e cravo as unhas. É tão bom. O pedaço de pano branco alarga e começa a se desenrolar. Ao menos agora posso dar uma coçadela de verdade.

— *Sam-uel?* — Ouço a voz do Homem das Barbas do outro lado da porta. — *Tout va bien?*

Isso me faz dar um salto.

— *Oui* — grito, tentando enrolar as ataduras ao redor das pernas. É por um triz que não me esqueço de puxar a corrente da descarga.

Eles sorriem para mim quando volto à sala de jantar. Gostaria de lhes perguntar para que aquilo tudo; por que fazem um jantar especial às sextas-feiras, mas nunca convidam ninguém. O Homem das Barbas faz uma oração e em seguida corta um

---

[75] "Esta noite festejamos o Sabat, você precisa vestir estas roupas", em francês. (N.T.)

grande pão brilhante. Põe as fatias num cesto e o passa para mim. Meto um pedaço na boca. Estou faminto. É bom, como o *brioche* que às vezes comemos no *gôuter*. Depois há uma espécie de guisado de carne, com montes de acompanhamentos. A Mamãe de Faz de Conta e o Homem das Barbas conversam um com o outro. Ouço o meu nome de vez em quando, e às vezes eles olham para mim como se estivessem esperando que eu diga alguma coisa, mas eu não tiro os olhos do prato.

Depois do jantar, levantamos da mesa, mas ninguém lava a louça. A cozinha está uma confusão, com pratos sujos empilhados na pia. Fico espantado por eles não arrumarem aquilo. Em vez disso, vão para a sala. O Homem das Barbas deixa a mão pousada no meu ombro, de modo que não posso escapar para o meu quarto e ficar sozinho. Bem, acho que podia, mas não estou disposto a isso.

A Mamãe de Faz de Conta entrega um grande livro ao Homem das Barbas e ele o pega com cuidado, como se pudesse se partir. Acho que é a Bíblia. Ele senta-se numa das cadeiras de madeira e folheia as páginas. Eu me sento no sofá dourado com a Mamãe de Faz de Conta. Há um silêncio no ar enquanto ele escolhe a história que vai ler. Reconheço-a logo pela lista de pares de animais que nunca mais acaba. Os nomes de alguns dos animais são iguais em francês e em inglês, como *lion, tigre, léopard*. Percebo que *serpent* quer dizer cobra pela maneira como ele assobia depois de dizer. Não sei como se diz dilúvio em francês. Mas estou começando a ficar com sono e as palavras começam a se juntar umas às outras, como uma canção cuja letra eu não conheço. Apoio a cabeça no braço do sofá.

CAPÍTULO 75

Paris, 19 de setembro de 1953

SARAH

Sarah acorda cedo, como tantas vezes lhe acontece agora, com David ressonando a seu lado. Debruçada sobre ele, tenta ver as horas no relógio, mas não consegue distinguir os ponteiros na escuridão. Não importa, vai se levantar de qualquer jeito; será agradável beber um café sozinha, pôr os pensamentos em ordem antes de o dia começar. Desliza em silêncio para fora da cama e enfia os pés nos chinelos.

Na cozinha, coloca os grãos no moedor de café e gira a manivela. Fazer café demora, mas ela acha o cheiro reconfortante e o processo calmante. Desde que voltaram de Auschwitz, encontrou nas tarefas triviais um prazer que antes desconhecia. Demora para lavar a louça, limpa com cuidado cada peça e as seca com um pano até ficarem brilhando. Antes, ela as teria deixado secar no escorredor. Mas agora esses rituais a ajudam a apaziguar os nervos.

— Já acordada? — David entra na cozinha. — Que horas são?

— Não sei. Por volta das sete.

— O que quer fazer hoje?

— Não sei.

Os sábados dos dois costumavam ter uma rotina: sinagoga de manhã, seguida por um almoço simples e um passeio pelo bairro do Marais ao fim da tarde. Mas agora têm de inventar coisas para fazer, coisas de que um garoto de nove anos possa gostar. Sarah sente a falta de assistir ao culto, e sabe que o mesmo acontece a David.

— David, por que não vai à sinagoga enquanto eu levo o Samuel para dar um passeio? Talvez às Tulherias.

— Gostaria que fôssemos juntos, como uma família. Não quero ir sozinho.

— Eu sei. — Ela se volta para o café, despeja os grãos moídos no filtro. — Mas ainda vai passar algum tempo antes que ele possa ir. Agora só serviria para perturbá-lo e afastá-lo de nós para sempre.

Olha para David. Está franzindo as sobrancelhas.

— Ele entende mais francês do que quer nos fazer acreditar.

— Eu sei. — Sarah sorri, pensando na teimosia de Sam em relação a aprender francês, apesar de ver o seu cérebro de criança absorver o conhecimento como uma esponja. — Mas ele nem sequer ia à igreja nos Estados Unidos... bem, só no Natal e na Páscoa.

— Deve ser estranho criar um filho sem fé. Como se pode ensinar valores e princípios sem referências?

Sarah olha para ele, perguntando-se por um instante se terá razão, se aquilo significa que Sam não tem valores nem princípios. Mas não pode acreditar numa coisa dessas. Apesar de sua fúria e a sua necessidade de mostrar a eles que não quer estar ali, pode ver que tem boas maneiras e uma sensibilidade em relação aos outros que tenta esconder. Não quer na verdade magoá-los; só quer ir para casa.

— Pelo menos teve alguma exposição à religião — continua David. — Sabe quem é Deus. Já esteve numa igreja. — Franze a testa, e Sarah vê que está tentando entender. Então ele continua: — Penso que é importante enfatizarmos que é o mesmo Deus. Temos de encontrar um terreno comum onde pudermos.

— Que tal o Natal?

David sorri.

— O Natal? Você tem ideias bem avançadas.

— Sim, mas sei que nos Estados Unidos é um grande acontecimento. O país inteiro festeja.

— Suponho que podemos dar presentes para ele e fingir que são de um velho gordo e benevolente com um casaco vermelho e uma barba branca. — Sorri. — Não há grande mal nisso, não é?

Sarah sabe que ele está sendo irônico, e não está com disposição para ironias. David sempre foi categórico a respeito de não festejarem o Natal. Distraída, despeja água fervente sobre o café no filtro.

David toca o ombro dela.

— Está tudo pronto para hoje?

— Sim. A comida está pronta e fiz a limpeza ontem.

— Ótimo. — David pega a cafeteira da mão dela. — Agora sente-se. Hoje é um dia de descanso e adoração. Sei que gostaria de estar ocupada, mas vamos nos lembrar de Deus neste dia especial.

Como ela pode dizer a ele que é precisamente isso o que mais a perturba? Como pode lhe dizer que já não sabe rezar? A sua mente é um turbilhão de confusão e dúvidas; já não sabe diferenciar entre o certo e o errado. É errado querer o filho de volta? É errado punir o homem que o salvou? Não queria que ele fosse punido. Cada vez que pensa nisso, a dúvida aperta o seu coração. Ao que parece, não estava nas mãos deles, mas a prisão! Parece tão injusto. Foram todos punidos, muito e durante um tempo enorme. Só quer que o sofrimento acabe. Às vezes, sente-se como se fosse o receptor das dores de todo mundo, absorvendo tudo até que o seu coração esteja a ponto de explodir. Sente tudo de forma exagerada. Pediu orientação a Deus, pediu-lhe força, mas parece que Ele já não a escuta.

    Deus atendeu as suas preces quando ela lhe pediu que salvasse o filho. Devia ter sido o suficiente. Mas não. Queria mais, não queria? Na sua ganância e egoísmo, queria o filho de volta não só para amar, mas para possuir.

CAPÍTULO 76

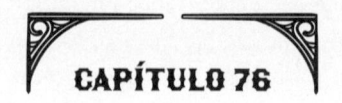

Paris, 21 de setembro de 1953

SAM

Segunda-feira, finalmente. Ufa! Estou muito contente por me afastar deles.

Pego embaixo do colchão a carta já pronta para mamãe e a guardo na mochila da escola. Estou muito ansioso com a ideia de entregá-la a Zack para que a ponha no correio. Até tenho cinquenta centavos para lhe dar para o selo. Roubei-os da bolsa da Mamãe de Faz de Conta.

Assim que chego à escola e nos sentamos, eu a entrego a ele.

— Zack, preciso que me faça um favor. Você pode colocar esta carta no correio? — peço, e entrego-lhe os cinquenta centavos.

Zack revira a carta na mão.

— Por que não coloca você mesmo?

— Não me deixam.

— Ah, sim. Tudo bem, então.

Ele enfia a carta e o dinheiro no bolso.

— Acha que consegue colocar no correio esta tarde?

— Claro. Digo à minha mãe que tenho de mandar uma carta ao meu correspondente nos Estados Unidos. Eu nunca escrevo para ele, mas às vezes ele escreve para mim.

— Obrigado, Zack. Você é um verdadeiro amigo.

Zack me dá um tapinha nas costas. Sinto-me muito adulto, como se estivéssemos planejando um plano secreto.

— Manda pelo correio aéreo — acrescento.

— Claro.

O resto do dia segue o mesmo padrão do resto da semana. Escrever de manhã, recitar poesia, ginástica, ir para casa almoçar, voltar para matemática e talvez música ou arte. De certa forma, não é assim tão ruim ir almoçar em casa. Isso me dá uma folga dos outros meninos e tenho todos os dias uma baguete quente, vinda diretamente da *boulangerie*.

As bolinhas de gude são o nosso jogo habitual, mas agora ensinei gamão para Zack e às vezes jogamos depois da escola. Ele é bastante bom, mas não tão bom como eu. A sensação de vazio dentro de mim continua lá, mas quando estou com o Zack finjo que estou em casa jogando com o Jimmy, e então deixo de senti-la durante algum tempo. O pior é quando estou em casa com a Mamãe de Faz de Conta e o Homem das Barbas. As pernas me dão sempre mais coceira à noite. Talvez eu seja alérgico a alguma coisa no apartamento. O papai é alérgico a bananas; fica cheio de bolhas sempre que come uma. Talvez a minha erupção seja igual. As minhas pernas começam a ficar com comichão assim que chego da escola, e quase sempre vou direto ao banheiro para dar uma boa coçada.

Na quinta-feira, lembro-me de que me esqueci de pôr o remetente na carta. Como a mamãe vai poder me responder agora? Sou tão estúpido!

CAPÍTULO 77

Paris, 28 de setembro de 1953

SARAH

Sam continua mantendo a barreira que construiu ao redor de si e a se esforçar muito para *não* aprender francês. Mas ela percebe que, apesar de seus esforços, ele começa a compreender cada vez mais. Sem se dar conta disso, começou a seguir instruções em vez de ficar olhando com uma expressão vazia como quando chegou. Todos os dias lê para ele depois do almoço, e David lê para ele na hora de dormir. Às vezes, ele nem olha para ela, e o sente a quilômetros de distância, mas há ocasiões em que ela detecta um brilho de reconhecimento nos olhos dele quando a história ou uma personagem lhe são familiares. Seus olhos são fáceis de ler, como os de David. Nenhum dos dois consegue não mostrar através deles as suas emoções. Viu o ódio e o desafio nos de Sam, a confusão e o desapontamento nos de David. São ambos muito orgulhosos, muito teimosos.

Ela se sente muito pequena e impotente ao entrar no quarto de Sam. Ele está sentado à mesa, rabiscando num pedaço de papel. Espreita por cima do ombro dele, mas ele rápido protege o papel com o braço.

— Sam, est-ce que tu veux jouer au backgammon?[76]

— Non, merci — é a resposta imediata.

— On pourrait lire une histoire ensemble?[77]

— Non.

Sarah não sabe o que fazer. O desejo dele de que ela vá embora é palpável.

— Viens m'aider dans la cuisine.[78]

Uma última tentativa.

Ele empurra a cadeira para trás com força, e o barulho das pernas raspando o velho *parquet* de carvalho a faz estremecer. Sam levanta-se e olha para ela. Seus olhos castanhos estão enevoados e frios.

---

[76] "Sam, quer jogar gamão?", em francês. (N.T.)
[77] "Vamos ler uma história juntos?", em francês. (N.T.)
[78] "Venha me ajudar na cozinha", em francês. (N.T.)

— Quero voltar para os Estados Unidos.

Sarah sente o coração pesado demais para o corpo. Estende a mão para tocá-lo, e pela primeira vez ele não foge do contato, mas continua a encará-la.

— Ah, Sam. — Tenta puxá-lo para si. Ele cede um pouco, e agora estão apenas a um palmo de distância. Sarah sabe que é o mais perto dele que vai conseguir chegar. — *Sam, chéri, est-ce tu peux me donner une petite chance?*[79]

Os olhos dele se enchem de lágrimas.

— Só quero ir para casa.

---

[79] "Sam, querido, me dê uma chance", em francês. (N.T.)

CAPÍTULO 78

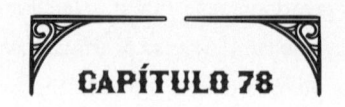

Paris, 24 de outubro de 1953

SAM

Acho que a Mamãe de Faz de Conta está começando a desistir. Às vezes, vejo-a olhando para mim com aqueles olhos verdes de gato. Estão tão tristes que não posso deixar de sentir pena dela. Mas foi ela que me fez vir para cá, por isso a culpa é dela. Por que não me deixaram em paz?

Às vezes, com o Zack, eu dou risadas, mas tenho muito cuidado quando *ela* está por perto. Não pode nunca me pegar rindo, ou até sorrindo. Com o Homem das Barbas não há esse perigo, exceto talvez quando está lendo o *Tintin* e faz voz de cão ou faz voz feminina para um dos vilões.

Mas o tempo está passando, e talvez em breve todo mundo comece a pensar que é normal eu estar aqui em Paris. O idioma está começando a fazer sentido para mim; as palavras entram na minha cabeça, mesmo quando tento bloqueá-las. Mas nunca, nunca, vou ser francês. Nem que eu fique aqui cem anos.

Tenho de fugir. Talvez possa ir à prisão onde o papai está. Chama-se La Santé, e é aqui mesmo, em Paris. Pensam que não sei onde ele está, mas não sou tão burro como eles pensam. Eu os ouvi falar sobre isso, e apesar de ter sido em francês, percebi a maior parte, e ouvi o nome. Lembro porque *santé* quer dizer saúde, e pensei que soava mais como um hospital do que prisão, tal como a minha escola soa mais como um hospital do que escola.

Mas é uma ideia estúpida. O papai não pode me ajudar; é um prisioneiro, como eu. De qualquer forma, não me deixariam entrar. Aposto que me trariam direto para cá. Acho que as crianças nem sequer podem entrar numa prisão.

No sábado, vão sair os dois juntos, sem mim. Acho que disseram alguma coisa a respeito de ir às compras, ou talvez à sinagoga. Não tenho certeza. Seja como for, sei que vão estar fora por algum tempo, porque me deixaram um prato com almôndegas, pão e uma maçã em cima da mesa da cozinha.

Estou tão ansioso que o meu coração bate como se fosse disputar uma corrida. É a minha oportunidade! Mas deixo passar mais dez minutos para ter certeza absoluta de que foram embora antes de pegar a mochila da escola e enfiar a comida no bolso da frente. Provavelmente só vai dar para um dia, então abro o armário e pego uma caixa de biscoitos, que vai também para a mochila. Tenho de ser rápido. Posso sempre comprar mais comida, se precisar. Estou pronto. Não. Espera. Dinheiro!

Vou ao vestíbulo e vejo que a Mamãe de Faz de Conta deixou a bolsa em cima da mesa. Dentro encontro uma nota de cinco francos. É muito dinheiro, e com o que talvez eu consiga pelo anel, pode ser o suficiente. Volto ao quarto para ir buscar mais um agasalho, mas quando já vou sair o minibaú do tesouro que está em cima da mesa chama a minha atenção. Eu o pego e guardo também na mochila.

Agora o passaporte. Volto ao vestíbulo, abro a gaveta e tiro todos os papéis e documentos, que espalho em cima da mesa. Passo as mãos sobre eles, à procura de um livro fininho com uma fotografia na frente. Mas não há nada parecido. Só papéis.

Podia ir sem ele. Se eu entrar em um barco, não vai me fazer falta, de qualquer forma. Mas se *puder* comprar uma passagem, vou ter de mostrar o passaporte. Vou à sala, mas lá não há armários nem gavetas, só uma estante cheia de livros. Passo os dedos pelas lombadas, para ver se está no meio deles. Mas não há nada. Onde poderá estar?

No quarto deles? Nunca entrei lá, e a verdade é que não quero ir lá agora, mas preciso do passaporte. Abro a porta devagar e espreito para dentro, apesar de saber que eles não estão. Cheira a pó e a coisas velhas, e as persianas estão fechadas. Quando acendo a luz, vejo uma cômoda de madeira brilhante abaixo da janela, mas não me parece que esteja lá porque as gavetas são grandes demais, como se fossem usadas para guardar roupa. Olho para a cama; nem sequer parece suficientemente grande para duas pessoas. Há uma mesa de cabeceira de cada lado. Calculo que o Homem das Barbas dorme no lado esquerdo, porque há um jornal em cima da mesinha e ele passa a vida lendo jornais.

Abro a gaveta de cima do outro lado. Está cheia de fotografias; a de cima é uma foto minha em casa, na praia. Coloco no bolso e continuo procurando. Os meus dedos tocam a extremidade de um livro fininho. Eu o puxo. É um passaporte! Abro-o, mas a fotografia não é minha. É *dela*. Eu o jogo na gaveta e volto a olhar. Há outro passaporte. Desta vez é o meu. Guardo-o no bolso e saio do quarto correndo.

CAPÍTULO 79

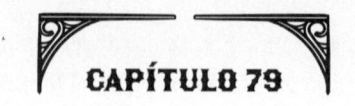

Paris, 24 de outubro de 1953

SAM

Um pingo de chuva cai no meu rosto. Quando olho para cima, vejo grandes nuvens cinzentas no céu. Mas é tarde demais para voltar atrás e ir buscar um casaco. Tenho de chegar à estação de Saint-Lazare. Fiquei sabendo pela professora na escola que os trens de Saint-Lazare vão para Le Havre, o grande porto de onde partem todos os barcos.

Primeiro tenho de vender o anel. Mas não quero fazer isso aqui. É melhor procurar um lugar distante do apartamento, onde ninguém me reconheça. A Rue de Rivoli está cheia de lojas, e posso ir até lá. Os pingos de chuva caem à minha volta, e começo a ficar encharcado enquanto caminho apressado por entre as pessoas. Ao chegar lá, é como se pernas me engolissem, e cotovelos e malas com cantos pontiagudos me espetassem os ombros. Sou pequeno e invisível enquanto deslizo entre as pessoas, deixando-me levar pela multidão.

Pouco depois percebo que estou diante de uma grande loja, La Samaritane. Não quero entrar, então luto contra o fluxo de pessoas. Fico feliz por me ver livre delas, apesar de agora a chuva cair em cima de mim em grandes gotas.

Olho para as vitrines ao passar, mas não vejo nenhuma joalheria. Vejo um homem e uma mulher saírem de uma loja segurando um guarda-chuva e olhando para alguma coisa na mão dele. Não sei como, mas tenho certeza de que é um anel.

Inspiro fundo, entro na loja e vou direto ao balcão.

— *Bonjour, monsieur.* — Fico na ponta dos pés, tiro o anel do dedo e estendo-o para o homem. — *Je veux vendre.*[80]

O homem olha para mim. Seus olhos escuros e frios me fazem estremecer. Começa a falar num francês zangado. As únicas palavras que percebo são "*Non! Non! Et non!*".

Enfio o anel no bolso e saio da loja correndo.

---

[80] "Quero vender", em francês. (N.T.)

Blam! Esbarro com força em alguém. Olho para cima e vejo um homem alto, de uniforme. A polícia! Ele grita comigo em francês, mas não faço ideia do que está dizendo. Minhas pernas parecem gelatina e meu coração bate muito rápido. E se ele me prender? Vai me levar para a prisão? Fico ali, petrificado.

— *Allez! Allez!*

Ele empurra o meu peito.

Ufa! Só quer que eu saia da sua frente. Viro-me e corro. Tenho de me afastar desta rua. Há muitas pessoas. Talvez o melhor seja esquecer a venda do anel e procurar o trem para Le Havre.

Quando o Homem das Barbas e a Mamãe de Faz de Conta chegarão em casa? Quanto tempo ainda tenho? Vão ficar loucos quando virem que desapareci. E vão com certeza chamar a polícia. Mas Paris é uma cidade enorme e nunca vão conseguir me encontrar no meio de toda aquela gente.

Vejo à minha frente um grande "M" de metrô. Acima da escada está escrito, em letras ornamentadas, Hôtel de Ville. Corro escada abaixo e vejo as catracas. Tenho de comprar um bilhete.

Há pequenas janelas onde pessoas vendem bilhetes, então vou até uma delas e olho para a senhora sentada do outro lado. Tem um ar muito severo. Estou assustado e tento falar no meu melhor francês:

— *Une ticket, s'il vous plaît, madame. Pour Saint-Layzare.*[81]

Do alto, ela olha para mim.

— *Pardon?*

— *Une ticket pour Saint-Lazayre.*

— *Quoi?*

Agora parece mesmo zangada, mas eu tenho certeza de que falei direito.

— *Il veut dire un ticket pour Saint-Lazare*[82] — diz a senhora que está atrás de mim, por cima do meu ombro.

— *Ah bon. J'ai rien compris avec son accent. Trente centimes alors.*[83]

São trinta centavos. Enquanto tiro as moedas do bolso, viro-me para agradecer à senhora que está atrás de mim. Seu sorriso lança luz ao meu coração. É igualzinho ao da mamãe, e os olhos dela também são castanhos como chocolate.

— *Comment tu t'appelles?*[84] — pergunta.

— Sam.

— *Sam? Pas Samuel?*

---

[81] "Um bilhete, por favor, senhora. Para Saint-Lazyre", em francês. (N.T.)
[82] "Um bilhete para Saint-Lazare, ele quis dizer", em francês. (N.T.)
[83] "Ah, bom. Não entendi nada por causa do sotaque. Fica trinta centavos", em francês. (N.T.)
[84] "Como se chama?", em francês. (N.T.)

— *Non, je suis américain.*⁸⁵

— *Américain? Dis donc. Quel âge as-tu?*⁸⁶

— *Douze ans* — minto, e fico mais ereto.

— *Douze ans?*

Vejo que não acredita em mim. É como a mamãe quando eu digo uma mentira; aquele sorriso de quem sabe, entendendo tudo.

A senhora simpática compra o seu bilhete e eu a sigo até o metrô. No trem, correndo pelos túneis, olho ao redor, para os outros passageiros. Um homem com um boné puxado para baixo olha para mim com olhos escuros. Logo eu desvio o olhar. Ele tira o boné e não consigo deixar de olhar para a sua cabeça reluzente, sem um único fio de cabelo.

— *Est-tu tout seul?*⁸⁷

Inclina-se para a frente, tocando meu joelho com o boné.

Encolho-me no banco e olho para o outro lado.

Ele ainda está olhando para mim quando o trem para com os freios rangendo, então me levanto de um salto e saio, apesar de ter que descer apenas na estação seguinte. Curiosamente, a senhora simpática também sai, e eu a sigo. Sei que devo ir para Saint-Lazare, mas prefiro ficar perto dela. E acho que posso tentar vender o anel de novo e pegar outro metrô. Saímos para uma praça, com cafés ao redor. Quando ela atravessa a praça, eu a imito. Ela passa por uma grande igreja que se parece um pouco com Notre-Dame e começa a subir outra rua. A placa no primeiro prédio diz Rue Montorgueil. Passamos por uma loja que vende chocolates, outra que vende queijos, e então outra que vende peixes viscosos e fedidos.

A senhora entra numa confeitaria com a palavra *Stohrer* escrita por cima da porta em letras azuis. Na vitrine há filas muito bem alinhadas de *éclairs* de chocolate, macias tortas de limão com confeitos de chocolate amargo e pãezinhos com passas suculentas. Meu estômago está roncando, e verifico a comida que tenho na mochila e enfio uma almôndega na boca. Eca! Está com gosto do couro da mochila e está seca e dura. Quem me dera um *éclair* de chocolate.

Mas não tenho tempo. Preciso vender o anel. Passo em frente de lojas que têm coisas de comer nas vitrines e de pessoas gritando, "*Poissons frais de ce matin!*", "*Huitres d'Arcachon!*", "*Pommes de la ferme!*".⁸⁸ Então ouço passos atrás de mim, como metal batendo nas pedras – o tipo de passos que um militar ou um policial poderiam ter. Regulares. Sólidos. O som me assusta. Quero me virar para ver quem é, mas se eles

---

⁸⁵ "Não, sou americano", em francês. (N.T.)
⁸⁶ "Americano? Veja só. Quantos anos você tem?", em francês. (N.T.)
⁸⁷ "Você está sozinho?", em francês. (N.T.)
⁸⁸ "Peixes frescos desta manhã", "Ostras de Arcachon!", "Maçãs da fazenda!", em francês. (N.T.)

virem o meu rosto... bem... E se já começaram a me procurar? Começo a correr, e só diminuo quando os passos ficam bem para trás.

Aqui as lojas parecem mais sujas, mais cinzentas. Olho para uma mulher que está parada em uma porta. Suas meias são como teias de aranha pretas esticadas sobre a pele branca e a saia parece feita de plástico vermelho. Ela olha para mim franzindo os horríveis lábios roxos.

— Qu'est-ce que tu veux?[89]

Não gosto desta rua. Dá medo. E eu estou cansado, encharcado e com fome. Vejo uma alfaiataria com manequins nus na vitrine. Depois há uma loja com as palavras *Prêteurs su gages* escritas num pedaço de cartão colado no vidro da vitrine. Acho que é uma dessas lojas onde vendem objetos usados. Já vi isso na vitrine de uma loja, perto do apartamento.

Estou com muito medo, mas empurro a porta e endireito as costas, para parecer mais alto, fingindo que sou mais corajoso e mais velho do que na verdade sou. Vou até o balcão. Um homem magro com um rosto reluzente sai de uma porta do outro lado. Apoia os cotovelos no balcão e olha do alto para mim.

— Oui?

Tiro o anel do bolso e estendo para ele.

Ele pega sem dizer uma palavra e o gira entre os dedos ossudos. As unhas dele são muito sujas. Estou tentando parecer calmo, mas sinto arrepios nas costas.

Ele olha para mim. Analisa a gravação.

— S. L. 1944. C'est toi?

Faço que sim com a cabeça.

— Cinq francs.

Não tenho certeza de que seja o preço certo para um anel de ouro.

— Dix francs — digo, corajosamente.

Ele sorri, mostrando dentes amarelos e tortos. Então balança a cabeça e põe uma nota de cinco francos em cima do balcão.

Eu a pego e fujo correndo.

---

[89] "O que você quer?", em francês. (N.T.)

CAPÍTULO 80

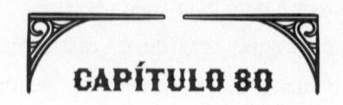

Paris, 24 de outubro de 1953

SARAH

David leva as sacolas de compras para a cozinha.

— Vá ver o Samuel — diz Sarah. — Eu arrumo as compras.

Ela tira a torta de framboesa de uma das sacolas e a coloca com cuidado em cima da mesa. Foi cara, mas a compraram por ser a preferida de Samuel. *Comida*, pensa. *Costumava fantasiar a respeito de comida, como lhe invadia os sonhos.* E agora eles têm toda a que quiserem. Mas continua se sentindo vazia.

— Sarah.

David está parado na porta, lívido como um cadáver.

— O que foi?

— Ele não está no quarto.

— Veja na sala. É capaz de ter adormecido no sofá.

— Já vi. Não está lá.

— Então deve ter ido ao banheiro.

David balança a cabeça, olhando para os pés.

— Vá ver. Deve estar lá.

Sarah corre para o corredor. O banheiro não está fechado. Empurra a porta. Vazio.

— Sam! Sam! — Corre pelo apartamento, entra e sai de todos os cômodos. Se agarrando a qualquer fio de esperança. — Não está aqui!

Estende as mãos para David, seus músculos perdem a força, amolecidos, o chão desaparece sob seus pés.

Ele a segura pelos ombros, leva-a para uma cadeira na cozinha.

— O que vamos fazer? — Abre a boca, à procura de ar. Como se estivesse se afogando. — Temos de chamar a polícia. Depressa! Chame-os! — O sangue martela em seus ouvidos, as veias latejam com força. — David! Por favor!

— Sarah, precisamos pensar. Faz alguma ideia de para onde ele possa ter ido? Amigos?

— O quê? Sim. Tem o Zack. Vamos lá.

Levanta-se de um salto, já a meio caminho da porta da frente.

David corre atrás dela, agarra-lhe o cotovelo e a faz parar.

— Sarah, espera. Por favor.

— Temos de nos apressar. Ele já pode estar muito longe. Ah, Deus! Para onde ele foi?

— Acalme-se um pouco. Por favor.

Ela leva as mãos à garganta, como se estivesse tentando se conter. Então corre de novo para a porta. Estão desperdiçando minutos preciosos. Sabe que precisam encontrá-lo antes que se afaste demais. Ele é tão pequeno, tão ingênuo, não compreende como as pessoas podem ser cruéis, não sabe nada a respeito das pessoas doentes que andam lá fora.

— Vou ficar aqui, para o caso de ele voltar — grita David atrás dela.

Ela não para e corre para casa de Zack. É Zack que lhe abre a porta.

— Você viu o Sam? — pergunta ela, sem sequer dizer olá.

Ele franze a testa, balançando a cabeça.

— Por favor, Zack. Ele pode estar em perigo. Faz alguma ideia de para onde ele possa ter ido?

Zack volta a balançar a cabeça. Ela procura em seus olhos uma pista qualquer. Então a mãe dele aparece. Franze a testa, tal como o filho.

— O que aconteceu?

— Sam desapareceu. Você o viu?

— Não.

— Tem certeza, Zack? Pense bem. Por favor. Sabe para onde ele pode ter ido?

Fica esperando uma resposta, enquanto segundos preciosos passam. Por fim, ele murmura:

— Pode ter voltado para os Estados Unidos.

Claro! Para onde mais iria? Fica com vontade de rir como uma histérica. Estados Unidos! Como ele pode imaginar chegar tão longe? Ela precisa ir imediatamente à polícia. Hesita um segundo. Deve ir primeiro para casa? Ela decide não fazer isso. O tempo é crucial.

Corre até a delegacia de polícia. Quando chega, está ofegante, sem fôlego. É como se tudo estivesse em movimento acelerado, tudo exceto o policial sentado atrás da mesa de madeira. Esse funciona em câmara lenta. Este se levanta coçando a barriga.

— O meu filho… desapareceu! Ajude-me!

A respiração dela é áspera e lhe arranha a garganta.

Bem devagar, ele estende o dedo para um botão na mesa. O toque estridente chama outro oficial – um homem mais alto, mais magro.

— Por aqui, *madame*.

Ela o segue até um pequeno escritório. O policial puxa uma cadeira de plástico.

— Sente-se.

Mas ela não quer se sentar. Quer que ele saia correndo e comece a procurar o seu filho.

— Nome? — pergunta ele, a caneta pairando sobre um bloco de notas.

— Samuel Laffitte. Por favor, ele tem só nove anos. Precisamos encontrá-lo depressa.

— Madame Laffitte, não podemos começar a procurá-lo antes de termos alguns detalhes. Sem dúvida a senhora compreende.

Ela assente, os olhos transbordando de lágrimas de frustração. Engole-as e tenta responder às perguntas numa voz calma e baixa.

Ele toma notas, erguendo os olhos de vez em quando, as rugas surgindo entre os olhos.

— Acho que é melhor irmos ao apartamento — diz. — Ver se conseguimos encontrar alguma pista, e falar com o pai do rapaz.

Vão até o apartamento num carro da polícia. O oficial põe a sirene para funcionar, o que ela toma por um bom sinal. Agora ele compreende a urgência.

David abre a porta antes que tenham tempo de bater.

— Levou o passaporte!

— Não! Por favor, não!

Sarah encosta-se à parede, agarrada à barriga.

— Por favor, mantenha a calma. Vamos encontrá-lo, senhora Laffitte. — O policial se vira para David. — O que mais ele levou? Dinheiro?

— Talvez. Não sabemos.

— Faz alguma ideia de para onde possa estar indo, uma vez que levou o passaporte?

— Para a Califórnia — murmura Sarah.

— Califórnia?

A voz de David é despida de inflexões, monótona:

— A família adotiva é de lá. Ele só está morando conosco desde o fim de julho.

— Sim, a senhora Laffitte explicou a situação. Muito desagradável. — O policial tosse. — Temos a sorte de saber para onde ele provavelmente está indo, e nesse aspecto as opções são limitadas. Não vai poder apanhar um avião, mas isso não significa que não tente; as crianças não costumam pensar com tanta antecipação. Ele pode estar a caminho de um aeroporto, e nesse caso será muito fácil encontrá-lo. Ou pode ir para um porto marítimo. Ou pode ter ido visitar monsieur Beauchamp na prisão... Essa opção seria a mais fácil para nós. Vamos entrar em contato com La Santé, para verificar.

— Mas Sam não sabe em que prisão ele está.

— Temos de explorar todas as opções. A maior parte das crianças volta para casa num período de vinte e quatro horas, quando a fome aperta. — Faz uma pausa. — Vou enviar dois homens para o aeroporto.

Sarah só quer que ele faça isso. Depressa. Minutos cruciais estão passando. O policial continua:

— Vamos avisar Le Havre. Poderão verificar os trens que chegam e os navios que partem.

— Mas Le Havre não é o único porto. E se ele foi para Calais ou Dunquerque?

— Tem razão. Vamos ligar também para lá e alertar a polícia nas estações ferroviárias.

— Mas e se ele já chegou lá e saiu do trem? Saímos ao meio-dia e agora são três da tarde. Teve tempo suficiente para chegar lá.

Sarah se deixa cair numa cadeira, a cabeça cheia de um turbilhão de possibilidades.

— Nossos homens verificarão todos os navios que deixem o porto. Não se preocupem. Vamos encontrá-lo. Vocês têm alguma fotografia recente dele?

Sarah levanta-se para ir buscar as fotografias que Charlotte Beauchamp lhes enviou antes de conhecerem Sam. Há também uma fotografia de passaporte extra. Entrega-as sem uma palavra.

O policial olha para as fotografias e as guarda numa carteira de couro.

— Entrarei em contato. Têm um telefone?

— Sim — David confirma rápido.

— É melhor ficarem em casa, para o caso de ele voltar. Não se preocupem, vamos encontrá-lo.

David o acompanha à porta.

Uma dor aguda, mais uma, contrai o ventre de Sarah, como uma cobra torcendo seus intestinos. Ela se inclina para a frente, agarrada à barriga. *Por favor, Deus, por favor*, murmura em pensamento. *Me perdoe. Já o salvou uma vez. Salve-o agora de novo. Nunca mais pedirei nada. Mantenha-o a salvo. Vou desistir dele. Por favor, traga-o de volta, eu suplico.*

CAPÍTULO 81

Paris, 24 de outubro de 1953

SAM

Não consigo parar de tremer quando o motor começa a funcionar e o trem avança. Olho pela janela. *Au revoir, Paris.*[90]

Meu estômago ronca. Acho que é melhor comer alguma coisa; talvez isso ajude a me aquecer. Abro a mochila e tiro de lá o pão. Coloco o resto das almôndegas dentro e dou uma mordida. Tem gosto de coisa velha e couro e me faz sentir mal – comer comida que *ela* fez para mim. A essa hora todos já devem saber que fugi. Aposto que ela está chorando. Engulo a comida e guardo o resto na mochila. Talvez eu não esteja assim com tanta fome.

Revisto a mochila, para ver o que mais eu trouxe. Minha mão encontra o pequeno baú de madeira. Eu o pego e abro, olho para as pedras coloridas. Levanto-as contra a luz uma a uma, perguntando-me se são preciosas. Não são brilhantes, mas as cores são bonitas. Volto a guardá-las e fecho a caixa, pensando em como mamãe vai ficar feliz em me ver. Dobro as pernas contra o peito e as abraço, tentando me aquecer enquanto olho para os edifícios cinzentos contra o céu cinzento.

Devo ter adormecido, porque um homem está sacudindo meu ombro. A princípio, julgo que é um sonho, e demoro alguns minutos para me lembrar de onde estou.

— *Billet.*

Quer o meu bilhete. Rápido eu o tiro do bolso e mostro a ele.

O homem verifica e me devolve sem dizer uma palavra. Gostaria de lhe perguntar que horas são e quanto tempo falta para chegarmos. Está mesmo muito escuro lá fora.

O trem guincha. Deve estar parando. Olho pela janela. Mal consigo distinguir a placa na penumbra – Le Havre. Pego a minha mochila e salto do trem. No final da plataforma há um guarda verificando os bilhetes, então deixo o meu à mão. Eu me pergunto a distância até o porto. Talvez haja um ônibus. As pessoas avançam muito devagar. À minha frente, há uma família de cinco, e demoram uma eternidade para

---

[90] "Adeus, Paris", em francês. (N.T.)

encontrar os bilhetes. Vão logo! Preciso entrar nesse barco. Finalmente, a família passa. Estendo o meu bilhete para ser examinado.

— *Comment tu t'apelles?*

O guarda não parece interessado no meu bilhete.

— Samuel.

— *Passeport.*

— *Mais j'ai mon billet.*[91]

— *Oui, et maintenant je demande ton passeport!*[92]

Tiro o passaporte da mochila. Meu coração bate com muita força. Mas é o *meu* passaporte, e não é proibido pegar um trem. Vai ficar tudo bem.

Entrego ao homem.

Uma mão pousa em meu ombro.

— Samuel Laffitte.

---

[91] "Mas eu tenho bilhete", em francês. (N.T.)
[92] "Sim, e agora estou pedindo o seu passaporte", em francês. (N.T.)

CAPÍTULO 82

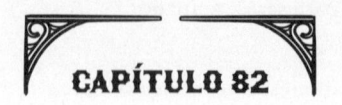

Paris, 29 de outubro de 1953

SARAH

O menino entregue a eles naquela noite escura é uma versão diminuída de si mesmo, ainda mais retraído e calado do que antes.

Luta contra eles usando o silêncio como uma lâmina afiada. Está dilacerando a alma de Sarah, desfazendo-a em pedaços. Mais uma vez, David o coloca para dormir contando uma história que ele se recusa a ouvir, o rosto virado para a parede. Os dois vão para a cama depois de aconchegá-lo. Ambos estão cansados até os ossos. Mas o sono não vem com facilidade.

— David — murmura Sarah no escuro.

— Por favor, Sarah. Precisamos dormir.

— Mas eu não consigo. Sinto-me péssima.

— Sarah, tem que parar com isso. Não fizemos nada de errado. Não é errado amar o nosso filho, querer criá-lo. Não deve se sentir culpada dessa maneira.

As palavras que ela na verdade quer dizer estão presas em sua garganta, como um câncer se desenvolvendo. Por isso ela as evita.

— Não sou suficientemente forte, David. Não sou capaz de fazer isso.

— Dê mais tempo a ele.

— Nós demos tempo a ele. O tempo não está ajudando. O ressentimento dele contra nós aumenta a cada dia.

— Ele não vai conseguir continuar lutando contra nós dessa maneira. Vai ficar sem energia, e nós estaremos prontos para pegá-lo quando ele cair. Vai voltar para nós. Só precisamos ser pacientes e não perder a fé.

— Fé — sussurra ela.

David vira-se para encará-la. Com um suspiro, procura a mão dela.

— Todos temos os nossos momentos de dúvida, Sarah. Isso tem sido muito duro para nós, mas você é corajosa. Sempre foi muito corajosa.

— Não queria ter sido assim tão corajosa.

— Eu sei que não.

David acaricia-lhe a mão debaixo do lençol.

— Às vezes me sinto tão aborrecida por dentro, e outras me sinto tão culpada. Não sei como... como...

As lágrimas deslizam por seu rosto.

— Vai ficar tudo bem, Sarah. Prometo.

— Como aquilo pode ter acontecido? Auschwitz... Como foi possível?

David continua acariciando a sua mão.

— Às vezes, o homem é perverso.

— Mas não foi criado à imagem de Deus? David, é...

— Shhh, shhh. Vai ficar tudo bem.

Mas ela não consegue dormir, não consegue comer e não consegue ficar quieta. Seus nervos estão em frangalhos, como se pudessem se rasgar a qualquer momento. Seu corpo dói, dos ombros aos dedos dos pés. Os últimos dois meses parecem tê-la envelhecido muito, além dos seus anos. Não aguenta mais, não vê sentido em ter o filho de volta só para testemunhar a sua dor. Vira as costas para David, tentando se acalmar, mas o pânico cresce em suas entranhas, ameaçando dominá-la. Ela afasta o lençol para o lado e sai da cama.

Vai até à cozinha e abre a janela para respirar o ar fresco da noite. Gostaria de rezar, pedir orientação, mas não se sente digna. Quando tenta encontrar as palavras, se depara apenas com o vazio. Olha para a escuridão da noite.

— Deus — murmura —, se tem alguma coisa para me dizer, diga agora.

Só um frio silêncio lhe responde. E ela compreende o porquê. Duas vezes pediu a Deus que lhe salvasse o filho, e duas vezes ele atendeu as suas preces. Mas da última vez ela prometeu uma coisa em troca. Não se pode quebrar uma promessa feita a Deus, pode?

Ela apoia as mãos no peitoril e se debruça na janela, a mente cheia de pensamentos sombrios. E se tivessem morrido em Auschwitz? Sam continuaria vivendo sem conhecer a sua verdadeira história. Teria crescido feliz e livre de tudo aquilo. Sem religião. Sem história. Livre.

Também ela quer ser livre. Livre de toda aquela culpa, de toda aquela dor, de toda aquela angústia. Ao olhar para a noite, percebe que há só um caminho para a liberdade e para a paz.

Pela primeira vez em meses, adormece tranquila e acorda se sentindo pronta para o novo dia.

Quando se senta à mesa com David para o café da manhã, aborda o assunto.

— Estive pensando. Tenho uma ideia. Talvez ajude.

— Sim?

— Eu podia ir visitar Beauchamp na prisão. Podia lhe fazer perguntas a respeito de Samuel, descobrir mais sobre como foi educado, como era quando pequeno. Talvez nos ajude a compreendê-lo melhor.

David faz uma pausa enquanto enche com grãos o moedor de café.

— Preciso pensar sobre isso.

Isso é o que podia esperar dele. Paciência.

David olha para ela.

— São sete e meia, hora de acordar Samuel.

Sarah não pode deixar de se ressentir por essa tarefa caber sempre a ela. Tem pavor de acordá-lo de manhã. Ele fica muito letárgico, como se rastejasse para dentro de si mesmo, colocando-se num estado de dormência ou hibernação. Quando puxa as cobertas e lhe acaricia as costas, tentando convencê-lo a se sentar, o pequeno corpo resiste ao seu contato. O eczema das pernas e dos cotovelos precisa de cuidados antes que ele se vista. Espalha a pomada com suavidade e entrega a ele as roupas para usar aquele dia, deixa que ele se vista enquanto lhe prepara o chocolate quente. Ela leva para ele no quarto; uma desculpa para se certificar de que ele não voltou para a cama.

Hoje, fala com ele em voz baixa.

— Sam, não fique assim. Vamos encontrar uma forma de você voltar a ser feliz. Daria a alma para te ver sorrir, e o coração também, para te ouvir rir.

Mira seus olhos, mas estão vazios, sem a menor centelha de compreensão.

Quando chegam à cozinha, David está bebendo o café. Pousa a caneca em cima da mesa com uma ligeira pancada.

— Tenho de ir. Samuel devia se levantar mais cedo.

Ele se abaixa, agarra o braço do menino e o beija uma vez em cada bochecha.

Sarah vê Sam ficar rígido, como se desejasse ser feito de pedra.

Depois do café da manhã, ela o leva à escola. Já não tenta lhe dar a mão ou sequer caminhar a seu lado. De qualquer forma, as calçadas são muito estreitas. Em vez disso, caminha à frente, e ele arrasta os pés logo atrás. A escola fica ao virar a esquina e a caminhada não demora mais do que cinco minutos, mas eles gastam bem uns quinze até chegarem lá.

CAPÍTULO 83

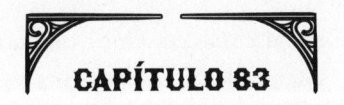

Paris, 29 de outubro de 1953

SARAH

A porta da frente se fechando assusta Sarah. David deve ter voltado do trabalho. Sai da sala quando ele está tirando o sobretudo e o chapéu. Pega o chapéu e tira o pó com as costas da mão antes de colocá-lo no cabideiro. Quando se vira para ele, fica chocada ao vê-lo tão pálido.

— Vou dizer olá ao Samuel.

— Claro. Quer que eu prepare alguma coisa para você beber?

— Sim, por favor. Um *pastis*. Estou um pouco indisposto.

Ele sempre bebe *pastis* quando se sente doente. Diz que mata as bactérias mais depressa do que qualquer remédio.

Sarah o vê se afastar pelo corredor em direção ao quarto de Samuel.

— Ele não está no quarto — diz ela atrás dele. — Está na sala.

Ela acabou de preparar a bebida quando ele volta à cozinha.

— Dormiu. — David coça a barba. — Está dormindo no sofá. Às vezes, penso que é sua maneira de escapar.

— Já se perguntou com o que ele sonha?

Sarah lhe entrega a bebida.

— Bem, não podemos escolher aquilo com que sonhamos, mas acho que se ele pudesse sonharia com os Estados Unidos. O coração dele continua lá.

Sarah assente, encostada à pia da cozinha.

— Gostaria tanto... gostaria tanto que ele pensasse em seu lar como sendo aqui, mas é tarde demais, não é? Lar é uma coisa que se fixa em nossa mente quando somos muito pequenos, e não pode ser alterada.

— Não sei, Sarah. Já não sei de nada. — David puxa uma cadeira e se deixa cair nela. — Estou tão cansado. Não me sinto bem.

Ela se senta a seu lado.

— Eu também. Sinto como se tivesse levado uma surra por dentro. Estou perdendo a vontade de lutar.

David vira-se para ela.

— Lembra, Sarah? Lembra como era difícil continuar acreditando, continuar lutando? Às vezes só tinha vontade de fechar os olhos e esperar que a doce libertação da morte me levasse.

— Eu sei.

Ela acaricia de leve o braço dele, compreendendo a sua necessidade de voltar àquilo. Por vezes sente a mesma necessidade de reviver o que aconteceu. Talvez seja a sua mente tentando encontrar um sentido na tragédia. Mas não há qualquer sentido. Talvez seja por esperar que cada vez que a revive a sua dureza seja um pouco menos assassina. Que a recordação repetida mil vezes perca um pouco da sua força.

— Acho que teria morrido se não soubesse que Samuel estava vivo em algum lugar — diz David. — Agarrei-me à vida só porque queria voltar a encontrá-lo.

— Então também sabia? Sabia que ele estava vivo?

— Não sabia, mas me agarrava a esse fio de esperança. Tornei-me forte por ele; queria que se orgulhasse do pai, onde quer que estivesse.

— Também me deu forças. — Sarah faz uma pausa. — Foi o nosso amor por ele que nos fez aguentar, não foi?

Vê uma lágrima solitária deslizar pela face de David e se perder na barba. Sabe como é difícil para ele falar assim. Isso o perturba demais. Precisa estar no controle, e essas emoções avassaladoras o fazem sentir que o está perdendo. Sarah sabe que é assim apesar de ele nunca lhe ter explicado isso. Agora que David começou a falar, quer manter a conversa. Isso ajudará ambos.

— Lembro-me de um dia em que estava cavando aquela vala fora do campo. — Ela continua lhe acariciando o braço. — Estava muito calor, e nós não tínhamos água. Lembro que limpei o suor da testa e o lambi da mão. Então reparei num guarda a meu lado, olhando para mim. Eu me encolhi, esperando as pancadas. Mas, em vez disso, ele me perguntou se eu estava com sede. — Faz uma pausa. — Não me atrevi a responder. Então ele pegou o cantil e me ofereceu. Eu não queria aceitá-lo. O medo era maior do que a sede. Mas ele o colocou na minha mão. Bebi um gole e tentei devolver. Pensei que talvez fosse uma armadilha... que ia ser fuzilada por ter bebido do cantil de um guarda. Mas ele me disse que bebesse tudo. Por isso bebi a água toda. — Para de acariciar o braço de David. — Nem sequer lhe agradeci.

David senta-se ereto.

— Não foi a água que te salvou naquele dia, não é? Foi ver um gesto de caridade em pleno inferno. Deu esperança.

— Sim, e me fez acreditar que alguém cuidaria de Sam. E então, quando te vi por entre a neve naquele prédio em ruínas, soube que íamos voltar a ficar todos juntos.

Ele pega a mão dela.

— Não sei como conseguiu me reconhecer. Éramos todos iguais, como esqueletos. Eu estava pronto para desistir, apesar de saber que a guerra tinha acabado. Só queria me deitar e morrer. Então a ouvi chamar o meu nome, como num sonho, e de repente você estava ali, me abraçando, dizendo o meu nome sem parar.

Ela lhe aperta a mão.

— Estava procurando você. Sabia que estava ali.

— E eu sabia que não era um sonho porque estava um frio de rachar. Então ouvi Deus me dizer para não perder a fé e me manter forte, que em breve a nossa provação chegaria ao fim.

— Mas não chegou, não é?

Ele bebe um gole de *pastis* e balança a cabeça.

Ficam sentados em silêncio, cada um perdido nas próprias recordações. Sarah se lembra das histórias que David lhe contou depois. As recordações são dele, mas ela gosta de visitá-las, de imaginar as engenhosas maneiras que ele encontrou de lhe fazer chegar as mensagens que a ajudavam a manter a fé. Graças às suas competências como pesquisador, foi trabalhar no laboratório médico sob a supervisão do famigerado doutor Mengele. Passava os dias no relativo calor do laboratório, olhando para células através de um microscópio. Deixavam-no muitas vezes sozinho, e ele conseguia se apoderar de material médico para os outros prisioneiros. Estava correndo um grande risco, mas era esperto e escondia-o em lugares improváveis. Enfiava pequenos comprimidos de antibiótico nas orelhas e penicilina debaixo dos pés. Eram coisas altamente valorizadas que podiam com facilidade ser trocadas por um mensageiro. Agora todos sabem das experiências, mas David sabia já naquela época. Ele disse a Sarah que saber o que eles estavam fazendo fez com que se sentisse cúmplice de alguma forma. Era impossível permanecer incólume. E ainda carregava a culpa.

— Como é que todos os outros que sobreviveram conseguem isso? — Sarah pergunta-se como os outros sobreviventes venceram o trauma. Talvez a única solução seja bloquear tudo. — Às vezes eu me pergunto se aconteceu de verdade.

— É difícil para todos, mas na realidade ninguém quer ouvir falar nisso. Não querem ter de imaginar o que passamos. Mas nada volta a ser o mesmo depois que se conhece o inferno, não é?

Sarah se apoia nele.

— Não, nada é o mesmo. — Faz uma pausa. — Às vezes eu me sinto tão só.

— Estou aqui, Sarah. — David pega a mão dela. — Sei que não sou bom para dizer as coisas, para dizer o que sinto. Mas estou aqui para você.

Lágrimas contidas brilham em seus olhos.

— Eu sei que está. — Ela lhe aperta a mão. — David, aquilo que vivemos... não é deste mundo, é? Não deste mundo agora. Não pode ser.

— Não é. — David limpa as lágrimas silenciosas que correm pelo rosto dela. — Voltamos do inferno. Seja como for, temos de aprender a esquecer o que vimos lá.

— Aprender a esquecer. Sim. Quem me dera que pudéssemos.

— Talvez não possamos esquecer, mas podemos perdoar.

As palavras dele a pegam de surpresa. Percebe que não é uma coisa que tenha sequer considerado, e sempre pensou que ele também não. Perdão.

— Não acredito que sejamos capazes. Nem sequer acredito que queira.

Ele olha para a mesa.

— Eu quero. Não vou arrumar desculpas para eles, mas... mas penso que seria... que seria capaz de perdoar se fosse um homem melhor.

— Não! Você é um homem bom. Isso é pedir demais. Você pede sempre demais!

— Que quer dizer com isso?

Ela não queria dizer aquilo, mas as palavras estavam ditas.

— Você espera tanto de todo mundo: do Samuel, de mim, de si mesmo. Mas nós somos apenas humanos. Às vezes é muito difícil.

As lágrimas voltam a correr, e ela tira um lenço do bolso para assoar o nariz.

Ele retira a mão e coça a barba.

— Peço desculpa se fui duro com vocês dois. Não era a minha intenção.

Ela o olha de lado, vendo o pomo de adão subindo e descendo na garganta como se fosse um grande peso. Sente a dor dele, quase consegue ouvir as palavras que lhe ficaram presas na garganta. Como gostaria de poder tranquilizá-lo!

— David, devemos ser gratos por aquilo que temos. É um milagre o Samuel ter sobrevivido. E ele também nos salvou.

— Sim, é verdade.

— Isso não é o suficiente?

— O que quer dizer?

— Não sei. Talvez tenhamos pedido demais. Não será o suficiente estarmos todos vivos?

Ele agarra a barba como se estivesse se agarrando à vida.

— O que está dizendo?

Ela fecha os olhos, pedindo coragem a Deus.

— David, você sabe o que estou dizendo.

— Não! Não, não sei.

Ela empurra a cadeira para trás, fica de pé e vai à pia, onde começa a limpar as superfícies já limpas, engolindo as lágrimas.

Então sente o marido a seu lado.

— Sarah, talvez você devesse ir ver o Beauchamp. Talvez ele possa ajudar você.

Sarah vira-se, limpando os olhos com as costas da mão.

— Você vai comigo?

— Não. Não aguentaria vê-lo.

CAPÍTULO 84

Paris, 2 de novembro de 1953

SARAH

Depois de deixar Sam na porta da escola, Sarah não consegue parar de pensar naquilo. Deve ir à prisão? Se for, é possível que tenha uma nova perspectiva, alguma coisa que a ajude a compreender Sam. Qualquer coisa que a ajude a dar o próximo passo.

Sabe onde fica a prisão – no *14ème arrondissement*, em Montparnasse. Vai levar cerca de meia hora para chegar lá. O que significa meia hora de visita e meia hora para voltar, e ela tem três horas à sua disposição antes de ir buscar Sam para almoçar. É tempo mais do que suficiente. Mas ela está ansiosa, tem medo do que vai sentir em relação a Beauchamp, do que ele vai sentir em relação a ela. O mais provável é odiá-la.

Mas quer ver o filho através dos olhos dele. A julgar pelas fotografias que lhes mandaram, é evidente que era uma criança feliz, saudável, cheia da alegria de viver. Quer um vislumbre desse menino.

A psicóloga que lhes foi designada os alertou contra irem buscar o passado. "Eu sei que a teoria freudiana quer que vocês revivam tudo", disse, "mas nós acreditamos que o cérebro humano elimina certas memórias por uma boa razão. É uma espécie de instinto de sobrevivência; a vida se move para a frente, nunca para trás. Bem, ainda não, por enquanto… para isso vamos ter de esperar pelas viagens no tempo."

E riu. Uma risada horrível e vazia.

Sarah se apressa em direção à estação do metrô de Saint-Paul. Quando sai em Montparnasse e percorre a Rue de la Santé, percebe que está numa parte de Paris que nunca visitou. A prisão impõe-se na rua estreita, alta e cinzenta. Com a mão trêmula, bate nas portas de madeira.

Ouve um trinco ser puxado para o lado e vê um homem espreitar através de uma pequena abertura quadrada.

— Sim?

— Venho visitar um preso.

— As visitas começam às dez.

O homem olha para ela. Sarah olha para o relógio: nove e vinte.

— Você pode entrar e esperar. Vai ter de deixar aqui o seu documento de identidade.

Sarah sente um suor frio. Com mãos trêmulas, tira a identidade da bolsa, lembrando-se de que já não é crime ser judeu. O homem pega o documento e anota o número.

— Quem vem visitar?

— Monsieur Beauchamp.

— Terá de sair às dez e meia. Espere lá dentro.

Ela atravessa a entrada.

Um guarda a está esperando. Revista sua bolsa e a encaminha para a área de espera. Sarah senta-se numa fria cadeira de metal, um arrepio percorre sua nuca. A umidade toma a sala, deixando-a fria. A recordação de Auschwitz invade seu espírito. O frio de gelar, a fome e as doze horas diárias de trabalho físico eram por si só difíceis de suportar, mas era o medo do desconhecido que na verdade paralisava a mente e destruía a alma. Ela estremece, tentando expulsar as memórias que durante tanto tempo se esforçou para suprimir, lembrando-se de que aquilo não é nem de longe a mesma coisa. E não é. Claro que não. Mas a perda da liberdade, a perda do controle sobre o próprio destino está ali na sala fria e feia, no silêncio antinatural, e no cheiro acre de suor rançoso e de medo revelado nas paredes.

Ela tenta ordenar os pensamentos, descobrir a melhor maneira de abordá-lo. Quer saber como era Sam quando tinha um, dois anos. Quais foram as suas primeiras palavras? O que o fazia feliz? O que o deixava triste? O que podia consolá-lo?

A voz de um guarda interrompe os seus pensamentos.

— Pode entrar.

Sarah respira fundo e entra numa sala com mesas e cadeiras espalhadas. É levada até uma pequena mesa ao fundo, com uma cadeira de cada lado. Enquanto se senta, mais visitas entram na sala e puxam cadeiras em outras mesas.

Uma porta se abre. Ela ergue o olhar e vê uma fila de presos algemados que avançam arrastando os pés. O som das botas dos guardas e uma ou outra ordem interrompem o deslizar suave dos sapatos abertos roçando o chão. Conseguirá reconhecê-lo? Ele irá reconhecê-la? Ela quase tem medo de olhar.

— Beauchamp! — grita um guarda.

Não pode ser ele! Um homem magro, encurvado, se aproxima da mesa dela. Julgava-o mais alto, muito mais alto. Prende a respiração.

Então ele levanta a cabeça e para quando os olhos dos dois se encontram. *É ele!* Sarah vê a cicatriz na lateral do rosto.

— Vamos logo! — Um guarda o empurra pelas costas. — Sua visita está esperando.

Sarah se encolhe numa reação instintiva, como se o guarda a tivesse empurrado.

Ela se levanta, sem saber muito bem como deve cumprimentá-lo. Então ele está mesmo à sua frente, estendendo os dedos das algemas. Ela os toca de leve. Sentam-se frente a frente. Ela percebe uma ferida escura no rosto dele. Por um instante, pergunta-se como será a sua vida ali, na prisão. Não é o que queria. Só queria o filho de volta.

— Sam está bem?

A voz dele é rouca, e ela o vê engolir em seco.

— Não.

O resto das palavras se prendem em sua garganta. Ela desvia o rosto, contendo as lágrimas.

— O que está acontecendo?

O pomo de adão de Jean-Luc sobe e desce quando ele projeta o queixo para a frente, e ela vê Sam nesse gesto, quando está tentando ser corajoso, tentando não chorar.

— Ele foi arrancado da única família que conhece.

Ela se ajeita na cadeira num esforço para conter as emoções. Não era assim que queria começar.

Ele abaixa a cabeça, com os olhos fixos na mesa em vez de nela.

— Ele não nos conhece. E nós não o conhecemos. Pelo amor de Deus, nem sequer falamos a mesma língua!

Ele não levanta a cabeça. Seu silêncio a incita a continuar.

— Teria sido melhor para vocês se não tivéssemos sobrevivido, não teria? Com certeza seria melhor para Sam.

— Não! — Desta vez, ele ergue a cabeça. — Não era o que eu queria. Quando vi as fotografias... o que aconteceu naqueles campos, foi... foi... Não imaginei que alguém pudesse ter sobrevivido àquilo. E pensei que... pensei...

— Pensou que eles tinham me mandado direto para a câmara de gás!

A voz dela falha. Não era aquilo que queria dizer. A amargura de suas palavras a deixa péssima.

Um guarda se aproxima da mesa, bate com o cassetete no tampo.

Sarah se assusta, o suor brota em sua testa, escorre por suas costas. Fecha os olhos numa tentativa para ficar distante e se acalmar. Está transformando aquilo numa confusão total.

— Diminuam o barulho.

O guarda bate no ombro de Jean-Luc com o cassetete. A pancada faz Sarah se encolher, mas Jean-Luc nem pestaneja, apesar de ela ver um lampejo de luz em seus olhos.

— Por favor. Estamos bem. A culpa é minha.

Ela tenta reprimir a onda de pena que cresce em seu coração.

O guarda se afasta.

— Por que não nos procurou depois da guerra? — sussurra ela.

— Tive... tive medo.

— Medo? De quê? Seria considerado um herói... salvar um bebê de Auschwitz.

— Não... medo de perder Sam.

— Como pode dizer isso? Não acha que *eu* tinha medo de perdê-lo? Faz ideia da coragem de que precisei para entregá-lo a você?

— Eu sei.

Jean-Luc continua a encará-la.

— Fale-me de Sam quando era pequeno. Como ele era?

Jean-Luc sorri, um sorriso torto, e o coração de Sarah dá um salto. Vê Sam outra vez naquele sorriso.

— Era um bebê tranquilo, quase nunca chorava. Mas quando começou a andar, ninguém o segurava. Queria explorar tudo, enfiava os dedos nas coisas, desmanchava o que pudesse. Eu estava sempre remontando seus brinquedos. E ele me observava, fascinado.

— Como o meu pai. Queria sempre saber como as coisas funcionavam. Conte mais.

— Era um grande corredor. Ia... ia participar do campeonato estadual.

— Não sabia disso.

— É verdade. Peça a ele para lhe mostrar como é rápido. Tem pernas longas, ideais para correr.

Sarah balança a cabeça, pensando nas pernas de Sam, nas horríveis erupções na pele.

— Ele costumava ter eczemas?

— O quê?

Ele franze a testa, unindo as sobrancelhas.

— Eczema — repete ela. — Uma erupção cutânea.

Ele fica calado por um instante, mas Sarah sabe no que está pensando. No dia em que ela o entregou a Jean-Luc, Samuel tinha placas vermelhas e secas no interior das coxas.

— Quando ele era bebê, naquele dia na estação...

— Sim, eu sei. — Ela engole em seco. — Não tínhamos pomada para passar nele. Era horrível. Mas era só assadura da fralda.

Ela se cala, dominada por sensações de culpa e de saudade, uma ânsia de cuidar do seu bebê.

— Não se preocupe. Não demorou a desaparecer. Ele tem uma pele ótima, nunca fica com queimadura de sol, não é como eu. — O rosto dele fica muito vermelho. — Mas é claro que não há por que ele ser como eu. Não queria dizer...

— Eu sei.

— Ele tem os seus olhos. A maioria das pessoas pensa que são só castanhos, mas se olharmos com cuidado vemos que há também umas manchas verdes. Depende da luz e do humor dele.

O coração de Sarah afunda em seu peito. Nunca viu o verde nos olhos de Samuel.

— E para dormir? Quando ele começou a dormir a noite toda?

— Andamos muito de um lado para o outro quando chegamos aos Estados Unidos, então demoramos um pouco até criarmos uma rotina.

Ela os imagina como refugiados, à procura de um lugar para se instalarem. Não consegue ter uma imagem de Sam que a faça se aproximar dele.

— E andar? — persiste. — Que idade ele tinha quando começou a andar?

— Não me lembro muito bem das datas. Me desculpe. Charlotte é melhor do que eu com esses detalhes.

— Charlotte... — Sarah faz uma pausa. A ideia de ser ela a mãe de Sam a dilacera como uma faca. — Como ela era como mãe?

— Era... — A voz dele falha. — Ela é... era uma boa mãe.

Seus olhos se enchem de lágrimas, então ele volta a projetar o queixo para a frente.

— Continue.

A voz dela saiu mais dura do que pretendia.

— Não sei mais o que posso dizer.

— Eu... não sei como ser uma mãe para ele. — As palavras se atropelam. — Não dá para ser de repente a mãe de um menino que não nos conhece, que nem sequer fala a mesma língua.

O guarda volta a se aproximar e tosse alto.

Sarah fica observando o homem se afastar. É apenas um guarda prisional, mas ela o odeia. São tiranos. Todos eles.

— Sabe, ele é um garoto maravilhoso — diz Beauchamp de repente.

Sarah volta os olhos para ele, grata por estar falando, por trazê-la de volta ao presente.

— É uma criança muito feliz, já nasceu bem-disposto. Você vai encontrar uma maneira de se aproximar dele. Mas ele vai precisar de tempo.

— Tempo. Todo mundo fala de tempo, como se fosse um amigo. Mas não é, certo? O tempo tem sido nosso inimigo. Se o tivéssemos encontrado antes, quando ele tinha dois, até mesmo três anos, teria sido diferente.

— Eu sei. Foi errado da minha parte escondê-lo. — Faz uma pausa. — Por outro lado, ele foi amado, e é estável, equilibrado. Nós o amamos... amamos como se fosse nosso.

— Vocês o amam? — A raiva dela cresce como uma onda. — Eu também o amava.

— Amava?

— Amo. Quero dizer, amo.

— Desculpe. Não queria...

— Você nos roubou a chance de construir esse laço com ele. E agora questiona o meu amor pelo meu filho. — Lágrimas de raiva ardem em seus olhos. — Eu andaria no meio do fogo por Samuel.

Ele a encara, como se estivesse avaliando aquela última afirmação.

— Colocaria a felicidade dele à frente da sua?

— Sim! Como se atreve a me perguntar isso?

— E o seu marido? Também colocaria?

— Claro que sim!

— Ótimo.

Agora ela está furiosa. O descaramento do homem! Ela respira fundo, para acalmar a sua indignação.

— Amamos o Samuel mais do que a própria vida. Se você o amasse metade do que o amamos, teria nos procurado depois da guerra.

Beauchamp leva aos olhos os pulsos acorrentados. Então baixa-os e balança a cabeça como se pudesse afastar a dor.

Ela o observa com atenção, percebendo a queda de seus ombros, o arrependimento em seus olhos, o pestanejar, como se tentasse encontrar algum sentido em tudo aquilo. Já tinha visto isso antes – no próprio filho. O olhar confuso, como se o mundo fosse complicado demais para se compreender. A compaixão ameaça dominá-la, mas ele não é uma criança, lembra a si mesma.

— O que mais pode me dizer a respeito do meu filho?

— O que mais quer saber?

— Qual foi a primeira palavra que ele disse?

Ele franze a testa.

— Não tenho certeza, não me lembro.

Ele parece desconfortável, e ela se pergunta se está envergonhado por não se lembrar daqueles detalhes.

E então de repente ela sabe, como se ele o tivesse dito em voz alta.

— Acho que foi carro — murmura Jean-Luc. — Ele adora carros, conhece todas as marcas. Foi ele que me ajudou a escolher o nosso; ia aos stands comigo, verificava a potência, o motor, tudo.

Ela o encara e ele tenta enfrentar o seu olhar, mas acaba por desviar o rosto.

— Não foi carro, não é? — Sarah pisca. — A primeira palavra dele foi mamãe.

CAPÍTULO 85

Paris, 2 de novembro de 1953

SARAH

A sirene da escola começa a tocar no exato momento em que ela dobra a esquina na Rue Hospitalières-Saint-Gervais. As crianças saem num enxame, alguns meninos fingem ser aviões de caça fazendo rasantes. São barulhentos e estão famintos, ansiosos para chegar em casa. Todos, exceto Sam. Afastada da multidão de mães e crianças, ela espera que ele saia. Mas o pátio está deserto, de repente silencioso.

E se ele fugiu de novo? Correndo, ela passa pelo portão, entra na escola e avança pelo corredor em direção à sala de aula. Então para. Lá está ele, de pé na frente do diretor. Parece minúsculo, com os ombros caídos e a cabeça baixa. Uma esmagadora sensação de tristeza a inunda.

— Madame Laffitte. — O diretor olha para ela. — Ainda bem que entrou. Precisamos conversar. Vamos para o meu escritório.

— Sim, *monsieur*.

Ela se sente como uma criança outra vez, uma criança metida em confusão. Segue-o pelo corredor até o escritório. O silêncio é ameaçador. Estende a mão para Sam e, pela primeira vez, ele deixa que ela a segure. Ambos estão em apuros. Uma vez no escritório, o diretor se senta atrás da sua mesa e faz um gesto para eles se sentarem à frente. Enquanto se senta, Sarah olha para Sam, na esperança de estabelecer contato visual, mas ele olha para a frente com uma expressão vazia.

— Madame Laffitte — começa o diretor. — Sei que isso não é fácil para ninguém, e muito menos para Samuel. Mas temos de pensar em todos os nossos alunos. Olha, vou direto ao assunto. Não sabemos o que fazer com Samuel, e não é só um problema de língua. Ele não mostra o mínimo interesse em aprender, o que é incomum numa criança tão nova. É fechado, recusa-se a cooperar, esta manhã envolveu-se numa briga no pátio e...

— Por favor, pare — interrompe-o Sarah, surpreendendo tanto a si mesma como a ele. — Eu sei que ele não quer estar aqui. Tem saudades de casa. — Estende a mão para tocar uma mecha dos cabelos de Sam. — Vou levá-lo para casa. Ele não voltará à escola.

— Madame Laffitte, não era isso que eu queria dizer. Não pode retirá-lo assim. Ele tem de frequentar a escola.

— Não se preocupe. Ele frequentará uma escola. Vamos, Sam.

Ela lhe estende a mão e levanta-se, pronta para sair.

Sam segura a mão dela. Sarah tem o cuidado de não a apertar, limita-se a sentir o seu calor. Juntos, em silêncio, saem da escola, caminham pela rua, dobram a esquina e sobem a escada do apartamento. Ela o leva para a sala e senta-se a seu lado no sofá. Com o rosto escondido nas mãos, Sam chora sem parar. Sarah o abraça enquanto ele chora.

— Vai ficar tudo bem. Vai ficar tudo bem de novo. Prometo.

Pega o telefone, enrolando as espirais do fio ao redor dos dedos. Devagar, ela disca o número do escritório do marido. Ele atende no primeiro toque.

— David, pode vir para casa mais cedo? Precisamos conversar.

— Foi visitar o Beauchamp?

— Sim, fui vê-lo. Por favor, David, pode vir para casa?

— O que está acontecendo? O que ele disse?

— Venha para casa, por favor.

Ela faz um sanduíche para Sam e, quebrando uma das regras da casa, leva para ele na sala. Senta-se na poltrona e o observa mordiscar. Sam emagreceu muito desde que chegou, e a sua pele tornou-se mais pálida. Sarah pergunta-se se é possível que uma criança morra de tristeza. Ou a natureza intervém e o instinto de sobrevivência assume o controle?

— Sam?

Ele olha para ela, os olhos vazios.

Sarah sente que está olhando para o filho dos Beauchamp, não para o seu filho.

— Sei como tem sido difícil para você. Tem sido difícil para nós também vê-lo sofrer, ver o quanto detesta estar aqui conosco.

Ele a observa, e ela tem a sensação de que está acompanhando as suas palavras.

— Nós o amamos muito. Sabe disso, Sam?

Ele encolhe os ombros e desvia o olhar.

— Queremos que você seja feliz. Mas queremos que saiba quem você é.

— Eu sei quem sou.

Sarah olha para ele, perplexa. Seu francês é quase perfeito.

— Eu sei que sabe, Sam.

Como ela deseja tomá-lo nos braços, sentir o seu pequeno, orgulhoso e vulnerável coração bater contra o dela, respirar o cheiro dele. É como se aquele corpo de criança já não lhe servisse, como se os seus pensamentos e emoções fossem muito grandes para serem contidos numa estrutura tão pequena e frágil.

Ela sai da sala e vai para a cozinha esperar por David.

Assim que ouve o clique do trinco da porta se abrir, ela se dirige à entrada.

— O que foi, Sarah? O que Beauchamp disse?

David ainda nem sequer tirou o sobretudo.

— Vamos para a cozinha, por favor.

Ele a segue.

— O que ele disse?

— Primeiro sente-se. Quer comer alguma coisa?

— Mais tarde. Conte o que ele disse.

— Não disse grande coisa. Foi mais a maneira como me fez sentir.

David olha para ela, seus olhos procurando os da mulher.

— Foi horrível. Ele ali... na prisão. Não devia estar lá. Lembrou-me...

Ele pega a mão dela e a aperta de leve.

— Gostaria de nunca ter sugerido que você fosse lá.

Sarah vê uma ruga crescer em sua testa, e continua antes que perca a coragem.

— Ele ama Samuel. Ama-o de verdade.

— Não duvido disso, Sarah. Claro que ama. O que estava esperando?

— Não sei. Alguém que eu pudesse desprezar.

— Não é o que você queria para Samuel. — David toca a barba. — O que ele disse?

— Perguntou se eu colocaria a felicidade de Samuel à frente da minha.

— Inacreditável! Como ele se atreveu?

— E perguntou se você também faria isso. — Sarah faz uma pausa, encarando o marido. — Respondi que é claro que sim. Não quis acreditar que tivesse me perguntado isso. Não sabe o que significa entregar um filho a outra pessoa.

A voz dela falha.

— Talvez agora ele saiba.

— Mas é verdade?

David franze uma sobrancelha, como se adivinhasse o que vem em seguida.

— Colocaríamos realmente a felicidade dele à frente da nossa?

— Sarah, não se torture assim. Ele é nosso filho e nós o amamos. Um dia ele vai nos amar também. Só precisa de tempo.

— Tempo — repete ela. — A intolerância do tempo.

— O quê?

— Foi o tempo que o roubou de nós.

— E o tempo o devolverá.

— Não. — Sarah sente a garganta apertada; vai ser difícil dizer as palavras que precisa. — David, não sou capaz... não sou capaz de continuar. Quando ele fugiu, orei a Deus. — Ela quer estender as mãos, pegar as dele, mas sente um muro crescendo entre os dois. — Fiz-lhe uma promessa. Prometi desistir de Samuel se Ele o trouxesse de volta são e salvo. Agora é tudo o que quero. Que ele esteja a salvo e seja feliz. Não quero saber de mais nada.

— O que quer dizer com isso?

— Não aguento ficar parada vendo o desespero, a infelicidade dele. Ele está se comportando como um prisioneiro que não consegue ver uma saída. Está perdendo o ânimo, e é apenas uma criança.

Ela pega um pano de prato para enxugar as lágrimas.

— Mas, Sarah, não podemos desistir agora.

— David! — Engole as lágrimas que lhe sobem à garganta. — Temos de fazer isso... temos de desistir. Será que não enxerga?

— Não, não enxergo.

David se aproxima, e ela o repele.

— Não consigo continuar fazendo isso. Não me obrigue.

David está de pé, olhando para ela com uma expressão de incredulidade. Então ele se vira.

— Vou eu mesmo falar com Beauchamp.

CAPÍTULO 86

Paris, 3 de novembro de 1953

JEAN-LUC

O pior da prisão é a impotência. Poderia suportar a comida horrível, as noites geladas, até a ameaça constante de violência. Mas é a impotência que o mata. Sam está crescendo sem ele, e Charlotte está tendo que se virar sozinha nos Estados Unidos. Ela escreve para ele quase todos os dias, por isso sabe que ela teve de vender a casa, se mudar para um apartamento menor, mais perto do centro, onde arranjou emprego como tradutora. A tristeza dela transborda das páginas que escreve. Às vezes, ele tem de dobrá-las, para voltar a ler mais tarde, quando estiver mais forte. Mas hoje não está se sentindo forte.

— Você tem visita! — grita o guarda, batendo nas grades da cela com um cassetete.

Ah, Deus! Não está com a mínima disposição para ver Sarah Laffitte de novo.

Segue o guarda pelo corredor, passa pelas portas duplas de segurança até a sala de espera. O guarda aponta o cassetete para um homem de cabelos escuros e barba longa sentado a uma das mesas, segurando as extremidades como se tivesse medo de cair. A compreensão vem como um raio. É *ele!* Tem de ser ele. David Laffitte.

Com o sangue pulsando em suas veias, ele se aproxima da mesa. Hesitante, estende os pulsos algemados, esperando alguma versão modificada de um aperto de mão, mas Laffitte nem se levanta e suas mãos não largam o tampo da mesa. Olha para Jean-Luc sob as escuras e espessas sobrancelhas.

— *Monsieur* Beauchamp.

Jean-Luc senta-se e baixa a cabeça, confirmando o nome. Espera que Laffitte diga alguma coisa, mas o homem se limita a fitá-lo, a atravessá-lo com os olhos fixos.

— Não sei o que quer de mim.

Jean-Luc massageia as têmporas com as mãos acorrentadas, tentando aliviar a dor de cabeça que lhe tortura a testa.

— O que quero de você? — Os olhos de Laffitte se tornam ainda mais perfurantes. — Os últimos nove anos da vida do meu filho.

Jean-Luc estica o pescoço e fecha os olhos. A dor de cabeça está cada vez pior.

— Quer saber o que isso causa a um pai? — O tom de Laffitte é duro, o volume da voz aumenta. — Não saber se o filho está morto ou vivo. Não sabíamos se devíamos chorar por ele ou continuar procurando.

— Ouça. Se não fosse por mim, vocês não teriam um filho. Agora o recuperaram. Por que não vai para casa cuidar dele? Já teve a sua vingança.

— Vingança? Pensa que isso tem a ver com vingança?

As palavras de Laffitte explodem, mais altas do que antes.

— Nesse caso tem a ver com o quê? O que quer de mim?

A voz de Jean-Luc se iguala em volume à dele.

O guarda aparece. Seu cassetete bate sobre a mesa com força.

— Já te avisei. Diminua esse barulho!

Coloca o cassetete debaixo do queixo de Jean-Luc e empurra a cabeça dele para trás num ângulo doloroso.

De súbito, Laffitte cai por cima da mesa, tremendo e se agitando como se estivesse tendo um ataque.

— O que há com ele?

O guarda levanta a cabeça de Laffitte, que está com o rosto acinzentado e coberto de gotas de suor. Os olhos brilham com uma expressão de medo animal.

— Acho... acho que o assustou.

— Eu? Estava só dizendo para não fazerem barulho.

Laffitte senta-se em silêncio, como se estivesse aturdido. Jean-Luc põe as mãos acorrentadas em cima da mesa e as estende para ele. Laffitte olha-o com uma expressão tresloucada, e então lhe agarra os pulsos, o peito arquejando devido ao esforço para respirar.

O guarda se afasta, estalando a língua com reprovação.

Ficam assim por instantes, e Jean-Luc espera que Laffitte se acalme.

— Me desculpe — diz David por fim. — É que... parece que voltou tudo.

— Está tudo bem. Já passou.

David crava nele os olhos escuros.

— Já? Será que passou mesmo? Isso nunca vai passar.

Jean-Luc sabe o que ele quer dizer. Tenta mudar de assunto.

— Como está a sua esposa?

— Ficou... ficou muito perturbada depois de ter vindo falar com você.

— Lamento. Não era minha intenção perturbá-la.

— Ela queria saber mais a respeito de Samuel, mas em vez disso saiu daqui se sentindo de certo modo indigna.

— Como disse, não era essa a minha intenção. Ela queria que eu lhe desse detalhes a respeito de Sam, mas eu não me lembrava de tudo o que perguntou, como quando deu o primeiro passo, a primeira vez que dormiu uma noite inteira. Não são essas as coisas de que me lembro.

— Entendo. — Laffitte esfrega os olhos de novo, como se estivesse cansado de tudo aquilo. — Quais são, então, as coisas de que se lembra?

Jean-Luc fica silencioso por um minuto, o rosto de Sam vívido e nítido em sua mente.

— O sorriso dele. As coisas engraçadas que dizia. A maneira como projetava o queixo para a frente quando estava determinado ou me desafiava. Os braços finos e compridos ao meu redor. A força gentil que tinha quando me abraçava. O cheiro doce do seu suor. A maneira como olhava para mim com os olhos arregalados enquanto eu lhe contava uma história…

Laffitte bate as mãos com força na mesa.

— Chega. — Mexe-se na cadeira. — Por que nunca tiveram os próprios filhos?

Jean-Luc franze a testa.

— Nós queríamos. — Faz uma pausa, perguntando-se se deve ou não continuar. — Mas… bem, era difícil. Charlotte não podia. Diziam que pode ser devido às privações que ela sofreu durante a Ocupação… nessa idade tão sensível.

— Ah.

Laffitte está embaraçado, as suas bochechas cinzentas recuperam um pouco de cor.

— Os médicos disseram que não havia nada que pudessem fazer. — As palavras fluem agora soltas, como numa libertação. — Disseram que com uma alimentação adequada e um estilo de vida saudável as coisas deviam voltar ao normal, mas isso não aconteceu. — Olha para Laffitte e fica surpreso ao encontrar traços de Sam nos seus olhos escuros e inteligentes, na maneira como os esfrega quando confrontado com um problema. — Queria lhe perguntar uma coisa, se não se importar… Sei que também não tiveram outros filhos.

David olha para a mesa, balançando a cabeça. Quando por fim ergue os olhos, estão úmidos e desfocados, como se estivesse perdido em lembranças.

— Me desculpe.

Jean-Luc não sabe para onde levar a conversa agora. Chegaram a um território perigoso, e ele anda de um lado para o outro, em busca de uma saída.

Mas então David pisca e começa a falar, os olhos focados num ponto distante qualquer.

— Foi difícil quando voltamos. O trabalho físico, a fome, a brutalidade… tudo aquilo nos cobrou um preço. Estávamos diferentes; como se os nossos corpos já não nos pertencessem. Não éramos o jovem casal que tínhamos sido. Penso que ambos nos sentíamos… — Olha diretamente para Jean-Luc com os olhos arregalados, como se estivesse surpreso por já ter dito tanto. — Demoramos muito tempo a voltar a nos sentir humanos, a nos sentir nós mesmos. E durante todo esse tempo, continuávamos à procura de Samuel. Eu queria tentar ter outro filho, mas Sarah não estava interessada. Não parava de chorar... Só queria o seu bebê de volta.

— E agora o tem de volta.

— Bem, já não é o bebê dela, é? Se... se tivessem nos procurado depois da guerra... Podia ter sido tudo diferente.

Ele suspira.

— Dez minutos! — grita o guarda.

— Diga-me como está ele agora — diz Jean-Luc. — Por favor. Madame Laffitte disse que ele sofre de eczema... Está melhor?

Os olhos de David brilham como se estivesse perdido em pensamentos. Então responde:

— Não, não está. — Ergue os olhos para encontrar os de Jean-Luc. — Muito bem. Quer saber? Vou contar. — Puxa a barba e inclina-se para a frente. — O pobre menino está terrivelmente perturbado. Ele se recusa a falar francês, chora quase todas as noites e desenvolveu uma erupção cutânea que o está devorando. Por fim, na semana passada, fugiu. Encontraram-no em Le Havre, tentando entrar num barco para os Estados Unidos.

— Não! Ah, Deus, não.

Jean-Luc deixa-se cair contra o espaldar da cadeira, leva as mãos acorrentadas à testa. O que fizeram com Sam? A dor lhe dilacera o estômago, como facas cortando-o por dentro. Quase não consegue respirar.

O guarda se aproxima.

— Cinco minutos.

— Sarah — murmura David. — É difícil para ela ver o filho assim. É difícil também para mim, mas eu consigo me obrigar a pensar no futuro a longo prazo. A única coisa que Sarah vê é o seu menino sofrendo. — Balança a cabeça. — E isso a está matando.

CAPÍTULO 87

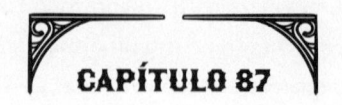

Paris, 3 de novembro de 1953

SARAH

Enquanto David está visitando Beauchamp e Sam está em seu quarto, Sarah tira da gaveta um papel de carta especial que guarda numa caixa de madeira, com uma rosa seca pousada em cima das folhas espessas. Esta vai ser a carta mais importante da sua vida. Com gestos cautelosos, enche de tinta o depósito da caneta-tinteiro, pensando em David, sabendo que vai ser impossível para ele aceitar a sua decisão. Mas não poderá impedi-la, não agora que ela lhe falou da sua promessa a Deus. A fé de David é como uma rocha, inabalável, e ele não iria querer que ela comprometesse a sua quebrando uma promessa como aquela.

> *Prezada senhora Beauchamp,*
> *É com o coração partido que lhe escrevo esta carta. Samuel não é feliz aqui. Não sabemos o que fazer. A tristeza dele por ter sido arrancado da presença de vocês é mais do que somos capazes de suportar. Faço um apelo a você em desespero. Ele precisa de vocês. Pode vir aqui?*
> *Sarah Laffitte*

Um clique anuncia a abertura da porta da frente. Sarah ergue os olhos da carta. David está ali, os ombros caídos, o rosto acinzentado. Ele esfrega os olhos e olha para ela.

Sarah não sai da cadeira, mas olha para ele, percebendo o quanto parece exausto e desanimado. Ela prefere não lhe perguntar como foi o encontro com Beauchamp. Calcula que só pode ter sido doloroso.

Uma lágrima silenciosa corre pelo rosto dele, seguida por outra. Ela continua imóvel. Como pode confortá-lo? Não tem nada para lhe oferecer, exceto a sua rendição. Ele queria que ela fosse tenaz, que se agarrasse ao filho dos dois com todas as suas forças, custasse o que custasse. Mas ela ama muito Sam para isso.

Ela não percebe as lágrimas que deslizam pelo próprio rosto até caírem na carta e borrarem a tinta. Enquanto olha para as manchas azuis, sente David se aproximar e se abaixar a seu lado, o rosto úmido inclinado para o dela. Sabe que ele está lendo a carta. Prende a respiração, esperando que a dor e a fúria dele explodam.

— Sarah — murmura ele. — Sarah.

Então os braços dele a rodeiam e a puxam para si.

Ela se rende ao abraço do marido.

— Sarah, não chore. Por favor, não chore.

— Mas você está chorando.

Segurando o rosto dela com ambas as mãos, ele limpa suas lágrimas com beijos.

— Nosso filho está vivo. É o suficiente para mim. É o suficiente, Sarah.

CAPÍTULO 88

Santa Cruz, 9 de novembro de 1953

CHARLOTTE

Mais uma manhã de segunda-feira. Eu me arrasto para fora da cama e sigo até à cozinha, coloco duas grandes colheres de café moído no filtro de papel e aqueço a água no fogão. Enquanto espero ferver, acendo um cigarro. Nunca fui fumante, mas agora me acalma os nervos e me dá algo para fazer com meus dedos sempre inquietos. E também gosto de aspirar a fumaça – inalo profundamente, retenho o ar por um segundo, e depois o deixo escapar devagar. Podia parar se quisesse, e um dia sou bem capaz de fazer isso.

Tenho de estar no psiquiatra às nove horas. Quando entro no consultório dele com suas paredes brancas, sinto a mesma apreensão de todas as semanas. É difícil fingir ser alguém que não sou. Sento-me na cadeira de plástico arredondada diante dele, olhando-o com um sorriso falso forçado no rosto.

— Bom dia, Charlotte. Como está hoje?

— Muito bem, obrigada. E você, doutor?

Encaro-o, para convencê-lo de que sou sincera.

Ele sorri para mim.

— O que fez esta semana?

— No sábado, fui a uma aula de cerâmica.

Ele faz que sim com a cabeça, como se eu tivesse dito alguma coisa profunda.

— As mulheres lá são divertidíssimas. Falamos a respeito de tudo.

Não lhe digo que me limito a ficar sentada ouvindo a conversa rolar enquanto tento modelar o barro úmido na forma de um rosto de criança, e que depois o esmago e recomeço. Não consigo acertar as feições de Sam. Gosto de ouvir a tagarelice delas. É reconfortante. Talvez seja a ausência masculina que as faz falar tão livremente. Conversam sobre tudo e mais alguma coisa – filhos, educação, suas infâncias, homens, amor, relações. Permitem que eu não participe por ser estrangeira e acham que não entendo tudo o que dizem. Mas entendo. Só descobri que essa era uma boa carta para jogar. A minha condição de estrangeira. Isso impede que as pessoas se aproximem demais.

— E costuma se encontrar com algumas delas depois das aulas?

Droga! Ele não é tão fácil de enganar.

— Ainda não — digo. — Mas estou planejando convidar algumas para o próximo fim de semana.

— Bem. Muito bem. Então você vai me contar como foi na próxima consulta?

— Com certeza — respondo animada, me amaldiçoando por essa pequena mentira. Agora estou encurralada. E se ele se lembrar de verificar?

— E como tem dormido?

— Ainda estou tomando os comprimidos que me receitou.

— Sim, talvez seja hora de suspender o uso.

Concordo, mas não sei se estou pronta. Não posso voltar àqueles dias de loucura que vivi depois de terem levado Sam, dormindo meia hora de cada vez, cedendo à exaustão emocional, acordando de novo como se tivesse sido atingida por um raio, com uma sensação de desalento se espalhando por todas as células do meu corpo.

— Comece tomando metade da dose que toma agora durante uma semana, e aí veremos como reage.

Olho para ele, me perguntando se poderei pedir mais tempo, mas decido que tenho de me mostrar positiva se quero que me passe um atestado de sanidade mental, de modo que volto a concordar.

— E os seus pensamentos em relação a Samuel? Está conseguindo administrá-los?

— Tento não pensar nele. — Faço uma pausa, me preparando para a grande mentira. — Estou aceitando o fato de que nunca fui a verdadeira mãe dele. Era apenas uma substituta.

— Ótimo. Ótimo.

Como ele pode saber que penso em Sam todos os minutos de todos os dias, perguntando a mim mesma o que ele estará fazendo enquanto as horas, os dias, as semanas passam? Não tenho notícias dele, mas sei que deve detestar Paris. É uma cidade que vai parecer tão estranha para ele... Será que está aprendendo francês? O novo pai lê para ele na hora de dormir, como Jean-Luc fazia? E a nova mãe o abraça com força quando há uma trovoada? Ele a deixa fazer isso? Eles deixam uma luz acesa durante a noite? Ele saberá como pedir? Ela faz crepes para o café da manhã? Como ele estará se saindo na escola? As outras crianças são boas para ele? Eu me torturo com essas perguntas.

O psiquiatra interrompe os meus pensamentos.

— E o seu marido? Como está?

Acho que ele deve ter esquecido o nome.

— Jean-Luc. É muito difícil para ele estar na prisão.

Não consigo dizer mais nada. A ironia de Sam e Jean-Luc estarem em Paris enquanto eu estou aqui me parece trágica. Agora somos os três prisioneiros, perdidos uns para os outros.

— Estão prontos para tentar ter os próprios filhos?

Fico olhando para ele. Como pode me fazer uma pergunta dessas?

— Quando o seu marido estiver livre, quero dizer. — Baixa os olhos para as suas anotações. — Sei que ele está cumprindo uma pena curta.

— Dois anos.

Agora não estou sorrindo.

— Sim, isso mesmo. Mas vocês ainda têm muito tempo para começar a própria família.

— Não posso. Não posso ter filhos.

— Hmm. Bem, a razão disso nunca ficou muito clara. Aceitar que Sam partiu pode libertar alguma coisa dentro de você.

Continuo olhando para ele. Está louco?

— Pode ser um problema psicológico — continua ele.

— Não me parece.

Poderia contar a ele como minha menstruação não voltou a descer depois da guerra, mas acho que vou poupá-lo dos detalhes. Lembro a mim mesma que só estou aqui para que ele me declare mentalmente estável e eu possa reaver o meu passaporte. Não posso me dar ao luxo de hostilizar o idiota. Faço um gesto de concordância, cerrando os dentes.

— Talvez tenha razão — digo, num tom muito doce. — Não tinha pensado nisso dessa maneira.

— Ótimo. Ótimo. E como vai o trabalho?

— Muito bem. As pessoas são simpáticas e eu gosto do que faço.

É um trabalho tranquilo, sem exigências – traduzir documentos legais. O pequeno salário dá para pagar o aluguel do meu apartamento e ainda sobra alguma coisa todos os meses, que eu guardo para comprar a minha passagem de avião para França – quando me devolverem o passaporte.

Quando volto para casa mais tarde nesse dia, abro, distraída, a caixa do correio. Há uma carta, num envelope branco. Os selos são franceses, mas não é a letra de Jean-Luc. Rasgo o envelope, com o coração batendo muito depressa, imaginando que é de Sam.

Mas não. Começa: *Prezada senhora Beauchamp...* Meu coração afunda no peito. Então continuo a ler, e o sangue corre em minhas veias a uma velocidade furiosa. Querem que eu vá até lá!

Aperto a carta contra o coração. Vou voltar a ver o meu filho. Sarah Laffitte – ela o ama de verdade. As lágrimas escorrem pelo meu rosto, desfocando a minha visão. Sempre o amou. Durante todos aqueles anos, não parou de procurar. Nunca desistiu.

A culpa me trespassa a alma. Devíamos tê-los procurado. Podíamos tê-los procurado. Teria sido a atitude correta, honesta. Mas não, escolhemos a opção mais fácil: acreditar que tinham morrido em Auschwitz. Depois de tudo aquilo por que tinham passado, uma coisa daquelas – encontrar o filho nove anos mais tarde e perceber que já não é o bebê deles, que nem sequer fala a mesma língua. Como podem conhecê-lo agora? Tornamos isso impossível.

Com o coração pesado, subo a escada até o apartamento, agarrando a carta, cada palavra incendiando minha mente. *Samuel não é feliz aqui.* O eufemismo rasga meu coração. Não é pior do que imaginava, mas vê-lo ali no papel, escrito pela mãe biológica, torna tudo mais vívido. Isso me atinge o estômago com a força de um coice. Ele está tão desolado que nem a mãe sabe o que fazer. Está disposta a tudo para fazê-lo feliz, incluindo me deixar vê-lo. Agradeço a Deus por ela o amar tanto. Mas e agora? Será que ela pensa que posso me mudar para Paris? Que podemos criá-lo juntas? Duvido. Só serviria para magoá-la vê-lo amar outra mulher como sua mãe. Estaria preparada para desistir dele? Faria uma coisa dessas? Uma mãe que perdeu o filho poderia encarar a possibilidade de perdê-lo de novo?

CAPÍTULO 89

Santa Cruz, 17 de novembro de 1953

CHARLOTTE

Aqui em Santa Cruz ainda está calor, mas eu sei que faz frio em Paris nesta época do ano. Passei a semana pensando no que devo usar. Sam adora o meu vestido de verão amarelo com papoulas na bainha, mas não é adequado para o inverno francês. Em vez disso, visto uma saia bege reta e uma blusa creme, e levo dobrados no braço o casaco de malha e o paletó.

Estou na cozinha, impaciente e pronta, à espera do táxi. Ao olhar em volta para as paredes brancas, me pergunto se alguma vez voltarei a este apartamento. Espero que não; é um lugar de solidão. Às sete em ponto, a campainha da porta toca. Pego a mala e tiro um lenço leve de caxemira do cabideiro.

— Aeroporto? — pergunta o motorista do táxi, me observando através do retrovisor.

— Sim, por favor.

— Para onde vai?

— Nova York, e depois Paris.

— Tem família lá?

— Sim.

— Por isso percebi logo um sotaque. É francesa?

— Sou.

Ele me estuda pelo retrovisor, como se tentasse descobrir quem sou.

— Paris não foi muito bombardeada, não é?

— Não. — Hesito. Não quero parecer mal-educada, mas também não quero continuar essa conversa. — Não foi.

— Não foi como Londres. Os caras atacaram Londres de verdade, não foi?

— Sim — respondo, decidida a dizer o que ele quer ouvir. — Paris foi ocupada, em vez de bombardeada.

— Exato. Eles não precisaram bombardear para dominar tudo lá.

Viro a cabeça para e olho pela janela, na esperança de deixar bem claro que não estou interessada na conversa. Ele bate com os dedos no volante no ritmo de uma música em sua mente. Vejo as ruas passando: casas com gramados extensos à frente, caixas de correio apoiadas numa viga de madeira, à espera da correspondência do dia. Tão diferente de Paris, mas tão familiar. Comecei a me sentir em casa, e me pergunto se Paris não será agora um pouco estranha para mim.

— Eles se limitaram a entrar em Paris marchando, não foi?

Quem me dera que ele calasse a boca. Suspiro alto e espero que ele perceba o recado.

O homem volta a tamborilar com os dedos no volante, e seguimos o resto do caminho em silêncio. Assim que saio do carro, dou a ele um dólar de gorjeta, em agradecimento por ter ficado calado.

Fico aliviada ao entrar no avião, por finalmente poder voltar à França. É a primeira vez que voo e sinto-me um pouco nervosa quando aceleramos para a decolagem. Agarrada ao assento, penso em como Sam se sentiu durante o voo. Estava assustado? Alguém lhe deu a mão quando entrou no avião? A ideia de ele fazer todas essas coisas sozinho, sem Jean-Luc ou sem mim, me enche de tristeza.

— Gostaria de uma bebida?

A comissária de bordo para à minha frente com um carrinho cheio de pequenas garrafas.

— Não, obrigada.

O homem sentado a meu lado ergue os olhos do jornal.

— Uma cerveja, por favor.

Ele despeja a bebida num copo de plástico.

— Para onde está indo? — pergunta.

— Nova York — respondo. — E depois Paris.

Não quero falar, é muito complicado, então fecho os olhos e finjo dormir. Mas estou ansiosa demais para dormir, e bastante nervosa. Sam. Sam. Será que está aborrecido comigo? Será que pensa que eu o abandonei? Terá mudado muito em quatro meses? Quatro meses. Foi só isso? Parecem quatro anos para mim.

Depois da mudança de avião em Nova York, aterrissamos finalmente em Paris, e passo pela alfândega. Percebo que não trouxe presentes comigo. Hesito, me perguntando se devo comprar alguma coisa, mas presentes me parecem supérfluos e superficiais, como se fosse uma visita social. Dirijo-me com passos rápidos à fila de táxis que esperam.

— *Rue des Rosiers, s'il vous plaît, dans Le Marais.*[93]

As palavras em francês saem sem esforço. É um alívio falar de novo a minha língua. É como voltar para casa.

---

[93] "Rue des Rosiers, por favor, perto do Marais", em francês. (N.T.)

Olhando pela janela quando entramos na cidade, eu me pergunto o que significa de fato a palavra "casa". É um lugar? É uma língua? Ou é onde está a nossa família? Suponho que é uma mistura de todas essas coisas. Mas aqui não é o lugar que Sam possa chamar de casa. Gostaria que tivéssemos falado francês com ele quando era pequeno; não tínhamos o direito de lhe negar essa parte da sua identidade. Ele terá isso contra nós quando crescer, quando perceber o que lhe tiramos? Neste momento, porém, só quero abraçar o seu corpinho com força e dizer a ele que vai ficar tudo bem. Vou deixar para me preocupar com o resto depois.

O táxi me deixa em frente ao bloco de apartamentos deles. Dois homens de barbas longas e chapéus pretos passam por mim, me lembrando de que estou no bairro judeu. Estou trêmula, e de repente percebo como está frio. Coloco a mala no chão e visto o casaco de malha e o paletó, mas mesmo assim não consigo parar de tremer. Envolvo o corpo com os braços enquanto nós no estômago apertam. Estou a poucos metros de distância dele. Olho para as janelas e o imagino lá dentro, esperando por mim.

Inspiro fundo e, com a excitação e o medo me correndo nas veias, empurro as pesadas portas de madeira. Entro num pequeno pátio. O apartamento deles fica no quarto andar, então pego minha mala e subo a escada estreita e sinuosa, com o coração martelando nas costelas. Antes de bater, paro um momento para alisar os cabelos e endireitar o lenço, tentando me acalmar.

Então levanto a mão. Mas antes que eu tenha tempo de tocar na porta, ela se abre de repente e Sam pula em cima de mim, quase me fazendo cair de costas, os braços ao redor do meu pescoço, as pernas enroladas na minha cintura, me agarrando com força. Envolvo-o nos braços. Seguro-o. Respiro-o – o doce cheiro almiscarado dele. Não precisamos de palavras. Sinto a força do seu amor e sei que ele sente a do meu.

Então ouço uma tosse leve. Entro no apartamento quase aos tropeços, Sam ainda agarrado a mim. Devagar, ele diminui a pressão dos braços e das pernas e coloca os pés no chão. Seguro o seu rosto com as palmas das mãos, olho-o no fundo dos olhos castanhos. Ele abraça a minha cintura, enterra o rosto em meu peito. Acaricio seus cabelos.

— Está tudo bem, Sam. Vai ficar tudo bem.

Ouço outra tossidela e olho por cima da cabeça dele. O senhor e a senhora Laffitte estão ali de pé, pálidos como fantasmas, olhando para nós com lágrimas nos olhos. Vejo o homem estender a mão para a mulher; ela esconde o rosto no ombro dele. Com o outro braço, ele aponta para uma porta no final do corredor. Com Sam ainda agarrado a mim, eu o sigo até à sala de estar.

O senhor Laffitte ajuda a esposa a se sentar em uma poltrona e fica atrás dela, com as mãos pousadas em seus ombros. Ele indica o sofá para nos sentarmos.

— *S'il vous plaît.*

Sam pula no meu colo, embora ele esteja bem crescido.

— Mamãe — diz. — Podemos ir para casa agora?

Beijo sua cabeça.

— Por favor. Por favor. Eu prometo me comportar bem. Só quero ir para casa.

— Eu sei. Eu sei.

Volto a beijá-lo.

O senhor Laffitte tosse novamente.

— *C'est très difficile pour nous.*[94]

Olho para ele.

— *Je suis désolée. Pardonnez-nous.*[95]

— Mamãe! — grita Sam, segurando o meu rosto com as duas mãos. — Não fale francês! — Então as lágrimas surgem e rolam por seu rosto. — Mamãe! Por favor!

— Sam, está tudo bem. Sou eu. Não vou deixar você outra vez.

Ele não se comportava assim desde que tinha cinco anos.

O senhor Laffitte pega a mão da esposa e os dois ficam de pé.

— *Nous allons vous laisser.*[96]

Vão nos deixar sozinhos. Eu aceno concordando. Antes que todos possamos conversar, preciso passar algum tempo com Sam.

Eles saem da sala e ouço a porta da frente abrir e fechar.

— Foram embora! — Sam joga os braços ao redor do meu pescoço. — Podemos ir agora? Podemos? Podemos ir para casa?

— Espera, Sam, por favor, espera.

Os olhos dele ficam arregalados, as pupilas se dilatam.

— Quando? Quando?

— Primeiro preciso falar com... com... como devo chamá-los? *Monsieur* e madame Laffitte.

Ele tira os braços do meu pescoço.

— Mas vamos para casa, não vamos? Promete?

— Farei tudo o que puder.

— Não! Você tem que me prometer!

Os olhos dele se enchem de lágrimas de novo.

Acaricio suas bochechas úmidas.

— Prometo.

Agora vou ter de fazer acontecer.

---

[94] "É muito difícil para nós", em francês. (N.T.)
[95] "Eu sinto muito. Perdoem-nos", em francês. (N.T.)
[96] "Vamos deixar vocês", em francês. (N.T.)

Quando os Laffitte retornam, duas horas depois, Sam adormeceu com a cabeça apoiada no meu colo, exausto de tanta emoção. Com muito cuidado, o senhor Laffitte o pega e eu o sigo até o quarto. Ele o deita na cama e o cobre com um cobertor com tal ternura que sinto o coração apertado. Durante um minuto, fica ali olhando para ele. Quero muito abraçá-lo e poder lhe oferecer um pouco de conforto. Ele se inclina e beija a cabeça de Sam.

— Mamãe — murmura Sam.

O senhor Laffitte recua e eu me ajoelho ao lado da cama, acaricio a cabeça dele.

— Está tudo bem. Estou aqui.

E o vejo voltar a adormecer.

Quando me levanto, vejo que o senhor Laffitte saiu do quarto. A culpa enche o meu coração enquanto volto à sala de estar. Sento-me na poltrona, olhando para os pés. Não suporto ver a dor nos olhos deles. A senhora Laffitte me entrega uma xícara de café e eu a olho de relance enquanto agradeço. Ela tem olhos verdes impressionantes, como os de Sam, mas mais brilhantes. Os de Sam só ficam verdes sob certas luzes ou dependendo do seu estado de espírito. "Olhos de gato", disse um amigo certa vez.

— Queremos que leve Sam para os Estados Unidos — diz o senhor Laffitte.

Não era o que eu estava esperando. Tão direto. Tão claro.

— Mas...

— É muito difícil para todos nós. Sobretudo para ele.

— É tarde demais. — A voz da senhora Laffitte é tão baixa que mal consigo ouvi-la. — O lugar dele já não é conosco.

Pouso a xícara de café e me levanto. Sem pensar, avanço na direção dela. Ela se desloca no sofá, deixando espaço para mim. Sento-me a seu lado, toco seu joelho.

— Por favor, nos perdoe.

Ela coloca a mão sobre a minha.

— Nós perdoamos. Salvaram o meu filho.

Suas lágrimas silenciosas caem sobre as nossas mãos unidas. Eu me inclino na direção dela, seguro suas mãos enquanto ela chora, desejando poder absorver a sua dor.

— Vou ensinar francês a ele. Ele vai escrever para você. Vamos falar de você. Não acabou. Por favor, não pense que é o fim.

O senhor Laffitte pousa a mão em meu ombro.

— Sabemos que fará isso. Foi uma boa mãe para ele. — Faz uma pausa. — E Jean-Luc foi um bom pai. Sam teve sorte ao ser salvo por um homem como ele.

Já não consigo evitar que as lágrimas inundem o meu rosto. Sarah e David amam Sam mais do que a si mesmos; estão colocando a felicidade do filho à frente da deles. Isso me atinge o coração como uma adaga. São os seus verdadeiros pais. Sempre foram. O pensamento me enche de vergonha, e prometo a mim mesma que ele vai crescer sabendo o que fizeram por ele.

❧

Os documentos ficam prontos em uma semana e, enquanto o avião sobrevoa o Atlântico, levando-nos de volta para casa na Califórnia, fico observando Sam dormir. Seus cílios longos vibram no rosto muito pálido, e ele está agarrado ao meu braço, como se tivesse medo de acordar e eu não estar mais ali.

Olho para as nuvens e volto a pensar nos Laffitte e no sacrifício que fizeram. E em meu marido, o homem mais corajoso que conheci, e que vai voltar para nós. E em Samuel.

Envio a Deus uma oração silenciosa, grata por esta segunda oportunidade.

EPÍLOGO

Um ano depois, quando estavam se preparando para deitar, Sarah pegou a mão de David e pousou-a sobre seu ventre.

— David, tenho uma coisa para dizer. — Fez uma pausa, observando-o. — Estou esperando um bebê.

Quando olhou para ele, ela viu seus olhos cheios d'água.

Seis meses mais tarde, Sarah deu à luz um menino, que chamaram de Jérémie.

Quando Sam tinha treze anos, David, Sarah e Jérémie foram visitá-lo, e Sam conheceu o irmãozinho, mas, verdade seja dita, foi uma visita um pouco constrangedora. Sam continuava não gostando de falar francês e era uma luta manter uma conversa. Dessa vez, foi David que confortou Sarah.

— Ele tem treze anos, não é uma idade fácil. Está pouco à vontade com ele mesmo e ainda não compreende certas coisas. Um dia ele vai nos aceitar, você vai ver.

Ficou combinado que Charlotte e Jean-Luc levariam Sam a Paris quando ele fizesse dezoito anos. Mas, por alguma razão, isso nunca aconteceu. Tinham de pagar a universidade, e isso consumia todos os seus recursos. O dinheiro era escasso e a educação de Sam tinha que vir em primeiro lugar, certo?

David e Sarah souberam, através das cartas de Sam, que ele tinha encontrado alguém especial. E que esperava que estivessem felizes por ele.

Agora, numa ensolarada manhã no verão de 1968, David e Sarah estão sentados à mesa da cozinha, mergulhando *croissants* em tigelas de café. Jérémie e a irmãzinha de sete anos estão na escola. O cabelo de Sarah começou a ficar grisalho, e as rugas de sofrimento ao redor de seus olhos tornaram-se mais fundas. David conservou a barba, onde também já aparecem fios prateados.

Assim que terminarem o café da manhã, irão à sinagoga. David passa os olhos pelo jornal.

— Proibiram mesmo os protestos dos estudantes — comenta, levantando os olhos para Sarah.

Ela se prepara para responder, algo sobre De Gaulle dever renunciar, afinal tem quase oitenta anos, é tempo suficiente para dar lugar a outro. Mas a campainha da porta interrompe seu pensamento.

— Quem será? — pergunta. — Num sábado de manhã?

— Eu vou ver — oferece-se David. Sai da cozinha e desce a escada até a entrada do prédio. Vê um jovem, olhando ao redor como se estivesse perdido. Abre a porta de vidro. — *Bonjour, monsieur.*

O homem fica olhando para ele. É alto e bonito; uma mecha de cabelos escuros e lisos cai em sua testa, e tem a pele bronzeada. David é atraído por seus olhos; são castanhos cor de chocolate, mas manchas verdes cintilam neles quando abre a boca.

— *Bonjour.*

David dá um passo à frente.

— Sou eu. Sou...

— Sam-uel — sussurra David. O nome é como pérolas em sua língua, e ele se permite repeti-lo. — Sam-uel, Sam-uel.

O jovem dá um sorriso torto.

— Sim, sou eu. — Uma pequena gargalhada escapa de seus lábios. — Sam-uel.

Ele avança em direção ao pai, de braços abertos.

David se vê enlaçado por braços fortes. Enquanto se deixa abraçar, seus membros ficam flácidos. A energia se esvai de seu corpo e ele cede às lágrimas.

Os braços do jovem o apertam com mais força.

— Me perdoe, me perdoe.

David tem uma leve consciência dos passos de Sarah na escada. Sente a força do abraço diminuir quando Samuel se vira para a mãe. Ele o vê pegar a mão de Sarah e levá-la aos lábios para beijá-la.

— Samuel? — murmura ela baixinho. — É você? — As mãos dela percorrem o rosto dele, acariciando e envolvendo suas bochechas. — É você mesmo?

Ele ri, e volta a beijá-la.

David percebe que ele é um homem gentil, um homem capaz de compreender o sofrimento dos outros. Seu peito se enche de orgulho, e uma sensação de paz transborda de si. Aquilo é tudo o que sempre quis.

Sobem a escada, com Samuel passando um braço pelos ombros de ambos. Sentam-se à mesa da cozinha, e David vê o filho olhar ao redor, examinando tudo, comparando as recordações da infância com o que vê agora.

— Estou tão feliz por ter vindo — diz Samuel num francês impecável. — Não tinha certeza, mas agora que estou aqui, estou muito feliz.

— Sempre soube que você voltaria. — Sarah enxuga os olhos. — Só tivemos que esperar até que estivesse pronto. — Estende a mão e toca o rosto dele, como se ainda não pudesse acreditar que ele é real.

— Esse é um dos meus desenhos? — pergunta Samuel, olhando para a parede.

Viram-se todos para olhar para o desenho emoldurado.

— Sim — responde David. — Costumávamos olhar para ele e pensar em você lá na Califórnia.

— É a Ursa Maior. Na verdade, até que está parecido. — Samuel dá mais um dos seus sorrisos tortos, e então o seu rosto fica sério. — Quero agradecer aos dois por terem me deixado ir. — Olha de um para o outro. — Sei o que deve ter custado a vocês. O quanto devem ter me amado.

— Ainda te amamos — diz Sarah com um sorriso.

— Sim, sua mãe tem razão. Não deixamos de te amar só porque não estava aqui.

— E eu nunca esqueci vocês.

Samuel enfia a mão no bolso direito do casaco e tira de lá uma pequena caixa de madeira.

David a reconhece no mesmo instante. Ele a pega, abre o pequeno fecho e olha para o interior. Retira as pedrinhas coloridas, e as faz rolar pela mão.

— Você sabe onde as encontrei? — Olha para Samuel. — No chão em Auschwitz, quando estávamos cavando. — Ele se cala para enxugar uma lágrima. — Era um sinal de Deus. Se eu podia encontrar uma beleza assim no meio da terra e do cascalho, então voltaria a encontrar o meu filho.

— Tenho uma coisa para dizer a vocês. — Ele coloca as mãos no centro da mesa, as palmas virados para cima. Sarah e David colocam as suas nas dele. Samuel as aperta com força. — Sei como me amaram, porque agora sei como é. Ser um pai. Tenho uma filha. Ela tem três meses e está lá fora, esperando no carro com a mãe, Lucy. Querem conhecê-las?

— Se queremos conhecê-las? Claro que queremos! E estão esperando lá fora! Que absurdo! Vá buscá-las.

David já está no meio do caminho até a porta da cozinha.

Samuel continua falando enquanto descem a escada.

— Eu não podia dizer isso a vocês por carta. Precisava vê-los quando contasse a novidade.

— Obrigado, Samuel.

David pousa a mão no ombro do filho.

— Não somos casados — continua Samuel. — Não poderia me casar sem dizer a vocês.

Sarah ri, o coração transbordando de alegria.

— Bem, podem casar agora.

Lucy é loira, os cabelos caem sobre seus ombros em ondas douradas, seus olhos são azuis e brilhantes. *Tem um ar tão americano*, pensa Sarah. *Como uma estrela de Hollywood.*

Com o bebê nos braços, a jovem mãe se inclina para beijar Sarah, e depois David. Sarah sente o calor do corpo do bebê no peito quando encosta nele, mas ainda não o olha. Quer guardar esse momento para quando estiverem em casa, na intimidade do apartamento.

— Estou muito feliz em conhecê-los. — Lucy é a primeira a falar. — Samuel está sempre falando dos pais franceses.

Sarah espera antes de responder, olhando para os olhos azuis da jovem, aliviada ao senti-los calorosos.

— Seu francês é excelente — interrompe-a David.

— Tem a obrigação de ser. Samuel não lhes disse que sou metade francesa?

— Qual metade? — pergunta David.

— A minha melhor metade. — Ela ri. — A minha mãe é francesa e o meu pai, americano. Conheceram-se no fim da guerra, aqui em Paris. Mas eu nunca vivi aqui. Fui criada em São Francisco.

David coloca o braço ao redor da cintura de Sarah e encaminha o pequeno grupo para a porta do prédio.

— Venham, venham.

O bebê não acorda enquanto sobem a escada. Vão para a cozinha e instalam-se à volta da mesa. David, sentado junto de Lucy, inclina-se para acariciar o rosto da bebê.

— Tem cílios longos, como Samuel.

Sentada do outro lado, Sarah tem finalmente a chance de olhar para a neta. Seu coração bate com força quando baixa os olhos e vê os cílios curvados sobre a pele suave do rosto, os cabelos escuros e sedosos. Dá um beijo na testa da criança.

— Não sabia — começa Samuel; tosse para limpar a garganta. — Não sabia pelo que vocês tinham passado. Eu era uma criança, e não compreendi, ou não estava ouvindo. Não me lembro agora. Mas eu não sabia.

Os dois erguem os olhos para ele.

— Você era apenas uma criança. Exigimos demais de você.

— Me desculpe.

— Samuel, não tem que pedir desculpas. Você voltou.

— Bem, é possível que fiquemos. Gostaríamos de passar algum tempo aqui. Sabem como é, vivenciar a nossa cultura.

Os olhos de David brilham.

— É mais do que ousei sonhar.

— Obrigada, obrigada aos dois. — Sarah sorri para a jovem mãe. — Posso? — pergunta, e estende os braços.

Lucy lhe entrega a bebê sem a menor hesitação.

O gesto, a entrega da criança, traz tudo de volta, e ela sente lhe invadir um imenso instinto protetor em relação àquela criança. Muito baixinho, ela começa a cantarolar enquanto embala suavemente a bebê.

Samuel se debruça sobre a mesa e beija a cabeça sedosa da filha. Então olha para a mãe e sussurra:

— O nome dela é Sarah.

AGRADECIMENTOS

Quando cheguei a Paris, em 1993, não tinha ideia do impacto que isso teria na minha vida.

Nos primeiros meses, enquanto passeava pela cidade, fiquei impressionada e emocionada com o grande número de placas e monumentos em memória dos mortos na Segunda Guerra Mundial, e por vezes até com flores frescas depositadas junto deles.

Do lado de fora de uma escola no Marais (bairro judeu de Paris), há uma placa simples, falando sobre os duzentos e sessenta alunos presos durante a Segunda Guerra Mundial. Nenhum sobreviveu.

Isso me chocou profundamente e me fez querer aprender mais a respeito desse momento sombrio da nossa história. Comecei a ler sobre o assunto e a falar com pessoas com mais de sessenta anos que tinham vivido durante a Ocupação.

Uma das pessoas que conheci foi Dora Blaufoux, uma senhora maravilhosa e animada já nos seus oitenta e muitos anos. Dora tinha só treze anos quando foi deportada para Auschwitz. Quando escrevi os capítulos sobre Auschwitz, usei algumas das suas memórias, tal como relatos pessoais que recolhi de livros. Tenho de admitir que me senti quase uma impostora. Nunca vivi, e mal consigo imaginar, o horror de Auschwitz. Mas não é esse o tema desta história.

Escrever este livro foi uma viagem longa e excitante, e pelo caminho conheci muitas pessoas interessantes, às vezes loucas, com frequência maravilhosas. Escrever é essencialmente um processo solitário, mas encontrei um apoio inestimável em vários grupos de escritores aqui em Paris. Um desses grupos foi especialmente importante para mim – o Scriptorium, fundado por Hazel Manuel. Suas críticas positivas, sua gentil orientação e seu entusiasmo me permitiram continuar quando duvidava de mim. Diversos escritores passaram por este grupo e ainda o frequentam, e a minha gratidão vai para todos vocês, em particular Rachel, Carol, Nancy, Kass, Cris, Shelley, Connie, Ann, Melissa e Deborah.

Um agradecimento especial para os meus amigos Marilyn Smith, Ian Hobbs e Hazel, por terem estado comigo no Loire, nos Alpes e na Índia, por terem se sentado a meu lado, com calor e com frio, ouvindo os meus capítulos. Obrigada também pelas gargalhadas! Quero ainda agradecer à minha amiga Lucy, por ter me deixado fazer as minhas revisões em sua casa de praia, e a Christian, por corrigir o meu francês.

Durante a pesquisa para este livro, tive a sorte de poder contar com a orientação de Stefan Martens, vice-diretor do Instituto Histórico Alemão de Paris. Seu conhecimento e sua dedicação ao tema da Segunda Guerra Mundial foram para mim um inesgotável tesouro de informação e gostaria de lhe agradecer pelo tempo que passou me ajudando a resolver alguns dos detalhes mais sutis.

Por fim, a minha mais profunda gratidão vai para Abbie Greaves, da Curtis Brown, por ter tornado tudo isto possível quando pegou meu manuscrito em meio a inúmeros que com certeza deve ter recebido. E também para a minha maravilhosa agente, Sheila Crowley, por acreditar nele e compreender o que eu estava tentando fazer, e por me ajudar a consegui-lo. Gostaria também de agradecer à adorável equipe da Headline por ter tornado tudo tão especial e uma grande experiência.

Nathaniel Alcaraz-Stapleton, Rebecca Folland e Hannah Geranio, do departamento de tradução e direitos estrangeiros, a revisora Jane Selley, pela sua atenção aos detalhes, e à minha editora Sherise Hobbs, que me ajudou a dar os toques finais. Meus agradecimentos também a Karen Kosztolnyik, diretora editorial na Hachette Book Group nos Estados Unidos, por trabalhar tanto para sair tudo bem.

Se estiver interessado neste período da História, incluí uma lista de alguns livros que li durante a minha pesquisa.

Berr, Hélène. *Journal 1942-1944*. Paris: Tallandier, 2008.
Haffner, Sebastian. *Defying Hitler – A memoir*. Londres: Weidenfeld and Nicolson, 2002.
Humbert, Agnès. *Résistance – Memoirs of Occupied France*. Londres: Bloomsbury, 2008.
Moorehead, Caroline. *A Train in Winter*. Londres: Chatto and Windus, 2011.
Ousby, Ian. *Occupation – The Ordeal of France*. Nova York: Pimlico, 1999.
Sebba, Anne. *Les Parisiennes*. Londres: Weidenfeld and Nicolson, 2017.
Viven, Richard. *The Unfree French – Life Under the Occupation*. Londres: Penguin, 2007.
Wiesel, Elie. *Night*. Paris: Les Éditions de Minuit, 1958.

Poema para Um Filho Adotado

Não carne da minha carne
nem sangue do meu sangue
mas mesmo assim, miraculosamente,
meu.
Nunca esqueças
nem por um instante,
que não cresceste debaixo do meu coração
mas dentro dele.

Anon

Editora Planeta Brasil | 20 ANOS

Acreditamos nos livros

Este livro foi composto em Adobe Jenson Pro e impresso pela Geográfica para a Editora Planeta do Brasil em fevereiro de 2023.